MESA PARA DOIS

MESA PARA DOIS

Denis Amaral

Labrador

© Denis Mantelatto Amaral, 2025
Todos os direitos desta edição reservados à Editora Labrador.

Coordenação editorial Pamela J. Oliveira
Assistência editorial Leticia Oliveira, Vanessa Nagayoshi
Direção de arte e projeto gráfico Amanda Chagas
Capa Felipe Rosa, Amanda Chagas
Diagramação Vinicius Torquato
Preparação de texto Dalila Jora
Revisão Andresa Vidal
Imagens de capa Francisco Horta Maranhão

Dados Internacionais de Catalogação na Publicação (CIP)
Jéssica de Oliveira Molinari - CRB-8/9852

Amaral, Denis
  Mesa para dois / Denis Amaral.
  São Paulo : Labrador, 2025.
  384 p.

  ISBN 978-65-5625-809-6

  1. Ficção brasileira I. Título

25-0422   CDD B869.3

Índice para catálogo sistemático:
1. Ficção brasileira

Labrador

Diretor-geral Daniel Pinsky
Rua Dr. José Elias, 520, sala 1
Alto da Lapa | 05083-030 | São Paulo | SP
contato@editoralabrador.com.br | (11) 3641-7446
editoralabrador.com.br

A reprodução de qualquer parte desta obra é ilegal e configura uma apropriação indevida dos direitos intelectuais e patrimoniais do autor. A editora não é responsável pelo conteúdo deste livro.
Esta é uma obra de ficção. Qualquer semelhança com nomes, pessoas, fatos ou situações da vida real será mera coincidência.

A escrita e sua edição transformam o bruto em obra polida, ideias perdidas em ações coesas, inconsistências em credibilidade.

*Minha amada esposa,
isto e nada mais seria possível sem você,
copidesque da minha vida.*

*E para Nina e Francisco:
frutos da sua luz, que me iluminou
na madrugada de um 26 de setembro.*

*Vovó,
você esteve sempre na retaguarda dos meus projetos,
patrocinando os ventos que me levavam
na direção daquilo que enxergava para mim.
Livros são eternos, assim como a sua presença.*

23 58 49 S 48 52 26 W

> "This is the true joy in life, being used for a purpose recognized by yourself as a mighty one. Being a force of nature instead of a feverish, selfish little clod of ailments and grievances, complaining that the world will not devote itself to making you happy. I am of the opinion that my life belongs to the whole community and as long as I live, it is my privilege to do for it what I can. I want to be thoroughly used up when I die, for the harder I work, the more I live. I rejoice in life for its own sake. Life is no brief candle to me. It is a sort of splendid torch which I have got hold of for the moment and I want to make it burn as brightly as possible before handing it on to future generations."[1]
>
> — *George Bernard Shaw*

---

1   Em tradução livre: "Esta é a verdadeira alegria na vida: ser usado para um propósito que reconheçamos como poderoso. Ser uma força da natureza, ao invés de um torrão febril e egoísta de doenças e queixas, reclamando que o mundo não se esforça por fazer-nos felizes. Eu sou da opinião de que minha vida pertence a toda a comunidade e que, enquanto eu viver, é meu privilégio fazer por ela o que eu puder. Quero ser minuciosamente consumido até morrer, pois quanto mais eu trabalho, mais viverei. Alegro-me com a vida por si só. Para mim, a vida não é uma vela que queima brevemente. É uma espécie de tocha esplêndida que tenho em minhas mãos durante um tempo, a qual quero fazer queimar o mais intensamente possível antes de transmiti-la às gerações futuras."

Os locais de nascimento e vida do protagonista e seus familiares foram criados a partir de palavras do Tupi Antigo — língua indígena clássica do nosso país — para homenagear as nossas origens, escrevendo sobre elas como elas escreveram a nós: "Aîpoepyk semikûatiara".

Este livro também é uma trilha sonora.

SUMÁRIO

Setembro de 2021 — 11
Esse tal de futuro — 13
O fim do mundo não existe — 23
A urgência de existir — 35
Dez dias — 47
Quando a borboleta voou — 55
Passado pegajoso — 77
A verdade que (quase) ninguém sabe — 91
Só mais uma noite — 97
O júri está vesgo — 107
Não chore na frente do espelho — 121
Terra vermelha floreia sangue — 131
O homem perfeito ficou para trás — 147
Fazenda de galinhas — 167
Pixel por pixel — 175
Meu demônio tirou férias — 183
Era uma vez uma mulher — 199

Não se misture com os corvos ——————————— 209
Com meus cumprimentos, Becherovka ————— 217
Choveu infância em mim ——————————— 231
A quinta letra ————————————————— 237
Amarelo ——————————————————— 243
Creme para os olhos ————————————— 257
Instante ——————————————————— 277
Quarto de vidro ——————————————— 289
Quartzo rosa ————————————————— 299

Outubro de 2021 ——————————————— **309**
Deriva ———————————————————— 311
A batalha de dois tolos ————————————— 331
Uma senhora me contou ———————————— 339

Novembro de 2021 —————————————— **347**
O valor do silêncio: /Mokuso/ ————————— 349
Desatando os nós ——————————————— 353
Sábio como a lebre, rápido como a tartaruga ——— 357
Aquela montanha tinha rodinhas ———————— 363
Fechem as janelas! ——————————————— 371
O dia em que resolvi confiar —————————— 375

Posfácio —————————————————— **381**

SETEMBRO DE 2021

ESSE TAL DE FUTURO

"Tripulação: portas em modo manual."
Acordo assustado, como quem sai de um simulador em um parque de diversões barato. Não sei o que sonhava.

Esta é a primeira viagem que faço a trabalho desde que a pandemia de covid começou. Quando o cliente da firma pediu que apresentássemos o relatório final presencialmente, senti uma pequena aflição. Houve épocas em que eu passava duas semanas por mês viajando pela América Latina a trabalho, mas a ideia de me enfiar em um grande cilindro com outras duzentas pessoas mascaradas por algumas horas não me parecia das melhores. De qualquer forma, ninguém perguntou minha opinião. O remedinho que trouxe me ajudou a perder o medo na ida e a dormir na volta.

Fazia tempo que não me sentia tão estafado. Quem viaja a trabalho sabe: no começo, a sofisticação é contagiante; depois de um tempo, a rotina de aeroporto faz parecer que nossos testículos estão numa torradeira. Agora, felizmente, mais um projeto chegou ao fim. Quando isso acontece, costumo ficar semanas em São Paulo, trabalhando em propostas comerciais e controles financeiros ou outras burocracias.

"Até hoje não sei o que você faz", dizem meus amigos. Sempre respondo que eu também não. A vida de consultor é muito cansativa, mas acho que disfarço bem. Meus clientes e o pessoal do escritório me valorizam. Devo passar a impressão de que sei o que estou fazendo da vida. Bem, existem pessoas que são capazes de me deixar desconfortável, como que me vendo desnudo. Minha namorada, Giovanna, por exemplo. Apesar de não ser alguém que fala diretamente o que está vendo, pensando ou sentindo, tenho a impressão de que ela está sempre me analisando.

Gi e eu estamos juntos desde pouco antes de a pandemia começar, e meus amigos mal a conhecem. Com o *lockdown*, decidimos que ela viria morar comigo. A partir daí, comecei a me referir a ela como minha namorada, mas nunca conversamos sobre quais são suas expectativas.

Aliás, expectativa é algo que me desestabiliza. Já cheguei a me questionar se esse é um problema só meu, mas toda vez que penso sobre isso, concluo que não é possível que seja. Todo mundo deve sofrer a partir do momento em que diz "por favor, pode trazer minha conta?" num restaurante, ou quando o sinal de atar os cintos é desligado após o pouso da aeronave. Sinto que estou morrendo lentamente desde que acordei dentro deste avião. E não faz nem cinco minutos que isso aconteceu.

Não vejo a hora de chegar em casa e tomar uma cerveja bem gelada. Afinal, hoje é sexta, e *prime time* é pra quem merece. Quando se tem sorte, as pessoas sentadas à sua frente no avião saem apressadas e o *finger* nos leva ao saguão de desembarque. Não é meu caso hoje: nossa aeronave foi redirecionada para um pátio cinza e deprimente. Desço do avião e entro num ônibus absolutamente lotado, que toma o caminho mais longo possível até a área de desembarque. Minha orelha deve cair a qualquer momento, graças à deliciosa sensação de utilizar uma máscara N95.

Não despachei a mala. A essa altura, atingi a perfeição em ser compacto. Para uma semana de trabalho, tenho quatro camisas, uma polo, duas calças jeans, quatro camisetas, cinco cuecas e pares de meias, um cinto, itens de higiene pessoal, um par de sapatos extras e um livro qualquer. Dificilmente abro o livro, mas me sinto bem-acompanhado quando carrego comigo um pedaço da história de alguém ou uma gota de conhecimento.

Passo direto pelas esteiras e tomo um táxi pra casa. No caminho, ligo meu celular. Nenhuma mensagem da Giovanna. Vou trocando ideias com o motorista. Os dois de máscara, falando mais alto pra tentarmos nos entender, já que ele deixou frestas abertas nas quatro janelas do carro. Conversar com desconhecidos está entre as minhas coisas preferidas. Eles não me veem pelo que sou; ou, raramente, são os únicos que veem. Só sei que adoro puxar um papo assim, sem compromisso.

O motorista (quando percebo, estamos conversando há dez minutos e eu não perguntei seu nome, e agora é tarde demais para fazê-lo) começa a desabafar sobre os avanços da luta contra o coronavírus.

— Com os mais novos vacinados, acho que vamos caminhando, graças a Deus. Esse foi o mês com menos mortes.

Aposto que ele acha que me fez pensar algo de bom, quando, na verdade, só consigo pensar na falta de oxigênio daquele ônibus. Quando peguei covid, fiquei na semi-intensiva por quarenta e oito horas sem saber se iria me safar. Só consegui graças ao grupo de enfermagem. Era muito doente pra pouco médico, mas a cada dez minutos entrava alguém pra se apresentar como plantonista. Em determinado momento, eu já não sabia se estava alucinando ou se a troca de turnos estava de fato conturbada. Importava muito pouco, porque eu não conseguia ver o rosto das pessoas através de suas máscaras. Sou extremamente grato por terem garantido minha sobrevivência. Eles são corajosos como minha irmã, e não como eu — que entrava em completo desespero toda vez que me faltava um pouco o ar. Sei que sou hipocondríaco e todos os dias acho que vou morrer, mas daquela vez foi sério. A gente sai do corredor da morte pensando "a partir de amanhã, serei diferente", mas não foi bem assim. É o mesmo princípio de quando acordamos de ressaca no primeiro dia do ano: vemos que não necessariamente algo mudou. Ou mudou?

A conversa com o taxista disfarça o trânsito da cidade de São Paulo, que costuma ser terrível, e a preguiça que me dá quando sou passageiro no carro dos outros. Mas parece que o vaivém de veículos está menos caótico nesta tarde. *Pelo menos uma notícia boa*, penso. Minha conexão atrasou e pousei muito mais tarde do que o planejado. Isso significa que meu almoço foi um ovo em forma de isopor e cinquenta mililitros de café instantâneo do avião.

— Disseram hoje cedo na rádio que esperam atingir oitenta e cinco por cento do número de decolagens de antes da pandemia até o fim deste ano — o motorista continua.

— Pois é… o aeroporto já estava cheio. De onde eu vim, estavam comentando sobre uma possível volta para os escritórios já no começo do próximo ano. Estou torcendo para que eu me safe dessa por mais uns seis meses.

Enquanto percorremos a margem leste do rio, reflito se ainda vou viver pra vê-lo se tornar um ponto turístico, cheio de restaurantes, que as pessoas do mundo todo vêm visitar. Olho pela janela e, dentre as motos e carros de motoristas nervosos pilotando como se apostassem corrida entre si, coisas duvidosas boiam rio abaixo. Me vendo de canto de olho pelo espelho retrovisor, o motorista diz:

— Os políticos são foda. Eles esperam um problema virar treta de verdade e aí vêm com a desculpa de que não dá pra remendar dentro do mandato deles e que não vale torrar o dinheiro público nisso. Educação, saneamento, saúde… Não é popular mexer com isso. O povo quer grana no bolso. E aí estamos aqui: usando dinheiro pra comprar máscaras. É bom que elas amenizam o cheiro desse rio. Irônico, não? Usando máscaras pra não ter que sentir o cheiro da nossa própria merda.

Estou começando a gostar desse motorista. O mundo anda muito polarizado e chato, mas ele me pareceu atingir o equilíbrio necessário para conseguir levar gente de todo tipo em seu táxi.

O carro finalmente sai da avenida e entra no bairro. Eu moro num bairro de classe média. Em volta do meu prédio, vários outros — todos do mesmo bege vomitado. Como a maioria dos bairros ao sul do rio, temos duas opções logísticas: ter um carro ou um bom condicionamento físico pra encarar tanta ladeira. As pessoas se acomodam como podem.

No caminho pra casa, passamos por um pequeno parque, um hotel de luxo abandonado, duas escolas, uma academia, algumas farmácias, uma praça simpática, um laboratório de exames clínicos, alguns supermercados e um pet shop. Meu lugar preferido é uma das padarias do bairro. Nem é a que fica mais perto de casa, mas faço questão de ir lá. Todas as manhãs, desde a gradual abertura dos lugares públicos, levo meu jornal impresso para ler no balcão, devidamente isolado do cidadão ao meu lado, enquanto o Aílton prepara meu café: um "queijo minas no pão francês, bem-passado", e uma "média — morna, desnatada e mais escura"; o trivial café-com-leite.

— O mesmo de sempre, meu amigo?
— Por favor, Aílton.

Tenho impressão de que o Aílton não sabe meu nome. Assim como dez minutos num táxi, três ou quatro vezes numa padaria já são interações demais. Alguns anos depois, e acho que já não tenho mais o direito de informá-lo. Preciso começar a perguntar o nome das pessoas e me apresentar pra elas. Não sei qual é o meu problema.

Nas últimas duas ou três vezes que estive lá, refleti, enquanto comia, sobre quando vamos sair de vez dessa situação. Não é só uma questão de saúde pública ou de *lockdown*. Sinto falta dos meus amigos. Nunca senti tanta. A pandemia fez meu namoro avançar num ritmo mais acelerado do que eu desejava. Não sei se estava nos planos da Gi morar comigo, mas definitivamente nada disso estava nos meus.

Eu gostava de viver sozinho. Aprendi a gostar da minha companhia. Dou risada com as coisas que penso e digo pra mim mesmo. Mas depois que tudo se complicou no ano passado, não tivemos escolha: era dividir o mesmo teto, ou romper. O que eu não esperava é que fosse me sentir ainda mais solitário morando com alguém.

Giovanna trabalha no Palácio do Governo, na assessoria do governador. Ocupada na maior parte do tempo, por vezes tem que ir pessoalmente resolver algum capricho do pessoal de lá ("corra risco de vida, mas venha testar todos os interruptores da ala norte"), e geralmente volta exausta. O box de um metro quadrado em nosso banheiro se tornou nosso ponto de encontro. Na maioria das vezes, nos apertamos e um atualiza o outro sobre os assuntos do dia enquanto o outro toma seu banho. Gi tem pernas compridas, cintura fina e peitos no tamanho perfeito. De cabelos castanhos lisos e comprimento médio, fala um pouco alto e gesticula muito com as mãos. Por isso, nosso aperto na hora do banho fica ainda mais interessante.

Quem contou as novidades, fica ao final pra se higienizar, e quem já está limpo sai antes pra dar espaço ao outro. Com sorte, sou eu quem fica por último. Especialmente se a Gi está inspirada naquele dia e me faz algum agrado ou se brincamos de *Twister* para uma rapidinha no chuveiro. Ponto alto do meu dia é ligar a água fria da ducha depois de gozar, enquanto Giovanna vai se secar e se trocar em outro cômodo. Por cinco minutos, todas as caixinhas desorganizadas da minha cabeça são devidamente colocadas em seu lugar e as gavetas fechadas à chave. Depois disso, jantamos, escovamos os dentes e pegamos no sono ou assistimos a alguma série.

Meu prédio tem vinte andares e seis apartamentos de setenta metros quadrados por andar. A maioria dos condôminos são casais com um cachorro ou famílias pequenas. Moramos no setenta e um e não temos cão e muito menos filhos. Já tive alguns cachorros na época em que morava com meus pais e sou definitivamente um amante de cães (e não de gatos). Mas hoje sou da opinião de que cachorro, piscina e plantas vão melhor na casa dos outros. Giovanna me perturbou diversas vezes para adotarmos um; fui enfático ao lembrá-la de que nenhum de nós teria tempo livre para fazer companhia ao bicho e que seríamos iguais a todos esses filhos da puta que abandonam os animais quando eles deixam de cumprir suas funções. Não conseguiríamos cuidar de nada além de *nós mesmos* quando tivéssemos que voltar ao escritório todos os dias. Sem falar que não sou o tipo de cara que limpa o cocô de ninguém.

    A decoração do meu apartamento segue um padrão das lojas grandes de rede: falta de criatividade, quase nenhum quadro na parede com exceção de uma foto tirada por alguém que ninguém conhece e uma tela onde algum imbecil arremessou tintas aleatoriamente e chamou de arte. Quando se mudou para o meu apê, Gi insistira que "pelo menos tivéssemos umas duas coisas penduradas na parede e um tapete na sala". A sala tem formato em "L", com uma mesa redonda e quatro cadeiras ao lado de um bufê, e uma abertura para uma cozinha estreita com eletrodomésticos e armários básicos. Entre a sala e a pequena varanda onde gosto de sentar e pensar na vida, um sofá de três lugares em frente à televisão de cinquenta e poucas polegadas encerra nosso cômodo preferido como casal. O apartamento ainda possui dois quartos interligados por um corredor com um pequeno lavabo. É um bom apartamento.

* * *

    Entro em casa distraído por tudo o que trago nos bolsos, me embrenhando com minha mochila de trabalho e mala de mão pelo ângulo estreito criado ao abrir a porta. Quando finalmente encaro minha sala, percebo que os quadros, tapete e televisão se foram.

    — Que merda é essa? — exclamo à procura de uma explicação.

    Em cima da mesa, um envelope branco. Não há nada escrito nele, mas está meio amassado e entreaberto, como se alguém tivesse hesitado em deixá-lo ali. Resolvo ver do que diabos se trata. Dentro, uma carta escrita à mão. É a letra da Gi.

Nicolas,

Vivemos em mundos diferentes.

Poderia até te dizer que preciso pensar, mas estaria mentindo. Já estamos juntos há muito tempo e não consigo acreditar que vamos conseguir consertar as coisas. Você não vai mudar, e é impossível estar com alguém que vibra negativo o tempo todo, ou pelo menos não se esforça pra melhorar.

Me desculpe se estou sendo fria demais, mas li uma vez em algum lugar que a melhor garantia de que um término será efetivo é se uma das partes for filha da puta com a outra. Agora percebo que pode ser verdade.

Por favor, não me ligue. Não pense que lhe quero mal ou me arrependo de alguma coisa. Apenas quero seguir em frente. Com leveza. E sem você.

Espero que possa se encontrar.

Gi

Cheguei num ponto de cansaço em que não consigo sentir quase nada. Por que os términos de relacionamento são sempre pautados num *feedback* sem fundamento? Absolutamente nenhuma vez ouvi da Gi que ela acreditava sermos diferentes, ou que eu a colocava pra baixo.

Não consigo pensar agora. Apenas sentir a cólera percorrer a parte de cima do meu peito, passando pela parte de trás do meu pescoço e desembocando na veia da minha testa. Pelo menos ela não terminou comigo por mensagem; teve o trabalho de sentar a bunda na cadeira e escrever um bilhete. Mas será que isso faz alguma diferença?

Deixo minhas malas e coisas como estão, fecho a porta que larguei aberta, abro a geladeira e pego uma cerveja. Abro a porta de vidro da sala, sinto uma brisa boa de fim de tarde e sento numa das duas poltronas de minha varanda — meu lugar de reflexão. O Nicolas de sempre pegaria um copo e serviria a cerveja com perfeição antes de degustá-la. Mas nesse momento estou absolutamente esgotado para firulas. Tomo um gole direto da garrafa. Poucas coisas, nos momentos bons ou ruins, são tão prazerosas quanto o primeiro gole de uma cerveja. Ao mesmo tempo, pouquíssimas coisas possuem um abismo tão grande entre si quanto a qualidade do primeiro e do segundo gole da mesma.

Estou atônito para refletir sobre minha TV furtada e sobre a carta que acabo de ler, e a cerveja me estufa. Ao terceiro gole, inevitavelmente repasso as palavras que acabei de ler naquela carta. Giovanna e eu nunca fomos um casal de comédia romântica. Nosso tipo de tédio era outro. Não que não houvesse química entre nós. Acredite: tivemos nossos momentos. Principalmente antes da pandemia. Ela era o tipo de namorada que se dependurava no meu pescoço com um olhar penetrante que demonstrava que ela estava pensando algo que a fazia sentir orgulho de mim. Quem um dia foi um filho ou sobrinho mimado não resiste a esse tipo de coisa. Acontece que nunca me apaixonei por ela de verdade. E o fato de ela se contentar com isso me fazia ter menos atração a longo-prazo por nós. De uns tempos pra cá eu percebia um desencanto total por parte dela. Apenas um ano mais nova do que eu, uma hora ou outra Giovanna perceberia que cada minuto comigo a impedia de um futuro diferente, com alguém que a amasse. Queria muito que isso me impedisse de ficar desapontado, mas não.

Enquanto termino minha cerveja, já estou com a porta da geladeira aberta pegando outra. Procuro o que comer, mas quem eu quero enganar? Começo a beber a segunda *long neck* na varanda.

Isso não costuma acontecer comigo; pelo contrário, estou sempre sentindo e pensando alguma coisa, nem que seja um devaneio banal. Mas não nesse momento. Noto que estive num transe quando, ao fundo, escuto meu celular tocando, mas ainda não consigo me mexer, como um carro que liga a bateria e o rádio, mas o motor continua afogado. O toque vai ficando mais alto, me acordando do lugar distante onde eu estava.

Atendo, ainda meio robótico.

— Alô.

— Nick! Ainda bem que você atendeu.

A voz da minha irmã está trêmula. Ao fundo, escuto o ambiente hospitalar.

— Tá tudo bem, Bia?

— Na verdade, não

Beatriz mal consegue falar e começa a soluçar em prantos.

— O que aconteceu?

— A tia Lu… ela morreu, Nick!

— Como assim, morreu? Como?

— O que você acha? Covid, né? Achei que teria condições, mas não estou conseguindo. Preciso de você. Você consegue me encontrar?

— Mas, espera: a tia está em São Paulo ou você foi pra Mongaraíbe?

— Eu trouxe a tia Lu pra cá. Estou aqui no Galileu. Vem que eu te explico.

— Eu acabei de chegar de viagem.

— Nick. Sério. Não estou com cabeça e *preciso* da sua ajuda. Você sabe que a tia é sozinha e que nossa família é osso. Bloco D. Estou te esperando. Vem logo.

— Tá bom, me dá meia hora. Te ligo quando estiver chegando.

O FIM DO MUNDO NÃO EXISTE

Minha tia Luzia era a irmã mais velha do meu pai. Solteira, se apaixonou apenas uma vez por um rapaz descolado que, ao perceber que nunca teria a aprovação de seu sogro, sumiu sem dar notícia. Ela era o tipo de pessoa com uma resiliência incomum; alguém que revirou sua vida depois dessa decepção amorosa e passou a curtir cada momento e cada interação interpessoal. A vida pra ela era um playground e não havia tempo pra coisas sem sentido. Sempre admirei isso nela, e esse seu traço de personalidade me fazia um bem danado.

Depois que meus pais se separaram, a família ficou dividida. E não quero dizer a família da minha mãe *versus* a família do meu pai. Minha mãe era tão boa para os irmãos e sobrinhos do meu pai, que os Camargo entraram em colapso quando o divórcio foi anunciado. Principalmente sobre quais princípios ele ocorreu. Minha mãe já sabia há muitos anos que meu pai pulava a cerca, mas ela se mantinha conivente porque se sentia confortável em ter alguém. A partir do momento em que essa situação mexeu com a grana dela, as coisas mudaram um pouco de figura.

Acabamos nos distanciando da família. Valores, dinheiro, desculpas, traição. Isso foi ótimo para minha irmã e eu: quando mais precisávamos de ajuda, o mundo todo resolveu nos abandonar também.

Com isso, perdi contato com minha tia — que passou a me vigiar a distância. Em nosso último encontro, ao presenciar uma crise existencial minha, ela me disse: "Você está fazendo seu discernimento, sobrinho querido, já era tempo." Ela sempre sabia exatamente o que dizer. Não me lembro qual era o drama da vez. Talvez inveja de algum amigo que decidiu ter um pônei imaginário. Ou algo mais grave do que isso. Eu chorava copiosamente dizendo que o mundo parecia ter acabado e que eu estava perdido.

* * *

Tomo um banho, sem deixar de notar que os vinte e sete frascos de cuidados com a pele e cabelos da Giovanna haviam sumido. Além de um sabonete em barra ressecado que eu já não usava há meses, sobrou apenas meu xampu anticaspa. Ótimo: vou ter que ir à farmácia porque agora me apeguei ao creme antiacne para o rosto e o sabonete líquido cheiroso dela. Me sinto patético enquanto tenho uma ereção quase que automática por estar no nosso ambiente erótico de costume, mas não há tempo pra recordar nem viver; nada, senão me lavar e sair o mais rápido possível. Visto meu uniforme dos fins de semana: camiseta preta, calça jeans e sapatênis. Ajeito meus cabelos curtos no espelho com uma pomada de cera e me deprimo com minha barriga. Meus amigos têm um tanquinho de um gomo só: uma barriga de chope de quem passou dos trinta. Eu tenho uma barriga mole, um corpo ginecoide que me dá desgosto. Me pergunto se esse corpo esquisito teve alguma coisa a ver com a partida da Gi.

Pego as chaves do carro, minha carteira, e tranco a porta ao sair. No hall, uma menina franzina aguarda o elevador de serviço com seu cachorro. Não faço julgamento nem sobre a menina, nem sobre o cão. Aceno de leve e entro no elevador social — que parecia estar ali à minha espera.

Dirijo um Mini Cooper verde-jaguar. Formado em engenharia e amante de carros, não consigo não ter o carro mais legal ao meu alcance. Muitos podem se perguntar: "Como ele consegue ter um carro desses?" Eu gasto a maioria do meu salário com o carnê de sessenta prestações, café e vinhos. Alguns me chamam de *bon vivant*. Não há nada que uma dívida não permita no Brasil. O que mais existe por aqui é gente querendo lucrar em cima dos seus sonhos. Me pergunto se algum dia vou aprender as lições que meu pai talvez tenha aprendido tarde demais.

Entro no carro e ligo o rádio. Sempre o faço antes mesmo de pôr o cinto de segurança. Aprendi isso com meu pai. Ligo o GPS, que me informa que o trajeto levará vinte e dois minutos. Pretendo contornar algumas vias do meu jeito; afinal, a menor distância entre dois pontos é o caminho que eu conheço. Isto também aprendi com meu pai. No streaming, músicas aleatórias da minha biblioteca são reproduzidas. Ao som de "Soul Meets Body", do Death Cab for Cutie, sigo a rota e começo a pensar em minha tia e numa época em que éramos muito próximos.

Meus pensamentos me levam para o inverno de 1994.

* * *

Fazia mais de um ano que minha mãe tinha sido diagnosticada — pela segunda vez — com depressão pós-parto. Uma condição de profunda tristeza, desespero e falta de esperança que acontece durante o puerpério. Pelos próximos meses, eu seria completamente criado por minhas tias, já que meu pai se ocupava em zelar por minha irmã.

Tudo começou alguns dias depois do nascimento de Bia. Por um tempo, quase não pudemos ficar com a mamãe; até porque ela nunca estava realmente lúcida. Logo ela voltou a estar mais presente emocionalmente, mas não teria autonomia pra cuidar de dois filhos sozinha. Minha casa então virou um albergue para psicólogos, psiquiatras, familiares do interior e eventuais colegas de trabalho do meu pai — que só ia ao escritório quando se sentia confortável de nos deixar com minhas tias.

É uma judiação ver a figura mais doce do mundo se transformando assim. Aos seis anos, eu construía minhas percepções de mundo sozinho, e buscava constantemente acolhimento de qualquer um que estivesse disponível. Hoje sei exatamente quanto tempo durou, mas, depois de quinhentos dias, a mente de uma criança começa a dominá-la, dizendo que nunca mais sua mãe vai retornar de verdade.

Durante o *meu* nascimento, minha mãe tivera o que os médicos chamam de "psicose pós-parto". Ela ficou internada durante os meus primeiros seis meses de vida e eu fiquei aos cuidados de minhas tias, meu pai e uma caridosa ama de leite. Não tenho memória disso, mas as coisas que escuto são tão obscuras que talvez seja melhor assim. Um bebê absorve tudo, invariavelmente. Naquela noite de setembro, mamãe dera à luz a duas coisas: a mim e à minha sombra.

Confesso que quando vejo o sucesso de minha irmã, chego a me perguntar se eu seria capaz, como ela, de tomar as rédeas da minha vida caso meus primeiros anos tivessem sido diferentes. Ela também teve uma mãe depressiva, mas que sempre esteve lá. Bia teve mãe, e suas memórias começam com uma família vivendo em paz três ou quatro anos depois. Meu caso é um pouco mais dramático: fui órfão durante a gestação fora da barriga, e fiquei dois longos anos — com total consciência e memória — vendo minha mãe sentir uma tristeza profunda e uma confusão mental, e sem poder me abrir com quase ninguém sobre isso.

Em algum momento da minha adolescência, cheguei a consultar um médico especialista (uma única vez e nunca mais) para entender melhor. Eu sabia que naquela época havia muitos tabus sobre a questão que prejudicavam ainda mais as pacientes, já que um dos cuidados essenciais é o acolhimento dos que estão em volta. Ainda hoje existe muito estigma e desinformação. Muitas mães se culpam por se sentirem mal, pelas cobranças impostas pela sociedade ou mesmo pelas pessoas próximas de que elas estejam felizes nessa fase. "Não existe uma única causa conhecida e, raramente, pode se complicar e evoluir para uma forma mais agressiva, como aconteceu com ela, trazendo inúmeras consequências ao vínculo mãe-bebê. Neste estado de grave transtorno mental, episódio que acomete menos de um por cento das mulheres, a pessoa rompe com a realidade. Os pensamentos podem ficar confusos e a paciente ter alucinações visuais ou auditivas e uma vontade extrema de prejudicar a si mesma, o bebê ou as pessoas em seu entorno", me contou o psiquiatra.

Parece surreal, eu sei. Mas é verdade. É fato também que, se existia um menino a ser salvo, ele com certeza o foi pelas tias. Minhas queridas tias.

Elas não tinham filhos. Luzia por sua decepção amorosa e Francisca porque retirara as trompas numa complicação da juventude e não podia conceber. Eu, o único sobrinho daquela idade, recebia toda a atenção e carinho que podia. Naqueles dois anos da depressão profunda de minha mãe, e por alguns anos a seguir, me hospedava na casa de tia Francisca durante as férias de inverno. Minha tia usava cabelo curtinho, sempre escovado e pintado de um castanho escuro, e usava brincos pequenos de pérola em cada orelha. Estava sempre bem-vestida quando saía de casa, mas geralmente usava roupas velhas e ficava limpando cada centímetro daquele lugar. Cozinhava razoavelmente bem, fazendo muito uso do açúcar e da gordura animal. Assim como sua irmã Luzia, se dava muito bem com todos os sobrinhos. Mas eu era o preferido. Talvez porque meu pai fora seu escolhido trinta anos antes. Ela havia sido uma mãe para ele, então tentava ser uma mãe pra mim também. E de fato foi.

Foi na casa de tia Chica que comemorei o primeiro título do meu time depois de uma fila de dezessete anos sem ganhar nada, junto de meu tio Pedro. Um ano depois, lá estávamos novamente assistindo ao meu Palmeiras contra o Corinthians, enquanto minha tia cozinhava o jantar. Impossível esquecer o lance do gol da vitória, a narração única do cronista da época e nosso jeito de comemorarmos.

Contra-ataque do Palmeiras. Evair pelo lado direito. Edílson vem vindo com a criança, bem-dominada. Moacir na frente dele, um drible da vaca — olho no lance: é! Do Palmeiras, um golaço! Um golaço! Fez a fila atrás dele. Foi, foi ele: Edílson! O craque da camisa número dez.

Em determinado momento, tia Francisca foi ao quarto e deu uma bronca em Pedro (daquelas que cachorro de botequim ficaria com medo) por estarmos fazendo "farra a essas horas". Ela se sentia muito responsável pelo meu decoro e respeitabilidade. Devo a ela coisas grandiosas e banais na minha educação, como pendurar a toalha molhada no box depois do banho. Não sei se teve muito sucesso com minha relação com o futebol; Giovanna sempre julgou os comentários que costumo fazer quando estou assistindo aos jogos.

Mas nada tirou a alegria daquele momento. Aquele ano parecia se anunciar como uma época de renovação. A seleção brasileira de futebol em breve seria campeã do mundo mais uma vez. Em meio a tanto drama, essas alegrias aquecem meu coração até hoje.

Apesar de pousar na casa de tia Francisca, geralmente voltava apenas para as refeições, o banho e o sono. Passava o dia com tia Lu. Um casarão enorme de esquina, estilo colonial, construído na época do meu bisavô. Depois da morte de seus pais, Luzia passou a viver ali e a cuidar do imóvel que era, por direito, dos cinco irmãos. Com o tempo, todos doaram suas partes para ela.

Vera, a governanta, tinha um neto chamado Marco, que lá frequentava ocasionalmente. Ele tinha uma bicicleta velha que usava para ir ao centro da cidade, onde trabalhava algumas horas como guarda-mirim gerenciando estacionamentos na praça, que contava com cerca de oitenta mil habitantes, um quinto deles vivendo em área rural. Eu, com meus cento e quarenta e oito centímetros de altura (e prováveis quarenta e oito quilos de pura massa gorda realçada pelos pães, doces e a famosa receita caseira de biotônico com ovos de pata que minhas tias me entuchavam) subia de lado no cano da bicicleta e percorria a cidade com ele. Em sua generosidade, acho que Marco percebia que o passeio me fazia bem — e fazia questão de traçar o caminho mais longo para chegar ao seu destino.

Naquelas férias de 1994, porém, ele ainda não havia aparecido. Disseram que estava trabalhando no sítio da família ou algo assim. No que inicialmente parecia uma tentativa de me distrair na falta do meu querido companheiro de férias, minha tia Luzia me chamou para viajar por uma tarde. Com sua sapiência incomparável, tinha outros planos.

Tenho a vívida imagem de entrar em seu Ford Del Rey e acompanhá-la para uma consulta num oftalmologista em Apitiaba, que servia como centro de serviços para as demais cidades da região.

O trecho da estrada que pegamos já era todo asfaltado, mas, à época, ainda não era duplicado. Tenho imagens fragmentadas dos cabelos ruivos da minha tia balançando ao vento enquanto cantarolava. Ela usava uma blusa de seda florida, colares que simulavam pérolas e um óculos escuro ao melhor estilo Audrey Hepburn.

Eu tinha sete anos e andava no banco da frente sem cinto, ouvindo música popular no rádio toca-fitas. Era outro Brasil, em que a educação era mais rígida. Por outro lado, confiava-se mais no senso comum.

Paramos uma ou duas vezes pra fazer xixi e comer um salgado em conveniências dos postos rodoviários da época. Sou capaz de sentir o sol quente batendo em minha pele e o cheiro dos milharais como se fosse hoje. Quando chegamos, fiquei um tempão na sala de espera enquanto sua consulta acontecia, lendo revistas de adulto.

Essa deve ter sido a última viagem que fiz com minha tia, até porque esse mesmo médico negligenciou uma infecção bacteriana nos olhos de Luzia, que mais tarde ficou cega de um olho. Prefiro pular essa parte da história em minha recordação.

Na volta, não fomos direto pra casa. Passamos em dois lugares que mostram que minha tia estava claramente preocupada em ocupar o papel de mãe que eu então não tinha.

O primeiro deles foi uma loja de música ali mesmo, em Apitiaba. Fiquei encantado com o teclado eletrônico Yamaha PSR-210 que ela havia encomendado — sem me revelar nada até chegar à loja.

Em São Paulo, eu tinha dito ao meu pai que queria fazer aulas de teclado. Ele perguntou se o que eu queria era um piano, mas eu esclareci que não, que queria um teclado.

— Mas, filho, você viu isso em algum programa de televisão ou na casa de algum amigo?

Eu disse que não. Que apenas tinha vontade de tocar teclado. Ele ignorou o pedido, imaginando se tratar de um devaneio de criança como tantos outros. Minha tia, porém, juntou suas economias de docente aposentada e encomendou meu primeiro instrumento musical.

Quando estava sozinho, eu gostava de ir escondido à suíte dela e colocar o vinil "Ballade Pour Adeline", de Richard Clayderman, pra tocar na vitrola do meu bisavô. Na época, ela preferia manter o sistema de som em seu quarto e não na sala. Não duvido que minha tia tenha me pegado fazendo isso algumas vezes e me espiado por alguns minutos sem que eu notasse, e percebeu que eu tinha algo forte com a música.

Minha tia Francisca era quem se preocupava com meus modos, minha higiene, minhas palavras. E talvez fosse até mais carinhosa do que a tia Lu. Mas, sempre vaidosa e festiva, Luzia se importava com as qualidades *soft* de seus sobrinhos e sempre fazia o impossível para agregar essa roupagem e não negar seu potencial — seja ele qual fosse. Soube que foi ela quem financiou o intercâmbio de minha prima Júlia ao Japão e que deixava meus primos pegarem o Del Rey emprestado quando eles tinham apenas treze anos. Acho que o potencial deles era fazer bagunça.

Tia Luzia era espírita kardecista de carteirinha e sempre fez de tudo para agregar suas crenças a mim. Acho que em algum lugar dentro de mim elas continuam lá.

Além de me presentear com o teclado, Luzia contratou o pianista da igreja de Mongaraíbe para me dar aulas durante minhas férias e cobrou de meus pais que eles me matriculassem numa escola de música em São Paulo.

Minha conexão com o instrumento musical foi instantânea. Não tinha nenhuma habilidade — minha coordenação motora fina jamais esteve entre minhas virtudes: se alguém a dois metros de distância bem na minha frente me falar "me joga essa caneta que está aí do seu lado, por favor?", é provável que, ao jogar, eu cegue alguém sem conseguir fazer com que o objeto chegue nas mãos do interlocutor. Mas, com o conhecimento de algumas aulas e com os recursos que tinha, "compus uma música". Uma bobagem, verdade. Mas sei que tenho registrado em videocassete, guardado em algum lugar, o momento em que apresentei a composição à minha tia, em parte como agradecimento pelo presente. No vídeo, minha tia se comove com minha ligação com as teclas. Tia Lu está agora apenas na minha memória e talvez nessa fita de vídeo.

Minha história com a música começou graças à minha tia, que a apresentou a mim como alternativa de expressão e refúgio. A pessoa que me deu a oportunidade de produzir e não apenas apreciar como havia aprendido com meu pai. Minha tia foi capaz de identificar meu dom e dar asas a ele.

A partir dali meus pais apoiaram cada passo meu na música. Minha mãe talvez um pouco mais, porque afinal foi ela quem pagou por todos os meus instrumentos novos e aulas durante anos. Mas meu pai foi o melhor fã que alguém poderia ter. O que mais me irrita neles é que eles tinham tudo pra serem as melhores pessoas do mundo, mas nas pequenas escolhas parece que a opção era me trair.

Na volta pra casa, fomos até a casa de Vera para lhe dar uma carona.

Não me lembro ao certo, mas provavelmente em um tempo sem telefone celular, tia Francisca deve ter arrancado os cabelos (do tio Pedro, não os dela) sem notícias. Ainda mais sabendo que eu estava sob a tutela de Luzia. Elas se amavam como irmãs: comportadas, metade do tempo, e jogando laranjas uma na outra e dizendo palavrões na outra metade.

Após pegar a via marginal à estrada local da rodovia, entrando para um matagal enquanto o sol se punha, chegamos à zona rural da região. Pensando nisso agora, não sei como minha tia se encontrou naquela paisagem homogênea num fim de tarde sem nenhum mapa ou GPS. Na época, eu não fazia a menor ideia do porquê ela me levou até ali, mas hoje percebo o tipo de criação que ela estava me dando com aquela vivência. Luzia passou a dirigir de vidros fechados por conta da poeira da estrada, e seus cabelos ruivos já não esvoaçavam, mas possuíam uma sutileza poética. Não vou me lembrar qual música ouvíamos, mas gosto de pensar que se tratava de algo como um *indie rock* daqueles tempos. Finalmente chegamos num terreno pequeno, de terra batida, com uma casa de barro onde moravam Vera e toda sua família. Me lembro de se alojarem ali, dentre crianças e jovens pais, umas seis ou sete pessoas.

Vera nos recebeu com um sorriso de orelha a orelha e com o melhor da humildade: orgulhando-se de tudo o que tinha e que fora conquistado com suor. De pouca altura, tinha cabelos longos que prendia com uma tiara e uma presilha, roupas simples e sapatos gastos. Seu andar era levemente manco, de alguém que se esforçava por não demonstrar que tinha uma perna mais curta do que a outra.

Naquela noite, jantamos uma sopa quente e dividimos um pão caseiro, de mão em mão. Dormi numa cama de palha, com uma manta remendada. O telhado da casa carecia de pelo menos metade das telhas e, longe da poluição, o firmamento se apresentava esplêndido como eu jamais havia visto. O que mais me marcou foi o cheiro de lenha e grama seca que, até hoje quando (raramente) estou em contato com a natureza, sinto aquecer meu coração com essa lembrança.

Existem tantas formas de se viver a vida, independente do que esteja acontecendo ao nosso redor. Acho que isso era o que minha tia queria me ensinar naquela noite de inverno. Ela podia muito bem não ter passado na casa de Vera, mas escolheu me mostrar que todos nós temos nossos pequenos carmas para enfrentar, e que um pouco de perspectiva e muita gratidão são essenciais para o ser humano. Vera deve ter falecido há muito tempo e eu nunca soube se ela teve um final feliz.

Me pergunto se meus desejos vão continuar criando expectativas inalcançáveis, ou se algum dia vou conseguir viver de uma forma simples. Sempre que sinto que o mundo vai acabar pra mim, me sento ao meu piano. Tia, será que vou conseguir sem você?

Aumento o som para não me afogar de vez na minha nostalgia. A versão de "If You Leave" da banda Nada Surf está tocando, e devo chegar ao hospital em cinco minutos.

A URGÊNCIA DE EXISTIR

Chego ao hospital.

Ele é gigantesco e tem setecentos e oitenta entradas. Acho uma vaga bem em frente a uma delas. Não ligaria de usar o estacionamento pago, mas considero sorte demais — quase uma mensagem do destino — e resolvo parar ali mesmo. Ligo para Bia enquanto atravesso a rua.

— Oi, Nick. Cadê você?

— Estou entrando no bloco A — leio o letreiro.

— Bloco A? Você não estacionou no D?

— Não. Parei na rua e entrei no primeiro bloco que vi.

— Puta que pariu, como você é sovina.

— "Falem mal, sem embargo: mas falem de Nicolas Camargo." Escuto minha irmã bufando do outro lado da linha.

— Estou indo até você. Não sai daí.

Entro no belo saguão que, apesar de luxuoso, tem um clima entre enfermaria de guerra e velório. Uma enfermeira acompanhada do segurança mede minha temperatura, entrega uma máscara nova e espirra álcool em gel em minhas mãos.

Quando chega minha vez na fila da recepção, informo os dados para me autorizarem a entrar. Aviso que a Dra. Beatriz Camargo está vindo me buscar. Sinto um ar de orgulho na minha fala. Natural: nascemos no mesmo ambiente, mas ela alcançou seu futuro brilhante na geriatria, e agora à frente da ala de covid de um renomado hospital.

Meus pensamentos são interrompidos pela funcionária do hospital.

— O senhor sentiu algum desconforto nos últimos dias?

— Sim. Minha tia faleceu. Isso me deixa bastante desconfortável.

A recepcionista me olha com um semblante de quem gostaria muito que eu colaborasse.

— Sem nenhum outro desconforto. Me sinto muito bem, obrigado.

— Ok, senhor. Aqui está seu crachá de visitante. Pode aguardar aqui no saguão, por favor. A doutora já foi comunicada?

— Já, sim. Muito obrigado pelo atendimento. Você foi muito amável.

Cumpro mais um papel de trouxa ao tentar remendar a minha grosseria. Recebo um sorriso amarelo e sigo em direção às três poltronas de couro, apontadas para uma mesa de centro redonda, de mármore "Guatemala". Em cima da mesa, cópias de um folder de exame de próstata, dos programas de check-up e vacinação do hospital. Na parede, os costumeiros quadros de artistas famosos foram substituídos por anúncios sobre o coronavírus.

Depois de quase dez minutos aguardando, minha irmã aparece. Bia consegue preservar sua elegância mesmo usando máscara, com uma marca de *face shield* na testa, olheiras e avental de médico. Ela me dá um abraço mais caloroso do que o de costume. Vejo seus olhos marejarem e, logo em seguida, percebo o extremo esforço que ela fez para se recompor.

— Me conta. Como tudo aconteceu? — pergunto.

— Foi muito rápido. A tia sempre foi grupo de risco, você sabe: diabetes, idade, pressão alta, asma… ela era o pacote perfeito.

— Mas achei que ela estivesse isolada em Mongaraíbe.

— Sim, Nick. Mas essas coisas não são assim, uma escapada é o suficiente. Não tive tempo de perguntar a rotina dela pra saber como ela se contaminou. Quando ficamos sabendo, ela estava na Santa Casa da cidade, com quarenta graus e meio de febre, saturação a setenta e cinco e fortes crises de falta de ar. Consegui uns favores e a trouxeram pra cá. Você devia ter visto. Parecia cena de filme: o pessoal indo buscar uma senhora de mais de noventa anos de helicóptero.

— Por que você não me avisou? — perguntei, esboçando perplexidade, mas já sabendo a resposta que eu teria.

— Nicolas, você não fala com a tia faz meses. Está sempre "cuidando da sua vida", como você mesmo diz. Eu não quis te incomodar; não até saber o estado dela.

A Bia me julga tanto que, às vezes, me pergunto se sou herói ou anti-herói da minha própria vida. Machista? Grosseiro? Maluco? Acho que depende do dia.

Minha irmã, após se formar como médica e concluir a especialização em geriatria, havia se reaproximado da família para zelar pela saúde deles. Era uma relação mais fria do que a minha, mas pelo menos existente.

— E aí? — perguntei.

— E aí que, da hora em que ela chegou e tentamos estabilizá-la até o momento em que declaramos óbito, tivemos apenas seis horas.

Apesar da urgência do tema, não posso deixar de notar que Bia muda seu tom quando está no ambiente de trabalho. Prefiro o que ela usa quando estamos dividindo umas costelinhas de porco com molho barbecue e um chope em algum lugar. Ela continua:

— Além das comorbidades, os órgãos vitais de uma pessoa de quase um século não são tão resistentes.

— Meu Deus… E o papai?

— Papai está um caco. Você sabe como ele é.

— Você não vai deixá-lo vir, né?

— De jeito nenhum. Ele tem as mesmas comorbidades que os irmãos. Já perdemos um familiar esta semana. O último lugar que qualquer pessoa precisa se meter é num hospital no meio de uma pandemia.

— E a mamãe?

— A mamãe chorou uns cinco minutos sem parar no telefone comigo. Mas é diferente. Elas se falavam todos os dias, mas tia Lu não era irmã dela. E apesar de correr menos risco aparente do que o papai, ela continua morrendo de medo da covid. Então tenho certeza de que não vai ao velório.

— Entendi. E a tia, onde está?

— Como assim, onde está, Nick? Está no necrotério do hospital. Já assinei metade da papelada. Vou liberar o corpo ainda hoje, assim que entrarmos num acordo com o papai, tia Rosa e tio Tito sobre velório e enterro.

— Eu não vou poder nem ver minha tia?

— Eu sequer vou deixar você entrar na ala de covid. O que você acha? Que te chamei aqui pra você correr riscos?

— Não. Mas, com todo respeito, por que você me chamou, então?

— Porque eu preciso da sua ajuda com os trâmites da herança, e preferia falar com você pessoalmente. Eu sei o quanto a tia significava pra você.

— O corpo nem esfriou e já temos que falar de herança?

Beatriz dá de ombros.

— Tem mais uma coisa, Nick. Durante essas seis horas, a tia teve uns dez minutos de lucidez. Nesse período, ela só falou de você. E de um jeito estranho, meio perturbado.

— De mim?

— Vem. Vamos tomar um café.

Bia me guia, andando apressada pelos belos corredores do hospital. Com exceção dos improvisos protocolares, as alas do bloco

A ainda não foram tão modificadas. O setor onde ficam isolados todos os infectados e casos suspeitos está montado no bloco C.

No caminho, me pergunto o que minha tia poderia ter dito. Meu pai tinha cinco irmãos. Dois já faleceram, é verdade, mas ainda sobram três deles e uma penca de primos. Ela poderia ter se preocupado em dizer algumas últimas palavras ao meu pai, por exemplo. Temporão dentre os irmãos, a diferença de idade entre ele e tia Lu era de vinte e cinco longos anos. Ela fora uma mãe para ele, que perdeu o pai aos dez, e tinha a mãe com sinais precoces de demência. Papai é o menino mimado criado pelos irmãos. Mas, não: em seus últimos dez minutos de consciência, minha tia se lembrou de mim.

Chegando ao café, eu pergunto o que Bia vai querer, faço o pedido e pago a conta: dois cafés expressos e dois pães de queijo. O coquetel saudável de todo paulistano com gula fingindo pressa.

Nos sentamos a uma mesa que tem um plástico como divisória entre mim e minha irmã. Por dois milissegundos fantasio que estou indo visitar minha irmã na prisão. Que ela é a filha problema e eu sou o orgulho da família.

— Nick, você tem ideia do quanto você é amado por essa família?

— Pelo visto, não — respondo enquanto dou uma mordida no pão de queijo.

— Quando chegou aqui, tia Lu estava meio inconsciente. Aos poucos fomos cuidando dela como podíamos. Uma hora ela abriu os olhos e me deu o sorriso mais lindo que eu já vi em toda minha vida.

— Eu sei, ela tinha um sorriso encantador mesmo. Vim pensando nela no caminho...

Percebo meus olhos lacrimejarem de leve, mas sigo comendo, ansioso, como um labrador que tem fome.

— Ela demonstrou certa preocupação com você. Pessoas passando mal em hospitais dizem coisas esquisitas, mas isso foi bem esquisito.

— O que ela disse exatamente?

— Que você sempre foi um menino doce, mas que foi vítima de muitas coisas que a faziam se perguntar se você era plenamente feliz. Que queria ter passado mais tempo contigo como fez com o papai depois que a vovó faleceu, sendo meio que uma mãe pra ele.

— Plenamente feliz. Algum de nós é feliz de verdade? — pergunto com deboche enquanto tomo um gole do café, perfeitamente tirado, aliás. Um expresso deve ser feito numa temperatura que quase queima o grão e com a quantidade certa de pó moído na hora. Encontro bons cafés como esse uma vez a cada vinte. Bia me ignora e continua:

— Sabe, eu senti que, de certa forma, ela estava pedindo meu auxílio. Que eu te ajudasse a se reaproximar da família. Das tuas raízes.

— Bia...

— Família é tudo nesse mundo, Nick.

— Eu sei disso, mas acho que você pode estar exagerando um pouco.

— Tia Lu me disse mais uma coisa. Que quando a pandemia começou, ela resolveu atualizar o testamento dela e *nos deixar* como herdeiros da casa de Mongaraíbe. Nem sei se você sabia disso, mas, pelas fofocas da família, eu sempre soube que herdaríamos o imóvel de São Paulo. Acho que pela praticidade. Mas pelo visto ela mudou de ideia.

— Entendi. E tornou tudo isso nada prático pra gente, né?

— Deixa de ser cuzão, Nick. Temos que ser muito gratos àquele lugar. Quantas vezes não frequentamos aquela casa?

Minha irmã é dessas pessoas que usa acrônimos e palavras mais rebuscadas como "frequentar". Isso me irrita. Ela quer ser uma espécie de hipster cheia da grana.

— Mas e aí? O que ela disse em seguida?

— Nada. Depois disso, ela me elogiou e disse: "Nega, vou descansar um pouco e te vejo em breve", e fechou os olhos. Ainda resistiu algum tempo, mas seu corpo foi desligando pouco a pouco.

— Ah, Bia... ela estava claramente delirando. Não acho que ela quis dizer nada de especial.

— Nick! Foram as últimas palavras dela. Com certeza a tia Lu conta com a gente pra cuidar da casa que foi seu lar durante a vida inteira. Gerações nossas viveram lá. Eu não posso largar o hospital agora, em plena pandemia. Você tem que ir pra Mongaraíbe. Tem que ser você a arrumar suas coisas, fechar a casa e garantir que o imóvel vai ter um fim decente. Eu não consigo fazer isso.

— Mas e o meu trabalho?

— Sei lá! Você não trabalha remoto? Promete pra mim, vai Nick... que pelo menos vai pensar a respeito? Pense nisso como uma coisa boa que você pode fazer. Algo de bom pra você, de gratidão por um familiar, e quem sabe outras coisas.

— Outras coisas?

— Sim, ué. Que mal vai lhe fazer sentir que está ajudando a tia e se reconectando com aquele lugar que te abraçou durante tanto tempo? Há quantos anos você não pisa por lá?

O jeito de minha irmã me irrita de leve, mas se tem algo que realmente me irrita é quando ela se coloca numa posição superior. Como se ela estivesse com a vida e a cabeça resolvidas, e eu fosse o perdido no mundo. Todos acham que ela passou ilesa pela depressão da mamãe e que, por ser mais jovem do que eu, foi capaz de superar mais facilmente o divórcio. Eu tenho a impressão de que o dia que algo acontecer — por exemplo, se o *peida-talco* do namorado dela for embora sem aviso — ela vai cair em si.

— Tá bom. Vou pensar — desconverso.

— Obrigada.

* * *

Minha irmã sempre foi mais próxima da nossa família paterna do que eu, e toda vez que precisa esfriar a cabeça, vai a Mongaraíbe para respirar nossas origens. Mais do que ir para ver o verde e abraçar uma árvore, ela vai para viver o contraste social entre aquela cidade e a selva em que moramos. Consigo até imaginar ela abrindo um consultório por lá e se mudando. Eu enfiaria minha cabeça num forno em uma semana. O ritmo me mataria.

Pensando friamente, devo admitir que Bia tem razão. Familiares são as únicas pessoas com quem conseguimos ter as relações mais profundas e, ao mesmo tempo, nos distanciarmos friamente. Quem olha para o meu relacionamento com tia Lu nos momentos recentes não imagina o quanto, na verdade, ela fora uma avó para mim. Tantas pessoas foram criadas pelas avós. Eu fui pela minha tia com idade de avó, que fingia ser mãe. Por muito tempo, tia Chica e ela foram bússolas para minha vida. Acho que o mínimo que eu posso fazer é acompanhar seu enterro, guardar suas coisinhas em malas e caixas, e garantir que ninguém se aproveite daquela casa que está na família há anos ou de seus pertences pessoais.

— Bem… como te ajudo com os próximos passos? — digo.

— Vamos ligar pra família e ver se conseguimos desembaraçar? Todos já estão sabendo e avisei que ainda hoje ligaria pra gente ver quem faz o quê. Vem, tenho uma sala aqui que podemos usar. Você me ajuda a falar com eles, daí eu cuido dos trâmites do corpo e você fala com o advogado.

Recoloco minha máscara, jogo no lixo as embalagens do que consumimos e devolvo as bandejas no balcão. Acompanho Bia até uma área de exames pediátricos, por onde cruzamos até uma salinha. Dois ou três residentes de avental verde estão ali com olheiras enormes, papeando num canto. Bia pega o celular e cria uma chamada no grupo da família. Eu particularmente não sou muito fã desse grupo, que serve pra receber mensagens genéricas de "bom dia" — as mais bregas possíveis — e falar sobre burocracias geriátricas. Todos estão obviamente ligados no que aconteceu e atendem de pronto.

Bia vai direto ao ponto; afinal, além de ser menos dramática do que eu para a vida, ela está em seu ambiente profissional.

— Oi, pessoal. Queria só validar com vocês. Pensei em velarmos o corpo no Cemitério de Mongaraíbe e usar o jazigo da vovó e do vovô pra enterrarmos. De qualquer maneira, teremos o caixão fechado durante todo o velório.

— Caixão fechado? Qual o objetivo de termos um velório, então? — pergunta tio Tito.

— Tio, já estamos conseguindo regalias. Há poucos meses o tratamento com as vítimas era muito pior. Vamos seguir o protocolo em respeito à tia e para que os primos possam estar ali. Vocês não deveriam ir. Pode ser que muita gente apareça — explica Bia.

— Eu estou de acordo — afirma tia Rosa.

Tia Rosa é a irmã (viva) mais velha do meu pai. Depois que seu marido Walter morreu, ela passou por todas as etapas clássicas da curva de aceitação. Ultimamente, está reclusa e qualquer assunto a ser tratado com ela era endereçado a um de seus três filhos: João, Marcos e Júlia.

— Papai? — pergunta Bia.

— Vamos seguir assim. Eu não frequento velórios, mesmo. Não acredito nesse tipo de despedida em grupo. Vou dar um jeito de ir pra Mongaraíbe depois e visitar o cantinho da minha irmã no particular — responde ele, com voz de choro.

Meu pai raramente consegue viver um momento feliz ou um momento triste sem chorar. É quem ele se tornou depois de uns golpes que a vida lhe deu.

— Ok, vou seguir assim, então. Ah! O Nicolas vai falar com o Dr. Alberto, advogado que entrou em contato comigo pra falar da herança da tia, tudo bem? — completa Bia.

— Bom, este é outro assunto e prefiro que vocês discutam entre os primos. Pelo que sei, Luzia deixou tudo aos sobrinhos e nada aos irmãos — diz tia Rosa, como quem demonstra um sentimento misto de frustração com alívio.

— Acho ótimo. Vou avisar a Laurinha e o Rafa — diz Tito.

Meu pai fica mudo.

— Temos que chamar os filhos do tio Cacá. Alguém sabe deles? — pergunto.

Desde o falecimento do meu tio Carlos, seus filhos desapareceram como se a terra os tivesse tragado. Talvez o cheiro do dinheiro os faça aparecer como num passe de mágica.

— Você liga para todos os nossos primos, convida eles para o velório e para uma reunião com o advogado — diz Bia no viva-voz, me olhando com uma feição afirmativa e quase ditatorial.

Nos despedimos dos tios ao telefone.

— Bom, Nick, vou voltar ao trabalho. Te aviso sobre o translado da tia para Mongaraíbe. Independente do desdobramento da herança e do que você vai fazer sobre o que tia Lu disse, posso contar com você por lá esse fim de semana? Eu não posso ir, porque já desviei meu foco no hospital até demais com tudo isso. Vou ter que ficar por aqui.

— Pode, claro. Vou avisar no trabalho que vou estar incomunicável até quarta-feira.

— Obrigada. Sabia que poderia contar com você. Te passei agora por mensagem o contato do Dr. Alberto. Foi ele quem fez o divórcio do papai e da mamãe; você lembra. Quando tia Lu me pediu alguém de confiança há alguns meses, indiquei ele. Ele tem a posse da documentação de seu inventário.

— Uhum — concordo.

Bia me dá um abraço mais afetuoso do que tinha me dado quando cheguei. É bem típico dela me tratar melhor quando precisa da minha ajuda pra alguma coisa.

No caminho até meu carro, me perco no hospital e cruzo por uma doceria. Pego mais um café e um pacotinho de *petit fours* (sou louco por eles), os devoro até chegar ao carro. Me adianto e ligo para o advogado.

— Oi, Alberto. Quem fala é o Nicolas Camargo. Lembra de mim?

— Oh, Nick. Claro que lembro. Que satisfação! Como tem passado?

— Estou bem, obrigado. Acho que a Bia comentou com você sobre minha tia.

— Sim, ela me mandou mensagem avisando. Olha, eu estou no trânsito agora, indo pra casa. O protocolo me manda falar com todos ao mesmo tempo. Me passe o contato de todos os sobrinhos dela, por favor. No testamento tenho as informações, mas às vezes o número de contato mudou. Vou organizar uma reunião pra segunda-feira logo cedo. Pode ser assim?

— Perfeito. Muito obrigado, Alberto. Estou a caminho de casa e te passo tudo chegando lá.

— Combinado. E quando tudo isso passar, vamos tomar um café ou almoçar. Meus pêsames pela sua tia.

— Vamos, sim. Obrigado mais uma vez.

Desligo o celular e aumento o som do carro. Minha rádio preferida está tocando "Hipping the hop", do George Benson. Penso em passar em algum lugar pra comer, já que não tenho nada em casa e, desde o pegajoso rango do avião, minhas refeições foram duas cervejas, um pão de queijo, dois cafés e um pacote de biscoitos. Mas a preguiça é maior.

Ao chegar, mando o contato de todos os meus primos para o Alberto (sem saber se os números mudaram desde a última vez que salvei na agenda do celular) e vou direto para a cama. Gosto de usar os shorts vendidos em conjuntos de pijama das lojas de roupa com uma camiseta de algodão pima por cima e nada por baixo dos shorts. "Tem que criar o bicho solto", me ensinou meu pai quando eu era bem pequeno.

Levanto depois de cinco minutos e pego um edredom velho no armário, eu o enrolo e coloco debaixo das cobertas comigo pra não me sentir tão sozinho. Em menos de dois minutos, adormeço.

Durante a noite, tenho o sonho mais esquisito.

Estou numa sala de aula bem antiga, de pé direito alto e janelas gigantescas, e o ambiente e as roupas denotam costumes do século XIX. Ainda sou eu mesmo, mas tomo consciência de que não sou o Nicolas nem sou consultor. Ouço vozes ecoando do fundo da sala: "Professor, professor!" Pelo visto a classe é ministrada por mim. Como acontece nos sonhos, não desconfio de nada e me enxergo perfeitamente no contexto, sem estranheza. Em questão de segundos, entendo que as vozes me chamando tentam anunciar que algo muito ruim está ao meu lado. Quando me viro, uma sombra acinzentada vem à minha direção e tudo fica escuro. Não consigo identificar o que é aquela criatura. Perco a habilidade de me mover ou falar. Talvez isso seja o que chamam de paralisia do sono. De repente, vislumbro uma luz muito clara vindo da janela, com tons prateados que dissipam a escuridão. Sinto minha tia sentada à beira da cama, agora em meu quarto, entre mim e a janela, passando a mão sobre meus cabelos. Minha tia me dá um daqueles sorrisos e passa as mãos sobre meu rosto como um soldado fechando os olhos de um morto de guerra no campo de batalha. Quando abro os olhos novamente, ainda sonhando, estou na mesma sala de aula — agora vazia, e minha tia não está mais ali.

Acho que o papo da Bia mexeu comigo.

DEZ DIAS

Eu estava no escritório quando começou um burburinho sobre a morte do médico que investigava o estranho vírus de que todos estavam falando. A Ásia oriental estava sob a atenção de todo mundo naquele momento, e o falecimento do doutor teve um significado simbólico: quem estava endereçando o problema havia sido consumido por ele.

Antes que aquela semana acabasse, a liderança da farmacêutica onde eu estava alocado — um projeto pautado na aquisição de marcas de camisinhas e lubrificantes — emitiu um comunicado pedindo que ficássemos em casa por uns dias. Inicialmente, dez. Nesse período, frequentamos o escritório da firma em vez do escritório do cliente. Mas logo entramos num período de reclusão e home office por um mês. Em seguida, foi postergado para dois. Depois, indefinidamente. Nesse período, lembro de estocar comida e sair sem rumo pelas ruas desertas da cidade que mais pareciam cenário de filme apocalíptico.

Foi assim pra todo mundo. Saíram de onde estavam com o alvoroço da novidade, sem conseguir entender o que realmente estava acontecendo. A ficha de cada um de nós demorou a cair. Em alguns, não caiu até hoje.

Nas primeiras semanas, Giovanna e eu curtimos a novidade de morarmos no meu apê. Acordávamos cedo sem a necessidade de despertador. Dia sim, dia não, fazíamos sexo ao acordar ou saíamos para caminhar usando máscara e voltávamos para tomar banho. Nos dividíamos bem com as tarefas de casa, e ficávamos cada um num cômodo para fazer nossas ligações e reuniões. Ao fim do dia, cozinhávamos e assistíamos séries. Nos dias em que Giovanna teve que ir ao Palácio do Governo, eu aproveitava pra comer alguma coisa nada saudável e jogar videogame nos momentos livres.

Logo veio o lockdown e, com isso, nossas poucas saídas e interações com a sociedade terminaram. Foi aí que os defeitos da Gi começaram a brotar como torcedores do time elitista da capital quando — de tempos em tempos — vão para uma final de campeonato. Tenho certeza de que meus defeitos germinaram para ela também. Hoje, olhando pra trás, penso que devia ter me tocado que algumas de suas qualidades estavam me irritando e iniciado uma discussão de relacionamento aberta.

Reconheço que neste período eu me tornei uma figueira seca. Olhando pra trás, deixei de fazer o que gostava de fazer, e a pandemia não é uma desculpa plausível para isso. Ouvir música, por exemplo, que é uma das minhas coisas preferidas nesse mundo. Acho que devo ter ouvido dez por cento do que costumava ouvir antes. Não tenho ideia do porquê. Talvez a vibração do planeta. Talvez o barco afundando pra todo mundo me tenha dado coragem de desabafar de uma forma estranha sobre a minha incompletude com relação às coisas ao meu redor. Me toquei disso outro dia e desde então tenho compensado.

Enfim, três coisas em particular me irritavam na Giovanna.

A primeira delas era seu jeito grudento. Aprecio e desfruto da minha liberdade e companhia própria. Às vezes eu estava no banheiro e ela começava a falar comigo pelo outro lado da porta. Nos dias em que eu não queria falar sobre meus sentimentos, ela parecia um pernilongo no cio que eu não conseguia esmagar. Enquanto não me visse irritado em abrir caixas de pandora na minha mente, não se dava por satisfeita.

Começou a se interessar por um videogame de apocalipse zumbi que eu estava jogando. É até legal pensar numa namorada que não apenas lhe "permite" jogar, como também o incentiva. Mas eu claramente não consegui explicar a ela que meu momento olhando para uma tela é um momento de fazer nada, de relaxar. Não de brincar de crítico de cinema. A arte de morar com alguém está em dar o espaço que a pessoa precisa para que ela faça o que gosta de fazer sozinha ou o que precisa fazer com concentração, e se encontrar em momentos esporádicos do dia para realmente confraternizar e acolher. Não foi isso que aconteceu.

Sua mania de separar os itens do prato e comê-los um de cada vez: essa era outra coisa que me deixava louco de ver. Quando eu era pequeno, minha mãe me incentivava a comer os legumes e verduras promovendo uma mistura total em meu prato. Eu como com educação, mas com gosto. Quem vê uma garfada do Nicolas se dá por satisfeito antes de provar a própria comida. Quem está sem fome, passa a abrir o apetite. A Giovanna é daquelas pessoas que come porque tem que sobreviver. Que coloca os sentimentos do tomate na frente dos seus. Além de demorar, no mínimo, o dobro do tempo que eu para ingerir cada pequena porção, ela o faz de maneira metódica, separando o arroz do feijão como quem separa o joio do trigo. Até a pipoca a coitada tem que comer pelas beiradas e deixar o centro do piruá por último. E o faz não com um ar de esperteza, mas com certo desdém. Isso é o que me irrita mais. Depois da música, eu tenho um respeito absurdo por comida.

E por falar em música: dentro das top três coisas, destaco seu gosto musical. Por que, quanto mais bonita a pessoa, pior ele é? Quando eu a conheci, um dos primeiros assuntos que puxei foi música, e, ao citar algo sobre o Pink Floyd, ela me respondeu: "O que é isso?" Eu devia ter cortado nosso relacionamento por ali. Vai ver é por isso que minha taxa de escuta diminuiu noventa por cento quando começamos a morar juntos. Se for pra me chamar pra ouvir música ruim, prefiro que me chame pra arrancarmos as unhas com um alicate de eletricista.

Quando a primeira onda parecia ter chegado ao fim e algumas pessoas voltaram a viajar, minha empresa ameaçou enviar um ou outro consultor para os clientes que insistiam no modelo presencial. Eu nunca cheguei a participar disso. Ainda não vacinado por conta da minha idade e por não ter comorbidades, me contaminei com a cepa dada hoje como uma das mais letais do vírus.

Tudo começou com uma leve coceira no céu da boca e um incômodo na garganta. Em menos de dois dias, eu estava derrubado em minha cama, com febre e uma tosse sem fim. Nisso, não posso me queixar da Gi: ela ficou ao meu lado em todos os momentos. Chegou a pegar covid, mas de uma forma branda.

Em setenta e duas horas, eu sentia que o vírus havia tomado conta do meu corpo todo e, por assim dizer, da minha mente também. Como uma teia de aranha se alastrando pouco a pouco e me dominando por inteiro. Eu não conseguia reagir, a febre não baixava e a "tempestade imunológica", como chamaram os médicos, era maior do que os sintomas respiratórios. Cheguei ao pronto-socorro do hospital com uma frequência cardíaca de cento e sessenta batimentos por minuto em repouso, e a pressão arterial completamente alterada.

A sala do PS denotava pavor em todos. Os que estavam sadios, acompanhando seus doentes, tinham medo de se contaminar ou de estar olhando para a pessoa amada pela última vez. Os contaminados mostravam uma falta de brilho nos olhos que eu só havia visto nos filmes de mau gosto. Esse era um hospital de luxo (o plano de saúde oferecido por minha empresa nunca foi algo do qual eu pude reclamar) e me lembro de só conseguir pensar em como estariam as pessoas em hospitais que dispunham de menos recurso do que aquele.

Os enfermeiros estavam exauridos e focados. Quando viram o meu estado, a decisão pela internação foi unânime. A lotação dos leitos era quase total, e não sei como conseguiram me encaixar. Até hoje reflito se eu tirei o lugar de alguém que estava pior do que eu.

Fato é que Giovanna ficou comigo durante as quarenta e oito horas em que estive internado na unidade semi-intensiva. Sem comer nada. Era a ala da covid, e ela só pôde entrar porque testou positivo — mas não podia sair para buscar comida de jeito nenhum, e até hoje não entendemos por que não serviam "comida de acompanhante"; vai ver é porque todos os doentes estavam sozinhos, isolados. Desde que saí do hospital, costumo contar essa história dizendo que na madrugada do meu pior momento, os médicos disseram: "Voltaremos em duas horas. Ou entubaremos ele, ou ele vai ter a melhora milagrosa que alguns pacientes apresentam." Pra ser sincero, não me lembro se essa conversa aconteceu, mas tenho certeza de que tal lógica esteve presente na cabeça dos médicos que cuidaram de mim. Lembro ainda menos de como foi que saí do hospital e dos dias que se seguiram. Acho que apaguei da minha memória.

Até então, a pandemia era uma norma social — uma regra a ser quebrada. Até que eu a quebrei. E apesar de ter percebido minha insignificância quando fui acometido pela doença, não acho que uma chavinha mágica tenha virado dentro de mim. Quando ficamos frente a frente com a morte, quando a vemos de longe, na esquina que seja, as coisas mudam de perspectiva — é verdade. Após passar por essa, não existem mais poços ao meu redor, apenas pequenos brejos enlameados nos quais às vezes tropeço, me sujo e saio dali fingindo que nada aconteceu.

Mudar é algo difícil pra todo mundo. Isso não significa que a gente não deva seguir tentando.

Tenho a imensa sorte de ter sobrevivido. Gostaria que tia Lu tivesse vencido essa também. Ela não era uma atleta de quarenta anos, e uma hora ou outra ela iria partir, mas o fato de ela ter morrido por causa desse vírus fica como uma mancha pra mim. Ela virou uma estatística, e não uma pessoa que viveu até seu último dia.

* * *

É inevitável um dia termos o fim da pandemia declarado (se o fascismo não nos alcançar antes); basta saber apenas quando, e a que custo. Tenho muita curiosidade de saber como será reconstruir nossa história como gente. Mas a percepção que eu tenho é de que ninguém quer muito falar sobre isso. Ainda é muito recente pra encarar os prováveis fatos do porvir: crise financeira, atraso na educação fundamental e alfabetização, reeducação do abastecimento logístico das empresas, protecionismo, populismo político, sequelas da covid na saúde pública, problemas nos sistemas previdenciários, altos juros, guerras frias e extremismos sociais. Por enquanto, as pessoas estão vivendo o luto coletivo e tentando reencontrar seu prumo.

Eu suspeito que todos vão estar ainda mais voltados para seu próprio umbigo quando tudo isso passar. Que meu professor de inglês do primário traduziria os discursos de "quando isso acabar, vamos nos ver mais e valorizar o que importa" como *bullshit*. As pessoas precisam de férias antes de voltar ao trabalho danado que dá fazer parte de um mundo em que todo mundo quer gelo, mas ninguém quer reabastecer a forminha com água potável e recolocar no freezer.

Por enquanto, convivo com um sistema digestivo completamente destruído. Vivo de protetor gástrico em protetor gástrico, de banheiro em banheiro: esperando um milagre para que o estresse, a má alimentação, enfim — a toxidade em tudo — me deixem em paz. Vivo também com um problema crônico no meu ouvido. Às vezes, ele entope e sinto uma pequena pressão. Dores pequenas são muito mais irritantes. Quem passa a ter um problema crônico de saúde passa a respeitar quem tem comorbidades.

Minha empatia aumenta gradativamente conforme minha saúde se deteriora. Isso não significa que eu me esforce de todo para entender todas as pessoas com quem convivo. A vida dos mais próximos, em particular, é algo desafiador de compreender. Minha irmã, que já era meio dissimulada, mergulhou no mundo dos salva-vidas. Enquanto isso, me deixou exposto a seu namorado. Seja pelas próprias redes sociais, ou em momentos de "*calls* de família", tenho que aguentar o cara. Há pessoas que não sabem que vibram tão negativo. Às vezes, me pergunto se sou uma delas, e se Giovanna tem razão.

Otávio é, no fundo, o tipo de pessoa que solta pérolas elitistas. "Gente, vocês acreditam que esses dias a energia acabou e tudo porque um poste explodiu em plena Avenida tal? Onde esse mundo vai parar? Não estamos falando de bairro X ou ruela Y, mas do bairro Z! Que absurdo." "Não tem condições de ir pra esse lugar; vou contrair alguma doença". "Ora, eu estou pagando, então tenho o direito de exigir isso; o cliente sou eu, então você vai fazer exatamente o que eu disser." As pessoas inflam achando que é bonito ser assim quando, na verdade, estão fazendo papel de idiota. Eu consigo enxergar ele numa casa de praia estilo "pé-na-areia" com shorts que custaram o preço de uma compra mensal de supermercado, um chinelo azul-claro com sola branca pra se sentir incluso na sociedade produtiva e uma regata vermelha escrita "Salva-lindas (afogo as feias)" em torno de uma cruz branca.

Num livro que li recentemente, o autor diz que ricos não pensam em nada que importe; eles só fingem estar pensando. "Afinal, eles não precisam. Pra ficar rico, o cara tem que usar um pouco a cabeça, mas pra se manter rico não é preciso quase nada. Ser rico é como um satélite, não precisa de combustível algum — só ficar rodando em volta do mesmo lugar e pronto." Genial.

Eu, Nicolas, tenho que pensar o tempo todo para viver. A diferença entre uma pessoa esperta que tira nota oito e uma pessoa brilhante que tira nota dez não é um pouco de empenho; é disciplina pra cacete. E a única forma de um cara como eu, vindo de onde eu vim, atingir sucesso social, é tirar nota dez em tudo. O que me consola é que, no fim, todo mundo morre. E viver cinquenta anos pensando e resolvendo um monte de coisa cansa menos do que viver cinco mil anos sem pensar em nada. Eu gostaria de pensar menos. Meu pai sempre disse que eu era como Atlas; que passaria a vida carregando o peso do mundo sobre minhas costas. Alguns veem estrelas no céu; outros, fuligem no horizonte. Uns buscam o vil metal amarelo, outros um dragão para derrotar. Vai ver, por isso é que eu estou sempre com a sensação de que vou explodir.

Na defesa de Otávio, de certa forma, depois que crescemos e evoluímos um pouco, somos engolidos pela cidade grande e sua competitividade. Passamos a ter dificuldade em alcançar a simplicidade. A simplicidade exige uma mente organizada, uma certa humildade de pensamento rara atualmente. O dinheiro é um grande potencializador deste mundo — seja para o bom gosto ou para o mau gosto. E a grande questão é que se nasce com um ou com outro. Pode-se nascer com dinheiro também, mas uma coisa não compra a outra.

* * *

O mundo está louco. E está prestes a se tornar ainda mais louco.

Será que Giovanna percebeu que eu tinha um sério problema com a forma dela de comer pipoca?

QUANDO A BORBOLETA VOOU

Acordo com um barulho de crianças gritando. A primeira coisa que noto são os pequenos reflexos da veneziana no teto do quarto, em progressão. Esqueci de fechar a cortina blecaute na noite anterior. Olho o relógio do celular. São 6h43min da manhã. Me levanto, alongo os quadris e vou direto ao banheiro. No espelho, noto minha barba já por fazer, mas não me animo.

Vou até a porta e pego meu jornal. As notícias reiteram o que o motorista de táxi havia me dito. A verdade é que eu nem precisaria assinar o periódico: as notícias nunca trazem novidades. Mas há um romantismo no ato de lê-lo enquanto degusto um café que não consigo abandonar.

Ponho a água pra ferver, mas me lembro que não tenho nada para comer. Desligo o fogo e desisto do meu café. Volto para o quarto, levando a mala de viagem com a qual voltara no dia anterior. Tiro tudo de dentro e coloco num cesto de roupa suja que tenho em meu banheiro. Meire, a faxineira de casa, é muito amável de também me ajudar separando minhas roupas, colocando-as na máquina e as estendendo. Deixo sempre uma cópia da chave de casa na portaria, e ela poderá cuidar destas roupas na segunda-feira enquanto eu estiver fora.

Abro meu guarda-roupa e separo uma quantidade de peças similar à de quando vou passar a semana fora a trabalho, mas com escolhas mais informais. Reviso minha nécessaire pra ver se tenho tudo de que preciso pra me manter apresentável por uns dias. Tenho a sensação de que nesta viagem precisarei escrever mais do que ler, então deixo de lado o livro que estou lendo e separo um bloco de notas grande amarelo e minha caneta Mont Blanc, que ganhei do meu pai quando fiz dezoito anos. É uma Meisterstück revestida a ouro, numa edição da Unicef que contém uma pequenina safira azul na ponta. Provavelmente a coisa mais valiosa que eu já ganhei até hoje. Pego também um relógio de ponteiro que uso em minhas viagens internacionais quando quero lembrar que horas são no Brasil ou quando acho que não posso confiar na bateria do meu celular.

    Com a mala pronta, entro no chuveiro e tomo um banho rápido.

    Vou levar minha mochila de trabalho, só por precaução. Confiro que meu carregador de celular está ali. Fecho todas as janelas e, passando pela sala, pego minha carteira, chaves do carro, meu jornal e a carta da Giovanna. Coloco tudo no bolso. Com o jornal embaixo do braço, respiro fundo, dou mais uma olhada pra ver se está tudo em ordem e fecho a porta atrás de mim. Talvez meu apartamento seja o único do prédio a ter tranca dupla, mas minha mãe me ensinou desde cedo a ter medo de tudo e todos e a não confiar em ninguém.

    Olho no relógio e são quase 8h00. No elevador, coloco no GPS do celular: 3h40 para percorrer os duzentos e vinte e sete quilômetros entre meu apartamento e a casa na Rua Olívia Marques. Resolvo comer na estrada. São Paulo fica movimentada a partir de 9h00, e prefiro evitar o acúmulo de carros num sábado de manhã.

    Coloco minha pequena mala e mochila no porta-malas. Regra número um de viver em São Paulo: nunca deixar nada à vista. Isso diz muito sobre esta cidade e quem nela vive.

    Saio com meu carro da garagem, aceno ao guarda da segurança particular, sigo pela minha rua enquanto coloco uma playlist de jazz pra tocar. O dia está nublado. Não parece que vai chover, tampouco que o tempo irá abrir.

Com sorte, consigo acessar a estrada em menos tempo do que pensava. Meu estômago dá uma leve reclamada. Vou parar no primeiro posto que encontrar; até porque preciso abastecer. Aumento o som e escuto a versão de John Pizzarelli de "Ain't That a Kick in the Head?" pra disfarçar a fome e, após vinte minutos, um daqueles postos que vendem até gado aparece. Entro e paro primeiro no posto de gasolina. Peço a gentileza do frentista de completar com gasolina, checar a água do radiador e o óleo do meu carro, e calibrar os pneus com trinta libras cada. Pago e, em seguida, estaciono meu carro numa vaga fácil perto de uma banca de jornal que fica do lado de fora da lanchonete principal. Dentre jornais, revistas, mangás e balas — se destaca aos meus olhos uma propaganda de cigarros da Lucky Strike. Nunca mais coloquei um cigarro na boca depois de ter pegado covid. Apesar de algo me dizer que eles poderão ser úteis, troco a tentação por uma boa lembrança de alguns momentos em que eles me acompanharam e sigo em frente.

Entro no restaurante com meu jornal em mãos. Peço um pão de semolina na chapa, um café com leite e um pão de queijo. Enquanto finjo a mim mesmo ler as notícias no jornal, fico remoendo meu sonho. Teria sido minha tia, em espírito, vindo se comunicar ou se despedir? Seria meu subconsciente? Eu fiquei doido de vez?

Terminando de comer, me levanto da mesa e vou até o banheiro fazer xixi antes de pegar a estrada. O cheiro forte do lugar não se dá pela urina dos demais, mas pela naftalina que eles colocam nos mictórios. É triste, mas é um cheiro característico de quem está pegando a estrada rumando para o interior de SP. Isso e o sabonete verde num suporte giratório, que resseca as mãos como se fosse álcool.

Pago a conta no caixa com duas notas que tinha na carteira e a pessoa que trabalha no caixa me oferece cinco balas sabor Coca-Cola como troco. Aceito e saio da conveniência dando um sorriso de lado, enquanto olho detalhadamente para a embalagem daquelas balas, com carinho. Tanto que quase trombo com um senhor que esperava o cachorro fazer uso de uma árvore do lado de fora. Peço desculpas, balanço a cabeça pra mim mesmo em desaprovação e volto para meu carro para retomar minha viagem.

Antes de engatar a primeira (sim, meu carro é manual, por que — afinal — quem teria um *MINI* pra dirigir com câmbio automático?), mudo da playlist anterior para o álbum do Roberto Carlos de 1971. A primeira música a tocar é "Detalhes".

Eu sou uma pessoa naturalmente desligada. "Para um Camargo, você, às vezes, é muito Gibelle", meu pai me dizia. O sangue italiano por parte de mãe mescla forte com o português paterno quando é preciso, mas em seu estado natural me torna uma pessoa que procura a pipa no chão e o rato no céu quando alguém fala "olha lá, Nick!".

Sim, sou desligado. Mas não sou negligente à minha nostalgia. Quando entrei em meu carro e tive que guardar quatro balas de Coca no painel, depois de passar há pouco por uma propaganda de cigarros, indo pra Mongaraíbe, foi impossível não sentir a presença do meu tio Pedro. Aliás, ele não precisava da sofisticação à qual eu me proponho para ser feliz: dirigia um Uno Mille e fumava cigarros da marca Minister. Mas depois que ligo a música, Roberto me confirma, dizendo: "Não adianta nem tentar me esquecer." Tio, se tem algo que não vou fazer nunca é esquecê-lo.

* * *

Meu tio Pedro começou a vida como motorista de ônibus. A história conta que foi assim que ele conheceu minha tia Francisca e que, quando ela percebeu que estava apaixonada, deu todo o apoio necessário para que ele conseguisse completar os estudos e se formar em história para ter uma carreira acadêmica. Só assim ele seria superficialmente aceito pelos meus avós. Principalmente minha avó, que vinha de uma família abastada no meio político — onde as aparências importavam muito.

Pedro se tornou o principal professor de história nas duas escolas municipais da cidade (uma delas leva, inclusive, o nome do meu bisavô) e não havia na minha época de infância uma pessoa que não conhecesse meu tio. Em inúmeras ocasiões, ele convencia minha tia de que deveria me levar como companhia em suas turnês pela cidade, seguindo ordens dela: buscar o pão, entregar uma doação, colocar uma carta no correio, fazer compras para o almoço. Outras vezes, ela mesmo pedia que ele me levasse, mas passando um roteiro de normas técnicas do que ele poderia ou não fazer comigo.

Meu tio era magro feito um bicho-pau e sempre trajava um sapato de couro estilo mocassim gasto, meias sociais, calça de sarja, cinto fino e camisa de manga curta com os dois botões de cima abertos. Ele tinha um nariz avantajado, como se no meio do caminho de sua árvore genealógica alguém tivesse pertencido a uma família árabe de grande tradição. Debaixo do nariz, um bigode imponente. Tinha cabelos grisalhos e sempre andava com uma escova de cabelo menor do que a palma da sua mão no bolso pra ajeitar ambos, bigode e cabelos, no espelho do quebra-sol do Fiat antes de descer. Usava óculos bifocais com uma lente degradê azul-escura.

Quando eu tinha seis anos, comemorei com ele o segundo título do Verdão após uma seca de muitos anos sem título. Ouvi dizer que foi ele quem tornou meu pai palmeirense também. Aos quinze, ele me ensinou a dirigir num estacionamento baldio perto da rodoviária da cidade. Sei que foi ele quem ensinou meu pai também. Meu tio, que nunca teve filhos, exercera o papel de pai duas vezes.

Tenho a sensação de que a cada dois anos meu tio trocava seu carro por outro igualzinho. As três primeiras coisas que ele me dizia quando entrávamos no automóvel, eu ao lado dele no banco do passageiro, eram: "não precisa disso aí, não" apontando para o cinto de segurança, "quer uma balinha?", enquanto alcançava um punhado de balas de coca debaixo do banco, e "não vá contar pra sua tia, hein?". Em seguida, acendia um cigarro, baixava os vidros à manivela, inclusive o do meu lado, esticando o braço por cima de mim, virava a fita K7 do Roberto Carlos que havia chegado ao fim na rota anterior, apertava o play e ligava o carro.

Eu conheço Mongaraíbe como a palma da minha mão. Tenho certeza de que rodei por cada canto daquela cidade a bordo do Pedro-móvel. A trilha sonora com certeza ajudou nas corretas sinapses para que eu levasse comigo o mapa visual da cidade e cada trejeito de meu tio em minha memória.

Dois anos antes de meu tio falecer de câncer nos pulmões, eu o levei pra assistir a um show do Rei Roberto. Foi assim que gastei meu primeiro salário de estagiário numa empresa de consultoria de um amigo do meu pai.

* * *

"Todos Estão Surdos" começa a tocar e aumento o som. Resolvo abrir as janelas e curtir a companhia do meu velho tio comigo naquela estrada. No horizonte, o tempo começa a se abrir.

* * *

Quando minha irmã nasceu e toda a merda aconteceu, tia Francisca entrou num vórtex e eu virei o centro de todas as atenções dela.

O casamento deles já era um pouco disfuncional: ela mandava e desmandava nele. Ele era obrigado a tomar banho num outro banheiro, recebia críticas sobre como mastigava, como se sentava, enfim — era tratado de forma amarga. Nos dias que sucederam o nascimento de minha irmã, fiquei dormindo na casa deles por mais do que o planejado inicialmente e minha tia resolveu que tiraria o marido da própria cama para me colocar em seu lugar. Pedro nunca se queixou.

Eu acordava de forma esquisita, esparramado numa cama de casal vazia. Quando chegava à cozinha, minha tia me preparava um café da manhã farto, mas me fazia ir ao banheiro, lavar o rosto, escovar meus dentes, pentear os cabelos e me trocar antes disso. Em casa, eu sempre tomava café de pijama. A casa de tia Francisca era um quartel infantil, mas sua doutrina era de extremo amor. Claro que, ao ver o jeito como ela tratava meu tio, eu ficava com certo medo e a obedecia. De qualquer forma, tenho certeza de que nunca serei tratado com tamanha hospitalidade quanto naquela casa. Casa que, aliás, era absolutamente impecável. Uma vez terminado o meu café da manhã, minha tia logo se punha a me tocar de casa para a casa de tia Luzia, que ficava em frente à dela, ou a sair com meu tio para que ela pudesse apurar o almoço e limpar e arrumar tudo aquilo que já havia organizado no dia anterior.

Eu tinha um toque de recolher às cinco, antes de escurecer. Ia direto para um banho muito quente que quase transformava minha pele em papel-filme. A casa possuía um aquecedor a gás, um pouco desregulado para meu gosto. O banheiro era de azulejo verde-calcinha e rejuntes brancos. Tinha um vaso sanitário e um bidê decorados com um tecido trabalhado em crochê, uma pia de coluna e um espelho-armário típico da época, com cotonetes, giletes e remédios dentro — cuja altura não estava ao meu alcance. Eu só tinha acesso a ele quando tia Francisca me colocava sobre um banquinho de acrílico, em frente ao espelho, pra secar meu cabelo com um secador e penteá-lo como um bom menino engomadinho. Enquanto isso, tio Pedro tomava seu banho num chuveiro elétrico do banheiro de serviço e tinha apenas um espelho de oito polegadas e moldura laranja de plástico para se arrumar.

Depois desse ritual romano de higiene, eu vestia um pijama de flanela e um par de meias que faziam com que eu escorregasse pela casa toda, que tinha o piso de taco encerado minuciosamente por Francisca. Ela aprontava um jantar delicioso. Meu tio fazia companhia a nós, sempre muito bem-humorado, mesmo depois de ter passado o dia como office boy e de tanta chicotada. Depois do jantar, os meninos iam para a frente da TV enquanto ela arrumava a cozinha.

Mesmo tendo jantado às seis, duas horas depois minha tia sempre me fazia um misto quente, cortava o pão em pequenos quadradinhos para que eu comesse com mais facilidade — já que tinha dois ou três dentes de leite moles na boca — e um chocolate quente adoçado com duas colheres extra de açúcar. Era minha pequena ceia antes de dormir. Lembro perfeitamente da cara que meu pai fez quando me viu ao me buscar depois de uma dessas férias estendidas. Ele pensava "como alguém conseguiu engordar uma criança tanto assim e em tão pouco tempo". Bem, se existe algo que eu nunca recusei nessa vida foi comida boa. E afeto.

É impossível voltar pra essa cidade e não pensar neles.

* * *

Desligo o rádio e decido curtir o silêncio por um tempo. Vejo passar do outro lado da via duplicada um posto da rede Forsatto. Antigamente, com a estrada de mão dupla, era possível acessar o posto dos dois lados — o que o tornava parada obrigatória. Uma viagem com criança por mais de duas horas deve ter uma parada, nem que seja para esticar as pernas. E a lanchonete desse posto tem a melhor coxinha de todos os tempos. Por um segundo, penso que tia Lu poderia ter me deixado um posto Forsatto de herança. Em seguida, me recordo que ali também foi parada obrigatória quando minha tia Francisca falecera — acometida por dois infartos seguidos de uma parada cardíaca aos sessenta e dois anos. Lembro-me até hoje de João vindo me abraçar no posto, chorando e dizendo: "Primo, não consigo imaginar o que você está sentindo... Eu sei o que ela significava pra você mais do que pra todos nós".

Faço o contorno para uma segunda estrada, um pouco menor, que transita entre as cidades do interior no sul do estado. Toda vez que me aproximo de uma delas, há uma rotatória gramada com os nomes da pequena cidade gravados em concreto, rodeada de umas seis ou sete lombadas e algumas tendas de pessoas vendendo linguiça, pamonha, banana e — o meu preferido — encapotado. Coxinha foi minha comida preferida na infância, mas o encapotado era o auge: a parte escura do frango temperada com especiarias locais, envolto numa massa de farinha de milho com salsinha, frito na gordura vegetal e servido quentinho com um molho de pimenta-doce.

De repente, estou com fome de novo.

Após rodar mais 80 km por paisagens cada vez mais lindas de eucaliptos, araucárias e milharais, vejo o acesso para Mongaraíbe se aproximar. Faço o contorno para subir à pequena via que dá acesso às margens da cidadela. É uma entrada simples, mas magnífica, porque Mongaraíbe é, na verdade, um buraco no meio de um morro — de forma que, quando se está entrando na cidade, é possível vislumbrar todos os seus imóveis de uma só vez. Bem ao centro deles, uma bela igreja. Ou seria catedral? Acho que ela foi reconhecida por algum bispo. Sei lá, não sou muito interessado por esses conceitos. Esse declive faz com que uma massa de ar se concentre sobre todos que moram no centro. O inverno é seco e frio, e o verão úmido e quente. Acredito que a cidade tenha o clima mais temperado do sudeste brasileiro.

É um dia triste, mas a cidade parece estar sorrindo para honrar o enterro da guerreira Luzia. No céu, algumas nuvens isoladas, bem gorduchas e branquinhas, e um azul inigualável. A temperatura está quente, mas ainda com algumas brisas agradáveis.

Ligo para Bia.

— Bom dia, Nick.

— Bom dia.

— E aí?

— Estou chegando no cemitério.

— Beleza. O corpo da tia deve ter chegado aí há uns quarenta minutos. A equipe do cemitério faz toda a parte prática. Mesmo assim, quando chegar na sala do velório, dá uma checada com eles se está tudo certo, ok?

— Combinado. Como faço pra achar o lugar do velório? A última vez que fui lá foi ao enterro do tio Walter, e não me lembro bem.

Enquanto minha irmã responde qualquer coisa sobre a qual não presto atenção, penso que essa história de meu pai ser temporão faz com que eu antecipe algumas etapas estranhas da minha vida. Não acho que seja comum alguém com trinta e cinco anos já ter enterrado oito parentes próximos. As consequências para pessoas que são obrigadas a amadurecer mais cedo podem ser irreversíveis.

Chego ao cemitério, estaciono do lado de fora, me informo na portaria e vou andando até o local onde se velam os corpos. A entrada do cemitério é clássica: uma estrutura de concreto abaulada com um portão-grade em forma de estacas pontudas. Percorro quase um quilômetro pra chegar no alto, na sala onde estão todos. No caminho, lápides altas e até algumas exageradas perfilam. Se me largarem no meio delas, acho que demoro uma meia hora pra conseguir me encontrar. Pela minha forma física e pelo calor, chego transpirando bastante. Recoloco a máscara para entrar no velório.

Na sala estão meus primos, Laura e Rafael, conversando com algumas pessoas que não conheço. O caixão está fechado, o que me faz lembrar de quando tia Francisca faleceu. Na época, segui o costume do meu pai e me recusei a vê-la daquele jeito. Até hoje tenho lembranças maravilhosas dela feliz e saudável, em vez de gélida como uma pedra. Só aceitei estar aqui porque sabia que este caixão estaria fechado.

Entro e cumprimento meus primos.

Um senhor baixo, transpirando mais do que eu, aproxima-se. Noto que ele usa peruca e que parece ter saído de casa às pressas, sem tempo de penteá-la. Ele usa uma camisa polo cinza, com o nome do cemitério marcado em verde.

— O senhor é o Nicolas Camargo?

— Sim.

— Muito prazer — diz, estendendo a mão em minha direção.

— O prazer é todo meu, senhor...

Apertar as mãos de alguém ainda traz a sensação de que vou ficar doente depois de amanhã. Penso que preciso de um álcool em gel.

— Rodolfo. Ao seu dispor. Minhas condolências.

— Obrigado. O que vai acontecer agora?

— O padre vem falar algumas palavras em breve e, em seguida, o pessoal segue carregando o caixão até a tumba onde todos da sua família são enterrados. Se quiserem, podem participar ajudando a carregar.

— Entendi. E, quanto a custos, papelada...

— Tudo certo. Só preciso que o senhor assine aqui — afirma, enquanto se vira e pega uma prancheta com alguns documentos.

Assino tudo lendo rapidamente, mas com atenção, e agradeço ao homem. Mando uma mensagem para Bia avisando.

Viro-me e volto a encarar as pessoas. Os filhos de tia Rosa chegam juntos. Saímos para poder falar um pouco mais alto:

— Obrigado por tudo o que você e Bia estão fazendo, primo. Imagino que tenha sido uma correria enorme — diz Júlia.

— Na verdade, a Bia fez tudo, Ju. Eu estava viajando e cheguei do aeroporto quando ela já havia falecido. Bia não pôde estar aqui, mas manda seus sentimentos.

— Como ela está? — minha prima pergunta, apesar de não ser tão próxima de Bia.

— Me pareceu relativamente bem. Seu semblante mostra que ela queria ter feito mais. Não deve ser fácil ser médica e parente de alguém nessas horas.

— São coisas da vida — afirma Marcos.

— Pois é, a tia já estava bem velhinha também. Pelo que entendi, ela não sofreu muito, né? — pergunta João.

— Espero que não.

— E você, Nick? Quanto tempo que não te vejo, primo! Como está a namorada? — pergunta Júlia.

Minha prima Júlia é uma das minhas preferidas. Dez anos mais velha do que eu, ela sempre me entendeu em minhas loucuras. Compartilhamos algumas características e, em algumas fases da minha adolescência, bati altos papos com ela, que me deu alguma direção de para onde eu deveria ir.

— A namorada não mais está, prima. Estava. É uma longa história.

— Como assim? — retruca.

Dou de ombros.

— Ah, que chato. Bom, a gente se basta, né? — diz Júlia.

Laurinha, em tom de disfarce, diz:

— Pessoal, meu pai vai chegar no enterro em cima da hora. Mas convidou todo mundo pra almoçar lá em casa. Sabe como é: ele teima em não respeitar o distanciamento social.

— Nós não podemos, Lau. Vamos ficar com mamãe. Mas agradeça ao tio e diga pra ele que estamos com saudades — diz Marcos, sem consultar os irmãos.

Ao me lembrar de que não tenho onde almoçar, digo:

— Prima, já que seu pai se sente à vontade em receber a gente, eu vou, sim.

— Beleza, primo. Ele vai adorar ver você.

A essa altura, acho que algumas coisas são prudentes e outras, um extremo exagero. Depois de um tempo convivendo com a covid, decidi não surtar e não julgar.

* * *

Tio Tito é um homem alto, de rosto oval com uma certa papada. Por conta da diabetes, foi perdendo a visão ao longo dos anos. Quando eu era pequeno, meu tio era dono de dois restaurantes em Marangatu. Rafael, seu primeiro filho, nasceu prematuro de vinte e oito semanas, e Tito, empreendedor, não tinha uma cobertura válida em seu plano de saúde para uma UTI neonatal. Todas as suas finanças, e mais um pouco, foram desesperadamente alocadas para salvar seu filho.

Para mim, era sempre muito prazeroso ver as conversas dele com meu pai. Sempre refleti que nunca teria isso na vida. Por mais que eu tivesse cuidado muito de minha irmã, a diferença de idade era de seis anos, e sentia que nossos interesses seriam dos mais distintos possíveis desde muito pequenos. Meu pai e seu irmão bebiam uma dose de uísque enquanto meu pai contava seus casos de negócio que aconteciam em São Paulo, e Tito, como que gozando com o pau do outro porque não tivera opção senão abandonar a própria carreira de empreendedor para salvar o primogênito, prestava ávida atenção e dava suas opiniões, sempre defendendo o pequeno caçula de um metro e noventa e quatro.

Não era tão afável, porém, assistir às discussões entre meu pai e minha mãe, que quase sempre acabavam por envolver meu tio indiretamente. Na verdade, era tudo bem contraditório e difícil de assimilar. Uma situação enlouquecedora pra quem sempre fora educado e instruído a ser coerente e responsável.

Como todos os casamentos, o segundo tabu depois do sexo era o dinheiro. A dinâmica dessas tretas era quase sempre a mesma regra de três. Meu pai fazia merda. Minha mãe pegava dinheiro do meu avô pra consertar a merda. Meu pai pegava o dinheiro e emprestava ao tio Tito. Minha mãe usava um vocabulário desleal e sujo para associar um ato bom do meu pai às capacidades financeiras de meu tio ou até seu caráter em "pagar ou não pagar as dívidas".

Não posso negar que havia um contexto de sua geração que lhe dava o poder matriarcal da soberba: "Na hora do aperto, papai nos arruma grana." Algumas vezes a regra de três virava uma equação binomial complexa: papai colocava sutilmente suas mãos envolta do pescoço de mamãe e gritava para as crianças com os olhos arregalados: "Chama uma ambulância, porque é agora que vou matar ela."

As brigas se tornaram comuns e foram quebrando pouco a pouco cada pedacinho do piso de madeira velha da ponte bamba em que minha irmã e eu pisávamos tentando atravessar o rio da adolescência. Eventualmente, fomos nos acostumando tanto com os gritos e com o profundo silêncio que vinha depois que aprendemos a viver assim por um bom tempo — até que o vil metal fosse nomeado o gatilho perfeito para o divórcio deles anos depois. Como todos daquela geração, meus pais viveram a vida inconsequentemente, mas, à medida que o tempo foi passando, o dinheiro ganhou uma conotação tensa e virou a pauta central.

Em meu coração, ninguém tem nada com isso. Muito menos tio Tito, que sempre fez questão de disfarçar sua posição financeira e dividir tudo o que tinha comigo quando me recebia (inúmeras vezes, aliás) em sua casa. Foi ele quem me ensinou que, na hora do aperto, pode-se quebrar dois ou três ovos na sopa, ou no molho do macarrão, para engrossar e sustentar as pessoas que o vão comer. Foi ele também quem eu vi muitas vezes conduzir a dança com sua esposa ao melhor estilo Al Pacino em festas da família, me ensinando que classe é algo com o que se nasce e independe totalmente da posição social. Não posso escutar um bolero que meu coração se aquece.

* * *

Eis que nos aparece o padre da cidade para dar uma bênção final à minha tia. Confesso que, com exceção aos momentos em que a firula do catolicismo preenche um evento material, não costumo me demonstrar muito aficionado. Sempre fui muito mais cristão e espiritualizado que muitas pessoas que conheço — e devo isso à minha família. Mas não é que, até esse ponto da minha vida, a religião tenha me salvado de meus problemas, muito menos que qualquer rito de passagem católico na despedida de minha tia vá me marcar para sempre. Inclusive, tenho certeza de que tia Lu não faria questão alguma desse rito; a fé dela era outra. Mas o padre está incluso no contrato, com o monte de terra que vai cobrir o caixão. Independentemente, o ambiente contagiante faz com que eu derrube algumas lágrimas, tocando o caixão de minha tia antes de levantá-lo.

Obrigado por tudo, tia. Prometo honrar sua atenção e carinho para comigo.

Meu tio Tito chega e percorremos o mesmo trajeto que me trouxe até aqui, porque a cripta (ou "tumba", como disse o *Carequinha*) onde toda a família Camargo está enterrada fica muito próxima à entrada do cemitério. Mas dessa vez o esforço é um pouco maior, porque, com a ajuda de algumas pessoas simpáticas à minha tia, estamos carregando seu caixão. Nesse momento, o sol de Mongaraíbe está a pino e não há uma só nuvem no céu. Excluindo-se alguns corvos que parecem debater o que vão almoçar, o silêncio é constrangedor. Esse é um dos momentos mais esquisitos da vida: enterrar alguém. A mente de alguém ansioso como eu fica quase que em modo "tela azul" de um computador dos anos 1990. Não consigo pensar em nada e, ao mesmo tempo, pensar em algo completamente aleatório seria um tremendo desrespeito.

Em questão de quarenta e cinco minutos tudo está acabado. Como num passe de mágica, minha tia só existe agora em nossas lembranças.

* * *

Combino com meu tio que vou segui-lo até sua casa e entro em meu carro. Nem me dou ao trabalho de ligar o ar-condicionado, porque a distância é curta.

O caminho tem um pequeno trecho de terra e depois as ruas passam a ser lajotadas. Passamos por uma grande concessionária de automóveis, uma loja daquela que dá crédito e faz as pessoas se endividarem injustamente para comprar seus eletrodomésticos e uma praça que reconheço não ser a praça principal da cidade, mas que tem um pequeno aglomerado organizado de camelôs. Depois vou voltar ali para ver o que tem de bom.

Chego à acolhedora casa de dois quartos em que moram meus tios e meus primos. Tia Neide já está no portão. Ela deve ter 1,5 m de altura e cabelos curtos. Sua aparência tem o estereótipo clássico de uma tia do interior, se existir um.

Peço permissão e lhe dou um abraço.

— Vou fazer o seu favorito — diz meu tio.

— Sanduíche da lanchonete?

— Sim. Venha.

Meu tio me convida direto para sua cozinha. Uma pia de granito amarelo vitória, com um pequeno varal embaixo e uma cortina de renda que tampa o nicho onde ele guarda suas panelas. Em casa, quem cozinha é o tio. Seu fogão é simples, de quatro bocas, e sobre duas delas está uma chapa profissional que, com certeza, faz parte do espólio de seus restaurantes. Em frente à pia, um armário que serve como louçaria e uma mesa redonda com quatro lugares — hoje com uma cadeira adicional, que me parece ser a utilizada na escrivaninha dos meus primos.

É exatamente esse sorriso. O sorriso que ele está me dando, ao preparar o sanduíche de patinho na chapa com tomate e muçarela no pão francês, que faz eu me sentir em casa. A família Camargo sempre fez um bom trabalho em fazer com que eu me sentisse parte dela.

— Sua tia só falava de você nos últimos tempos — diz Neide.

— Pois é, tia. Minha irmã comentou. Eu estava em falta com ela... com todos vocês, na verdade. Precisava vir mais pra cá. A vida em São Paulo toma o tempo da gente de uma forma nada saudável. E essa pandemia não ajuda.

— Vamos ver o que diz o testamento amanhã — fala meu primo Rafa, entrando na cozinha, enquanto eu observo meu tio colocar cuidadosamente a carne com tomate e queijo derretido sobre um pão cortado ao meio.

— Estou aqui pra ajudar vocês no que eu puder — afirmo.

Sentamos para comer enquanto relembramos casos engraçados, como a vez em que uma tia-avó minha tocava o velho piano do casarão e, assumindo estar sozinha, peidava sem parar, terminando cada ato com a expressão "ai, que alívio!" — até que percebeu que seu marido estava à porta e, perguntando desde quando ele estava ali, o ouviu responder "desde o primeiro alívio". Acho que a má digestão é algo de família.

O sanduíche está delicioso. Meu tio sempre foi um cozinheiro de mão cheia. Para mim, mede-se a verdadeira qualidade de um mestre-cuca quando lhe pedimos pra fazer um prato trivial. Algo básico. Como um sanduíche ou um ovo mexido.

De sobremesa, ele me traz um pudim de leite condensado com um nível de doçura muito acima do comum. Tudo no interior tem um punhado a mais de açúcar. Todos se servem generosamente do pudim, inclusive meu tio diabético, e, em seguida, fazemos uma força-tarefa para lavar pratos e talheres. Enquanto isso, agradeço ao meu tio imensamente pelo almoço e digo que pretendo ficar na cidade mais uns dias para ver como estão as coisas na casa.

— Ah, isso me faz lembrar: tome.

Tito me entrega um molho de chaves, que assumo ser da casa de tia Luzia.

— Claro! Eu, muito desligado, já ia até a casa tocar a campainha e esperar alguém aparecer — acrescentei.

Rimos, enquanto meu tio passa um cafezinho perfumado. Minha barriga, que denota alguma alergia alimentar há anos, começa a se distender. O café é sempre uma forma de ajeitar a bagunça da minha digestão, além de me dar um pouco de disposição.

Me despeço com carinho de todos e agradeço mais uma vez.

— Dê notícias — pede meu tio.

— Pode deixar!

Entro no meu carro e escolho a música "Avôhai", versão da "Antologia Acústica", de Zé Ramalho. Não sei o porquê, mas essa música sempre foi a melhor maneira de representar a atmosfera dessa cidade.

Está na hora de encarar aquela casa. Afinal, não é possível que eu fique mais reflexivo do que já estou. E também não vou ficar menos cansado. Preciso entender se as acomodações têm o mínimo para que eu possa passar duas ou três noites. Vou até a rua Olívia Marques.

*　*　*

A rua continua a mesma: não é naturalmente estreita, mas quando alguém estaciona o carro próximo à calçada, o espaço para passar com outro carro fica bem reduzido. O ponto em que a casa de minhas tias fica é mais plano, mas a rua cruza a cidade desde o pico mais alto do caldeirão até o vale mais baixo do buraco.

Aí está ela. Exatamente como eu me lembrava. Um pouco machucada pelo tempo. Duvido que mais machucada do que eu.

Estaciono o carro em frente ao portão verde-musgo. Não acho que alguém conseguiria se espremer por ele e invadir a casa, tampouco o derrubar com golpes simples. É um bom portão. Antigo e manual, exige que a pessoa ponha um pouco de força para empurrá-lo quando quiser abrir. Por isso, tem uma portinha de serviço lateral no mesmo material, facilitando a entrada de pedestres. O muro branco coberto de telhas possui uma bela janela em vitral antigo e uma esplendorosa porta de madeira trabalhada que dá direto para a calçada. Assim eram as casas de antigamente, penso. E eu colocando tranca dupla em minha porta, sendo que ela é a quarta camada que um ladrão teria que desbravar desde a rua até chegar em meu apartamento. Toda vez que minha mãe começava a trancar as portas, também trancava as janelas com precisão. Meu pai perguntava se ela estava aguardando algum pombo-correio ou uma visita ameaçadora do Homem-Aranha.

Testo algumas, mas nenhuma delas abre a porta principal, então tento o outro portão, e desta vez tenho sucesso. Dali, aperto o botão do alarme do meu carro novamente para ter certeza de que o tranquei. Deixo o carro na rua porque o trabalho de abrir e fechar o portão manualmente é muito maior do que o problema de deixá-lo tomando sol e chuva por um tempo.

A garagem é revestida nos pisos e paredes por um porcelanato amarelo com detalhes que datam de mil novecentos e não interessa, tem alguns pontos manchados, com o que penso ser óleo automotivo, e outros pedaços trincados. Incrível mesmo é pensar que eu jogava bola com o Marco nessa garagem, fazendo do portão verde o nosso gol. Hoje, olhando bem, a garagem é apertada, e mesmo assim eu conseguia ver e fazer daquilo o maracanã.

Antes de entrar na casa, me pergunto se não vou me achar ridículo por tê-la chamado de "casarão" por tanto tempo. Desço a pequena escada que dá acesso à cozinha, abrindo a porta de vidro trabalhado que deixa o interior translúcido.

Minha tia Luzia nunca foi cozinheira, mas não dá pra dizer que Vera tinha pouco espaço. A cozinha é ampla, bem ventilada e tem um belo fogão a lenha e outro convencional, de quatro bocas. A pia é dupla e, ao lado dela, uma talha. Com o calor de morrer, procuro um copo que encontro no armário suspenso, que está atrás da porta por onde entrei, e testo se na talha temos água. Geladíssima e saborosa. Sim, sou uma daquelas pessoas que afirma que água tem gosto, e que muitas das águas que provo possuem gosto ruim.

Mas esta água, não. Tento não me enviesar pelo calor. Mas dou nota dez para a água. Atrás de mim, uma lavanderia de tamanho suficiente, com o mínimo necessário para uma casa como esta.

Saindo da cozinha, uma antessala com um pequeno aparador vertical de canto e um vaso bonito sobre ele dá acesso a um corredor que tem quatro portas que dão acesso a uma sala de TV, a um pequeno lavabo, ao quarto de hóspedes e a um pequeno mezanino externo. O mezanino tem uma escada que desce para um quintal, que também poderia funcionar como uma minúscula garagem extra.

Caminho pelo corredor que dá na área social da casa. De um lado, uma clássica mesa de jantar em madeira escura e cadeiras trabalhadas com assento em veludo. Passando pela espaçosa sala de estar ao lado, se vê um hall bem iluminado com um pequeno corredor com entrada para duas suítes: o quarto de minha tia e outro menor. Entre as duas portas, um quadro de tinta a óleo em tela, que mostra a cidade vista de seu ponto mais alto — de onde se pode se enxergar a igreja da praça, os casebres e os bairros mais nobres, por assim dizer, árvores muito altas no horizonte e uma estrada que contorna a paisagem e dá vazão à imaginação. Na parte inferior direita do quadro, a assinatura *Chico M.* condecora a bela arte.

A sala de estar tem um cheiro que não sei reconhecer do quê, mas toda vez na vida que o senti, ele me remetia a algo bom. Os móveis são de um estilo country clássico americano: uma mesa de centro em madeira maciça e quatro poltronas revestidas em pele de vaca sobre um fino tapete, um bar com muitas bebidas alcoólicas, um toca-discos e um bufê.

O ambiente se fecha com um delicioso sofá e um piano vertical em jacarandá trabalhado que meu bisavô trouxera da Alemanha e mandou buscar no porto de Santos.

Deixo minha mala por ali e vou dar uma espiada nos quartos.

O piso da casa toda, inclusive dos quartos, é de uma madeira de demolição que, se vendermos a casa, terá pessoas interessadas em sua originalidade. O quarto de minha tia está do jeito que ela usou da última vez. Prefiro adiar esse momento. Vou ao quarto ao lado, que está impecável como se a última pessoa ao usar tivesse solicitado uma descupinização profissional. Me surpreendo positivamente com a limpeza. Sento na cama e dou um suspiro, pensando *que diabos estou fazendo aqui*. Procuro por travesseiros e cobertas e os encontro num armário ao lado. Sou extremamente alérgico a ácaros e sei que amanhã vou acordar parecendo um cão da raça pug. De qualquer maneira, tenho o que preciso para pernoitar. Este quarto também é uma suíte, então aproveito para usar o banheiro.

Vou até a cozinha ver se encontro algo. Tudo o que vejo na geladeira é um pouco de manteiga e três ovos de pata, que me lembram os coquetéis feitos pela minha tia para me engordar. Encontro o sal embaixo da pia, e faço uma omelete simples, que como de pé na cozinha, falando sozinho.

Volto para a sala de estar e ponho pra tocar o disco que ali estava. O último disco que minha tia ouvira: "The essential Ray Conniff". A primeira música do lado B é "Moonlight Serenade".

A música mal começa e, de repente, me vejo aos prantos como há muito não acontecia. Não consigo pensar em nada senão no medo de nunca mais ver minha tia. A sensação de sufocamento entre meu peito e pescoço é insuportável. Minhas mãos começam a tremer, e o suor a escorrer pela minha testa. Tento me acalmar, mas a sensação de medo e desespero só aumenta.

Eu nunca soube lidar bem com a perda. Em fração de segundos, aquele período vem à minha mente, com tantas despedidas de amigos e ex-namoradas, e não consigo senão chorar mais.

Aos poucos, da mesma forma que veio, a crise começa a se esvair. O soluçar já dá vazão à cabeça pesada por estar com o nariz entupido e os olhos tão cerrados. "The Shadow Of Your Smile", uma das minhas músicas preferidas, começa a tocar. Dou mais algumas suspiradas e fico um tempo sem pensar em nada. Decido que é hora de ir me deitar, antes que eu comece a pensar em Giovanna ao som de "A Time For Us".

Escovo meus dentes e lavo meu rosto no banheiro. Ao olhar no espelho, vejo o menino que esteve ali da última vez. Percebo alguns (ou vários) fios brancos em minha cabeça. É o golpe final que eu precisava. Preciso me cuidar. Tiro minhas roupas e, só de cueca, me jogo na cama, abraçando um travesseiro e apoiando minha cabeça sobre o outro.

Solidão é uma merda.

PASSADO PEGAJOSO

Acordo com o som muito alto de um latido. Dou um pulo da cama, como um adolescente que foi pego vendo filme pornô pela mãe.

Esbravejo alguma coisa que nem eu sei o que significa, e me levanto cambaleando. Pego meu celular na sala, mas ele está completamente sem bateria. Quando estou a ponto de procurar por um relógio na parede, o pêndulo que não notei estar no corredor na noite anterior anunciou que eram seis da manhã com um estrondo que termina por fulminar meu coração de susto.

Quem tiver coragem de me assistir por um dia, vai dar risada pelo menos umas dez vezes de coisas que acontecem apenas com a minha pessoa: estapear a mim mesmo tentando tirar um pernilongo que entrou em meu ouvido, molhar a minha meia na única gotícula de água da cozinha ou do banheiro, deixar o celular novinho cair na única posição possível em que toda a tela se estilhaça, encontrar um pelo duvidoso em meu prato, entre outros.

Coloco meu celular para carregar, levo minha mala até o quarto e a abro na segunda cama de solteiro que ali está. Pego minhas coisas de banho e entro no banheiro. Preciso ligar para Giovanna. Ela me disse para não a procurar, mas é protocolo tentar pelo menos uma vez e, se não tiver sucesso, mandar uma mensagem. Preciso de um fechamento menos humilhante do que o que tive até então.

Após tomar um banho rápido, visto minha roupa e vou até a sala. Meu celular já tem carga suficiente. Ao ligá-lo, noto uma mensagem não lida de Alberto, dizendo que a chamada de vídeo com "a primaiada" (como diriam minhas tias da família Gibelle) acontecerá amanhã às nove da manhã.

Ligo para minha ex.

— Oi, Nick — ela atende, com uma voz seca que já faz com que eu me arrependa de ter ligado.

— Oi! Como você está?

— Dormindo. São seis e meia de um domingo. Eu não te pedi pra não me ligar?

— Desculpe. Alguma vez eu fiz algo que você me pediu? — tento quebrar o gelo.

— O que você quer?

— Saber o que devo fazer agora.

Escuto ela respirar fundo do outro lado da linha, e quase consigo imaginar ela ficando apoiada num cotovelo e apertando os olhos com a outra mão.

— Isso é você quem vai decidir. Você está livre pra fazer o que quiser.

— Não sabia que estava preso antes.

— Tá vendo? Era exatamente isso que eu não queria.

— Isso o quê?

— Essa conversa, cara. A gente não precisa disso. Vamos terminar numa boa. Você sabe que eu gosto de você. Me deixa te esquecer, por favor. Eu preciso caminhar pra frente com a minha vida.

— E isso você não consegue fazer comigo?

— Aí, lá vem. O drama do *boy hétero*.

— O que isso quer dizer?

— Tanto faz, Nick. Se você estivesse disposto, já teria dado sinais nesse tempo todo.

— Disposto a quê?

— A fazer o que me faria feliz. A ir além.

— Eu não consigo te entender, juro.

— Você está em negação agora, mas vai perceber mais tarde que foi melhor assim.

— Você podia pelo menos ter me dado um "aviso-prévio". A gente podia ter feito um amor de despedida.

— Seu safado.

Consegui enxergar ela enrubescendo do outro lado da linha. A última vez que entramos nessa seara foi numa viagem minha, em que fizemos uma espécie de sexo pelo telefone.

— Acho que amor não é o nome certo do que a gente vinha tendo — acrescentou ela.

— Vou sentir sua falta, Gi.

— Eu também, chuchu. Se cuida! Você vai longe se perceber que é seu maior inimigo — diz ela, desligando na minha cara.

Apesar de melancólico, ergo as mãos para o céu por ela ter me chamado de "chuchu". Sempre achei esse apelido *brochante*.

E, assim, estou oficialmente solteiro. Não é meu primeiro rodeio, então sei que a euforia que toma conta de mim é passageira, mas que também qualquer sofrimento o será. Nossos pais e sua geração, a maioria deles tem alguém; mas as famílias são quebradas. Me pergunto qual o ponto de equilíbrio.

Meu estômago está roncando de fome. Decido ir a uma padaria ou mercado comprar algumas coisas para o café da manhã e para beliscar durante o dia. Pronto pra sair, escuto mais latidos e um choro de cão. Não é possível; ele deve estar por aqui. Contorno a escada que desce para o quintal de trás, e o som dos latidos fica ainda mais forte. Como se alguém que se faz prisioneiro sentisse a presença de seu salvador.

O quintal de trás é uma pequena balbúrdia. Vasos de plantas diversas invadem o ambiente, quase não deixando espaço pra gente passar. Limão caipira, pimenta dedo-de-moça, amora e uma horta que neste ponto começa a ficar malcuidada. O piso é todo desnivelado. Ao fundo, uma minúscula edícula, de uns cinco metros quadrados. O som está vindo de dentro. É quando eu me toco: Bruno!

Minha tia tem um cão da raça Bloodhound. Seu nome é Bruno e ele deve ter uns oito anos. Minha mãe já me disse que ele, nesses últimos anos, foi um fiel companheiro para tia Lu. Segundo ela, seu nome completo é Bruno Lichtenstein, em homenagem à crônica de Rubem Braga. De pelos marrons, cabeça grande e papada larga, tem um latido grosso, mas um olhar doce e um andar molenga.

Abro o portão e lá está ele. Dentro da edícula, que fede a merda, entre duas mesas de metal com itens diversos em cima, algumas prateleiras com caixas organizadoras, malas de viagem e roupas embaladas a vácuo. Para uma senhora tão idosa, minha tia até que era organizada. Me sinto numa garagem de casa tradicional americana. Entre as duas mesas, um poste fixado com uma corrente grande onde Bruno está amarrado, e seus respectivos potes de comida e água vazios, é claro. Nem cogito pensar que tia Lu o deixava preso, mas, sim, que deve tê-lo feito antes de ter começado a se sentir mal, por conta da chuva, ou algo assim, e não voltou mais. Bruno deve estar com muita fome e sede. Por que diabos tio Tito não resgatou o bicho, ou pelo menos comentou sobre ele? Agora vou ter que segurar minha fome e meu nojo e dar um tapa nesse chiqueiro. Mas tudo bem, o Bruno realmente não tem culpa.

Imediatamente coloco água em seu pote e, enquanto ele se delicia, procuro um saco de ração. Encontro dois sacos, um aberto e um fechado, e ponho comida pra ele. Enquanto ele degusta seu café da manhã, pego seus dejetos com uma pá e jogo em um grande saco de lixo que encontrei. Percebo uma tábua de madeira fixada na parede com uma mensagem encravada: "Se entre os amigos encontrei cachorros, entre os cachorros encontrei-te, amigo."

— Pronto, meu amigo. Você está livre. O que vou fazer com você, hein?

Bruno me olha com uma satisfação ímpar.

Coloco mais água para o cão e subo de volta para sair pela porta da frente. Já no carro, abro as janelas e o teto solar e coloco "Karma Police", do Radiohead, pra tocar. Bruno salvou minha manhã, que ameaçava ter sido destruída pela Giovanna. O dia será longo, organizando as coisas da casa e pensando o que vou fazer com o fiel amigo de minha tia.

Tenho a ideia de voltar ao cemitério; visitar o túmulo da família. Mas, antes, realmente preciso comer. Vou até uma padaria duas quadras para baixo, que vi enquanto vinha pra cá. É inegável a simplicidade das pessoas do interior: peço por um pão doce que está na vitrine e a moça que trabalha ali me diz, de trás de sua máscara: "Não leve este aqui, não, bem... Esse não é de hoje. Leve aquele que está mais fresquinho." Em São Paulo, isso jamais teria acontecido; eu comeria o pão velho e ainda pagaria cinco vezes mais.

Saio da padoca duplamente satisfeito e rumo para o cemitério.

É uma manhã mais nublada, o que traz uma vibração diferente e mais melancólica do que o enterro no dia anterior. Encontro meu caminho com mais facilidade desta vez. Chegando à nova casa de minha tia, agacho de cócoras e medito por alguns minutos, tentando ouvir a voz da minha consciência ou mesmo a de minha tia. Não escuto nada. Depois de exatos dezoito minutos tentando, vou embora me sentindo um pouco mais vazio. Essa é uma peça que minha ansiedade prega em mim mesmo toda vez: eu preciso estar produzindo. Se minha cabeça fica muito vazia, algo dá bem errado. E, pra evitar que dê errado, eu acabo criando alguma coisa sem sentido pra fazer.

Decido cozinhar meu almoço. Vou até o mercado mais famoso da cidade. Sempre me diverti em supermercados. Esse, em especial, me fez lembrar quando eu usava o assento infantil improvisado dos carrinhos pra acompanhar meu tio Pedro. Quiçá até ali, nesse mesmo mercado; não me lembro. Um homem fala ao microfone, narrando as melhores ofertas do dia. Os corredores têm cheiro de fim de noite boêmia — como se alguém tivesse derrubado uma garrafa de cerveja em cada um deles e deixado fermentar ali por algumas horas. Meus sapatos não chegam a grudar no chão, mas sinto um odor muito específico enquanto pego os ingredientes para o almoço que decidi fazer: macarrão tipo penne, bacon em cubos, creme de leite, queijo ralado, alguns ovos, azeite, sal, um engradado de cerveja nacional e um galão de água. Por via das dúvidas, pego mais um saco de ração para o Bruno — igual ao que vi hoje de manhã estocado na edícula.

Volto pra casa e vou direto para a cozinha. Deixo todos os ingredientes prontos para fazer o meu *dirty carbonara*. Vou até o quintal saudar Bruno e colocar mais ração e água. No caminho de volta pra cozinha, coloco o álbum "Cat", de Hiroshi Suzuki, pra rodar no toca-discos e me sirvo uma dose de uísque do bar de minha tia. Coloco as cervejas pra gelar no freezer e preparo o *mise en place* do meu almoço pensando na conversa com a Giovanna.

Eu sempre tive problemas com relacionamentos.

Se a pessoa que se interessava por mim era segura demais, eu me sentia em desespero e tudo acabava em tragédia eventualmente. Minhas ações diziam: atenção, vou me perder em tanta autocobrança, tentando ser um companheiro melhor do que meu pai foi.

Se era eu quem tomava coragem de fisgar uma pessoa insegura o suficiente, depois de um tempo tudo ficava na mesmice. Pode se aproximar, mas não vou deixar você entrar. Sou o pequeno menino que sofreu. Que caiu junto com a mãe e nunca mais se levantou.

Decido ligar pra ela.

— Alô?

— Oi, mãe.

— Oi, bem! Que saudades. Como você está, filho?

— Tudo bem… Estou aqui na casa de Mongaraíbe.

— Saudades da tia, né? Nossa, eu chorei tanto, filho…

— Sim. Ela vai fazer muita falta.

— E o que você está fazendo por aí? Ajudou sua irmã com o enterro? Não dá pra esperar que ninguém mais dê uma mão.

— Sim, a Bia me disse que minha tia queria que eu intermediasse as coisas. Vou tocar a leitura do espólio com a ajuda do Alberto, dar um trato aqui na casa. Depois de amanhã devo voltar pra São Paulo.

— Está tomando cuidado, filho? Usando máscara?

— Sim, mãe. E você? Como tem passado? Fora isso da tia Lu, claro...

— Estou bem, filho. Os cachorros estão aqui aprontando, me deixando louca.

Minha mãe tem dois pinschers da pá virada. Eu gosto de cães, mas eles são algum outro tipo de animal.

— Eu te avisei para não comprar.

— Sua mãe é muito sozinha, Nicolas. Preciso de companhia.

Na verdade, ela não é tão sozinha assim. Minha irmã, apesar de estar na linha de frente, deu um jeito de zelar pela mamãe e está sempre passando lá pra prover tudo de que ela precisa. Há muito tempo que ela assume esse papel com meus pais e eu perdi a mão em ter minha função nesse quarteto. Às vezes fujo do assunto porque fico constrangido em não fazer nada por eles.

— Bom, deixa eu terminar meu almoço aqui que a água do macarrão já ferveu. Voltando pra São Paulo, dou um pulo aí, tá?

— Tá bom, meu amor. Fique com Deus e me dê notícias.

— Pode deixar. Beijos.

Desligo o telefone e começo a comer o macarrão direto da panela. Lembro de algumas coisas meio doloridas pra mim. Estando nesta casa, nesta cidade, é inevitável não pensar nisso.

* * *

Há eventos em nossa vida que nos marcam para sempre. Como uma cicatriz que formou queloide: a ferida fechou, mas haverá sempre um calombo para te lembrar do que rolou. É como nos grandes marcos da humanidade: enquanto estão acontecendo, definem uma época; quando essa época termina, a história passa a dividir o tempo em *antes-deles* e *depois-deles*.

    O nascimento de minha irmã foi um desses momentos pra mim. Toda vez que penso nisso, o faço com um enorme peso na consciência. Afinal, ela nunca me fez mal algum — muito pelo contrário — e se tornou uma pessoa boa que ajuda os outros. Pra mim, ela é como o sal na comida: não tem nenhum sabor específico ou particular, mas realça todos os outros com sua presença. Mas a verdade é que meu mundo mudou ali, e nunca mais voltou a ser o que era.

    Pouco antes de minha irmã nascer, prematura, eu estava deitado entre meu pai e minha mãe na cama deles, escolhendo um nome para o bebê. Eles eram (ou pelo menos pareciam) felizes. Custaram dez anos de tratamento para ter o primeiro filho, e nunca imaginaram que, seis anos depois, teriam o segundo. Estavam radiantes.

    No ano de seu nascimento, fiquei muitos dias em Mongaraíbe; talvez o mês de julho inteiro. Minha mãe havia tirado uns dias de férias e planejava ficar hospedada nas minhas tias. Meu pai voltaria no fim de semana para buscá-la. Mas, numa terça-feira, tudo mudou. Anunciavam-se vinte e quatro meses complicados para um garoto prestes a fazer seis anos.

    O frio era tenebroso para os padrões brasileiros, e ainda não tínhamos nem as ruas pintadas com a bandeira do Brasil, nem o tetracampeonato de futebol para nos aquecer.

    Eu brincava com Marco, com o gravador *Meu primeiro Gradiente* que eu tinha ganhado no Natal anterior. Me lembro como se fosse hoje que cantávamos "Mexe, mexe", da dupla sertaneja Leandro & Leonardo. Sim, quem viveu os anos 1990 sabe da despreocupação total com *ratings* de conteúdo. Eu via e ouvia de tudo.

    Em determinado momento da brincadeira, resolvi ir ver algo com minha mãe.

Quando cheguei à sala onde ela e vários adultos há pouco conversavam, todos haviam sumido. Vera de pronto apareceu e me disse:

— Nicolas, sua mãe e sua tia foram para o hospital; sua irmãzinha está chegando.

Ouvi dizer que minha mãe, assustada com a falta de assepsia da Santa Casa, gritava pedindo outro médico — porque estivera com aquele que a atendia na noite anterior, em festejos nos quais ele se apresentara completamente embriagado.

Nasceu minha irmã, prematura de corpo e alma e com cabelos vermelhos alaranjados. Quando a vi pela primeira vez, ela berrou como Darth Vader no final do "Episódio III", e suas sobrancelhas eram a única parte de seu corpo a permanecerem brancas: o resto era rubro-forte Minha mãe, quase que instantaneamente, entrou em colapso. Entramos na maldita estatística da qual me explicaria o psiquiatra anos depois.

Por muito tempo depois, minha mãe seguiu sendo diferente. Me chamava de outro nome; algumas vezes até enxergava coisas que ninguém via. Não a deixavam ficar com a filha sozinha, o que fazia piorar seu quadro emocional — porque ela passava a acreditar fortemente que lhe queriam tirar a bebê. Alguém uma vez me disse que meu pai, em seu desespero e descontrole, chegou a distribuir uns tapas em casa. Eu não me lembro. Devia ser foda pra alguém daquela geração aceitar que tinha que se virar pra cuidar de um bebê e que sua mulher não estava radiante como as mães de romances de época. Mas é injustificável agir com violência. *Injustificável*.

Também já me disseram que cheguei a ver a mamãe saindo de camisa de força de casa, arrastada em desespero, quando eu tinha seis meses. Tampouco me lembro disso. Ainda bem... Quinhentos anos podem se passar, mas essa nunca será uma porta que vou querer abrir e revisitar o quarto escuro por trás dela.

Foi a partir daquele ano que passei a "tirar férias de minha família" e a ser praticamente criado pelas minhas tias. O resto é história.

* * *

Dou um gole na cerveja, agora gelada, pra tirar o amargor dessa memória. Meu almoço está bem gostoso, principalmente com meu apetite que fora aberto sabiamente pela dose de *scotch*.

Termino de comer, lavo a louça e vou para o quarto. Não preciso trabalhar hoje, afinal. Me deito com a desculpa de que vou relaxar por uns minutos e apago.

Acordo com uma sensação estranha de que senti meu espírito voltar para o corpo de bem longe. Me sento na cama por alguns segundos, terminando de acordar e tentando lembrar o que sonhava. Sem sucesso. Vou ao banheiro e lavo meu rosto. Pela janela do corredor, noto que o tempo fechou e está garoando.

O relógio antigo marca 17h05. Decido ir ao quarto de minha tia, já que estou claramente atrasado em empacotar suas coisas.

O cômodo deve ter uns quatro metros e meio de profundidade, por uns três e meio de largura. No centro do quarto, está uma cama de casal gigantesca, com uma cabeceira de madeira escura trabalhada, coberta por uma manta de crochê verde feita à mão. As paredes têm um papel de parede amarelado, com detalhes de flores. As cortinas estão fechadas. Troco a luz do lustre rococó pela iluminação natural. O quarto fica maior quando abro a janela.

Está tudo bem-arrumado. Quando decidirmos o que faremos com as coisas pessoais dela, pegarei as malas que estão na edícula e as colocarei dentro. Por ora, acho que basta deixar aberto pra ventilar.

Antes de sair, vejo sua penteadeira no canto do quarto. Tão trabalhada quanto, mas creio ser ainda mais antiga do que o lustre e a cama. Me faz relembrar o quão incrível é estar numa casa onde tantas pessoas da minha família viveram. Hoje eu quase não tenho família, mas este imóvel conta a história de quase toda a família que já tive.

Em cima da penteadeira, uma carta — como a que Giovanna deixara pra mim — mas cuidadosamente endereçada a alguém, num envelope azul com um filete dourado. O envelope não está selado. Por um segundo, me sinto invadindo a privacidade de minha falecida tia, entrando em seu quarto sem bater e xeretando a carta, mas me lembro de que ela praticamente pediu que eu o fizesse.

Viro o envelope que parece ter sido deixado lá com luvas de látex para não deixar rastros de digitais de tanto cuidado, e me surpreendo. "*Para Nicolas*", diz a caligrafia redigida com o maior cuidado possível por alguém que já tinha dificuldade em escrever.

Para mim? O que será? Nunca encontrei tantas cartas endereçadas a mim como nos últimos dias.

Abro o envelope cuidadosamente e, dando um suspiro, começo a ler.

> *Nicolas,*
> *Demorei um tempo para conseguir escolher as palavras certas e lhe escrever esta carta. Tenho acompanhado todos os seus passos à distância, em conversas com sua mãe. Sei que a vida não tem sido fácil pra você. Você se sente preso, seja em seu passado ou nas coisas que acredita ter engolido e nunca digerido. Querido sobrinho, você precisa viver o presente.*
> *Quando você nasceu, tive uma visão. Disse à sua mãe num postal que ela estaria recebendo alguém muito especial. "Com sua beleza e simpatia, Nicolas conquistará nossos corações, e com sua inteligência saberá ter sucesso na vida. Devemos sempre o lembrar, porém, daqueles que o amam e só desejam sua felicidade e alegria", escrevi.*

Agora você está prestes a ficar mais próximo dos quarenta do que dos trinta, e resolvi lhe escrever porque gostaria de estar mais presente em sua vida.

Tente se manter ativo nos deveres do dia a dia. Cuide do seu corpo, de suas coisas — e faça isso com alegria. É meu desejo profundo que você consiga reencontrar o coração puro do pequeno Nick, a criança que não tinha medo de um dia ser adulta como seus pais.

Não se cobre tanto. Nós todos podemos ir evoluindo aos poucos. O importante é estar com a consciência tranquila.

Gostaria muito de convidar você pra passar uma temporada aqui comigo. Os discos da família, o piano do vovô e meus livros estão à sua disposição. E temos o Bruno, que poderia se beneficiar de alguém com os pés no chão como você. Há dias em que parece que ele enjoou de mim.

Lembre-se de que você é o guri mais especial que eu já conheci. Lembre-se de curtir seus amigos. De se esforçar para entender a vida, e não a tentar controlar. Tenho certeza de que, com o tempo, você vai aprender a amar o seu destino, que esteve sempre ali.

Sinto falta das nossas aventuras, brincadeiras e passeios. Guardo comigo para sempre a música que você compôs pra mim. Sou muito grata por ter você em minha vida, e quero que possa encontrar a gratidão também.

Tenho orado por você para que, onde quer que você esteja,

A carta termina ali. Por que minha tia não conseguiu concluir? O que ela pretendia dizer? Passar um tempo aqui com ela era algo pra sanar sua solidão ou a que ela enxergava em mim?

Mal termino de ler e caio em prantos de novo. De repente, um medo profundo, uma escuridão toma conta de mim. Fico angustiado por saber que nunca mais verei minha tia, e que sua memória vai começar a se esvair da minha mente em breve. Uma voz dentro de mim tenta salientar: "Não seja louco, você não teve senão memórias nos últimos dias — todas extremamente nítidas; não existe nenhuma chance de você se esquecer de sua tia." Mas eu simplesmente não consigo. Choro *copiosamente*.

Eu só havia sentido esse tipo de medo quando namorei meninas à distância. Uma delas, brasileira, foi morar com sua família no Canadá. Outra, do Leste Europeu, não tinha condições de vir ao Brasil para estar comigo. Todas as vezes que eu tinha que dizer tchau no aeroporto e saber que voltaria para minha vida vazia sem uma companhia confiável, eu sentia esse aperto no peito. Esse medo de nunca mais conseguir me reencontrar. Me lembro de entrar em meu carro (quando era eu quem levava a pessoa até o aeroporto) ou no avião (quando era eu quem estava indo embora de volta pra casa), colocar "Don't I Hold You", do Wheat, pra tocar bem alto em meus ouvidos e soluçar em prantos por exatos duzentos e dezenove segundos. Depois disso, chegando em casa, ou antes da aeronave decolar, fazia uma mistura de vinho e alguns remédios, e apagava.

Confiança. Acho que essa é a palavra. Eu me sinto vivendo num mundo em que não posso confiar em ninguém. Ou quase ninguém. Minha tia era alguém em quem eu podia confiar. E agora a perdi. E me arrependo do tempo em que ela estava aqui e não aproveitei, já que estava ocupado demais com coisas menos importantes.

A tristeza dá lugar a um emputecimento sem tamanho. Por que as coisas têm de ser sempre dramáticas em minha vida? Se tia Lu tivesse terminado e me enviado essa carta, eu teria, com toda a certeza, vindo passar um tempo aqui com ela. Como eu gostaria de conversar com você, tia. Escutar o que você tem a me dizer, ter sua ajuda. Deve ser punição por eu ter sido tão ingrato e egoísta. Minha tia parou sua vida pra cuidar de mim quando eu mais precisei, e eu não fiz o mesmo por ela.

Me sirvo de um copo de uísque. Afinal, aqui não encontrarei bons vinhos para comprar. Melhor eu ir logo me dando bem com o que tem neste bar. Não preciso dividir esse pedaço da herança com meus primos, eu diria.

Dou uma folheada nas dezenas de LPs que estão no armário abaixo da vitrola. Encontro o álbum "III" do Led Zeppelin. Com certeza a coleção de minha tia foi complementada por meus primos em algum momento. Foi meu primo Marcos quem me deu meu primeiro CD do "Metallica", e minha maior influência para o rock.

A primeira música é "Imigrant Song". No segundo grito de Robert Plant, viro a generosa dose de *scotch* e me sirvo de outra.

Chegando à terceira dose sem perceber, sinto que estou bêbado. Ao fundo, a chuva se intensificou e a água tocando o chão faz um barulho delicioso. Como eu moro em apartamento, não estou acostumado a escutá-lo. Me sinto um caipira do asfalto. Parece que a chuva decidiu agraciar minha leitura da carta da minha tia e lavar simbolicamente a minha alma.

Iludido de que não há ninguém que se incomodará com o barulho e meus gritos, aumento o som e canto da forma mais desafinada possível.

Depois de uns quinze minutos, no exato momento em que a agulha chega à periferia do disco e o som se interrompe, sou surpreendido por fortes batidas no portão. Tiro a agulha do vinil pra me certificar de que não estou ficando louco. Quatro batidas secas.

Há alguém em meu portão. Quem será a essa hora?

A VERDADE QUE (QUASE) NINGUÉM SABE

Meus ossos afundando em um grande lago. Conseguia sentir a beleza do mundo ao meu redor, mas não conseguia dar sentido ao que estava acontecendo. Eu já não sabia o porquê de ter lutado tanto. Acordava e ia ao encontro imediato da perturbação. Vivia como um fugitivo, ou alguém que ficara cego de repente. Pedia orientação a algumas pessoas, mas elas pareciam não saber de nada — ou apenas não se importavam.

Aos poucos, fui sentindo medo dos outros. Todos se tornaram aranhas subindo pelas minhas costas e invadindo minha consciência durante a noite, e espionando minha vida da perspectiva de seus cantinhos sujos durante o dia. Quando eu não estava de olho, eles preparavam teias traiçoeiras nas quais eu caía quando menos esperava. Uma vez dentro da teia, passava a acreditar que tudo era culpa minha. Eu tentava entender o porquê de estar afastando todo mundo. Principalmente para quem eu abria meu coração. Eu sabia no que estava errando, mas sabia também que não conseguia mudar. E eu pensava nessas pessoas. Vinte e quatro horas por dia. Na covinha que ficava no canto de seus sorrisos. No arrepio que certas coisas causavam em suas peles. No seu olhar de desaprovação.

Dia após dia, eu desejava que alguém pilotasse a máquina que eu havia me tornado. Minha cabeça apitava o tempo todo, e parecia estar a ponto de explodir. Me sentia numa bolha, girando rapidamente. Tentava seguir minha vida sem ser cruel com as pessoas. Mas quando dava por mim, já havia sido. E aí tinha vontade de voar, e nunca mais voltar. No fundo, eu desconfiava que ninguém seria capaz de me fazer aprender.

Quando acordava mais inspirado, tentava espantar meus demônios, jurar pra mim mesmo que nada estava perdido. Depois de algumas horas andando em círculos, me perdia procurando o primeiro nó que pegou a história pura da minha infância e a embaraçou todinha a partir dali. Procurava o começo de tudo. Mas a vida é muito mais difícil do que se pensa. Não existe um só gatilho para desfechos sombrios. Era todo um conjunto de coisas que me deixava daquele jeito.

Mais rápido do que as vinte e quatro horas do dia, as luzes se apagavam novamente, e eu tinha a certeza de que nunca poderia ser salvo. Que nadaria com coragem, é verdade, mas acabaria de joelhos na praia, implorando ajuda para alguém com um largo sorriso impiedoso. Minha dor não tinha nome. Não poderia ser comparada a nada. Eu era um animal abandonado e preso em mim mesmo e nas minhas convicções errôneas. Algumas pessoas que conseguiam furar minha barreira de confusão acabavam por entrar num quarto escuro comigo. Elas descobriam meus segredos, mapeavam oportunidades impossíveis pra mim e, antes que as paredes móveis as esmagassem, fugiam — tão machucadas quanto eu.

Nada se comparava às lembranças do passado. Às falsas ideias de que aquele passado havia sido perfeito. Eu só queria voltar pra casa. Pra uma casa que eu não mais sabia se um dia havia existido. Lá no começo; antes de a minha família implodir. Seguia na esperança de que algum dia as nuvens se abririam e eu conseguiria enxergar algo além da penumbra.

Minha família, minha casa, eram uma ilha deserta, e eu ficava nadando em volta dela sem coragem de pisar em terra firme.

Eu sentia falta de todos, de contar pra eles sobre como eu estava por dentro. De gritar. Eu esperava por um sinal de alguém dizendo "pode entrar; já é seguro". Tinha saudades. Saudades de um tempo que não voltaria jamais. De algo que nunca existiu.

Tinha a certeza de que estava ficando louco. Escutava sussurros nos ouvidos o dia inteiro. Os sussurros sugeriam que eu fosse pra frente. Que eu voltasse para trás. Suspiros. Ouvia gente rindo. Ouvia choros e ranger de dentes.

Minha mãe... A história com minha mãe era algo que eu sabia que nunca superaria. Eu queria comprar uma arma e começar uma guerra. Em seus olhares, as pessoas me mostravam que meus motivos não eram suficientes pra começar guerra alguma. Mas eu não estava nem aí. Sentia vontade de pelo menos explodir minha casa. Colocar fogo nas minhas coisas. Chamar minha mãe pra sentar ao meu lado e assistir ao fogo corroer tudo. Não fazer nada. Apenas observar.

Não conseguia esquecer aquilo. E me culpava por sentir saudades desse passado, já que algo dentro de mim me proibia de fazê-lo. Sem dizer uma palavra, transmitia à minha mãe que os céus poderiam cair sobre mim como já haviam caído antes, e que eu a manteria a salvo — porque ela significava mais do que qualquer coisa pra mim.

Sentia a luz dentro de mim se apagando. Minha fé, como uma vela com brasa fraca, esperando por ser apagada. Não conseguia sair daquele buraco. Não sentia que o tempo estava a meu favor. Estava doente. Minha alma perdida. O corpo inteiro sob uma dor excruciante. As pessoas diziam o que pensavam, e nada mudava pra mim. Eu esperava por um milagre. Por alguém, alguma coisa pra vir me salvar. Sentia tudo, menos que estava no controle. Nos dias de alguma claridade, eu constatava que estava num quadrado, movendo do ponto um da base para o ponto quatro. Lentamente. Como um paciente que dá esperança aos médicos de que está melhorando e no dia seguinte volta à estaca inicial. Já não importava quem eu era. Mas, sim, focar no que eu estava vivendo, pra ver se conseguia nadar até a superfície e tirar a cabeça pra fora por dois segundos que fosse.

Pensava no casamento dos meus pais. Pensava num mundo em que não houvesse o certo ou o errado. Em que eu não precisasse pensar sobre quem errou. Que as pessoas não tivessem que decidir se ficariam juntas ou não. Que todos se sentissem como que pertencendo onde estavam, e que nem sequer existisse a necessidade de poemas ou canções, porque o mundo seria então uma garantia estável. Rapidamente, percebia que isso era uma longa ilusão.

No fundo, eu sabia que eventualmente a escuridão se transformaria em luz. Eu só não sabia se teria forças suficientes para aguardar por esse momento. Tentava encontrar o Nicolas. Aquele menino que escutava, que conseguia observar sem viés algum. A verdade é que eu tentava o meu melhor, mas tudo isso não dava em nada.

Em determinado momento, as lágrimas secaram. O que eu havia perdido, jamais recuperaria. Pedia e rezava por uma luz que guiasse o meu caminho. Pela moral que me fizesse aprender com meus erros. Com os erros de meus pais. Queria deixar aquilo pra trás, fingindo que não iria me envolver mais. Mas tudo o que eu sentia era um gosto amargo em minha boca.

Eventualmente, meus amigos me procuravam. Mas eles não conseguiam penetrar a camada de musgo que eu deixara ser criada em volta do meu ego. Não conseguiam tirar o meu medo do futuro. Na verdade, cinco minutos comigo fazia com que eles perdessem o prumo. Um deles me disse que todos amavam minha vida, menos eu. Ele tentava me mostrar que o que eu tinha era bom. Isso só fazia com que eu me sentisse ainda mais culpado e ingrato. Realmente, por fora daquela casca onde dentro tudo era podre, eu transitava bem. E eu podia estar perdido, mas não era ingênuo. Eu conseguia ler os sinais. No horizonte. No olhar das pessoas.

Apesar de tudo, eu continuava tendo um amor gigante dentro do peito. Aliás, esse parecia ser o verdadeiro problema. O tamanho do meu coração. Essa minha canção de amor, eu nunca cheguei a cantar pra ninguém. A mensagem de amor que eu queria levar pra casa. A casa que eu queimara. Que não existia mais. Não havia mais ninguém para quem eu conseguisse levar mensagem alguma. Aquele gosto doce da minha primeira infância nunca mais seria sentido. É como se eu descobrisse uma grave alergia alimentar tardia. Carregava memórias agridoces na superfície, mas não conseguia criar novas experiências para substituir o quanto essas memórias em verdade haviam me feito mal. No choro de minha mãe. No sangue de minha irmã. No fogo de meu pai. No incêndio do nosso lar. Ouvi eles rindo, cantando; e não mudaria nada. Eu podia escrever músicas. Escrever um livro. Uma declaração de amor pra minha família e para o próprio Nicolas. Todos acorrentados no fundo do oceano.

* * *

Quando fiz dezoito anos, meus pais começaram uma briga que durou por mais tempo do que o aceitável. Isso culminou no divórcio deles e no início da pior fase da minha vida. Não sei como um psiquiatra ou um exorcista classificariam a minha doença. Só sei que adoeci. E que isso durou muitos anos. Muito mais do que a depressão de minha mãe, ou a molecagem de meu pai. Ao fazer dezoito, ganhei um carro de minha avó e um bode de cinco patas e três chifres dos meus genitores.

Aos poucos, essa agonia foi solidificando em minhas veias e pulmões. Hoje, meu coração bate mais acelerado pela minha dificuldade inata de respirar fundo e não sentir ânsia do que acontece ao meu redor. Mas é só isso. Nada melhor do que o tempo pra curar aquilo que teimamos em não entender.

A maioria das pessoas nem desconfia. O Nicolas de hoje não dá pinta do que se passou dentro dele naquela época. Tive alguns desafetos ao longo do caminho, mas poucos entendiam como algo colateral da minha tristeza — o que tornava o julgamento que faziam sobre mim ainda mais cruel. Para eles, eu era apenas um cuzão.

* * *

Foi assim que me senti quando cheguei ao fundo do poço. Numa época em que o mundo era mais simples. Antes da pandemia, onde inventar problemas e valorizar o que se inventou era moda.

SÓ MAIS UMA NOITE

Abro o portão meio com medo, e puto de ter tomado chuva enquanto tentava me lembrar qual chave abre o quê. Qual o sentido de ter uma garagem se ela é descoberta?

A bebida intensifica minha cegueira noturna. Parece que estou assistindo a um filme 3D em um *drive-in*, sem os devidos óculos.

Do outro lado, completamente encharcada, com uma blusa cobrindo a cabeça inutilmente, está minha prima de quarto grau: Maria Isabel.

— Mabel?

— Oi, Nick... Posso entrar?

— Claro! Vem.

Entramos na cozinha e digo, enquanto abro gavetas para tentar achar alguma coisa para secá-la ou pelo menos esquentá-la.

— Você está toda molhada!

— Nicolas, isso é uma toalha de mesa. Você quer que eu me seque com isso? — diz ela com um sorriso encantador.

— Desculpe. Vem, vamos entrar e vou pegar uma toalha da tia Lu pra você.

Tomo a frente enquanto ela me segue até a sala.

— Fique aqui.

Corro até o quarto e volto com uma toalha de banho pra ela e outra pra mim.

— Você estava bebendo? O que era aquele barulho todo? — pergunta, enquanto pega a toalha de minha mão e se seca superficialmente.

— Eu que lhe pergunto, prima. O que está fazendo aqui a essa hora, e nessa chuva?

— Que fofo você me chamando de prima.

— Ué, nós somos o quê?

Maria Isabel é filha de uma prima minha de terceiro grau. Se nossa família fosse de São Paulo, nossos caminhos nunca se cruzariam; como todo mundo é família em Mongaraíbe, ficamos mais próximos durante a pré-adolescência. Quase uma "pessoa de quarto grau". É uns três anos mais nova do que eu. Mabel não possui o que alguns chamariam de "beleza óbvia midiática", mas tem algo nela que a torna muito atraente. Pra ser sincero, nunca soube identificar o quê. Seus cabelos têm um corte atual que chama a atenção, e sua pele é bem branquinha, com algumas sardas embaixo dos olhos que a tornam graciosa. Mas se existe um padrão daqueles que as moças perseguem incansavelmente, esse não é o de Mabel.

Ela sempre me olhou diferente. Desse lado da minha família, ela é a única pessoa de idade próxima. Eu até desconfio que possa existir uma química entre nós, mas eu nunca a vi desse jeito. Até existe um lado egoico que me faz pensar que ela seria uma menina perfeita para eu me relacionar — nessa minha onda de ser inseguro e ficar com alguém que gosta de mim. Mas ela, no fim das contas, não deixa de ser minha prima. É esquisito. Além disso, quando o nível de sentimento é diferente entre duas pessoas, avançar um passo invariavelmente termina em tragédia. Eu posso ser meio canalha com muitas situações, mas certamente não sou ingrato e não faria nada para machucar minha prima ou fazer com que ela se sentisse usada.

— Beleza, *primo*. Fiquei sabendo que você estava aqui. Vim ver como você está. Não te vejo há séculos.

— Eu não sabia que você estava aqui. Você não foi ao velório ontem.

— Ah, é pela covid. Sei lá, eu nem era próxima da sua tia. E como, quando venho, fico na casa da vovó Leda, fiquei com medo de sair e voltar com alguma coisa pra casa. Por falar nisso, você está se cuidando, né? Ficou de máscara desde que chegou?

— Tá de boa, prima. Pode ficar tranquila. Eu estou tomando bastante cuidado e convivendo com quase ninguém e, ao mesmo tempo, todos com quem convivo são vacinados.

— Não estou gostando nada da sua cara.

— Então estamos quites.

— Digo, da sua expressão! Me dá sua mão.

Mabel, sempre excêntrica, pega minha mão e começa a olhar como se fosse uma velha cigana do século XIII.

— Hm... nada bom, Nick. Você está precisando limpar sua casa mental.

Será a bebida ou a Mabel está fazendo mais sentido do que o normal?

— Você não tem ideia. Quer uma cerveja?

— Quero.

Mabel pendura a toalha no chapeleiro que fica do lado dos discos. Copio a sua ação. De repente, sinto um perfume maravilhoso que não tinha sentido antes. Me lembro que sou solteiro e sinto um leve alvoroço no abdome.

Pego duas cervejas geladas e, quando volto, minha prima está colocando "What's Going On", de Marvin Gaye.

— Eu amo esse álbum. Olha o som que tem esse toca-discos. Incrível.

Abrimos as cervejas e brindamos. Ela me olha com confiança e pergunta:

— E seus pais, a Bia, sua namorada: como estão todos lá em São Paulo?

Sinto minha perna bambear um pouco e resolvo me sentar, sabendo que ela provavelmente vai seguir meus passos e sentar na poltrona à minha frente.

— Meus pais estão bem. Minha mãe morrendo de medo de ficar doente, meu pai igual. Minha irmã está trabalhando feito uma mula desde que a pandemia começou. Não sei como ela consegue, juro.

— E sua namorada. Ficou em casa?

— A gente terminou. E, se der, preferia não falar sobre isso.

— *Sorry*. Vamos falar de outra coisa, então.

— Me conta de você. Responda a mesma pergunta que você me fez, vai.

— Bom, graças a Deus tudo certo em casa. Meu vô está superbem; o câncer nunca mais voltou. Em casa, só meu pai pegou covid, mas ficou isolado e ninguém mais se contaminou. E namorado eu não tenho desde antes da pandemia. Quando isso começou, achamos melhor terminar porque eu vim pra cá uns tempos.

— Hm. Mas agora já está em São Paulo.

— Sim, até porque voltamos ao escritório. Dois dias por semana.

— Eu acho muito precoce esse negócio. Minha empresa declarou que, no mínimo até janeiro do ano que vem, continuaremos todos de casa. Mas deram um viés de que avisariam a data limite para que as pessoas que foram morar fora da cidade possam se realocar. Pode ser que mudem de ideia e mandem a gente voltar logo, do nada. Ninguém sabe.

— É... o mundo está uma zona.

— Você quer jantar aqui?

— Claro! Eu adoraria. Quer ajuda pra preparar algo?

— Sim, vamos juntos. Não tenho quase nada aqui. Mas a gente improvisa algo pra dois. Vou voltar para o uísque, você quer?

— É meio forte pra mim, mas acho que quero uma dose pequena enquanto cozinhamos. Depois tomamos uma cerveja com o jantar. Que tal?

— Perfeito.

Vamos até a cozinha e vasculho os armários e embaixo da pia pra procurar qualquer coisa que faça o jantar não ser o mesmo dirty carbonara do meu almoço. Encontro um pote de pimenta-do-reino e uns nuggets dentro da validade no freezer.

— Que tal um macarrãozinho no azeite e esses nuggets?

— Fechado.

Mabel põe o forno pra aquecer enquanto coloco a água pra ferver.

— Até quando você fica por aqui? — pergunto.

— Essa semana vou quinta e sexta para o escritório por conta de um workshop. Então amanhã à noite volto pra casa. E você? Vim pra te ver exatamente porque não sabia se amanhã estaria aqui ou se já voltaria pra São Paulo.

— A Bia centralizou todos os cuidados com tia Lu até ela falecer, mas pediu que eu seguisse adiante. Dar um jeito nas coisas dela, cuidar da papelada da herança, não deixar a casa abandonada, o Bruno sem comer etc.

— É verdade! Onde tá o Bruno?

— Está preso lá no quintal, numa edícula coberta. Com essa chuva, melhor deixar ele por lá.

— Fofo. E seus primos? Eu sei que seu pai e seus tios são idosos, mas alguém podia te ajudar, né?

— Pois é… pelo visto você é a única prima que se importa de verdade — digo em tom juvenil.

Não sei por que fiz isso. Não consigo evitar o flerte.

Mabel deu uma risada rápida e simples, mas daquelas que vêm do nada e surpreendem até a própria pessoa. Acho que meu flerte acaba de colher maduro. Só de pensar nisso, fico extremamente nervoso, como se nunca tivesse chegado perto de uma mulher antes.

— O que você veio fazer aqui, Mabel? — pergunto em tom de urgência e carência ao mesmo tempo.

Ela suspira de leve.

— Essa pandemia foi uma merda. Desde que as coisas começaram a caminhar para o "novo normal", tenho refletido bastante sobre ser mais espontânea, fazer o que me dá na telha, e sobre aproveitar a companhia das pessoas que acho que valem a pena. Sabe, eu adoro visitar meus avós e ficar com a família. Mas algo em mim sente falta de sentar com alguém que eu conheça, tomar alguma coisa, falar bobagem. Ao mesmo tempo, percebi que meu jeito leve me expôs por muito tempo a pessoas em quem, na verdade, eu não deveria confiar. Tenho reorganizado minhas amizades e contatos em diferentes prateleiras da minha vida. Sei lá... estou cansada de refletir. Acho que fiz isso demais na pandemia, e vivi de menos. Quando fiquei sabendo que você estava aqui, parte de mim quis saber se você precisava de apoio no luto, parte de mim só queria dar as risadas que sempre dou quando estou com você.

— Eu te entendo muito. Acredite.

Não sei por quê, mas digo isso em tom de constrangimento.

— Pois é... pelo visto você é o único primo que me entende de verdade — diz, respondendo à minha indireta com uma direta.

Nossos olhares se cruzam e sinto que é inevitável. Largo o copo que tenho à mão, me aproximo dela, colocando minha outra mão em seu pescoço e a beijo.

Ela não recua.

O beijo está melhor do que eu poderia alguma vez imaginar. Seus lábios são deliciosos.

Coloco minhas mãos em suas pernas e com rapidez a coloco sentada em cima da mesa, que balança mostrando que talvez não aguente o peso. Mabel coloca a mão por dentro da minha calça e acaricia meu pênis, totalmente duro. No fim, acho que faz semanas que não tenho um contato com alguém que me deseje assim. Giovanna certamente não me desejava mais. Estou latejando.

Tiro a blusa de Mabel e volto a beijar seu pescoço, deslizando para seus peitos, afastando o sutiã que começo a retirar. Ela me ajuda, e solta um gemido tímido. Esse é um dos momentos em que eu acho que estou sendo muito sensual, mas devo estar parecendo o Maradona comemorando gol. Definitivamente não é hora de deixar minha insegurança bater.

Tia, espero que você não esteja se sentindo desrespeitada.

Os mamilos dela são rosados e estão também quentes como eu. Volto a beijá-la enquanto aperto seus peitos. Consigo sentir seu coração batendo rápido. Não sei se é a revolta do meu 2021 ou simplesmente o cenário, mas só consigo pensar em coisas muito depravadas. Tento me conter e lembrar que o impulso sexual não pode me dar acesso a desrespeitar a Mabel.

Ela parece perceber, porque me olha fundo nos olhos, e diz:
— Você está pensando demais. Pare com isso. Sou eu.

Exatamente, caralho. É você. Você é minha prima.

Pego ela no colo, que me abraça com as pernas enquanto continua me beijando, e vou em direção aos quartos. No meio do caminho, ela puxa meu cabelo e se desgarra do meu colo, me empurrando em direção a uma das poltronas da sala. Ela se ajoelha em minha frente, abre o zíper da minha calça e prende o cabelo com um elástico que estava em seu pulso o tempo todo enquanto me olha no fundo dos olhos e sorri. Não sei o que será do dia de amanhã. Mas esses olhos acabam de se tornar meu novo vício. Eu nunca mais vou me esquecer desse momento.

Eu mal consigo pensar em qualquer coisa, e já estou em sua boca. Mabel faz movimentos lentos com os lábios e as mãos. Ficar com uma pessoa segura de si é uma experiência antropológica. Em seguida, tira a própria calça e sobe em cima de mim, colocando os joelhos entre meu quadril e os braços da poltrona. Desvia sua calcinha de lado e me encaixa dentro dela. Ela está quente e pulsando.

Enquanto ela desliza, eu beijo novamente seu torso e seguro suas nádegas com força. O cheiro de sexo se mistura com o perfume do xampu de coco que ela usa em seus cabelos. Seus movimentos vão ficando mais rápidos e intensos, e ela muda um pouco — meio que deslizando pra frente e pra trás. Sua feição vai mudando e seus gemidos aumentando. Não consigo julgar o quanto disso é prazer, ou se é apenas intimidade. Peço para levantar, sugerindo que ela fique de joelhos sobre a poltrona — meio de quatro. Ela consente e, enquanto faço movimentos que satisfazem nossa loucura, procuro ler sua resposta à minha intensidade.

De repente, me lembro de que estou sem camisinha, então interrompo o coito em suas costas. Meu orgasmo é absolutamente intenso, e fico uns sessenta segundos sem conseguir falar, jogado de lado na poltrona com ela, que deita a cabeça em meu ombro.

Minha cabeça está girando demais pela bebida. Eu só consigo falar:

— Vem, vamos para o quarto.

— Espera. Deixamos a água fervendo!

Mabel pega a toalha com a qual se secou antes e limpa meus fluidos de suas costas e bumbum, olhando pra mim com um sorriso que tem um pouco de ingenuidade e um pouco de safadeza. Com certeza não é sua primeira vez. Vai até a cozinha e desliga o forno e o fogão. Volta a me encontrar na porta do quarto.

— Mais tarde eu te preparo o jantar. Prometo — digo.

Meio que jogo ela na cama e deitamos juntos, de lado e bem grudados. Por alguns segundos, acaricio seus cabelos suados, como se fôssemos amantes de longa data. De certa forma, é o que somos.

— Você é linda, sabia? Estou feliz que apareceu aqui.

— Estou muito feliz que finalmente a gente fez isso. Acho que vou ter que ficar aqui na cidade.

Sem perceber, de carinho em carinho, paramos de conversar e, do nada, caímos no sono.

Acordo com Maria Isabel se mexendo. Passo minha mão por cima de sua cabeça para alcançar o celular. O relógio marca meia-noite e quarenta.

— Você está com fome? — pergunto.

— Morrendo.

— Fique aqui, eu já volto.

Em cerca de quinze minutos, trago dois pratos saindo fumaça de um macarrão com um molho cremoso que aprumei com o creme de leite, *chicken nuggets* picados e um pouco de queijo parmesão e pimenta-do-reino por cima. Nos bolsos de minha calça jeans, duas cervejas.

Mabel está ainda de calcinha, mas usando uma camiseta minha.

A casa cheira a sexo. Um dos meus diretores de cinema preferidos disse uma vez que "sexo é a coisa mais divertida que ele havia feito, sem ter dado uma só risada". Hoje nós rimos muito. Mas, enquanto entrego o prato e a gelada para minha prima e a ajudo a improvisar uma mesa com a pequena estante ao lado da cama, reflito sobre o tema. Giovanna deveria ver a garfada que essa mulher acaba de dar; é de se orgulhar.

Apesar de ser algo feito a dois ou mais, só conseguem aproveitar de fato aqueles que estão à vontade consigo mesmos. Se eu realmente estivesse, não estaria pensando sobre isso agora. É uma situação complexa. Apesar de intenso, não foi algo forte o suficiente para que comecemos uma relação. Mesmo nos conhecendo há muito tempo e tendo certa intimidade, não me sinto completo. Não posso dizer que foi vazio, que foi um encontro às escuras com alguém que conheci num aplicativo. Mas transar com Mabel me fez perceber que, enquanto eu não me encontrar, ninguém será nunca suficiente.

Tento não transparecer que pensei tudo isso em alguns segundos e dou uma abocanhada no meu jantar. Está delicioso. Eu sempre cozinhei bem. Acredito que eu deveria investir mais nisso. Meu sonho é abrir um bar de jazz um dia, em que a curadoria e a participação na execução da música ao vivo, carta de vinhos e cozinha seja inteiramente minha.

Como é bom estar relaxado por alguns instantes depois de tudo o que vivi nos últimos dias.

— Você está quieto. O que você está pensando?

— Nada. Há muito tempo que não penso um nada tão nada como agora — disfarço.

Confesso: o sorriso que ela está me dando é bem encantador.

Levamos os pratos até a cozinha e escovamos os dentes — ela, usando os dedos e a pasta de dentes — e deitamos pra dormir sem conversar muito.

O JÚRI ESTÁ VESGO

Ao acordar, percebo que estou sozinho na cama. Nunca curti dormir de conchinha, mas teria sido legal abrir os olhos e vê-la aqui comigo. Por uns instantes, me pergunto se Mabel já estaria em São Paulo a essa altura. Todos os pensamentos de insegurança, extremamente comuns pra mim, vêm à minha mente.

É quando ela entra no quarto com uma xícara daquelas antigas que todo mundo já teve, de um vidro marrom-amarelado.

— Achei um saco de pó de café fechado e imaginei que sua tia não ficaria chateada de você usar.

— Claro que não — assenti.

— Você dormiu muito agitado.

— Sério?

— Parecia que eu estava em uma máquina de lavar roupas.

— Não percebi... Vou colocar a culpa no universo, tudo bem?

— Sente muita falta dela?

— Sim. Ainda é muito recente. Ela me deixou uma carta. Ainda não sei dizer o que eu sinto sobre tudo isso.

— É por isso que você estava aqui bebendo sozinho e ouvindo música alta?

— Sim.

— Que bom que vim, então, né?

— *Muito* bom. Você me tirou de um vórtex de agonia. Daqui a pouco vou ter que voltar pra ele.

Olho pra ela com serenidade e dou um sorriso.

— Que horas são? — pergunto.

— Oito e pouco — ela responde.

— Hm — solto um grunhido, colocando minha cara no travesseiro como uma criança mimada.

— O que foi?

— Às nove tenho reunião com meus primos e meu advogado.

— *Seu* advogado? Que chique! Preciso ter medo de você agora?

— Claro que não. É o cara que fez o divórcio dos meus pais. Ele vai ajudar no espólio. Pelo que sei, minha tia tem essa casa, um apê aqui na cidade e um em São Paulo. Espero que não tenha dívidas.

— Essa parte é a menos interessante. Quando as pessoas começam a disputar e brigar por dinheiro.

— Pois é. Me dá um pouco de preguiça.

Com uma cara pensativa, Mabel reflete em voz alta:

— Sabe, fico pensando nas pessoas que morrem subitamente, ou num acidente. Todo mundo comenta sobre a família que fica e sobre o resto. Mas e eles? Se existe vida após a morte, como essas pobres almas devem se sentir ao chegar do outro lado e perceber que de nada valeu a pena se preocupar com todas aquelas coisas que se preocupavam na última manhã de suas vidas?

Dou um sorriso forçado e pisco mais duro enquanto suspiro.

— Uau. Acho que preciso de mais café.

Mabel sorri em forma de pizza sabor meia-deboche, meia-paternalista.

— Bom, então vou deixar você aqui pra fazer isso tudo. Preciso voltar pra casa da vovó. De tarde venho dar um oi e me despedir.

— É mesmo. Sua avó não vai perguntar onde você passou a noite?

— Já mandei mensagem pra ela dizendo que passei aqui, começou a chover muito e resolvi ficar a noite. Tá tudo em paz,

Nick. Ninguém nunca desconfiará que a gente se pegou. *Muito menos* a minha avó.

— Como você vai? Quer uma carona?

— Não. Vou andando. O ar fresco e o solzinho da manhã vão me fazer bem, e posso passar na padaria pra pegar um pãozinho pra minha vó.

Percebo que Mabel já estava pronta para seu dia, trajando aquilo que usara no dia anterior. Acho que ela já estava planejando sair cedo. A levo até a porta. Fico na dúvida de como me despedir, mas ela tira a dúvida por mim. Me tasca um beijo estalado enquanto aperta minha bunda. Antes de virar as costas, ainda põe o dedo indicador na ponta do meu nariz com carinho e, dando um sorriso com os olhos, diz:

— Gosto muito de você. Você sabe disso. Conta comigo pra conversar sobre o que está passando ou pra tomar uma cerveja e falar nada.

— Vou manter isso em mente.

Ela pisca e vai embora.

Me pergunto se um dia vou ser essa pessoa segura de si como é a Mabel ou se vou continuar pra sempre sendo o grande impostor que sou.

Vou à sala e coloco um vinil que me chamou a atenção ontem: "Still crooked", da banda Crooked Still. A primeira música é "Undone In Sorrow". Respiro fundo para o delicioso tirlintar das cordas e volto para a cozinha.

Preparo dois ovos mexidos. Na garrafa térmica ainda tem um pouco de café; me sirvo. Sento à mesa e, com meu rosto apoiado numa das mãos, uso a outra pra manusear o garfo e comer os ovos, enquanto sigo pensando na loucura que foi essa noite e no quanto minha vida tem sido agitada desde que desci daquele avião. Penso se o que fiz com Mabel foi algo digno. Alguém disse uma vez que morrer com nossa dignidade seria uma tolice. Mas eu ainda tenho muito o que viver.

Termino meus ovos, lavo a louça e vou até a sala de estar com meu café em mãos. O lado A do disco chegou ao fim, e acabo que não estou no *mood* folk. Mudo por um álbum de Tony Bennett: "Songs for the jet set". Enquanto escuto, caminho pela casa e fico reparando em seus detalhes. O papel de parede amarelado, as cortinas desbotadas, pequenas rachaduras no forro, um vaso de flores murchas que já estava assim quando cheguei. Na parede, quadros que refletem a Mongaraíbe de um século atrás e fotografias em preto-e-branco de meus bisavôs e alguns outros da família. Todos com um porte intimidante. Na estante do quarto de hóspedes, vários porta-retratos de momentos especiais da vida de cada um dos sobrinhos de minha tia.

Apesar das marcas do tempo, creio que um estranho qualquer que entrasse neste ambiente conseguiria decifrar e conhecer minha tia ou até mesmo minha família toda. A casa respira sangue Camargo. De qualquer forma, seus dias sem uma reforma estão contados; já será muito se eu conseguir evitar que a coloquem pra baixo.

Minha tia não era uma daquelas acumuladoras de programa de TV. Sua casa era bem-arrumada. Mas ela definitivamente acumulava histórias. Eu acredito que não existe nada que torne uma pessoa mais interessante do que essa qualidade. Olhando bem, esta casa é reflexo de alguém que valorizou de onde vinha e fez tudo pra eternizar memórias nos objetos, livros, dedicatórias. Talvez minha tia também fosse uma pessoa nostálgica.

Me pergunto se ela também viveu a solidão. Não tendo constituído família, ela pode ter sido a pessoa que mais experimentou, no sentido mais literal da palavra, o isolamento que a sociedade tanto teima em não aceitar nesse momento. Será que minha tia sofria escondido? Será por isso que ela tinha essa empatia tão grande por mim? Por me ver isolado em uma concha, da mesma forma que talvez ela tenha feito no passado? Em seus momentos finais, ela esclareceu uma vontade sórdida de me ajudar a sair dessa armadilha em que toda hora insisto em cair: analisar o passado e diminuir minhas chances de ser feliz. Sou um especialista em identificar egoísmo e vaidade, mas, no fundo, eu sei que não é nada saudável viver apenas de memórias.

O relógio mostra cinco minutos para as nove. Interrompo o toca-discos e vou ao banheiro ajeitar meu visual minimamente para a câmera da chamada. Pego também o bloco de notas que trouxe, minha caneta da sorte e o par de óculos que estavam em minha mochila. Devo ter uns três ou quatro pares de óculos — todos eles num estilo Woody Allen — que alterno a depender do traje ou dia.

Meu telefone toca e, quando entro, meus primos pouco a pouco vão atendendo a videoconferência também.

— Oi, pessoal.

— Bom dia, Nicolas. Bom dia a todos! — diz Alberto.

Cada um responde à saudação do seu jeitão autêntico. Às vezes o alter ego não consegue se manifestar com tanta facilidade numa chamada de vídeo às nove da matina.

Alberto segue:

— Bem, vamos lá. Em minha experiência, a melhor forma de fazer isso é a mais prática possível. Vou simplesmente ler o testamento. Todos de acordo?

Meus primos assentem em silêncio. Começo a anotar para não perder cada detalhe do que ele irá nos explicar.

— Aos filhos de Tito, Luzia de Jesus Camargo deixa o imóvel na rua dos Palmares, nº 72; apartamento 12, em Mongaraíbe, São Paulo.

Tia Lu era a única da família que tinha Jesus no nome. Seus pais decidiram nomeá-la assim porque ela nasceu no dia vinte e cinco de dezembro. Todo ano colocavam uma vela acesa na árvore de Natal para comemorar seu aniversário, até o dia que esse mesmo teto pegou fogo e a árvore teve que vir abaixo.

— Aos filhos de Rosa, fica a efeito imediato a posse do imóvel na rua Brigadeiro Luís Antônio nº 1580; apartamento 84, em São Paulo, capital.

Concluo em minha mente o que já imaginava. Vou ter que lidar com meus primos distantes.

— Aos filhos de Hélio (meu pai) e Carlos, deixa o imóvel da rua Olívia Marques, nº 129, em Mongaraíbe, São Paulo.

Todos permanecem com suas feições inalteradas.

— Alguma dúvida?

— Precisamos de alguma burocracia adicional com o espólio, ou podemos nos mudar para o apartamento imediatamente — pergunta Rafael, filho de Tito.

— Se todos derem seu aceite verbal nesse momento, podemos considerar o usufruto imediato. Em paralelo, fazemos a transferência dos imóveis. Mas pode residir, sim.

— E se quisermos vender? — questiona Leandro, um dos filhos do meu tio Cacá.

— Vender? Quer vender os restos da tia Lu também? — provoco.

— Olha, a venda é um processo que exige consentimento de todos — interrompe propositalmente Alberto. — Esta reunião é tão somente para o aceite formal de todos. O que um herdeiro teria como direito é de não abrir o inventário. Com isso, os bens são todos leiloados e a diferença entre patrimônio e eventuais dívidas é dividida entre todos — explica.

— Não. Então estamos de acordo — acrescenta Leandro.

Dou de ombros com a falta de sensibilidade.

— Então, se ninguém tiver mais nenhuma pergunta, considero imediata a passagem dos bens para uso.

Leandro se curva em direção à câmera e, por algum motivo, sei que ele vai abrir a boca pra falar alguma merda dirigida a mim.

— Nicolas, vou pedir para meu advogado entrar em contato com o Alberto para resolvermos os próximos passos, ok? Não quero ficar pagando as contas desse lugar. Quer que eu envie alguém pra tirar as coisas da geladeira, dos guarda-roupas etc.? Não podemos deixar a casa abandonada até resolvermos o que vamos fazer com ela.

— Não precisa. Estou por aqui e faço tudo isso. Pode pedir para seu advogado ligar para o Alberto.

Improviso da melhor forma que posso.

— Ótimo. Então muito obrigado a todos. Nicolas, conte comigo com o que precisar — diz Alberto, desligando a chamada antes que todos possam se despedir.

Saio dessa ligação completamente revoltado. Como pode um papo ser tão seco? Como o pai de um amigo costuma dizer, aí é o pombo de baixo cagando no de cima na árvore hierárquica da vida.

Não que meus primos estejam sendo maldosos. Acho que pode ser só praticidade. Mas essa frieza é incomum para uma família com origem no interior. Talvez a cidade grande já os tenha contaminado. Quanto tempo mais levarei para me corromper assim também?

É exatamente nessas horas, diga-se de passagem, que eu gostaria de ser burro. Ser inteligente significa conseguir prever os passos de todos e os acontecimentos próximos, e sofrer por antecedência e confirmação. Ao mesmo tempo, sinto muita falta dos Camargo que já se foram. Eles eram pessoas brilhantes. E quando passamos algumas horas perto de pessoas inteligentes, e que têm um propósito, voltamos pra casa com uma perspectiva diferente sobre o que desprezávamos há pouco. Talvez o melhor cenário seja ser burro na convivência de pessoas inteligentes.

Algo que não consigo identificar toma conta de mim. Sinto que preciso fazer um pouco mais por essa casa, pela minha tia e por seu legado. Talvez esteja contagiado pela melancolia da qual me empossei com força contagiante nos últimos dias. Não quero agir destemperadamente. Minhas lembranças têm tomado uma proporção diferente, me feito mais bem do que mal. Essa é uma experiência que, honestamente, eu nunca vivi antes. Preciso refletir com calma.

Enquanto acaricio Bruno, a quem já estou deixando entrar na casa, passo um bom tempo refletindo sobre esse equilíbrio entre estar desprendido do passado mas, ao mesmo tempo, preservar minhas memórias e me sentir completo. Neste mundo cada dia mais complexo, saber que quanto mais sabemos, menos esclarecidos estamos, pode ser angustiante.

— Porra, Bruno. Acho que envelheci cinquenta anos em cinco minutos. JK ficaria orgulhoso.

O olhar debochado de Bruno mostra que, se ele falasse, me diria "e daí?".

Inesperadamente, me empolgo com a ideia de ficar em Mongaraíbe um pouco mais. Afinal, daquilo que vim fazer aqui, eu fiz *zero*. Mais uns dias, quem sabe, para minimamente zelar pelas raízes da minha família e memória de todos que já partiram e passaram por aqui. Me coloco no lugar dessas pessoas queridas e penso no quanto elas contribuíram para que eu chegasse vivo até aqui. Em seus lugares, eu iria gostar de ter pelo menos uma pessoa zelando pelo que deixaram pra trás.

Tia, vou fazer isso por você.

Quiçá seja um tipo de capricho típico dos Camargo. Mas, afinal, eu sou um deles. Além disso, se eu der as costas, é capaz que esta casa seja rapada mais rápido do que celular no bolso de quem foi ver um show num grande estádio.

Quem sabe por umas duas semanas?

Mando uma mensagem ao meu chefe, perguntando de forma direta — até pra não dar muita trela — se ele me permitiria ficar aqui durante o mês de setembro. Uso a cartada de morte na família. Como imaginei, ele diz: "Faça o que quiser; contanto que consiga estar online." Assim que termino de dar um sorriso de canto de boca com satisfação, me lembro de que esta casa não tem conexão à internet. Como hoje é segunda-feira, decido ir ao calçadão da cidade procurar alguma empresa de telecomunicação e ver o que consigo.

Deixo minhas coisas prontas para quando resolver ir embora. Alimento o Bruno e decido ir ao centro a pé, seguindo os passos de Mabel. Pessoas pra cima costumam nos dar sugestões saudáveis.

Coloco uma máscara e saio. O dia está mais aberto do que ontem, mas a temperatura ainda não é de todo quente.

São mais ou menos seis quarteirões até a praça, todos em ladeiras de pequena inclinação, e depois mais uns trezentos metros até o calçadão. No caminho, procuro esvaziar minha mente e respirar fundo. As calçadas são mais curtas do que as do bairro onde moro em São Paulo e irregulares. Quase todas as casas têm uma varanda de menos de dois metros quadrados com um portão de metal e um parapeito a meia altura, suficiente para as pessoas olharem o movimento da rua.

No chão, vários folhetos de propaganda e anúncios de cerimônias fúnebres. Paro e noto que um deles tem o nome de minha tia. Um papel branco, com uma cruz e o nome Luzia de Jesus Camargo e a data de anteontem. É uma prática desta cidade — e não sei se de outras também — fazer folhetos para convidar as pessoas para velórios. Pego o papel, dobro em quatro e guardo em minha carteira.

Depois de andar uns quatrocentos metros, dobro a esquina em direção à praça e vejo uma loja de brinquedos. Tia Francisca costumava me comprar brinquedos aqui. Uma vez disse à minha mãe que achava impressionante a minha habilidade de escolher o item mais caro de uma loja em esquema de "teste-cego". Isso nunca a impediu de me comprar todos aqueles presentes.

À medida que me aproximo da praça, alguns carros começam a passar pelas ruas que a contornam. Passa também uma carroça com um senhor de botina, calça rasgada e desbotada do sol e uma camisa branca de manga curta com os dois botões do peito abertos. Ele usa um chapéu arredondado e tem algum tipo de planta na boca.

— Dia! — ele grita de cima da carroça.

Eu aceno e respondo com um sorriso.

Chego à deliciosa praça principal de Mongaraíbe — que segue um padrão comum do Brasil pré-republicano: uma igreja, um banco, uma filial dos Correios, estacionamentos rotativos para carros e carroças, casas tombadas em volta da praça, um calçadão, uma banca de jornal, uma ou outra conveniência, uma sorveteria, um mercadinho, muitas árvores e bancos de madeira, um coreto e muitos e muitos idosos e pombos. O contraste da autenticidade e simplicidade desse cenário com o que vemos nas cidades grandes é revigorante.

Deixei meu celular em casa, o que faz com que eu me sinta ainda mais livre. A caminhada me fez bem, mas percebo um fio grosso de suor escorrer da minha nuca até o meu cóccix. Quem nunca? Procuro um lugar para almoçar e encontro um restaurante que serve comida por quilo. Preencho meu prato com frango grelhado, tomates, alface, palmito e um ovo cozido. Peço um refrigerante zero e me sento sozinho para comer. Algumas pessoas ficam me encarando e, quando nossos olhares se cruzam, dão um sorriso com a boca fechada, como quem faz força para evacuar. Imagino que seja costume delas almoçar nesse lugar todos os dias e devem estar se perguntando quem diabos sou eu.

Termino de comer e vou até o calçadão. Lá não entram carros, e o movimento de pessoas é notável. Depois de caminhar por cinco minutos, encontro uma loja da maior empresa de telefonia e internet do país que, apesar de ter sido adquirida por um grande conglomerado espanhol, ainda carrega seu nome e logomarca antigos. Sou surpreendentemente bem atendido e faço um contrato para instalação de um modem e 200 megabytes de internet. Combino a instalação para quarta-feira e penso que, então, é melhor eu ir embora hoje mesmo — pra ter tempo de ficar um pouco em Sampa e voltar pra recebê-los aqui.

Compro um picolé de limão e volto caminhando para o casarão. Apesar de o trajeto agora ser em descida, o sol está de lascar.

Quando estou quase chegando, no mesmo quarteirão da casa, escuto uma voz me chamando:

— Ei, guri.

É uma senhora sentada em uma cadeira de rodas. Ela não tem uma das pernas, que parece ter sido amputada acima do joelho, e tem uma bandagem grande de pano cobrindo-a. Sua outra perna leva uma meia-calça de compressão marrom e um sapatinho preto estilo "freira". A senhora tem cabelos brancos, rosto maltratado de rugas e manchas de sol, um queixo imponente que não consegue deixar de tremer pela idade. Traja uma camisa de linho azul-claro e uma blusa meia-estação de crochê.

— Pois não, senhora?

— Você é sobrinho da Luzia?

— Sou, sim.

Nessa hora, me lembro imediatamente de quem ela é. Eu a conheço há muitos anos, mas só de vista.

— A senhora é a dona Noca, não é?

— Sou, sim, senhor.

— Como vai, dona Noca? Acho que nunca conversamos, mas lembro que minhas tias sempre paravam aqui pra falar com você.

— Vamos levando, filho. Vamos levando. Como estão as coisas na casa? Você veio para cuidar das coisas da sua tia? É preciso respeitar os mortos, viu?

— Sim. Devo ir pra São Paulo hoje para pegar mais roupas, já que acabei me distraindo e não fazendo o que vim fazer. Vou voltar e dar uma olhada nas coisas da minha tia, ver o que faço com elas. Quero ter certeza de que elas e a casa tenham um fim digno.

— Sua tia era extremamente caridosa. Por que você não leva as coisas dela ao Lar dos Velhinhos?

— É uma ótima ideia, dona Noca. Acho que vou fazer isso, sim. A senhora sabe onde fica?

— Claro. Mas qualquer um na cidade vai saber onde é. E, olha, enquanto estiver em São Paulo, tranque bem essa casa. Casa vazia representa perigo. Não queremos ninguém invadindo ou furtando alguma coisa da minha querida amiga Luzia.

— Não mesmo.

— Mas pode deixar. Estou sempre aqui e fico de olho.

Me pergunto o que uma idosa coxa poderia fazer se visse alguém pulando o muro da casa.

— Foi um prazer revê-la, viu, dona Noca?

— Quando estiver de volta passe aqui, filho. Tomamos um café e proseamos um pouco. Eu vivo muito sozinha porque meus filhos estão em Aratupeba trabalhando, mas deixam a Leonor comigo. Ela pode nos preparar um café com bolo de fubá. Ela está lá dentro agora, mas quando vier da próxima vez, eu lhe apresento.

— É muito amável, senhora. Volto sim. Obrigado pelo convite.

Me despeço de longe, porque apesar de amável e de conhecê-la há anos indiretamente, através de minhas tias, não sinto essa intimidade ainda.

Chego em casa, tiro minha máscara e jogo fora. Daqui a pouco vou parar de usar esse treco, exceto se eu estiver dentro de transportes públicos, onde ainda é lei, ou perto de pessoas consideradas como grupo de risco.

São duas e meia. Se sair agora, chego ao meu apê antes das seis. Coloco uma quantidade desproporcional de comida para o Bruno e improviso um segundo pote com água.

— Não vá comer tudo de uma vez — falo, enquanto faço um carinho em suas orelhas. — Amanhã estarei de volta. Prometo.

Pego a mangueira que está conectada à torneira e jogo, de longe, água em todas as plantas. Bruno parece se divertir com o banho indireto também.

Pego minhas coisas e checo se todas as janelas estão fechadas. Na cozinha, confiro se não há nada ligado nem nada que vá apodrecer enquanto estou fora. Tudo certo.

Abro o portão pra sair na rua e pegar meu carro, e dou de cara com Mabel.

— Você está indo embora? — pergunta.

— Sim. Vou pra São Paulo pegar mais roupas e algumas coisas que deixei, mas resolvi passar o mês aqui.

— Sério? Que máximo!

— Pois é… no fim, me distraí com várias coisas e não consegui arrumar nada da minha tia.

— Distrações boas? — pergunta, com um olhar que me deu calafrios.

— *Muito* boas — respondo em tom de um adolescente na quinta série.

— Deu tudo certo com o advogado?

— Sim, mas meus primos que herdaram esta casa comigo são uns boçais. Preciso honrar a memória de minha tia e, diga-se de passagem, de meus avós e bisavós que também moraram aqui. Vou voltar, organizar tudo e, se decidirmos vender, que seja pra alguém que eu saiba que vai valorizar o imóvel. Eles só estão pensando na grana. Se eu voltar pra São Paulo, vou me distrair e quando eu perceber eles vão ter destruído isso aqui.

— Faz bem… Veja isso como um retiro espiritual.

Mabel faz uma pausa como quem quer dizer algo que não sabe se deve, mordendo os lábios.

— Ei, ia te mandar uma mensagem hoje e percebi que não tenho seu número — diz.

— Nossa, é verdade. Me empresta seu celular. Deixa eu anotar. Você pretende voltar em breve pra cá?

Ela me entrega o celular e, enquanto anoto meu contato, ela chega mais pertinho e consigo sentir aquele perfume. Sinto meu pau querendo ter vida própria.

— Olha, pra ser sincera, não pretendia voltar tão cedo. Mas quem sabe não invento uma virose e venho trabalhar uns dias daqui, ou passar o fim de semana? Vovó pode precisar de mim — afirma, em tom de cinismo, cerrando parcialmente os dois olhos e franzindo a testa.

— É, pode mesmo. Bom, me avisa, então.

— Combinado.

Nos abraçamos e ela me dá um beijo, dessa vez na bochecha, mas com um carinho enorme, e vai embora em seu carro.

Entro no Mini Cooper, ligo o motor e escolho o álbum "What's it all about", do Pat Metheny, pra tocar. Antes de largar o celular, uma mensagem de um número desconhecido chega.

> Oi, é a Mabel. Salva meu número. E já sabe:
> se precisar de alguma coisa, pode contar
> comigo. Obrigada pelo jantar de ontem. Você
> é um chef especial. Merece uma cozinha bem
> equipada pra fazer seus improvisos. Ou uma
> poltrona na sala de estar. Dá notícias. <3

Dou uma risada, coloco meu par de óculos escuros e, me sentindo alguém especial, acelero rumo a São Paulo.

NÃO CHORE NA FRENTE DO ESPELHO

Chego a São Paulo quase sete da noite. A estrada estava cheia de caminhões. Não os culpo. Eles movem nosso país, deixando suas famílias para trás para lhes dar sustento com uma das profissões que considero mais dignas do mundo. Talvez as músicas do Roberto Carlos já tenham entrado em minha mente.

O trânsito na entrada da cidade estava horrível. Decido parar num drive-thru. Depois de uma tarefa cansativa, é de um prazer ímpar chegar em casa e comer *junk* assistindo qualquer bobagem. Hoje não tem futebol na TV, então vou assistir à série que estava vendo com Giovanna. Exceto que agora não tenho mais que lhe dar satisfação de quantos episódios eu vi. É impossível não pensar no que ela tem feito desde que terminou comigo. Tenho vontade de ligar pra ela e dizer: "Não quero mais seu corpo, mas odeio pensar em você com outra pessoa."

Chego ao meu apartamento e como meu jantar enquanto assisto a um episódio. Ótimo, por sinal. Na dose certa de álcool, trama política, sexo e violência sutil. Um retrato perfeito de um dia na empresa onde eu trabalho. A parte política e violenta fica mais visível depois das 18h, enquanto o sexo é desvendado nas festas de fim de ano.

Ia adorar a companhia do Bruno aqui comigo. Sempre gostei desse apê, e meus planos não incluem me mudar até que tenha algum tipo de promoção no trabalho, ou quando constituir família. O lugar onde moro é um encaixe justo com a vida que tenho neste momento.

 Tenho outro imóvel que minha mãe me deu quando se separou do meu pai; um flat que alugo e me dá uma entrada extra que uso pra pagar a taxa do condomínio e as contas básicas da casa. É uma bela ajuda financeira. "Faço questão de te deixar algo em vida como meu pai fez comigo, e como sei que seu pai não fará com você", afirmou minha mãe à época, ainda cheia de rancor do meu velho. Ela parece não ser capaz de fazer algo bom sem falar mal de alguém em seguida. Quando escuto essas coisas, deixo entrar por um ouvido e sair pelo outro. Afinal, foi meu pai quem pagou por minha faculdade inteira, por exemplo, mesmo depois do divórcio.

 Desligo a TV, deixo meu celular carregando na mesinha ao lado da cama e vou tomar um banho sem pressa para me deitar. Na cama, penso em Mabel. Sobre o que vou fazer com o que aconteceu e com o que pode acontecer. Não quero repetir a história do meu último relacionamento. Muito menos misturar família distante com intimidade, nem nostalgia com realidade — da mesma forma que não se deve misturar negócios com prazer. Acho que é tarde demais. Poucos dias se passaram desde que meu relacionamento com Giovanna terminou, e já transei com minha prima. Devo estar ficando louco mesmo. Qual será a consequência de tudo isso? Acho que vou deixar essa para o Nicolas do futuro.

 Não costumo dormir cedo, mas estou extremamente cansado. O sono não demora a vir, e embalo nele como um bebê.

* * *

 Se sonhei algo, não me lembro. Sei que me sinto revigorado e, de certa forma, animado para as próximas semanas. O fim de semana começou muito mal, mas os eventos positivos foram se sobrepondo aos negativos e dando uma indicação de que uma vida diferente — mas boa — pode estar me aguardando. Se bem que é melhor não me empolgar tanto; otimismo não costuma combinar comigo. Inclusive, pessoas otimistas demais me irritam; não quero ser como elas.

Enquanto tomo banho, penso na lista do que vou precisar para passar algumas semanas em Mongaraíbe. Já havia avisado que estaria fora do trabalho hoje, então conseguirei focar. Não sei precisar quantas semanas vou acabar ficando, mas, de qualquer jeito, a partir do décimo sexto dia de viagem, terei que lavar minhas roupas. Não tenho mais do que o equivalente a quinze dias de roupas e — pensando bem — nunca tive paciência até então para passar mais de quinze dias num lugar.

Saio do banho, pego quinze peças das minhas melhores roupas, garantindo que faça chuva ou faça sol, frio ou calor, estarei preparado. Separo meu travesseiro, sem o qual não sei viver. Vou ter que providenciar produtos de limpeza ao chegar lá. Passou das oito horas da manhã, então consigo ligar no *call center* da empresa de jornal. Peço a alteração do endereço de entrega para a rua Olívia Marques. Depois de quatro tentativas com a ligação caindo, atendentes desligando na minha cara e eu tendo que repetir a mesma instrução de formas diferentes, finalmente parece que consegui.

Vou até a cozinha e garanto que não deixo nada perecível pra trás. Ligo na portaria e aviso o porteiro que estarei fora por um tempo. Antes de ir embora, passo um café e ligo meu computador para checar e-mails, mesmo não tendo a obrigação de trabalhar. Dois dias fora do trabalho significam quinhentos e-mails na caixa de entrada. A maioria vai pra lixeira, mas exigem uma triagem atenciosa. A última coisa que quero fazer é deixar passar o e-mail de um sócio ou grande diretor da empresa onde trabalho — ou pior, de um de nossos clientes.

Como são muitos e-mails, decido pedir meu café da manhã pelo aplicativo de entrega. Sou um pouco contra, porque adoro comer fora e pelas óbvias razões de desperdício, geração de lixo e condições sub-humanas de trabalho. Mas vou abrir uma exceção. Peço uma fatia de bolo de cacau e um queijo quente.

 A comida chega em menos de trinta minutos e como enquanto trabalho. O resumo de tudo é que estamos em setembro e o ano fiscal acabou de começar. Não tenho projetos e algumas propostas devem pingar antes do fim do ano, mas meu trabalho deve ser bem tranquilo nas próximas semanas. Tive uma crise pouco antes de a pandemia começar por não conseguir me tornar gerente sênior. Vou ter que esperar até abril do próximo ano pelo menos. Os sócios me adoram e o time me admira. Eu entrego mais do que a meta estipulada. Mas devo fazer algo errado, porque ouvi em minha última avaliação que ainda é muito cedo. Não sei se presto pra politicagem corporativa. Ou se presto até demais.

 Quando comecei a trabalhar, meu sonho era aparecer na capa de uma dessas revistas de negócios. Ao me aproximar dos trinta e seis anos e de estar tão próximo de grandes executivos de primeira página e vislumbrar pontualmente suas vidas e rotinas, concluo que alguns sonhos podem ter sido vendidos a mim pela minha consciência machucada. Quais seriam meus verdadeiros sonhos, então? Quem sabe nos próximos dezoito anos entenderei. Já chorei muito, sozinho. Um dos meus artistas preferidos, Roberto Mario Gomez Bolaños, disse uma vez que heroísmo não consiste na ausência do medo, mas em nossa capacidade de superá-lo, na autoconsciência das nossas deficiências e na humildade para com o fato de que todos nós vamos perder muitas vezes antes de nossas ideias triunfarem.

 O fato é que, para esse momento da minha vida, não ter tantas responsabilidades vem a calhar. Eu apostaria um rim que, em abril, vou ser promovido, e que é realmente o tempo o fator que me aguarda — e não minhas entregas até lá. Não tenho concorrência e a pirâmide está desbalanceada. Talvez seja hora de viver mais o presente. Será que as ideias de minha prima já me subiram à cabeça? Eu sou uma pessoa que, em meu pior momento e de maior desdém, produzo e capricho mais do que a média. Portanto, mesmo pensando que estou largando a caneta, vou estar performando como os demais.

Antes de desligar meu computador, olho no calendário uma última vez e me lembro de que meu aniversário está chegando em alguns dias. Trinta e seis. É como fazer dezoito pela segunda vez. Talvez seja por isso que minha vida esteja tão enigmática e significativa. Quem sabe eu possa agendar de encontrar meus amigos em um bar? Voltar para São Paulo no fim de semana que vem pode ser bom pra ver se está tudo bem em casa e ver minha mãe. Penso muito rapidamente e decido por um bar que oferece petiscos e chope na rua onde cresci. É uma rua aconchegante de paralelepípedo, e me lembro que um dos motivos pelos quais meus pais quiseram se mudar foi o acúmulo de botequins e espeluncas barulhentas. Esse é até ajeitadinho, e tem umas mesas na calçada. Setembro é uma época de calor perfeito, então acho que será agradável. Antes de reservar, dou uma sondada com meus amigos pra ver quem apareceria. Assim que receber suas respostas, verei se existe quórum.

São 12h15, então decido comer bem uma última vez antes de sair da cidade. Algo que aproveito ao máximo em São Paulo é sua diversidade e qualidade gastronômica. Aprendi com meu pai, que pode ter mil defeitos, mas nunca conseguiu provar nada gostoso na rua sem levar a gente pra comer lá nos dias seguintes. Meu restaurante preferido é uma típica churrascaria brasileira com serviço *à la carte*. Posso chegar a qualquer momento, que o garçom Alves — que trabalha lá há mais de vinte anos — me arruma uma mesa nos fundos e me serve com prioridade. Adoro conversar com os garçons. O couvert de cenouras e vinagrete é servido com uma bela cesta de minibaguettes e pães de queijo. Na sequência, a salada Juliana faz parte da entrada de qualquer um dos clientes. Hoje não foi diferente. Alves me atendeu com um sorriso de orelha a orelha. Foi meio constrangedor quando ele perguntou "duas pessoas?", olhando e procurando a Giovanna, e eu respondi "não; hoje estou sozinho, Alves". Antes de a pandemia começar, viemos muito aqui, e, desde que reabriram as mesas com distanciamento, tínhamos vindo duas vezes.

Hoje vou de picanha e arroz biro-biro como prato principal. Não está no cardápio, mas ele me prepara um creme de abacaxi com licor de menta de sobremesa que é de chorar. Para poucos.

Como é bom comer bem. Melhor do que isso, só comer assim com uma boa companhia que me deixe escolher o cardápio. Termino minha refeição com um café perfeitamente tirado e paro pra urinar antes de seguir viagem. Assim que lavo as mãos, sinto o telefone vibrar e vejo que é meu pai quem está ligando. Ele nunca me liga, então deve ser algo urgente. Atendo a caminho do meu carro.

— Oi, filhão!

Nos momentos de cumplicidade, o aumentativo até cai bem. Na maioria das vezes, porém, acho forçado.

— Oi, pai. Tudo bem por aí?

— Mais ou menos, filho. Tem uns minutos pra falarmos?

— Vou pegar a estrada daqui a dois minutos, Pa.

— Está voltando pra São Paulo?

— Na verdade, indo pra Mongaraíbe. Vim buscar umas coisas e vou voltar pra lá e ficar umas semanas.

— Que legal! Posso te fazer companhia por uns dias?

— Como assim?

Acho que não passo mais de dois dias com meu pai há oito anos.

— Estou precisando sair de casa um pouco. Márcia foi para Portugal na semana passada. Vocês não me deixam encontrar ninguém, mas não vejo problema em ficar com você. Além disso, seu aniversário é no fim de semana, e eu preciso me despedir da minha irmã de um jeito decente. Podemos apagar uma vela juntos. Que tal?

Meu pai costuma demorar muitos minutos e dar voltas em calotas polares antes de dizer alguma coisa. Ele foi tão direto que simplesmente não consigo dizer não.

— Tudo bem, pai. Você tem como ir?

— Eu pego um ônibus. Você me busca na rodoviária quando eu chegar. Vou ver aqui de sair na quinta antes do almoço, pode ser? Fico com você até sábado e volto à noite pra São Paulo.

— Pode ser, pai. Fechado. Vou comprar umas coisas pra gente comer e beber e já deixo um cantinho pronto pra você.

— Obrigado, filho. Até quinta, então. Te dou notícia.

— Beijos, pai. Ah, e, por favor, use máscara no ônibus!

— Pode deixar.

Entro no carro nem otimista nem pessimista sobre como será essa visita.

O dia está nublado, mas a estrada parece estar livre. Vou ouvindo o álbum "The Division Bell", do Pink Floyd, no caminho e não faço paradas. Completo a viagem em tempo recorde: duas horas e quarenta e dois minutos. Mongaraíbe está especialmente bonita nesta tarde.

* * *

Antes de seguir para meu novo lar por algumas semanas, resolvo estacionar na praça.

Solicito um ticket de uma hora de estacionamento a um guarda-mirim que me lembra Marco. Como se não bastasse a nostalgia que me contagia nesses últimos dias, ainda me aparece meu fiel amigo diante de meus olhos. Abro a carteira e pego uma nota maior do que o valor, propositalmente, e digo que ele pode ficar com o troco. Aproveito pra comprar itens de higiene, limpeza e algumas comidinhas no mercadinho.

Em seguida, vejo um banco embaixo de uma sombra para me sentar, ao lado de quatro senhores de no mínimo setenta e cinco anos cada, que jogam dominó em um banquinho de engraxate improvisado como mesa. Eles não deveriam estar se aglomerando, mas quem sou eu pra julgar? Os senhores, sentados em cadeiras dobráveis que certamente emprestaram do botequim que fica do outro lado da rua, me sorriem de forma simpática. Antes de me sentar no banco, porém, vou até a sorveteria e compro uma casquinha com duas bolas: menta com chocolate e passas ao rum. Aproveito que estou sem a Giovanna, que me encheria o saco falando que meu paladar é velho e que ninguém pede isso. É melhor ser velho no paladar do que infantil nas atitudes.

Enquanto observo o movimento da praça, uma senhora muito parecida com tia Rosa — porém aparentando ter mais idade — aparece à minha frente me olhando esquisito por trás de sua máscara. Sentindo-me intimidado, levanto minha máscara, que estava apoiada em uma das minhas orelhas enquanto comia, reposicionando-a.

— Tarde! — ela diz.

— Boa tarde — respondo, inseguro.

— É gente de quem?

— Oi?

— Você é neto da Luzia? Luzia Camargo.

— Sou sobrinho dela. Minha tia não teve filhos.

— Não entendi — diz ela.

Conversar com idosos usando máscara foi um dos top cinco desafios ocultos da pandemia. Repito em tom mais alto o que acabo de dizer.

— Ah! Não mesmo. Não te vi no velório. Ou não reparei.

— Eu estava lá, senhora. Obrigado por ter ido. Você era amiga de minha tia?

— Na verdade, somos primas. Bem, de terceiro grau. Mas eu achei mesmo que suas feições pareciam a dos *Camarguinhos*. Deus lhe abençoe, viu, meu bem?

— À senhora também.

Ao ver a senhora continuar seu passeio, sorrio comigo mesmo. Nesta cidade, todos são uma só família. Ou a fraternidade é maior por aqui, ou alguém andou pulando a cerca loucamente. Desconfio que a alternativa possa ser verdadeira porque, de alguma forma, essa senhora poderia ser muito bem minha avó.

Será que um dia deixarei um legado para alguém? Enquanto vejo crianças correndo de um lado para o outro espantando pombas que elas mesmas atraíram ao jogar migalhas de pães, aproveito a paz deste lugar pra me perder em meus pensamentos entre colheradas generosas do meu sorvete de massa.

TERRA VERMELHA FLOREIA SANGUE

Eu me considero um cara devaneador. Às vezes, opto por sair da minha realidade, analisar a letra de uma música, ficar olhando para o horizonte ou observando as pessoas ao meu redor e tentando encontrar o lado bom disso.

Por isso fiz questão de sentar nessa pracinha por alguns minutos — quase uma hora, na verdade — e sentir a alma da cidade antes de me alojar de vez na casa de minha tia.

Agora é hora de ir pra lá. Vou de vidros abertos, curtindo a brisa nada fresca que entra, com cheiros diferentes a cada quarteirão. Sempre fui uma pessoa de olfato. Consigo me lembrar de um lugar por meio de um perfume, e sou capaz de sentir um odor se alguém fala sobre uma situação ou lugar. Não é apenas a música que me transporta.

Chegando à casa, abro o portão com calma. Afinal, quero aproveitar esses dias no interior para acalmar meu jeito frenético de ser. Estaciono meu carro e entro. No chão, algumas cartas endereçadas à minha tia e contas de água, luz e gás. Recolho tudo.

Bruno claramente percebe minha presença, porque começa a chorar do quintal, me chamando. Deixo as compras no carro e vou direto acalmar o bicho, colocando ração e água. O cheiro de suas necessidades me faz lembrar o porquê de eu não ter cão algum em São Paulo. Volto para o carro, descarrego as sacolas na cozinha e abro um pacote de papelão de sabão em pó e jogo no chão do quintal, depois de coletar as fezes e despejá-las num latão de lixo. Conecto a mangueira e jogo bastante água para higienizar.

Com minhas compras organizadas na despensa, pego minhas malas e as coisas de banheiro que comprei e vou em direção à suíte onde vou dormir pelas próximas semanas. No meio do caminho, encontro um pacote arremessado por debaixo da porta social. Dentro, uma carta escrita à mão e um livro meio surrado de capa comum com apenas o título *"Árvore Genealógica — Família Camargo"*.

Nicolas,
    Seja bem-vindo a Mongaraíbe.
    Fiquei muito feliz que você se interessou por ajeitar as coisas da Luzia. Eu faria isso de bom grado, mas sua tia está muito velha. Confesso que minha irmã era meio bagunceira, então você terá um trabalhinho pra deixar tudo em ordem. Se precisar de alguma orientação, não deixe de me ligar. Ah, queria saber se eu poderia ficar com o relógio de pêndulo que era do papai. Sei que agora é de vocês, porque faz parte da casa, mas ele me traz tantas lembranças boas...
    Desejo que tenha ótimos dias por aí. Tive que ir a São Paulo e vou ficar na casa dos seus primos por um tempo porque tenho uma série de consultas médicas. Antes de ir, achei legal deixar com você um livro que você gostava muito quando era pequeno, lembra disso? Quem sabe se tiver um tempo livre você não dá continuidade a ele?
    Aproveite esses dias para relaxar também e reviver um pouco da sua infância. Vira e mexe, me lembro de você. Esses dias encontrei a figurinha do "Allejo". Nunca esqueço o dia que você me presenteou com ela, mostrando que estava me dando algo muito importante pra você.

> *E se tiver um tempinho pra cozinhar, seguem os ingredientes para o seu quibebe favorito: 1,5 kg de abóbora, 3 xícaras de açúcar, e óleo para refogar os seguintes temperos: cebola, alho, pimenta e cheiro-verde.*
> *Um abraço apertado de quem lhe quer muito bem,*
> *Tia Rosa*

Minha tia Rosa é uma incrível contadora de histórias, além de ser a melhor cozinheira que já conheci. Ou seja: a tia perfeita. Ela leva a prosa com uma habilidade ímpar, conhecendo sua audiência e convencendo qualquer um com seus argumentos enquanto as pessoas são hipnotizadas ao degustar seus pratos maravilhosos.

Por conta da diferença de idade dela e meu pai, eu fui uma criança que ficou solta entre seus filhos e seus netos. Depois do trabalho, em São Paulo, passava quase todos os dias pra brincar comigo. Nossas brincadeiras favoritas eram as almofadinhas de três-marias, que ela mesma havia confeccionado pra mim, e um jogo de dados. Costumávamos ter papos-cabeça acerca de tudo e qualquer coisa. Ela era minha confidente, se é que crianças têm uma.

Certa vez, ela me mostrou o livro que agora está em minhas mãos. A árvore genealógica de minha família, que conta a história dos Camargo desde o século XVII até a geração do meu bisavô, que viveu nesta casa. Eu pirei no livro. Talvez porque, até então, nada me dava o sentimento de pertencimento, e o livro mostrava de forma bem breve os passos, as escolhas e o destino daqueles que estiveram aqui antes de mim. Para alguém nostálgico, um livro como esse é melhor do que comer o quibebe da tia.

Ele foi escrito pela bisavó do meu pai, e tem pouco mais de cem páginas. É estruturado de forma bem prática sobre onde as pessoas nasceram, moraram, com quem se casaram, quantos filhos tiveram e o que cada uma delas fez da vida até o dia de seu falecimento. De uma forma abrasileirada e descontraída, acrescenta detalhes sórdidos dos verdadeiros personagens.

Aurélia Breves Camargo. Touro. Destemida e sempre faminta, trabalhou em plantações de algodão de Mongaraíbe da Faxina. Aos domingos, sentava em seu piano e passava horas dedilhando notas melancólicas. Contraiu matrimônio com Luciano em bodas que trouxeram mais de duzentos convidados. Filhos: Melina, Anastácia e Joaquim.

Passo de forma prática pela parte descritiva e resolvo ler a fundo o capítulo final, que conta um pouco sobre meu bisavô. Lembro que eu gostava muito de ler esse pequeno posfácio, onde o livro muda de estrutura repentinamente e conta de uma maneira mais novelística. Algumas coisas são fatos, de conhecimento público. Outras, apenas um romance. Como se quem escreveu fosse uma mosca voando em torno do meu bisavô. Nunca saberemos como tudo realmente aconteceu, mas não deixa de ser genial. Acho que minha tataravó quis dar um final em prosa para o livro, já que sua jornada tem um quê de surrealidade.

> "*Coronel Samuel Camargo.* Nascido em 1875, quando Mongaraíbe tinha apenas quinze mil habitantes, era neto de portugueses pelo lado paterno e de brasileiros de Aratupeba pelo lado materno. Aos quarenta e dois anos, podia ser considerado um homem bonito, conservado.
>
> Samuel possuía uma face comprida, de queixo e nariz imponentes, mas não exageradamente, porque tal tamanho harmonizava com sua altura e porte. De olhos castanhos e um bigode e cavanhaque de respeito, nada disso impunha mais segurança do que sua testa e sobrancelha — típicos de um Camargo.
>
> Samuel gozava de grande prestígio com altas figuras políticas do Brasil, como Júlio Prestes, Jorge Tibiriçá, Ataliba Leonel e Washington Luiz. Graças a tal importância, conseguiu realizar muitas benfeitorias para Mongaraíbe e região. Dentre outras

instituições e construções (pontes, clubes, postos zootécnicos), foi responsável pela construção das primeiras escolas de pelo menos oito municípios e pelos sistemas de saneamento básico e energia elétrica da região.

Um de seus maiores feitos foi a inauguração da Estrada de Ferro Apitiabana na estação de Vila Isabel, que oito anos depois selaria seu destino de forma trágica. É intrigante como a vida pode ser ingrata com os seus maiores benfeitores."

Passei uma vida ouvindo minha mãe dizer: "Filho, queria tanto que você não se destacasse; que vivesse entre a média... assim você não sofreria." De fato, quem vive uma vida indiferente e não se arrisca, não sofre com excesso de responsabilidade, como meu bisavô, e pode escapar de um fim trágico. Mas terá essa pessoa vivido em plenitude? Terá preenchido seu coração com o que realmente importa?

Volto a ler.

"Eram cerca de oito horas de uma noite fresca em Mongaraíbe Da Faxina. O coronel, sentado numa poltrona confortável da sala de estar em sua casa, na rua Olívia Marques, estava com o jornal à mão esquerda, primeira página dobrada ao meio, enquanto acariciava as três pedras de gelo de seu uísque com os dedos da mão direita.

> **Conflagração — a situação européa: na Allemanha, pedido de demissão do sr. Michaelis aumenta temores das represálias dos alliados. O ataque por nós lançado ao norte do Aisne, de manhan, desenvolveu-se de modo extremamente brilhante, não obstante o nevoeiro que cobria toda a região. Tomamos no primeiro ímpeto as formidáveis posições do adversário, defendidas pelas melhores tropas da Allemanha.**

> A próxima conferencia dos alliados, que se realisará em Pariz em meados de Novembro, comprehenderá conversações diplomáticas e militares, em que tomarão parte unicamente as personalidades autorisadas por mandato especial. Os norte-americanos comparecerão á conferencia.

Ele passava o olho pelo anúncio "Vesper: cigarros especiais, companhia Souza Cruz. Carteira 300 Réis" quando sua esposa entrou na sala com os sapatos ecoando no piso de madeira e um vestido rodado de cor verde-pastel:

— Deem boa noite para seu pai, vamos.

Acácia, Epitácio, Edite, Ari, Clovis, Ruy, Branca, Laerte e Ruth avançaram educadamente em direção ao pai, com uma coleção de olhares interessados em impressioná-lo e, ao mesmo tempo, demonstrar extremo carinho. Samuel era um pai devoto; o pouco tempo que lhe restava de seus afazeres era dedicado aos filhos. Desde que seu pai falecera sete anos antes, as únicas coisas que fazia para si quando não estava trabalhando, ajudando o próximo ou dando atenção aos filhos era tocar piano fervorosamente e ler seu jornal à noite enquanto degustava seu uísque.

— Boa noite, papai. O senhor está bem aprumado; vai sair a essas horas? — perguntou Branca com um tom de cobrança.

— Tenho viagem marcada para a Capital. Meu trem parte às 22h00.

Tendo sido vereador em 1903 e eleito Presidente da Câmara Municipal de Mongaraíbe Da Faxina em 1905, elegera-se em 1910 deputado estadual e já estava em sua quarta reeleição. As viagens para São Paulo se tornavam cada vez mais frequentes.

— Vamos sentir saudades, papai! — afirmou Ruy, com seu jeito tenro e intelectual.

— Vão agora, crianças, vão. Deixem seu pai e vão com Terê se arrumar para dormir.

Samuel beijou cada um de seus filhos e deixou-os ir com a criada.

Assim como seus pais e avós, Terê trabalhava na casa da família há anos, e era tratada com dignidade. Ela e sua família guardavam seus ordenados para a construção de uma casa num terreno que o próprio coronel os havia dado de presente, e moravam ali mesmo, numa edícula que constava do vasto quintal da casa dos Camargo. Os avós de Terê haviam fugido quarenta e quatro anos antes de uma fazenda nos arredores de Nossa Senhora da Ponte de Apitiaba, onde eram tratados de forma desumana.

O avô de Terê mancava de uma perna devido a um tiro que levou do capataz durante a fuga, mas conseguiu levar sua família em segurança até a porta do coronel Emydio — pai de Samuel — implorando por ajuda. Emydio já o conhecia, pois sempre que visitava a fazenda dos Pires Cavalcanti, fazia questão de ter com ele para uma boa prosa. Se impressionava com a sabedoria do jovem. Com o apoio de sua esposa, dona Francisca Emilia, Emydio usou de sua influência e empatia para negociar a então compra e garantir que o avô de Terê fosse tratado em total liberdade.

Independente da abolição em 1888, Tião vivera e constituíra família na residência dos Camargo desde 1873 — todos remunerados dignamente por seus serviços.

Era outro Brasil.

— Te vejo preocupado, meu marido. O que lhe perturba? — perguntou dona Leocádia.

— Luiz Neves não me deixa em paz. Tem algo nele que me incomoda. Algo pessoal, diferente de todas as disputas políticas que já enfrentei.

A família Neves havia disputado e perdido os direitos de apropriação sobre as terras em que viviam, que estavam sendo consideradas para a construção de um posto avançado para uma linha de Tiro de Guerra. Samuel era apenas o articulador do projeto em nome do Governo do Estado de São Paulo e fizera questão de garantir compensações a Donato Neves, pai de Luiz e patriarca da então Fazenda 'Pilão D'Água'.

— Fizemos o justo, o bom para a região e a nação. Não é que a família tenha saído em prejuízo. Me custou caro politicamente articular um trato justo. Levo minha consciência tranquila, mas não consigo aquietar meu coração. Deve ser bobagem. Devo estar ficando velho.

— Você é o melhor homem que eu conheço — disse Leocádia, se agachando à altura da poltrona e olhando fundo em seus olhos — Ajudaste dezenas de milhares de pessoas incansavelmente. Segue adiante em teu propósito e trate de voltar logo pra casa.

— Está bem, dona Leocádia de Mello. A chefe aqui é você.

Samuel partiu para a estação Apitiabana pontualmente e, lá chegando, esperava o trem para embarcar, conversando com diversas pessoas.

Em meio à prosa, por um segundo, Samuel pensou avistar seu amigo de juventude, major Josimas Leme. Sua face perdeu-se na multidão, e o coronel deu um sorriso de lado, piscando rapidamente com os dois olhos juntos. Mesmo que por um instante, e não sabia muito o porquê, aquela visão lhe fez recordar as corridas de cavalo na raia do Taquari. Como era lindo o Lambari, seu cavalo predileto, de pelo vistoso e uma cumplicidade sem tamanho; penava, porém, para acompanhar o passo de Estrela Dalva de Josimas. A lembrança agradável lhe anestesiou o coração. Uma nostalgia de um tempo sem responsabilidades invadiu sua mente, que rapidamente se corrigiu a lembrar que talvez não tenha havido tempo em que Samuel não tenha tido responsabilidades. Era simplesmente quem ele era. Ah, mas como amou! Cativar e zelar por todos que amava valia muito mais do que qualquer minuto de irresponsabilidade.

Samuel voltou o olhar para as pessoas com quem conversava de modo nada furtivo, sendo que ninguém ali percebera sua divagação momentânea. Ele não teve tempo de articular uma só palavra, porém. Num súbito silêncio, um estalo oco se fez ouvir e o querido coronel caiu ao chão já sem vida. Parecia que a vivacidade daquele lugar inteiro havia sido furtada por alguns instantes. A gritaria e comoção foram enormes. Sem falar no pânico. Não se tratava de um ato terrorista, mas de um ato de vingança. As pessoas perceberam isso relativamente rápido, e a tristeza tomou conta do frenesi enquanto dois ou três brutamontes da estação apreenderam o atirador e o levaram à delegacia da cidade.

Luiz Neves, de quarenta e cinco anos, foi preso e sua carabina 'Winchester' calibre 44 de 8 tiros, tipo 1.892, foi apreendida. Por quinze votos a favor e sete contra, Luiz foi condenado a quinze anos de prisão. Era, de fato, um outro Brasil. Após cumprir pena, ele viveu pacatamente em sua chácara e sobreviveu dando aulas de piano até os oitenta e seis anos, quando faleceu.

Cerca de duas mil pessoas compareceram ao velório do coronel. A cidade até hoje celebra seus feitos — e a principal avenida e escola do município foram coroadas com seu nome.

Este livro é uma homenagem à bravura e ao caráter da família Camargo e do nosso querido Samuel, eternamente em nossos corações."

Este lugar desperta sentimentos até demais em mim. Relembrar a história de missão e resgate de meu bisavô me ajuda a reforçar o porquê de eu estar aqui. Um imóvel dificilmente é apenas um imóvel. Ele serviu de lar para alguém, para que a história de uma família fosse escrita. O corpo falece, mas a energia continua impregnada nos pisos e nas paredes.

E, meu Deus, como essa senhora escrevia bem!

Sinto um arrepio na espinha de pensar que posso estar sentado na mesma poltrona em que meu bisavô lia seu jornal. Ao mesmo tempo, me dou conta de quão pequenos somos em meio a tantos outros protagonistas de suas próprias vidas.

Geralmente meus ataques de nostalgia são mais curtos e, enquanto duram, são sublimes. Mas, a longo prazo, acabam me trazendo ansiedade. Desde que a Bia me ligou naquela noite, eles têm sido cada vez mais longos — mas parecem me trazer um senso básico de direção para minha vida. Começo a acreditar que possa existir uma beleza na nostalgia: a de agarrar para si aquilo que não se viveu ou ainda não se sentiu, e extrair o melhor dos aprendizados. Eu não estive ali na época dessa história, mas algo me prende a ela. O fim trágico não determinou sua vida, mas, sim, seus grandes feitos: como contribuiu para a sociedade e quantas pessoas ele ajudou.

Penso sobre o que conversaríamos, Samuel e eu, compartilhando uma garrafa de Macallan. Eu certamente lhe perguntaria quais foram as coisas e pessoas mais importantes de sua vida e lhe pediria orientação sobre qual deveria ser minha prioridade pra ter também uma função na sociedade, receber por isso e investir o dinheiro da melhor forma.

Resolvo dar um trato na casa.

* * *

Em quarenta e cinco minutos, deixo tudo em ordem. O silêncio que toma conta daqui me angustia. Ignoro, pego o telefone e ligo para meu tio Tito.

— Alô?

— Oi, tio! É o Nicolas. Estou em Mongaraíbe novamente.

— Oi, Nick. Que bom! Até quando você fica?

— Ainda não sei. Mas pelo menos algumas semanas, tio. Ainda tenho muito trabalho por aqui.

— Me orgulho de você, sobrinho querido.

— Imagine. Falando em colocar ordem: você tem alguém conhecido pra me ajudar com a limpeza da casa? Alguém que eu possa contatar pra vir duas vezes por semana, limpar banheiros, cozinha e tirar o pó. A tia tinha alguém de confiança?

— Imagine! Sua tia, mesmo velha e cega de um olho, insistia em fazer tudo sozinha. Desde que a Vera faleceu, ela não quis mais ninguém mexendo em suas coisas. Mas não se preocupe: vou pedir pra Conceição dar uma passada amanhã cedo; aí você acerta tudo com ela. Ela trabalhou por anos na casa da tia Menininha e, ultimamente, tem feito faxinas esporádicas em algumas outras casas.

As minhas tias-avós tinham apelidos engraçados. Na época, os funcionários de longa data e seus respectivos filhos apelidaram as crianças de *Sinhazinha*, *Menininha* etc.

— Muito obrigado, tio! Imaginei que você teria alguém de prontidão. Falo com ela amanhã.

— Fica com Deus, querido. Passe aqui a qualquer hora.

— Beijos, tio.

Desligo o telefone e vou ao quarto de minha tia para separar as roupas de cama e banho para meu pai. Vou deixar o terceiro quarto, de hóspedes, preparado para ele.

Ainda não acredito que meu pai virá pra cá. Desde muito tempo que mal conversamos e, pensando bem, já está na hora de fazer isso.

Depois da separação, acho que ele ficou ludibriado com a solteirice. Não o julgo: sempre que termino um relacionamento, coloco "The Clansman", do Iron Maiden, pra ouvir e grito o refrão "*freedom!*" da forma mais espalhafatosa possível. Imagine você estar casado com uma pessoa por trinta e cinco longos anos.

Com tudo que está acontecendo, ainda não consegui passar por essa fase e, depois do que aconteceu com a Mabel, acho que ficou desnecessário.

Com o passar do tempo, o velho foi passando pela curva normal de frustração com o grande pasto de animais que é o mundo aí fora para os solteiros. Foi aí que ele teve uma reaproximação comigo. Por um lado, achei legal ter meu pai de volta. Por outro, já não era o mesmo pai. Por fora e por dentro. Por fora, estava mais velho, mais cheio de furos em seu caráter e sem minha mãe para remendá-los. Por dentro, era uma imagem manchada daquele homem bom que me levava pra jogar bola com cinco anos no clube aos domingos. Confesso que em meu egoísmo comecei a me preocupar sobre o quanto eu teria que cobrir seus buracos ou pagar por suas gafes.

Logo encontrou Márcia, e isso me acalmou. Como todos nós, ela está longe de ser a pessoa perfeita, mas é perfeita pra ele. Levanta meu pai, o guia na direção certa. Cuida dele. A cada ano que passa, ela sobe mais no meu conceito. A chamo de "a mulher-do-meu-pai-que-não-é-minha-mãe".

Infelizmente, porém, meu pai nunca mais quis saber da minha vida. Não de verdade, pelo menos. Ele me procura, me manda mensagens de afeto de longe — mas, nos raros momentos em que nos encontramos, ele não facilita as coisas pra mim. Eu tento atravessar a camada de esquisitice que ficou entre nós, mas ele logo começa a se lamentar de seus problemas e mostrar pouca empatia pelo que eu estou vivendo. Conversamos, ele me conta tudo o que tem pra dizer, muitas vezes coisas que ele já disse antes, e nos despedimos — ele com uma sensação de completude, e eu de vazio.

A pandemia modificou muito as pessoas. Não estou otimista quanto à sua visita — mas também não estou achando o fim do mundo. Afinal, como alguém uma vez disse: para pessoas infantis, a gente dá mingau, não moral. Pode até ser bom pra acertar umas arestas entre nós. Vamos ver.

Está quase na hora do meu jantar. A casa está em ordem para minha primeira noite aqui. Bruno tem tudo de que precisa e a Conceição virá amanhã cedo. Acho que posso tomar um drinque.

Olho com cuidado as garrafas de bebida e encontro uma garrafa muito antiga de rum. Me lembro de que no quintal há um pé de hortelã. Comprei limões e água tônica, então tenho tudo pra improvisar um Mojito.

Coloco um LP do Yanni pra tocar e me sento com o celular em mãos enquanto desfruto do meu drinque. Mando uma mensagem pra Mabel, sem esperanças de ter resposta. Para minha satisfação, ela me responde instantaneamente.

MABEL: Oi, primo de uma terra muito distante. Tudo bem por aí?

NICOLAS: Tudo sim. Queria te contar que voltei pra Mongaraíbe mesmo. Já estou instalado aqui e devo ficar algumas semanas. Se tiver planos de vir em algum momento, dê uma passada aqui pra gente tomar uma cerveja e bater papo

MABEL: Que legal, Nick. Beleza, te aviso sim. Essa semana estou atolada no trabalho e no FDS tenho umas coisas pra fazer. Mas semana que vem talvez eu consiga fugir

NICOLAS: Maravilha. Te vejo em breve, então.

Procuro não pensar nela ou no que pode acontecer. Estou curtindo a minha vibração diminuída da ansiedade costumeira. E sei que tudo e nada podem ser um gatilho para que eu queira jogar merda para o alto.

Na sequência, vejo a resposta de todos os meus amigos sobre o barzinho. A maioria me responde com muito afeto, mas percebo que o desconforto da pandemia ainda existe. Mesmo aqueles que disseram sim ao meu convite estão falando por mera coesão social ou piedade.

No fim, acho que estou nesse momento da minha vida de fazer dezoito outra vez: refletir sozinho e aprumar a rota. Seria ótimo rever bons amigos, mas, juntar todos eles no mesmo lugar, isso poderia despertar em mim um frenesi de autojulgamento e reflexões mais negativas do que positivas. Isso pode ser contraditório, mas nos últimos anos eu já vinha numa tendência de estar mais recluso, e a pandemia me deixou com uma certa fobia social. Tenho medo de estar em meio a muitas pessoas e me sentir num filme de tribunal americano: uma promotora engomada num *tailleur* fazendo diversas acusações a mim num ambiente *"the People versus Nicolas"*. Acho que posso passar sem essa. Pelo menos por enquanto.

Decido enviar uma mensagem a eles dizendo que desisti de fazer uma festa, mas que estou numa casa com estrutura suficiente pra quem quiser passar uns dias e trabalhar daqui.

Meu estômago dá uma roncada, mas estou com preguiça de fazer coisas mirabolantes na cozinha. Faço um sanduíche de salame com queijo emmenthal num pão de forma, acompanhado de um segundo mojito. A vitrola denuncia o fim do lado A do disco, mas desisto de trocar por algo mais. Faço o Bruno me seguir até o quintal e deixo jantar e água para ele. Às noites, vou trancá-lo por lá. Me certifico de que as portas externas estão todas fechadas e vou para meus novos aposentos.

Ajeito meu xampu anticaspa, meu sabonete em barra, minha toalha de banho e rosto, pasta e escova de dente, cera pra cabelo, barbeador e os remédios que trouxe (antiácidos, comprimidos de passiflora, relaxantes musculares, analgésicos, digestivos). Arrumo minha cama, tomo um banho, escovo os dentes e deito pra dormir.

Acho que estou bebendo demais essas noites todas, mas não posso negar que elas estão mais animadas. Acho que, como agora estou no interior, vou comprar um cavalo, porque não existe nenhuma lei que proíba dirigir cavalo bêbado. O único problema disso é que eu não sei montar, e me sentiria um idiota tentando subir no bicho e caindo de bunda no chão.

O HOMEM PERFEITO FICOU PARA TRÁS

Meu pai era meu herói. Alguém que eu venerava. Divertido e alegre na maioria do tempo, sempre foi a pessoa a quem eu confiava meus dilemas nos momentos mais complexos. Minha mãe sempre trouxe uma visão muito pessimista ou completamente esquizofrênica para o que eu estava vivendo — e ele chegava no fim do dia com disposição pra bater papo comigo. Em todas as fases da minha vida, isso aconteceu. Quando eu era pequeno, ele me ajudava a ter limites. Na adolescência, ele me auxiliava a entender minhas fraquezas. Antes da separação da nossa família, me aconselhava sobre quais caminhos seguir pra começar minha carreira no lugar certo.

Ao redor do nosso relacionamento, itens essenciais de pai para filho foram cumpridos: futebol, música... até a minha primeira cerveja guardei pra tomar com ele, aos dezoito anos. Antes dos dezoito, bebi todo tipo de álcool, mas guardei minha primeira cerva pra tomar com meu velho.

Por muito tempo, minha personalidade se moldava a dos meus pais. A partir do momento em que resolvi tentar escolher meu próprio caminho para trilhar, um abismo enorme entre nós se abriu. Eu simplesmente não concordava mais com o estilo de vida de nenhum dos dois. Meu pai passou a ser um garoto que não cresceu, com uma educação completamente diferente da minha. Aquele amigo de infância que marcou nossa vida, mas que encontramos após anos e somos capazes de ver a cada seis meses — e não mais do que isso — por não termos coisas em comum para discutir ou acrescentar reciprocamente. E minha mãe passou a ser uma professora de conceitos ultrapassados, um velho político de direita.

Pode parecer ingratidão colocá-lo nessa posição, mas acho que é o que dá pra fazer se eu quiser continuar tendo um relacionamento minimamente saudável com ele. Não sei se ele sabe exatamente o que eu sinto. Se nem eu sei direito, imagine uma pessoa que não se interessa em escutar. Aliás, foi ele mesmo quem me ensinou que o segredo do sucesso pode ser desconhecido, mas que o segredo do fracasso com certeza consiste em querer agradar a todo o mundo. Então seguimos um com o outro essa molecagem de dividir os bons momentos e falar mal da vida de uma forma vazia quando nos vemos.

Ele foi criado pelas irmãs e nunca deixou de ser essa pessoa, que depois dos sessenta não vai mais mudar. Não sou ninguém para julgar seus erros, e não gosto de ficar me lembrando deles. Aí, sim, fico puto. Uma coisa é dois grandes amigos seguirem cursos diferentes na vida; outra coisa é lembrar de pessoas que eu gosto machucando outras pessoas que eu gosto. Não me lembro do meu primeiro beijo, mas com certeza lembro de todas as primeiras vezes em que algo ruim aconteceu dentro da minha casa com minha família. O mais irônico é que foi exatamente meu pai quem me ensinou a me emocionar com as histórias dos outros e com as coisas mais singelas da vida. Dentro de casa, ele podia ser um tirano, mas colecionava afetos da porta-pra-fora. Essa foi uma das maiores dádivas que ele me deu, mas, ao mesmo tempo, uma dupla frustração: o fato de o meu mentor não ter a empatia que ensina, e de eu ter sido um aluno exemplar a ponto de tornar a minha empatia numa gaiola de hamster da qual às vezes eu mesmo me coloco pra queimar umas calorias.

* * *

Acordo bem-disposto. A primeira coisa que faço é abrir todas as portas e janelas da casa. Ao fazer isso, noto que meu jornal já está no quintal; alguém o jogou por debaixo do portão. Surpreendente. Volto para a cozinha, coloco duas fatias de pão com manteiga numa frigideira para tostar e passo um café. Quebro dois ovos num pote, melando minhas mãos de clara e deixando cair um pedaço de casca junto. Lembrar que tenho duas mãos esquerdas me distrai; apesar disso, bato os ovos com carinho, acrescento sal e pimenta-do-reino, derrubo-os sobre a mesma frigideira que está untada com a manteiga e faço os ovos mexidos com perfeição.

Degusto meu café da manhã enquanto leio as matérias do jornal.

A CPI da covid-19 vai propor alterações na lei do impeachment que retiram poderes da câmara na hora de decidir sobre a abertura de um processo contra o presidente da república.

O jogo político tem estado cada vez mais escancarado. Ainda bem que estou isolado, e essa polarização que atinge até os papos mais banais tem tido menos incidência nas pessoas com quem interagi nos últimos dias. O mundo está chato demais com isso. Se alguém apontar uma arma pra minha cabeça, confesso que não sei onde me posiciono. Mas não gosto de falar de política, das merdas que todos eles falam todos os dias. Não cabe a mim julgar a eficiência de um governante no cargo por seu viés ideológico. Políticos são isso mesmo. Pra mim, o que importa nessas horas é o *output*. E, desde que a pandemia começou, nunca vi pior. A questão de se escolher lados com fanatismo é que o problema-raiz não é sequer discutido: o foco de uns é usar o fracasso para acusar, e o de outros defender a todo custo. As discussões deixam de ser construtivas e permanecemos estagnados. Quase toda semana, ao ler o jornal, me lembro da piada que meu pai me contou uma vez sobre quando Deus estava criando o planeta Terra e alguém o questionou sobre o porquê de não ver nenhuma mazela ecológica ou climática sobre o Brasil, e o Todo-Poderoso respondeu: "Aguarde e verás que tipo de gente colocarei para viver lá." Às vezes as notícias são deprimentes demais. Tem dias que abro o jornal apenas para ler as crônicas de Vicente C. na coluna "A Cigarra Barulhenta". Ele tem a minha visão de mundo.

Uma notícia muito mais animadora me deixa esperançoso: setembro deste ano tem sido o mês com menos mortes desde o início da pandemia.

Minha leitura é interrompida pela campainha, que toca bem baixinho. Talvez eu tenha que consertá-la. A caminho da porta, escuto uma pessoa batendo palmas na calçada. É um costume do interior chamar as pessoas dentro de suas casas batendo palmas. Grito um "já vai" e corro para me trocar, pois ainda estou de pijama.

Abro a porta achando que se tratava de Conceição, mas dois rapazes uniformizados estão de prontidão. É a empresa de telecomunicação; eles vieram para instalar minha internet. Um deles está devidamente uniformizado e dá a pinta de ser o chefe, enquanto o outro, mais tímido, está usando trajes maiores do que o seu tamanho e tem um sorriso mais inocente. Mostro todo o perímetro da casa a eles, e os deixo à vontade para trabalhar, dizendo que me chamem se precisarem de mim. Volto para a cozinha e lavo a louça rapidamente; não seria legal deixar esse presente de boas-vindas para a nova diarista. A velocidade com a qual eles trabalham não está exatamente nos padrões freneticamente desequilibrados paulistanos, tampouco lenta demais. Acho que até a hora do almoço terei internet funcionando. Mando uma mensagem do meu celular para avisar o pessoal do escritório.

Nisso, chega Conceição. Uma mulher de meia-idade e muito simpática. Em seu sorriso, faltam alguns dentes. Logo entramos num acordo sobre escopo, frequência e salário. Também já deixo com ela uma cópia da chave de casa. No interior, ainda podemos confiar nas pessoas. Ou pelo menos é o que eu acho. Minha mãe não concordaria. Conceição está sem máscara, mas decido não sugerir que use, pois não ficaremos muito tempo próximos.

Ela se troca e começa a trabalhar. Dou uma conferida nos operadores e vejo que estão iniciando a passagem dos fios de fibra ótica pela casa e não têm dúvidas sobre o que fazer. Estas construções antigas, apesar de terem paredes sólidas, contribuem para esse tipo de instalação. Sempre há um espacinho pra passar um fio ou esconder algo sob o piso, ou num conduíte velho.

Tomo um copo de água bem gelada enquanto sento pra dar atenção para o Bruno. A sala e os quartos da casa são extremamente frescos e ventilados, mas a cozinha e o quintal traduzem o calor que começa a fazer do lado de fora. "Em algum momento vou ter que te dar um banho", penso alto perto do cão, que me olha com cara de não-entendi. Pego meu celular e o aplicativo do clima mostra vinte e sete graus. Meu pai me enviou uma mensagem:

> Filho, consegui o ônibus das 14h00. Não é direto, então vai parar em todos os pontos a partir de Aratupeba. Devo chegar perto das 18h00. Você me busca na rodoviária e jantamos juntos? Beijos.

Respondo à mensagem pra mostrar que a li, e digo "OK" para suas solicitações.

Perto do meio-dia, conforme previsto, os dois me chamam para testar a internet. Faço isso pelo celular e pelo laptop. Os testes denotam 160 megabytes por segundo de velocidade, o que está ótimo. Será que envio metade da conta para meus primos? Seria cômico ver a reação deles. A conta virá diretamente para meu e-mail. Agradeço aos dois e dou uma caixinha de vinte reais para eles tomarem uma cerveja — já que é hora do almoço.

Quando volto pra cozinha, Conceição improvisou duas panelas com arroz e feijão, e uma frigideira com alguns filés grelhados. Agradeço imensamente, principalmente porque posso congelar a sobra para comer depois. Pego uma farinha de milho que comprei, dois limões-cravo no quintal e me sento para almoçar. A convido, mas ela se recusa, dizendo que vai aproveitar que estou ali para dar um trato nos quartos.

A comida está deliciosa, e imediatamente sinto vontade de tirar uma *siesta*. Vi prendedores de rede na garagem e me lembro de ficar ali brincando quando era menor. Procuro rapidamente nos armários e encontro uma rede. O cheiro de coisa guardada está muito forte. Deixo a rede no sol, estendida, e decido que vou tirar meu cochilo no sofá da sala. Li em algum lugar que vinte e quatro minutos é o que o ser humano precisa para dar um *reset* na sua energia para o dia, sem acordar com aquela sensação de preguiça após a soneca. Além disso, não vou poder descansar mais do que isso porque preciso trabalhar. Coloco o despertador para exatamente vinte e cinco minutos depois, um a mais para dar tempo de eu cair no sono.

Devo ter levado mais do que sessenta segundos para adormecer, mas foi o suficiente. Ao despertar de meu descanso, levanto revigorado. Abro meu computador e deixo meus e-mails baixando e os sistemas inicializando, e vou passar um café. Conceição me encontra na cozinha, já pronta, e avisa que terminou por hoje e volta na segunda-feira. Antes de acompanhá-la até o portão da casa, agradecido, ela me mostra que deixou na geladeira o que sobrou do almoço: um molho à bolonhesa e outras coisas semiprontas que não estragarão nos próximos três dias e poderão me ajudar a preparar rápidas refeições. Faço uma transferência bancária pelo celular e mostro o comprovante pra ela antes de me despedir e fechar o portão.

Volto com meu café para a sala e monto uma estação de trabalho sobre a mesa de jantar.

O tempo passa rápido e rendo bem em minhas tarefas. Respondo a e-mails de clientes potenciais com reuniões de prospecção via *call* para a semana seguinte, atualizo uma proposta em andamento e envio à sócia da área, e faço um pequeno planejamento das próximas semanas. Nesse tempo todo, parei apenas para beber água, tomar mais café e fazer xixi.

Requento o almoço e como rapidamente. Faço digestão ouvindo o álbum "God Shuffled His Feet", do Crash Test Dummies. Na quinta música, começo a procurar algum outro para ouvir. Encontro um vinil de capa simpática, chamado "Kids and Cartoons", de um tal de John Charles Fiddy. Ponho pra tocar, por curiosidade. De todos os discos da minha tia, nunca imaginei que ela fosse ter este, muito menos que suas músicas estariam disfarçadas. *Todas* as trilhas brancas deste fizeram parte dos meus seriados preferidos da minha época de criança. Me estico no chão, olhando o teto e ouvindo as curtas produções que fazem minha mente ir pra longe e meu coração se encher de esperança.

Fecho os olhos por um instante para escutar com atenção e abro-os novamente surpreendido pela agulha da vitrola, mostrando que o disco chegou ao fim. O sono me pegou distraído.

Vou até o quarto, tiro minha roupa e entro no banheiro para uma ducha rápida, sem pensar em nada.

Volto, coloco um pijama leve e me deito para dormir.

* * *

O dia de rever meu pai amanhece cinzento.

Um dia comum no interior é foda. Um tédio absurdo. Mesmo trabalhando, parece que as horas aqui passam mais devagar. Mas precisava desse tédio para desacelerar um pouco.

Desligo minhas coisas por volta das 17h30 e calço um sapato para sair um pouco mais cedo. Antes de buscar meu pai na rodoviária, quero passar naquela praça com os camelôs pra ver se encontro algo de útil.

Chegando à praça, estaciono com facilidade e rodo o lugar a pé. Mais de trinta lojinhas estão dispostas, vendendo artigos variados. Desde pistolas de bolha de sabão até aparelhos eletrônicos caros de origem duvidosa. Dentre os feirantes, encontro um em estilo brechó, mas com livros, CDs e discos. Compro dois dos meus álbuns preferidos de toda a vida: "Rumours", do Fleetwood Mac, e "Tapestry", da Carole King. Isso me faz muito feliz e meu passeio já ter valido a pena.

Antes de voltar para o carro, passo num supermercado ao lado da praça e compro um monte de coisa pra receber bem meu pai. Sei exatamente o tipo de coisa que ele gosta de beber e comer.

Entro no MINI e vou em direção à pequena rodoviária da cidade. Compro uma Coca-Cola para tomar e me sento num banco de madeira pintado originalmente de verde musgo, mas desbotado e desgastado com o tempo. Em cerca de cinco minutos, vejo chegar e estacionar o ônibus que traz meu pai.

Com uma malinha pequena a tiracolo, ele desce com certa dificuldade, suado, e vem ao meu encontro com um sorriso franco. Um homem alto, que chega até a ser desengonçado de tanto que passou da altura ideal. Dizem que ele é parecido comigo, o que ofende minha mãe, porque ela diz que na juventude ele era boa pinta, mas envelheceu muito mal. Eu acho que tenho algumas características fortes, como sua testa imponente, a sobrancelha forte e o cabelo parecendo o Jim Carrey.

Nos abraçamos e bato nas suas costas como quem indica a direção onde devemos caminhar.

— Como foi de viagem, pai?

— Ótimo, filho. Essas paradas são meio chatas, mas acabei cochilando na maior parte do tempo. E do meu lado havia uma moça que desceu em Aratupeba, mas depois disso ninguém ocupou o lugar. Então foi ótimo.

— Que bom. Conseguiu avisar no trabalho que estaria fora esta tarde?

— Sim, estou preparando as aulas para a semana que vem. Por isso não posso passar do fim de semana.

Dê um tema ao meu pai e o avise sobre quantos minutos ele precisa falar, e pronto. Ele é capaz de dar aula sobre absolutamente qualquer coisa.

Entramos em meu carro e ligo minha playlist em modo aleatório: "Tea For Two", em versão de Ella Fitzgerald e Count Basie começa a tocar.

— Que saudades que eu estava dessa cidade — diz ele.

— Pois é. Ela tem sua cara pintada todinha.

— Como está a casa?

— Ótima. Temos comida, contas pagas, limpeza em dia e até internet. Além do Bruno, pra nos fazer companhia.

— Que maravilha.

Chegamos à casa 129. Meu pai me ajuda com o portão e estaciono novamente o carro dentro da garagem. Como esperado, ele chora litros ao entrar, suspirando "saudades da minha irmã". Trago um copo de água a ele, mas ele me surpreende perguntando se não tenho algo mais forte. Pego a garrafa do melhor uísque do bar, coloco sobre a mesa de centro com dois copos e vou à cozinha buscar algo em que eu possa colocar as pedras de gelo. Tudo o que encontro é um pote de um litro de sorvete de massa. Vai esse mesmo. Volto com as pedras de gelo e uma toalha para não estragar a madeira depois que o potinho suar. Sirvo uma dose a cada um e peço que ele me acompanhe até a cozinha para prepararmos o jantar.

Faço uns canapés de queijo Grana Padano, geleia de pimenta e folha de hortelã, abro um queijo cabacinha — típico da cidade e da infância de meu pai — para agradá-lo e que sei que vai bem com o *scotch*. Fatio dois pães franceses e preencho um potinho com azeite, sal e pimenta-do-reino.

— Pensei num jantar mais boêmio, já que estamos só nós dois. O que acha?

— Acho perfeito, filho. Você sabe que não tenho fome à noite.

Sim, eu sei. Os costumes alimentares de meu pai somados à compulsão de minha mãe me tornaram o cara com pior corpo dentre todos da minha geração por anos. Hoje, estou bem acima do peso, mas emagreci muito quando peguei covid e depois disso não engordei tanto. Num passado não tão distante, já cheguei a pesar cento e vinte quilos, mas depois que uma ex-namorada terminou comigo dizendo que "eu estava tão gordo que não conseguia dar duas trepadas seguidas", decidi entrar numa dieta em que a base era zero carboidratos, muita água com gás e dois maços de cigarro por semana. Em seis semanas, perdi nove quilos. Nas vinte semanas seguintes, perdi outros dez quilos destruindo meus joelhos em corridas na rua sem preparo físico algum e voltando gradualmente a comer direito. Lembro até hoje da sensação que tive quando coloquei uma colherada de arroz e feijão na boca em um restaurante mineiro após quase dois meses sem comer os famosos hidratos de carbono. Eu parecia um personagem de videogame depois de comer cogumelos. Enfim, hoje continuo acima do peso, disfarço nas roupas e me sinto horroroso na praia.

Meu pai e eu nos sentamos na sala de estar e, enquanto conversamos, ouvimos um dos LPs que comprei.

— Faz tempo que eu quero saber como estão as coisas com você, filho.

— Você está perguntando de verdade ou apenas jogando conversa fora?

— Acha que eu viria até aqui pra jogar conversa fora?

Sirvo mais uma dose para cada um, desta vez um pouco mais generosa.

— Você veio para se despedir da sua irmã.

— Isso também, claro. Mas estou sentindo falta de me reconectar com você, filho. Sabe, minha irmã era meu farol. O que você acha que vai acontecer com você quando sua mãe morrer?

Analiso com cautela suas expressões, pra ver se está tentando me manipular de alguma forma. Com meus pais, fico sempre em alerta para armadilhas. De qualquer forma, falar da mamãe passou um pouco dos limites.

— Prefiro não pensar nisso — respondo curto e grosso.

— Desde que ela faleceu, eu poderia estar pensando uma centena de coisas, mas só consegui pensar em você e em sua irmã.

— Ah, é?

— Sim... em como eu posso ter machucado vocês. E se eu poderia consertar algo antes de eu morrer.

Que ótimo! Ele está mais uma vez seguindo seus próprios interesses. Veio aqui limpar sua consciência de bom irmão e ótimo pai.

— Você não vai morrer, pai — sigo dando trela.

— Não, mesmo. Como todo *Jedi*, vou virar luz.

Pausamos a conversa pra dar risada e tomar um grande gole da bebida cada um. Em outras ocasiões, o clima ficaria tenso, eu transpareceria isso em demasia e ele tentaria desviar o assunto. Mas não é o caso. Talvez o álcool esteja subindo às nossas cabeças.

— Poxa, pai. Você sabe que a separação foi foda demais pra gente. Vocês nos deixaram isolados de todo mundo que nos fazia bem. Nos sentimos muito manipulados.

Ter visto meu pai de mãos dadas com aquela mulher uma semana depois da separação, amiga e da mesma idade da minha namorada na época, foi ridículo. Fiquei puto demais. E, na hora, me lembro de escutar um estalo na minha cabeça. Ele tinha acabado de sair de casa. Seu banheiro ainda tinha o cheiro de vapor perfumado do seu último banho.

Mas nem eu acredito que resolvi arremessar na cara do meu pai esse papo sobre o qual nunca conversamos. Mais de quinze anos desde o divórcio e nós *nunca* tocamos neste assunto. *In cupam veritas.*

— Eu não considero que saí de casa. Nós tivemos aquela conversa na rede, e você praticamente me aconselhou a pedir o divórcio. Aquele lugar era inóspito e infértil. Sua mãe me falou coisas imperdoáveis. Eu tive que mandá-la à merda.

— Eu tinha vinte anos. Eu não sabia nada da vida. Me diz: desde então, quem esteve mais na merda?

— Passei alguns anos acreditando que fui eu. Mas, ultimamente, quando olho pra todos nós, fico na dúvida. Você se afastou, parece que se desconectou. Logo você, que era o ponto central de decisões da família; quase que nossa bússola. Nossa "Suíça". Mesmo no momento da separação.

Suíça é o meu caralho.

— Você me tornar parte da decisão foi muito egoísta. Minha irmã sofreu, mas pra ela foi um total rompimento. Uma nova realidade. Eu estava dentro da "cúpula de derramamento de sangue". Foi como se desde então tivesse sido abandonado um pouquinho a cada dia.

— Eu preciso te pedir perdão, filho?

Ignoro o drama, procurando manter a consistência da conversa, que parece estar indo para algum lugar de desafogamento.

— Sabe... demorou algumas semanas pra cair minha ficha e eu finalmente perceber que naquele dia em que vocês nos comunicaram, algo se quebrou em mim.

Meu pai engole seco. Eu continuo:

— Não digo nada sobre minha inocência; essa eu perdi muito tempo antes. Mas, mesmo vivendo num lugar onde o desrespeito era comum, essa ruptura me trouxe uma sensação de que não existe segurança em nada. Muito menos em alguém. Sabe quantas vezes eu estive assombrado, por trás de cada um dos meus relacionamentos, pela certeza de que as pessoas acabam se abandonando?

— Eu não consigo imaginar, filho... você vai me entender no dia em que for pai; vai saber que ninguém é perfeito. E que não são as ações diretas, mas o efeito indireto de quem somos o que impacta os filhos.

Levanto as sobrancelhas e respiro fundo pra demonstrar dificuldade em aceitar um argumento tão simplista.

— O que eu posso fazer pra remendar isso? — diz, me surpreendendo.

Sinto um ar de sinceridade em sua fala, mas uma frase bem colocada não conserta tudo o que passei sozinho.

— Não sei. Acho que se nossa relação puder ser mais autêntica, já vai me ajudar a te perdoar, a me perdoar por ter sido conivente e a entender melhor as coisas. Você nem me conhece mais. Precisaríamos ser reapresentados um ao outro.

— Como assim?

— Se você tirar a imagem que tem na sua cabeça de quem eu sou, e experimentar me conhecer em vez de apenas contar seus problemas pra mim, já estaremos em outro patamar. E se você apenas ouvir o que eu disser em alguns momentos, vai julgar que meu comportamento é, sei lá, uma exorbitância de uma característica que você já conhecia... quando, na verdade, pode ser apenas um novo lado meu, ou minha irritação em você não estar me dando a chance de expressar quem eu sou e o que sinto.

— Filho, me interessar por você e sua vida é algo fácil pra mim. Não sei por que passei essa impressão. Prometo me esforçar, tá?

A reação humilde de meu pai me deixa com peso na consciência. De repente, me lembro aleatoriamente do dinheiro que meu pai gastou com contas de celular quando eu tinha aquele namoro à distância e dependia de interurbano, e do quanto foi difícil para ele pagar a minha faculdade.

— Eu sei que te dei muito trabalho também, pai. Não pense que não sei disso.

— Talvez você só tenha me dado trabalho porque eu te dei trabalho primeiro. Talvez você nunca tivesse despertado esse lado em si, se não tivesse passado pelo que passou. Nunca saberemos.

— É... nunca saberemos. Talvez eu tenha te colocado numa posição de herói desmedida. Algo injusto com você. Mas, sabe: uma das memórias mais fortes que tenho de você é a do seu reflexo no retrovisor do carro.

— Meu reflexo?

— Sim. Quando viajávamos todos juntos à noite. Mamãe dormia, Bia saltitava no banco e eu passava muitos minutos vendo o reflexo dos teus olhos no espelho, iluminados pelos faróis do carro de trás.

Meu pai não conseguiu mais segurar as lágrimas. Seu choro foi diferente dessa vez. A comoção foi tamanha que eu o ouvi soluçar como há muito não ouvia. As linhas de expressão fortes em sua testa e bochechas se acentuaram à medida que ele tentava recuperar o fôlego. Quando finalmente conseguiu, olhou bem firme em meus olhos e disse:

— Você e sua irmã são a minha razão de existir. Quando eu digo que vocês me dão a sensação de que eu fiz *algo de correto* nessa vida, é a mais pura verdade. Eu não sou exatamente satisfeito com todo o resto.

— Espero que você saiba que, quando eu digo as coisas que disse, não estou criticando quem você é, pai. Estou apenas colocando pra fora as coisas que se conflitam dentro de mim e te dando uma sugestão de como você pode se comportar comigo daqui pra frente.

— Está tudo certo, filho. Estamos juntos nessa. Já estou feliz de ter vindo pra cá e ter tido essa conversa com você.

Eu acho que muitas pessoas, se vissem o lado que vi do meu pai, fechariam as portas para ele pra sempre. Principalmente se vissem a forma como ele tratava minha mãe. Mas algo em mim parece sempre deixar uma fresta para ele entrar de volta.

Senti um alívio imediato de ter podido falar essas coisas frente a frente. Quando tudo aconteceu, eu ainda era um adolescente rebelde e tinha o deboche necessário para fazê-lo. Com o tempo, fui ficando velho e tomando vergonha na cara, o que dificultava cada vez mais. Conseguir colocar pra fora isso hoje me faz ter a sensação de que essa noite vou dormir feito um bebê.

À medida que vamos trocando ideias, continuamos bebendo e sendo acompanhados pelos diferentes discos que eu coloco. Em determinado momento, "Caruso", do álbum "Tutto Pavarotti", começa a tocar, e meu pai, tentando me contar alguma coisa sobre o tio Walter, desata a chorar de novo. Dessa vez eu choro também. Muito. No fim, ele não chega a completar o que tinha a dizer sobre seu cunhado. A verdade é que nós quatro fomos abandonados por uma família toda que faleceu cedo demais. Ele também tem suas perdas.

A bênção de ter o sobrenome Camargo é que nós homens temos a permissão de chorar de forma desmedida. Está no sangue.

Aos poucos, mudamos de assunto e eu conto as lembranças que tinha dos entes queridos que já se foram, minhas principais memórias visuais.

O papo vai ficando mais leve e fácil de digerir. Vou até a cozinha e pego uma barra de chocolate cremoso.

— Precisamos de uma glicose.

— Concordo plenamente — diz ele, sorrindo.

— O que você quer fazer amanhã?

— Imagino que você vá trabalhar, certo?

— Sim, preciso ficar conectado.

— Pois eu não. Vou ficar em frente ao PC por menos de uma hora. Posso e devo ir visitar o túmulo da tia Lu e do meu irmão enquanto você trabalha.

— Pai... mas e a saúde? A Bia vai ficar uma fera.

— Se ela descobrir, né? — diz ele, em um tom sacana. Ela já ficou maluca de eu pegar um ônibus e vir pra cá.

— É sério, pai. Você pode até ir visitar, se me prometer que vai de máscara e ficar na boa, sentado longe. Pode ser?

— Claro, filho. Prometo tomar cuidado.

— Beleza. Pode inclusive usar meu carro. E no sábado podemos dar um rolê pra comemorar meu aniversário. O que acha?

— Acho ótimo. Vou te levar pra comer algo gostoso fora da cidade. Se der tempo, te mostrar uns lugares onde cresci e vivi aqui. A gente dá uns passeios por aí. Vou adorar sua companhia.

Depois de degustar o chocolate, mostro onde ele dormirá, damos nosso boa-noite um ao outro e — não antes de nos abraçarmos com ternura — vamos cada um para seu quarto.

* * *

É claro que, depois dessa conversa, não consigo pregar os olhos. Fico alternando entre olhar para o teto, virar de lado e pensar em cada palavra que meu pai dissera, e suspirar de bruços tentando encontrar o sono.

Uma chuva torrencial começa a cair. Numa noite em que tenho companhia dormindo aqui na casa, eu mesmo estranho sentir o medo que estou sentindo; mas a verdade é que estou. Não consigo nem entender do quê. O assoalho estala com força ocasionalmente, a chuva produz uns sons agudos dos quais não estou acostumado — e percebo uma energia mais pesada no ambiente. Não deixo de me perguntar se ele está me manipulando ou se realmente passou esses dias pensando em mim e na Bia. E, na verdade, eu acredito nele. A morte faz isso com as pessoas. Parece que a perda da irmã colocou uma lente diferente em seus olhos.

Quando moramos juntos, em família, meu pai sempre alegava esse problema: ele, corpo-fechado de tudo, achava um absurdo que minha mãe e eu ficássemos transtornados com facilidade. O que ele não sabia é que era ele o elemento que trazia essa vibração, e por isso nossas mudanças de humor aconteciam com tanta frequência. Ele voltava de madrugada de encontros com seus amigos ou sei lá com quem em São Paulo — cidade que ele mesmo apelidou de "puteiro a céu aberto" — e esperava que minha mãe e eu, sensitivos que somos, permanecêssemos intocados com as más energias.

Tento fazer uma prece, mas só sei mover os lábios mecanicamente. Não sinto que vem do coração. Sempre que acontece isso comigo, ligo pra minha mãe e peço pra minha mãe rezar por mim. Mas se ela descobrir que meu pai está aqui, vai cair morta de ciúmes.

Sempre fiquei ansioso quando estava chegando meu aniversário. Ouvi falar em algum lugar sobre "inferno astral", mas acho que no fim é a minha ansiedade que faz com que eu aja desajeitadamente e encaminhe as coisas a darem mais errado nessa época. Apesar disso, adoro fazer aniversário em setembro e mal chega o mês, já fico feliz. Este ano meu aniversário será ainda mais especial. Afinal, se eu não for ter minha crise dos trinta agora, quando a terei? Me pergunto se a Giovanna vai ter coragem de ignorar a data mesmo tendo terminado comigo recentemente.

Decido pegar meu celular e meus fones de ouvido e criar uma playlist pra nossa viagem. Enquanto o faço, misturo algumas reflexões sobre minha parcela de culpa em tudo o que meu pai e eu conversamos e em nossa história como família. Do quanto trabalho eu dava, fazendo com que eles já percebessem a desarmonia de seu casamento em minhas ações. De eu não ter apoiado uma conciliação. De ter sido tão rebelde.

Amanhã vou pedir desculpas ao meu pai. Como num interminável filme de drama mal produzido, esse capítulo da nossa história, que tentamos revisitar hoje, não poderá ser coberto de flores. É importante que a gente revisite de uma forma cirúrgica e precisa, e se entenda sobre ele. Mas que lembremos que é uma cirurgia de risco, que pode comprometer muitas outras coisas. Se nos entendermos sobre o que cada um compreende do que aconteceu nos quinze anos seguintes ao divórcio, acho que estaremos em paz para começar uma nova história daqui pra frente. Afinal, viver bem é a melhor vingança sobre tudo e sobre todos. Começo a respeitar sua vinda pra me ver.

Incluo na playlist os principais artistas de que gostamos; aquelas músicas que ele me ensinou a curtir. Foi inevitável não colocar "Please Don't Go", de KC & The Sunshine Band. Ouvíamos essa música, às vezes na versão de Double You, todos os domingos sem exceção. Minha mãe trabalhava com tio Walter num dos maiores colégios de São Paulo, e aos domingos meu pai ia jogar bola com meu tio e outros dez marmanjos que ficavam pedindo para eu repetir a escalação do Palmeiras: Sérgio, Mazinho, Antônio Carlos, Tonhão e Roberto Carlos; César Sampaio, Daniel e Edílson; Edmundo, Evair e Zinho — sob a brilhante tutela do professor Vanderlei Luxemburgo. Para que eu não ficasse sozinho enquanto o jogo rolava, meu pai levava a tiracolo um dos melhores amigos do prédio onde eu vivia à época. Eu devia ter uns cinco anos. Miguel e eu brincávamos em outra quadra e, quando o jogo terminava, íamos ao vestiário escutar as piadas de adulto e esperar meu pai tomar banho e se trocar pra ir pra casa, onde quase sempre um delicioso estrogonofe nos esperava. Eu considero que tenho meu olfato mais aguçado do que os outros; então não há como não ter marcado na lembrança o incrível odor de meiões suados, couro de chuteiras usadas misturados com umidade de um lugar fechado. Quando voltávamos pra casa, meu pai trocava a frase do refrão por "fiz dois gols", fazendo Miguel e eu darmos muita risada.

A playlist está pronta, mas construí-la não me ajuda a sentir o sono vindo. Bem, isso eu já sabia. Quando vamos ter uma noite de insônia, sabemos desde o primeiro momento. É como assistir à pessoa preparar o café que pedimos no caixa e pensarmos: "Não sei por que, mas tenho a sensação de que ela vai fazer tudo diferente do que pedi." Nossa intuição falha pouco quando se trata de algo que sabemos que irá nos prejudicar.

Paro uns minutos pra pensar na Giovanna.

Meus últimos dias foram tão surreais que não consegui nem entender se estou afetado com sua ida. Pra mim, as dores de um coração partido geralmente começam quando tenho que deixar a pessoa ir pra sempre e não consigo. A partir dali meus dias se tornam longos, como se alguém tivesse dado zoom em cada momento da minha vida. Me torno indefensável e sincero comigo mesmo. Por mais que eu tente disfarçar ou trilhar caminhos alternativos, meu íntimo exala a necessidade de focar na parte de abandonar aquela pessoa da minha vida dali pra frente. Afinal, só existe um lado do amor — o meu — e enquanto eu não fizer as pazes com ele, não vou conseguir superar um adeus.

Não acho que é esse o caso. Poderia me iludir e dizer que um dia amei a Gi e o que acontece é que amadureci e hoje sei terminar com alguém, mas estaria mentindo. A verdade é que permiti que algo vazio tomasse conta da minha vida, e agora não há muito o que repensar. Ficar remoendo só vai me fazer questionar o porquê de ter doado tão pouco de mim a alguém. Nada que eu faça vai consertar as coisas ou os sentimentos. Giovanna também não tem do que se queixar: um relacionamento é construído a dois, e foi ela quem deixou a coisa ficar nesse marasmo em ritmo de concurso de pizza no programa de domingo em rede nacional. O fato é: eu sempre sofri como um homem traído em filmes de sessão da tarde com meus términos.

Dessa vez, o sentimento é quase *blasé*, Giovanna. Melhor aceitar de uma vez que vou sentir mais falta da minha TV do que de sua companhia.

Uma TV nova vai ser cara pra cacete.

FAZENDA DE GALINHAS

Quem me apresentou Giovanna foi Guilherme, um amigo de escola. Pouco antes de a pandemia começar, depois de alguns anos sem nos falarmos direito, ele me mandou uma mensagem convidando para sua festa de aniversário.

> Fala, Nick-boy. Vou comemorar meu aniversário sábado, aqui no salão do prédio, e ia curtir que você viesse. Vamos deixar de lado as bobagens do passado. A gente era moleque e ali ninguém tinha razão. Espero que consiga dar uma passada. Abraço, Gui.

O tempo que ficamos sem nos falar tinha sido suficiente pra me sentir de vítima humilhada a delinquente envergonhado. Fui reencontrar a patota que um dia significou tudo pra mim.

Quando entramos no colegial, alguns alunos novos foram admitidos, e as freiras aproveitaram pra misturar todas as salas.

Benditas freiras. Alguns de nós havíamos ficado pra trás na oitava série por repetir de ano, o que tornou as coisas ainda mais interessantes.

Logo formamos um grupo de seis amigos. Um deles tinha uma irmã na sétima série, e trouxe suas amigas para o bando. Se houve um momento em que posso afirmar que tive uma adolescência, foi aquele. Não posso dizer que foi a melhor época da minha vida, mas lembranças me dão um bom frio na barriga.

Lembro que alguns de nós ficamos viciados num seriado que acabara de lançar e tinha personagens da nossa idade com problemas familiares e psicológicos semelhantes, além do tipo de indie rock que ouvíamos na época. Eu vinha de um grupo distinto de metaleiros, do qual Guilherme fazia parte, aliás, e acabei não assistindo. No ano passado, Giovanna e eu resolvermos ver qual era a do seriado e algumas semelhanças na tragédia dos personagens eram assustadoras: dramas familiares, abusos, excessos, depressão. Fiquei refletindo sobre o quanto ter assistido na época poderia ter me ajudado a entender o que se passava comigo.

Ouso dizer que se o seriado tivesse sido baseado na minha vida, ele teria sido ainda mais dramático. Todo mundo diz que tem problemas em casa, mas os problemas que a gente vivia por lá dariam uma boa audiência.

Eu era o adolescente que protegia a irmã das falcatruas dos meus pais e das merdas que ouvíamos o dia inteiro. Talvez um dia eu descubra que meus pais foram ditadores fascistas, com o objetivo obscuro de injetar substâncias tóxicas em meu corpo e me mostrar as piores imagens do mundo dia após dia. Meus pais brigavam com uma frequência absurda, e eu ficava no meio — ao ponto em que muitas vezes era eu quem os levava para dar o dedinho e fazer as pazes. Quando eles resolveram se separar e eu os apoiei, eu tinha duas impressões: a de que eles me colocariam numa bolha de proteção de *persona grata* por ser quem os ajudou, e a de que, pela separação física, nunca mais me encheriam o saco. E não foi isso que aconteceu. O caos escalou de uma forma incontrolável, confundiu minha cabeça e me deixou sozinho e sem apoio. Não perdi apenas minha família, mas minha namoradinha da época e todos os meus amigos.

* * *

O motivo de Gui e eu não nos falarmos por um tempo foi um desgaste sobre várias coisas. Meus pais se negaram a dar dinheiro para o conserto do carro de um dos cinco caras que, menor de idade e dirigindo alcoolizado, me deu carona de uma festa e nos esborrachou contra outro carro e fugiu. Meus pais se negaram a dar dinheiro para os ingressos não vendidos de um festival de música que o Gui organizou e que tocamos com nossa banda. Meu horário de aulas à tarde mudou e eu deixei de pegar carona com um dos amigos que precisava da grana da minha contribuição pra gasolina. Um dos meninos chamou minha namorada de gostosa quando eu disse que estava apaixonado por ela, e eu fiquei agressivo com ele, xingando-o de alguns nomes. Eles ficaram sabendo que usei palavras piores do que as que meu pai usava contra minha mãe pra ofender minha namorada por ciúmes e insegurança quando ela me escondeu que ia viajar com as amigas.

Eu tornava tóxico todo relacionamento que tinha — é verdade. É verdade também que estava agindo igual a meu pai quando algo me contrariava e invocava em mim a falta de flexibilidade da minha mãe. Eu tanto os criticava, mas estava me tornando uma marionete de seus defeitos, em vez de copiar as coisas boas que eles carregavam em si.

Enfim. Foram mesmo uma série de pequenas coisas que aquele grupo, que se achava um tribunal de pequenas causas, pegou pra me julgar.

Numa noite específica de agosto do ano seguinte de nossa formatura no colégio, eles me pediram pra ir ao estacionamento de um hipermercado que ficava em frente à minha casa pra conversar. Fui a pé, esperei por uns dez minutos até que eles chegaram todos no mesmo carro. Gui protagonizou o sermão:

— Oi, Nick.

— Oi, pessoal. O que aconteceu?

— A gente veio terminar com você, Nick — Roberto, um dos meninos, não conteve a ansiedade e deixou escapar, num tom cínico como se aquilo fosse uma piada pra eles. Pra mim com certeza não era.

— Como assim? — respondi.

Guilherme fez um gesto com a mão para que Roberto o deixasse falar e liderar.

— Cara, aconteceu muita coisa. A gente foi tentando te dar uns toques, mas parece que o negócio só piorava.

— Gui, eu estou na pior fase da minha vida.

— Isso não justifica o que você fez, Nick. Você largou o Souza na mão, cara. E a *forma* como você tratou a Cami...

— Vocês estão me julgando e me abandonando, é isso?

— Desculpa, cara. Nós viemos te avisar. É melhor a gente ficar sem se falar, pelo menos por um tempo.

Do momento em que meus pais haviam me comunicado a separação, eu ainda não tinha chorado tanto como comecei a chorar naquele momento. Abri meu coração para meus amigos.

— Gente, por favor, não façam isso. Eu preciso de vocês. Tuco!

Olhei com desespero para o Tuco, que havia comido em casa por um ano e ganhado carona da minha mãe pra ir ao cursinho pré-vestibular. Sua mãe teve câncer na época, e lembro de ter sofrido mais do que ele com isso. Ele era o segundo da patota mais próximo de mim depois do Gui. Projetávamos fazer engenharia juntos. Seu único defeito era ficar em cima do muro e ser conivente algumas vezes — como ali.

— Desculpa, Nick.

Me ajoelhei no chão, sem nenhuma pretensão de ser teatral. Simplesmente porque aquilo quebrou minhas pernas. Eles entraram no carro com ar de superioridade. Tuco com a cabeça baixa, como se já se arrependesse do que estava fazendo. Me largaram de joelhos, chorando, num estacionamento sujo.

Acho que o Guilherme nunca fará ideia do quanto eu fui machucado naquele dia.

* * *

Queria muito poder dizer que me levantei daquele momento e tudo ficou bem no dia seguinte, mas claramente carrego essa dor comigo até hoje.

Nos próximos meses, experimentei a solidão de uma forma quase que insuportável. Foi aí, então, que cheguei aos cento e vinte quilos. Mesmo sendo alto, isso fazia com que eu me tornasse oficialmente uma pessoa obesa. Eu comia compulsivamente. Tentava encontrar fuga, um espaço pra mim dentro daquela comida. Tentava achar prazer de qualquer jeito. De imediato. Eu comia tanto que tinha que comprar saquinhos de sal de fruta pra ajudar na digestão. Era patético.

Enquanto estava no processo, até fiquei com uma ou outra garota, mas depois fui perdendo totalmente minha autoestima e criando uma capa física e psicológica de proteção em torno de mim. Até que um dia, comecei a ficar com uma menina que jurou que não se importava com quanto peso eu havia ganhado nem nada que vinha com isso — e Deus sabe quantas coisas eu trazia na bagagem. Até hoje não sei se ela foi a melhor ou a pior coisa que me aconteceu. Chegamos a namorar, e foi lindo e quase romântico. Até um dia que eu a peguei de mau humor e, após termos passado a manhã inteira com ela me olhando esquisito, sem motivo algum ela me disse: "Você está tão gordo que não consegue dar duas trepadas seguidas."

Levei dois anos, muito da minha dieta cetogênica, água com gás pra preencher o estômago, cigarro quando tinha vontade de beber, sadismo mental, corrida até destruir meus joelhos — tudo o que eu pudesse para usar o meu ego ofendido como força pra me reencontrar escondido em meio a tanta massa gorda. Perdi trinta quilos, sozinho, sem ajuda de ninguém. Quem ouve isso não acredita quando eu conto. Tanto faz. Nunca mais vi a dita cuja, mas toda vez que olhava no espelho, não mais obeso, pensava "chupa, filha da puta". E como ela chupava gostoso, meu Deus. Mas ela não merece nem uma punheta. Ela não merece nada.

Eu passei a me tolerar quando estava vestido, e por isso fui comprar roupas mais justas pra me sentir um pouco melhor. Não conseguia, e não consigo até hoje ficar nu na frente de ninguém, nem de mim mesmo. Só quem perdeu trinta quilos sabe quanta pele sobra. Talvez eu tenha que fazer uma plástica ou sei lá.

Ninguém faz ideia do que é ser obeso. Você se enxerga lá dentro, mas não reconhece quem está na superfície. E pra não enxergar a verdade, você come mais. As pessoas te olham, e você não sabe se estão te olhando desprovidos de qualquer julgamento ou se estão pensando: "Meu Deus, o que aconteceu com essa pessoa?" Algumas vezes, pode-se perceber facilmente o julgamento. Você é diferente dos demais, e é claramente culpa sua. As pessoas podem dizer por aí, em fóruns do meio social, que têm empatia pelos obesos — mas a verdade é que eles nos julgam, e muito. O mesmo ocorre com a depressão. Quem não foi, não é e não tem ninguém na família com perturbações, sempre vai fazer — querendo ou não — alguém que tem o destino marcado por esse transtorno se sentir um lixo.

Emagrecer foi uma das minhas maiores vitórias pessoais. Vou me sentir acima do peso e insatisfeito para sempre, mas não ser obeso de fato é algo que conquistei sozinho. Tive que fazer escolhas difíceis e tomar risco. O cigarro fez com que meus pulmões fossem muito mais sensíveis do que o da Giovanna quando ambos pegamos covid. É claro que andar de bicicleta por horas nos canaviais de Marangatu, pra fugir das discussões dos meus pais na pré-adolescência, enquanto as queimadas aconteciam e o céu era coberto de fumaça preta e fuligem, isso também não colaborou. Todo conquistador olha para trás e percebe que, como desconfiara no início de sua jornada, teve de comprometer algumas coisas e dispensar outras ao longo do caminho. Troquei um pulmão por uma autoestima barata. Àquela época, eu trocaria qualquer coisa pra ser magro.

A partir do episódio no estacionamento, tive que me reconectar com outras pessoas e me concentrar em coisas mais importantes, como a mecânica dos fluidos, geometria analítica e álgebra linear. Afinal, em números eu vou sempre poder confiar. Deus abençoe a engenharia e as poucas coisas exatas que existem nesse mundo.

* * *

Resolvi ir ao evento de cabeça erguida.

Alguns se mostraram fechados, outros tentando avançar etapas fazendo piadas fora de hora, e o Tuco desesperado por me dar atenção e demonstrar amizade. As meninas da época de escola não estavam ali e, pelo que entendi, perdera-se o contato com elas há muito tempo. Foquei na parte boa e fiquei conversando um tempão com o Sr. Rubens, pai do Gui, e Jade — sua namorada desde a época da escola. À altura, ela estava grávida de trigêmeos e o matrimônio marcado às pressas.

Em determinado momento, Guilherme me interrompeu pra entregar o convite de seu casamento, dizendo: "Estou convidando todo mundo que é importante pra mim." Como num passe de mágica, naquele momento virei a página pesada do passado com tudo o que havia dentro. Afinal, como alguém uma vez disse, o fato de ser infeliz não torna ninguém melhor ou pior do que ninguém.

Apesar de ser fácil fazer amigos, uma amizade como a que tivemos é cultivada com cuidado e com a melhor maturidade que a idade nos permite atingir.

No fim da festa, me vi numa rodinha de pessoas da nossa idade do lado de fora do salão, tomando cerveja e batendo-papo. Giovanna era uma delas. Conectamo-nos instantaneamente e trocamos telefone. Começou ali nosso morno e insosso relacionamento.

De todas essas pessoas, Gui é o único com quem falo depois dessa festa.

Um dia vou escrever crônicas baseadas na minha vida, e dar um jeito para que todas essas pessoas as leiam. Um dos meus autores preferidos uma vez disse que qualquer pessoa com a mente sã não se daria ao luxo tenebroso de escrever. Mas as histórias com meus amigos e meus desafetos são simplesmente muito boas pra não contar ao mundo.

É por isso que elas me deixam tão acordado o tempo todo.

* * *

Percebo, pelo menos, que o medo que eu sentia já passou. São três da manhã, então resolvo me forçar a dormir. O sono não demora a me pegar, finalmente.

PIXEL POR PIXEL

Abro os olhos com o despertador que tenho programado para as 7h30, mas a sensação é de que apenas pisquei profundamente.

Escuto o barulho de meu pai conversando com Bruno na sala e sinto um cheiro maravilhoso de café. Meu pai sempre fez um café incrível. Não sei como ele consegue, com os mesmos ingredientes, utensílios e procedimento de qualquer um, tornar seus cafés tão saborosos.

— Bom dia, filhão!

— Bom dia, pai. Dormiu bem? Tudo certo com o quarto?

Bruno vem ao meu encontro me avisando que meu pai é supersimpático, mas não sabe que ele também precisa tomar café da manhã.

— Tudo perfeito, filho. Acordei cedo demais e decidi ir até a padaria ali na praça buscar umas coisas frescas pra gente comer.

— Ah, que ótimo! Vou só colocar comida e água para o Bruno, lavar o rosto e volto aqui.

— Combinado.

Volto em poucos minutos e me deparo com uma mesa farta para duas pessoas. Pão francês, manteiga, presunto, queijo, compota de doce de abóbora, café, leite e umas bolachas tipo *wafer*.

— Que maravilha. Quem mais você chamou pra tomar café conosco? — brinco.

Com um sorriso de criança no rosto, meu pai responde:

— Convidei um aniversariante aí. O que vai querer fazer amanhã?

— Nossa, confesso que não pensei, pai. Alguma sugestão? Fiz uma playlist pra gente ouvir.

— Tinha pensado de a gente ir comer naquele restaurante português perto de Aratupeba. Lembra desse?

— Lembro. Acho perfeito!

— Então tá combinado.

Comemos deliciosamente bem, e eu preparo umas bolachas com a garrafa térmica de café para degustar enquanto trabalho. Meu pai reafirma minha aprovação pra pegar meu carro e ir passear.

— Acho que vou almoçar no tio. Você se vira por aqui?

— Claro. Vai em paz.

Não deu nem 9h00 e meu pai já está na rua. Em direção ao quarto, vejo o jornal aberto jogado na poltrona da sala. Acho que ele estava lendo. Abro, mas sinto preguiça das manchetes. Vou direto ao caderno cultural e vejo meu horóscopo do dia: "A gestão patrimonial pode ser um problema. Sua postura é tendenciosa ao acolhimento fraterno, por conta do encontro com Vênus no setor doméstico — o que o ajuda a ter um convívio mais harmonioso com quem vive com você."

— Você acredita nessa merda, Bruno?

Bruno olha pra mim com cara de não-fui-eu.

Vou para o quarto, separo a roupa que usarei nas *calls* de hoje e entro no banheiro pra tomar um banho. Numa daquelas sensações que tomam conta dos garotos às vezes, sinto um tesão enorme: me vem à cabeça a imagem de uma situação hipotética em que Giovanna e Mabel apareceriam aqui, e que faríamos sexo a três. Em cinco minutos, percorro a curva de solidão inteirinha: hesito em me masturbar, me masturbo, me lavo, me sinto sozinho e patético.

Olho bem para o espelho à minha frente e digo em voz alta: "Amigo, você hoje não tem ninguém." Dou de ombros para mim mesmo e me arrumo para meu dia de trabalho.

Ao voltar para a sala, escuto tocar a campainha — ainda em volume superbaixo. Vou precisar consertar mesmo. A Conceição e os funcionários da "Telco" são locais e bateram palma na porta de casa, então acabei me esquecendo de ver isso.

Vou até a porta e lá está uma senhora com uma caixa quadrada na mão e um sorriso singelo no rosto.

— Você é o Nicolas?

Atrás dela, um senhor de bigode mantém o motor da FIAT Fiorino branca ligado.

— Sim, sou eu mesmo.

— Toma. Para o senhor. Feliz aniversário, viu?

A senhora me entrega o pacote e, sem pedir uma assinatura, comprovante ou qualquer coisa assim, entra no carro e se vai.

Entro, fechando o portão atrás de mim e, já na cozinha, abro a caixa, que contém um bolo bonito com "Feliz Aniversário" gravado nele. Preso à tampa da caixa com fita, um envelope transcrito à mão, provavelmente pela senhora que acabo de ver.

Os idosos precisam de mais atenção que os demais. Não esqueça de tomar suas pílulas hoje, senhor velhote. E cuidado com a diabetes ao comer esse bolinho no fim de semana. Fiquei sabendo que correm soltas a luta contra o açúcar e a vaidade na sua família. Mandei um dia antes porque não sabia se você estaria aí amanhã, quando fizer 75 anos. Te vejo em uma semana. Mabel

A senhora deve ter rido ao ter que passar a limpo essa mensagem. Eu pelo menos ri, e me alegrei inocentemente. Guardo o bolo pra comer com meu pai mais tarde, sem antes tirar uma foto e mandar para Mabel com a legenda "*Se o chantilly acabar, prometo que faço um novinho semana que vem pra gente brincar de comer juntos*" com um *emoji* de coração de cor azul e um foguinho. Em seguida, mando uma mensagem abaixo dizendo: *"Obrigado por se lembrar; fiquei bastante contente."*

Sento para trabalhar e me abstenho de olhar o celular até a hora em que paro pra almoçar. O resumo da minha manhã é: um novo projeto surgindo por conta de uma fusão de duas empresas de fertilizantes, o sócio da área se recuperou da covid e a empresa anunciou oficialmente que a volta para o escritório está decretada para 1 de fevereiro de 2022 num esquema híbrido de dois dias por semana. Estão avisando três meses antes pra quem saiu de São Paulo poder voltar, já que a presença será controlada e passível de demissão por justa-causa em caso de descumprimento.

Não estou com muita fome, então apenas tempero um bife e o almoço enquanto tomo uma cerveja. Olho as notícias no celular e não há nada de interessante. Minha mãe mandou mensagem pedindo que eu ligasse pra ela mais tarde. Ela sempre morre de ciúmes quando estou perto do meu pai, e deve ter ficado sabendo de alguma forma. Mabel me responde com apenas um emoji de diabinho roxo.

Volto para o trabalho porque tenho um relatório enorme para revisar, consolidar e entregar ao cliente — do trabalho feito pelos consultores mais juniores do meu time.

A tarde passa relativamente depressa pra quem está fazendo algo entediante. Às 16h, meu pai aparece com cara de goleada do Brasil em cima da Argentina. Ele é muito apegado ao irmão e à família de modo geral. Troco meias-palavras com ele, que diz que não quer me atrapalhar.

Por volta das 17h30, encerro o expediente com louvor. Chamo Bruno, que esteve o dia todo no meu pé, para descer comigo até o quintal e comer a porção generosa de ração que coloco para ele. Olho para a horta de minha tia, que está morrendo lentamente por falta de cuidados. Sinto muito, tia, mas essa vou ter que deixar pra lá. Suas amoras irão passar desta para melhor.

Voltando, encontro com meu pai na cozinha.

— Topa um *McHelio*?

Tínhamos uma tradição em casa. Uma vez por mês, meu pai fazia um lanche de república de estudantes pra gente. Pão francês chapado com manteiga ou maionese, dois ovos fritos no óleo de soja com gema dura e uma fatia de queijo derretido por cima — finalizado com ketchup e mostarda.

— Estou na dúvida se digo "sim" ou "com certeza" — respondo sorrindo.

Sem me perguntar se eu aceitava, ele abriu uma cerveja trincando. A essa altura, a geladeira foi aberta somente duas vezes, então as cervejas têm gelado com perfeição.

— *Amor y pesetas* — sugiro como brinde.

— *Mucho tiempo para ganálas, mucho más tiempo para gastálas* — ele completa.

— E aí; como vai ser nosso dia amanhã?

— Acho que podemos tomar café da manhã na padaria da praça, dar um passeio pela cidade pra você me mostrar coisas do passado e da família que eu talvez não saiba, e depois irmos almoçar no restaurante em Aratupeba. Na volta, podemos colocar um filme pra assistir e comer esse bolo que está na geladeira.

Enquanto ouve minha resposta, meu pai manuseia habilmente a espátula de fritura. Os pães já estão abertos e besuntados, aguardando apenas os ovos.

— Foi você quem comprou esse bolo, filho?

— Não, uma amiga me mandou de São Paulo.

— Que legal! Com a pandemia, não dá muito pra fazer uma festa, né?

— Até tentei sondar com os caras, pai. Mas eles se mostraram meio receosos. Aí desisti. Já estou em boa companhia.

— Que bom que pensa assim. Então combinado, temos um programa pra amanhã — afirma, enquanto coloca uma travessa com quatro sanduíches na mesa.

Pego mais uma cerveja e apreciamos devidamente.

— Você chegou a ir ao quarto da tia?

— Não tive coragem, filho. Ontem, antes de dormir, já tive que chorar escondido de você. É um pouco menos impactante entrar na casa onde ela morava porque essa casa esteve sempre na minha família. Então a casa tem cara de tudo, não só de Luzia. Mas daí a entrar no quarto dela e mexer nas coisas dela… não sei se tenho coragem. Ou se vai me agregar, né? Já tive que passar meu luto sozinho sem a Márcia em casa. Acho que podemos curtir o fim de semana do seu aniversário. Afinal, essa é uma boa forma de honrar a tia também. Ela ficaria feliz de nos ver comemorando.

— Depois que você for embora, vou passar o dia recolhendo as coisas dela. Conversei com dona Noca e ela me recomendou levar no Lar dos Velhinhos. Curti a ideia.

— Nossa! Dona Noca… ela continua viva?

— Pois é. Firme e forte, me pareceu.

— Que loucura. Vou ver se antes de ir embora vou dar uma passada lá e dar um beijo nela. Você sabe da história de como essa mulher perdeu a perna?

— Não, não me lembro de alguém ter me contado.

— As filhas estavam brincando na rua e ela ali, monitorando. Um carro com pinta de desgovernado se aproximou buzinando muito e ela percebeu que existia algo errado. Cruzou na frente das filhas e empurrou elas pra calçada. O carro nem estava tão rápido assim. Na verdade, o motorista vinha tentando usar o freio motor, já que tinha perdido o breque completamente. Mas foi o suficiente pra prensar a perna dela entre o carro e o poste. Ela tinha pouco mais de trinta anos.

— Puta que pariu…

— Pois é. Qualquer pessoa poderia reagir supermal, ficar afetada para o resto da vida. Ela não. Sempre patrocinou obras de caridade na cidade, dava livros de autoajuda pra todo mundo, enfim. Uma grande alma.

— Um brinde à dona Noca — digo, aproximando minha cerveja da dele.

Depois do jantar, não enrolamos muito. Acho que estamos os dois cansados. Meu pai me ajuda a fechar a casa. Damos nosso boa-noite e cada um vai para seu quarto com um copo de água. Não lembrava disso, mas meu pai dorme de pijama. Isso lhe dá um ar de doçura.

Na cama, coloco uma lista aleatória pra tocar nos meus fones de ouvido, pra dar uma última relaxada. O tema principal do filme "Amore Mio Aiutami", de Piero Piccioni, começa a tocar. Penso com muito carinho em minha tia e faço uma oração por ela. Diferente das outras vezes em que tentei orar nos últimos tempos, sinto que estou conseguindo me conectar.

Não posso negar que esses dias aqui estão me fazendo bem. Espero conseguir retribuir da melhor forma endereçando seus pertences e dando um final feliz para esta casa.

MEU DEMÔNIO TIROU FÉRIAS

Acordo com uma sensação de descanso ótima. Eu adoro fazer aniversário. Geralmente, nada consegue estragar meu humor. Mas é melhor não contar com a sorte.

Vou direto para o banho me arrumar para o meu dia. Quando saio do quarto, meu pai já está sentado na sala olhando o celular.

— Bom dia, aniversariante! — diz ele, com os braços abertos.

— Bom dia — respondo, correspondendo ao abraço.

— Amo muito você, meu filho.

Não são nem oito da manhã e meu pai já está chorando.

— Eu também, pai. Eu também — respondo, dando duas ou três batidas em suas costas.

Ele enxuga as lágrimas por se tocar que, pelo menos no meu aniversário, o dia pode ser sobre os meus sentimentos e não sobre os dele.

— Vamos?

— Sim.

Coloco comida para o Bruno, pego uma caixa de máscaras, minha carteira e celular. Deixo pra ver as eventuais mensagens de "parabéns" apenas no fim do dia; me sinto importante quando faço isso.

Vamos em direção ao carro. Meu pai aparentemente o estacionou com maestria na garagem e mexeu apenas na distância entre o banco e o volante. Se *eu* entrando no meu minicarro já faz parecer que sou um personagem da "Corrida Maluca", imagine *meu pai* que é seis ou sete centímetros mais alto do que eu.

Damos a volta no quarteirão porque a rua é de mão única e, como dizem aqui, ela "só desce". Subimos a rua adjacente à praça. Estamos num sábado, então o centro está mais movimentado do que de costume. Sinto a energia e vitalidade de Mongaraíbe. Pelo visto, todo mundo nessa cidade acorda cedo.

Apesar do calor que se anuncia com pouquíssimas nuvens no céu, há uma brisa boa passando. Uma turma de moda de viola está se aglomerando perto do coreto e afinam seus instrumentos, enquanto outras pessoas colocam cadeiras de plástico por ali, ordenadas em fileiras.

— Acho que vai ter algum tipo de apresentação hoje — diz meu pai.

Do outro lado da praça, um senhor está dando pão para os pombos e esbravejando com duas crianças que tentam espantá-los. Os costumeiros jogadores de dominó e gamão já estão a postos. Eles fumam cigarros que julgo ser de segunda categoria pelo cheiro forte que chega até mim mesmo a uma longa distância.

Meu pai e eu nos sentamos na padaria e comemos, sem exageros. Ele faz questão de pagar a conta. Ao sair, tenho a sensação de estar ao lado de um vereador, de tantas pessoas que ele cumprimenta num espaço de cem metros.

Passeamos de carro por meia hora pela cidade. Meu pai me mostra o lugar onde aprendeu a dirigir, a entrada abandonada do clube de esportes que frequentava, o colégio onde estudou quando era pequeno e a porta do restaurante que mais gosta. Nesse meio-tempo, ele não para de falar um minuto sequer. Me conta a história de dona Olívia Marques: envolvida em diversas benfeitorias, fora um ícone de caridade da região, e muito ativa na Santa Casa de Misericórdia — onde nasceu Bia. Conta também sobre a vez em que saiu na chuva com crise de bronquite só para desafiar a mãe, que depois ficara ao seu lado a noite toda fazendo compressa quente, com a indulgência e resignação que são próprias de uma mãe. Por fim, relembra o dia em que saiu de Mongaraíbe e foi para São Paulo morar com tia Rosa quando tinha onze anos, com uma sórdida quantia em dinheiro nas mãos e o coração aberto.

— Que horas são? — ele me pergunta, percebendo que havia se distraído com tantas lembranças.

— Dez e vinte.

— Acho que podemos ir em direção a Aratupeba. O que acha?

— Bora.

Percebo que provavelmente pela primeira vez na minha vida esqueci de ligar o rádio do carro. Coloco pra tocar a playlist que fiz, já que vamos pegar a estrada. A primeira música é "Do you remember?", do Phil Collins.

— Quantas lembranças, né, filho?

— Muitas, pai.

Estico o braço para pegar meus óculos escuros no porta-luvas, e o noto reparando com atenção na minha tatuagem, que estampa "nostalgia" em caligrafia chinesa (怀旧).

— E essa tattoo aí; qual a história dela mesmo? Não me lembro se você já me contou.

— É uma longa história.

— Temos tempo — responde ele. Se eu não me engano, você voltou da Tluhni com ela; não foi isso?

Acho que o tempo passou mais rápido para meu pai do que para todos nós no período de deslumbre com sua namorada da época. Em sua pergunta, percebo um tom de ingenuidade; não de quem está tentando fazer as pazes ou puxar assunto, mas de alguém que genuinamente está falando de um momento em que ficamos praticamente um ano sem nos falarmos como se fossem dez dias.

— Foi, sim. A pessoa que me tatuou é estilosa demais!

— Quem é?

— Procure na internet por Zhao Den Tang — digo, mantendo os olhos na estrada.

— Você vai precisar me soletrar.

Soletro para meu pai.

— É uma de cabelos verdes. O estúdio dela é todo verde; como o nosso Palmeiras.

Ele acha algumas fotos da tatuadora. Ela possui todo o seu corpo coberto em tinta e piercings. Geralmente, posa para suas fotos com uma réplica de crânio humano ou uma pistola nas mãos. Talvez ela seja excêntrica demais para os conservadores que consideram tatuagem por si só algo fora de qualquer cogitação. Meu pai me dizia quando eu era mais jovem e saía de casa: "Só não me volte dizendo que virou Corinthiano, com uma tatuagem ou tendo engravidado alguém." Típico *mindset* dos anos 1980.

Todos nós temos lugares onde nos sentimos um peixe fora d'água. Para alguns, é um restaurante chique ou um museu. Para outros, uma praia com sol forte e sem guarda-sóis. Para mim, lojas de surfe e estúdios de tatuagem com certeza estão no topo da lista. A experiência foi como pular de paraquedas.

— Que demais! É uma artista, mesmo — ele exclama, enquanto olha as fotos na internet.

Duvido que ele realmente ache isso, mas está tentando se enturmar comigo. Continuo, indiferente.

— Me lembro de não ter tido dúvida alguma do que eu estava fazendo. Tang é um ícone, e seu estúdio um lugar que serviria de cenário para um filme do Tarantino. Eu poderia ter sentido certo frio na barriga, mas isso não aconteceu.

— Como você a encontrou?

— Pesquisei bastante sobre os melhores tatuadores e estúdios da região, e depois confirmei com um dos meus colegas de sala. Peguei um táxi até o lugar indicado no site. Meu amigo Santiago, português que estava estudando comigo, foi junto. A ideia original de se tatuar era dele, mas ele acabou não se tatuando. Situação mais clichê, impossível.

— E aí?

— Pelo menos ele foi comigo. O lugar era muito peculiar. A cada andar que eu subia, a coisa ficava mais lúdica. Todas as portas da escada, que davam para cada um desses andares, estavam abertas, então era inevitável espiar. O térreo era de um prédio que parecia ter sido abandonado às pressas e desordenadamente por causa de uma evacuação nuclear. A única coisa relativamente em ordem era uma coluna cilíndrica de sustentação, pintada de verde, e contendo um pôster velho indicando "Shanghai Shop — 4º andar". Os elevadores estavam desligados, então subimos as escadas. O segundo andar tinha mais pó do que oxigênio, e estava também abandonado. O terceiro andar tinha um rapaz muito mal-encarado na porta, parecia saído de um seriado que misturava pornochanchada oriental com tráfico de drogas. Aceleramos o passo. Finalmente, no quarto andar, uma única porta revestida em couro verde-escuro e metal indicava que eu tinha chegado ao estúdio.

— A tatuagem ficou bem legal. Gostei.

— Obrigado. Achei que pudesse me arrepender, mas não. Eu gosto dos traços artísticos e da história por trás dela — digo, aumentando o som do carro.

— Doeu muito pra fazer?

— Não. Foi de boa.

Quando voltei, a primeira pessoa que viu minha tatuagem me disse: "Você sabia que quem tatua no bíceps direito é porque tem problemas com o pai?" Talvez o que eu tinha era saudade mesmo. De tê-lo pra conversar e me ajudar. Eu tinha vinte e quatro anos e estava superinfeliz. Já tinham se passado quatro anos desde que nossa família virara pó e, para mim, esse período foi recheado de desilusões e amarguras. É provável que eu tenha magoado mais as pessoas do que as deixado me magoar. Nunca saberei. Escolhi escapar para algum lugar distante e estudar; focar em alguma outra coisa. Mas a tristeza nos segue, não importa onde.

Eu estava em um quarto de hotel em Xangai, a dezoito mil e quinhentos quilômetros de casa. Minhas refeições não eram saudáveis e me faziam muito mal. Estava sem dinheiro e precisava economizar para terminar meu mestrado; portanto, não me sobravam muitos tostões para fingir que me divertia com o pessoal da universidade na noitada chinesa. Naquele módulo, eu cursava apenas duas matérias, em um grupo diverso, e meu time passava tanto tempo discutindo algo que para mim parecia óbvio, que eu pouco acabava tendo o que fazer ou adicionar às discussões. Meus dias tinham tempo de sobra. O distúrbio do *jet lag* garantiu que eu dormisse terrivelmente, o que fazia com que as horas se acumulassem ainda mais.

A depressão sempre flertou comigo, mas diferente do que muitos poderiam dizer, acredito que nunca cedi aos seus charmes. Pelo menos, não até hoje. Eu prefiro apelidar o que tive de "uma grande melancolia". Talvez o certo seja chamar de raiva. Eu me sentia injustiçado o tempo todo, e isso me deixava bravo na maior parte do tempo com as coisas. Nos instantes que me sobravam, ficava puto de sempre estar puto.

Uma vez assisti a uma entrevista com uma psicóloga que dizia que "a vida é um grande rio, e a depressão nos prende ao passado enquanto devíamos estar fluindo". Que "deixar fluir é se soltar do tronco ou pedra ao qual estamos agarrados". E que "afinal, ficar parado num rio em movimento é um esforço constante e extenuante". *Deixar fluir* — repetia a entrevistadora.

Talvez tudo flua melhor quando temos raízes. Quanto mais eu reflito, mais entendo que são as conexões afetivas que nos carregam as energias. Crianças que viveram um trauma precisam de afeto extra, e eu posso dizer que vivi alguns. Ainda bem que recebi muito amor. Talvez por longos períodos meus pais estivessem muito ocupados pra conseguir demonstrar esse amor, mas é aí que entravam as minhas tias. Fato é que tive esse afeto extra, e que ele me fez superar os traumas seguintes, criando uma espécie de casca que me é muito útil. A casca me faz uma pessoa mais pesada, infelizmente. Mas também me fez criar, ao longo do tempo, anticorpos contra aquilo que pensam as outras pessoas sobre mim.

Naquele ano, eu atingira o fundo do poço. E foi quando tudo começou a mudar para mim. Dizem que tatuar é marcar algo em outra região do corpo para tirar tal coisa da nossa mente. Tatuar "nostalgia" foi um ato de amor-próprio. Um rito de passagem que me ajudou a perceber, durante um momento de lucidez em meio a um perfeito exemplo de "paralisia de stress", que a riqueza interior jamais competirá de igual para igual com as proezas materiais e sociais que estão fora. Uma pequena cerimônia para mim mesmo, que me ajudou a ter gratidão por tudo o que vivi, e principalmente por todos os que fizeram parte da minha vida até ali. Na teoria foi ótimo. Na prática, olho a tatuagem e sei que ainda tenho muito o que lutar.

Meu pai interrompe meus devaneios.

— O que mais você fez de bom na China? Não acredito que nunca falamos sobre isso antes.

— Não tenho muito mais pra lembrar da China do que isso, de ouvir o álbum "Riot On An Empty Street", da banda *Kings of Convenience,*sem parar, e de uma viagem que fiz com Santiago e Atmen, um indiano da nossa classe, a Hangzhou.

Meu pai toma a liberdade de abaixar o som pra mostrar que está prestando atenção.

— Pegamos um trem, desembarcamos e pegamos um *tuk-tuk* até as regiões ao redor de um templo muito louco chamado "Lingyin". Foi bem legal. No fim do dia, comemos *dumplings* típicos e umas cervejas Tsingtao bem geladas enquanto o sol se punha do outro lado do lago Xi.

— Que legal! Sua formatura foi em Londres, né?

Respiro fundo pra conter minha frustração.

— Não, foi em São Francisco. Londres era o *campus* principal, mas fiz essa rotação pra China e depois pra São Francisco, onde a formatura aconteceu. Fiquei oito meses em Londres, e depois dois em cada lugar.

O GPS marca uma hora até Aratupeba.

— Queria mesmo ter participado mais dessa história — diz meu pai, reflexivo.

— Tudo bem. Acho que eu precisava mesmo cortar o cordão umbilical com você e a mamãe.

O mestrado foi um divisor de águas na minha vida. Tive que me virar sozinho e conheci gente do mundo inteiro. Meus melhores amigos na época eram Barney, dos EUA, Ahmad, da Líbia, Polo, da Itália, e Santiago, de Portugal; Paulina, da Bélgica, Romita, da Alemanha, e Irene, da Romênia.

Continuo meu relato.

— No fim, minha mãe cobriu oitenta por cento dos custos, mas outro fator que me fez decidir pela Tluhni foi que, inicialmente, achei que poderia dividir igualmente as despesas. Minha mãe sempre foi pra-frente em pensamento, e me apoiou do início ao fim. Algo bem "tia Lu" da parte dela.

— Sua mãe sempre investiu em você. Devo muito a ela nesse aspecto. No fim, a experiência toda deve ter sido incrível.

Meu pai está *realmente* gostando do papo. Será que ele acha que a partir de agora viramos a página com a mesma facilidade com a qual troco de música na minha playlist, e que seremos grandes amigos porque tivemos uma hora de estrada juntos? De qualquer forma, esse assunto garante que não entremos em nenhum outro mais arriscado, então sigo contando minhas histórias.

— Foi muito louco. Na época, estava namorando a Ruby, uma menina do leste europeu, e ela arrumou um emprego em Londres pra estar perto de mim. Moramos juntos por sete meses até ela entrar num surto de ciúmes e resolver invadir meu computador para ver se eu estava andando na linha, bem quando a russa mais gostosa da classe resolveu dar em cima de mim e, digamos que minhas primeiras palavras não foram exatamente "desculpe — estou num relacionamento sério". Fiz merda.

— Hum... acho que a Bia já me contou essa história meio por cima.

Como me disse um amigo que chegou a conhecer Elena Kodkopaeva, seu nome termina com /êval/, então só aí ela já ganhou seis pontos. *Eita* mulher bonita. Talvez seja culpa de Hollywood, mas eu não costumo ter facilidade em confiar nesses estereótipos. Aliás, como diz outro dos meus grandes amigos: "Só confio no baixista do "Iron Maiden", em meu barbeiro e em você." Então, honestamente, o flerte não teria dado em nada; sabia que essa garota de pele clara, loira de olhos azuis só queria era provocar. Mas não tive oportunidade de me explicar.

— Quando estava chegando em casa um dia, Ruby cruzou comigo na rua, completamente embriagada — sigo. — Ao me ver, começou a gritar, e dois marmanjos muito grandes acharam que eu estava fazendo algo contra ela e ameaçaram me bater ou chamar a polícia. Eu não estava a fim de perder meu visto de estudante por algo que nem sabia do que se tratava, então fui para a casa sozinho. Sentei-me na varanda improvisada que fizemos sobre a *bay window* do apartamento no andar debaixo e acendi um cigarro. Mal tive tempo de olhar pra trás, quando ela abriu a porta do apartamento com um estrondo, correu na minha direção e tentou me empurrar da janela. Não sei como fiz isso, mas fui capaz de me jogar pra dentro do apartamento novamente, e ela — ainda num acesso de raiva — socou o vidro da janela e cortou seu próprio braço em vários pedaços. Quando vi aquela mulher cheia de sangue nos braços, tive a certeza de que não só perderia meu visto, mas minha virgindade numa prisão do Reino Unido. Ainda bem que ela se acalmou. Nossa conversa final não chegou a uma conclusão sobre quem estava com a razão. Ela apenas se desculpou pelo acesso de raiva, e me disse que não poderíamos mais ficar juntos. No dia seguinte foi embora para seu país. Simplesmente depois de dois anos namorando, de um dia para o outro nunca mais a vi.

— Caramba, filho... que história inacreditável. E aí?

— Depois que ela foi embora, meu orçamento fodeu de vez. Eu teria que arcar com o aluguel cheio por mais três meses, antes de ir para o outro lado do mundo e depois para uma das cidades mais caras dos EUA.

— Já ouvi falar que São Francisco é realmente caríssima.

— Até hoje não sei se fiz bem de manter a rotação de *campus* para outros países, sabe. Talvez eu devesse ter pagado a multa contratual e me mudado para um dormitório de estudantes como o do meu amigo Barney. Seria mais barato e mais fácil de administrar. Fui a seu quarto várias vezes pra produzirmos música. O cômodo era bem menor que minha quitinete; tinha no máximo dez metros quadrados contando o banheiro, e mesmo assim ele conseguiu trazer cerca de sessenta pares de sapato e oito instrumentos musicais diferentes para manter seu estilo e sua música vivos. Além disso, se eu tivesse continuado em Londres, poderia receber mais amigos — o que não foi possível na China nem em San Fran.

— Quem foi te visitar em Londres?

— Em meus oito meses londrinos, recebi a visita do Daniel e do Marcus.

— Daniel, *El Mago*?

É assim que meu pai apelidara meu amigo. Dani é uruguaio. Tem o menor pé do mundo e os olhos mais azuis. Veste terno, sempre. E se você pergunta a ele "não está sentindo calor com essa roupa?", vai certamente receber um "bem, esse é o preço da elegância; você certamente não paga esse preço". Se eu fosse pensar qual é a característica que Dani e eu mais comungamos, seria a de nos fazermos de tontos perante as pessoas que se acham inteligentes e prever com facilidade seus próximos passos.

— Ele veio antes de eu completar um mês em Londres e dormiu no sofá-cama da "sala" em meu estúdio de trinta e dois metros quadrados. Era como se ele estivesse comprovando sua cumplicidade, me apoiando e dizendo que, mesmo à distância, eu nunca estaria só.

— Amigo de verdade, né, filho? Gosto muito desse moleque. Como ele está? Tem falado com ele?

— Falo direto. Não vejo faz tempo, mas a gente está sempre trocando mensagens.

Dani sempre foi assim; uma vez me disse: "Por você eu pularia na frente de um trem." Essas palavras nunca saíram de minha mente. Como são importantes os irmãos que escolhemos.

Continuo contando:

— Enfim. Na tarde em que o Dani chegou, o recebi com uma garrafa de vinho e alguns queijos cortados. Ele trouxe minha guitarra a tiracolo no avião, e veio do aeroporto de Heathrow até Shepherd's Bush de metrô, com duas grandes malas. Devia estar supercansado, mas disse que queria sair. Umas seis da tarde já estávamos num primeiro *pub* em Picadilly Circus, mas chegamos em casa realmente umas três da manhã, porque nos perdemos como um amendoim em boca de banguelo. Quando decidimos voltar pra casa, o metrô já havia fechado. Eu ainda não estava muito craque em pegar ônibus. Entramos no primeiro que vimos e adormecemos no trajeto. Acordamos com o busão freando na *Bus Garage*. O fim da linha. O motorista riu muito da nossa cara. Descemos do ônibus e caminhamos mais de uma hora sem direção. Quando finalmente decidimos chamar um táxi, o taxista esbravejou dizendo: "Shepherd's Bush é logo ali!" A esmo, fomos parar na garagem de ônibus, mas com sorte voltamos sozinhos. Essa foi apenas uma das duzentas e cinquenta noites em Londres.

Depois de contar isso a meu pai, os dias que passei com meu amigo na região me vêm à lembrança.

Antes de ir embora, Daniel ainda me pediu pra visitarmos as destilarias de uísque no norte da Escócia. Fomos até lá de avião e alugamos um carro. Enquanto ouvíamos o álbum "Heavier Things", de "John Mayer", dirigimos do lado errado em torno do Lago Ness, visitando belos castelos e fontes com água impecavelmente límpida. Lembro de contarmos mais de onze tonalidades de folhas secas caídas ao chão daquele outono. Também lembro de irmos a um restaurante com poucas mesas numa das vilas escocesas por onde passamos e ingenuamente perguntarmos "vocês têm uísque?", e recebermos um gráfico com as principais características que um especialista busca na bebida, e as mais de duzentas marcas e edições plotados ali. Daniel foi embora pra casa com duas caixas de chocolate francês que harmonizavam com as seis garrafas de Auchentoshan.

Meu pai reabre o assunto:

— Ainda falta um tempo pra chegar. Me conta mais alguma história. Mais alguém foi te visitar?

— Sim, o Marcus.

— O bigode?

Meu pai tem apelido pra todos os meus amigos.

Marcus é descendente de árabes e esguio. Tem rosto oval, sobrancelhas marcantes e um nariz avantajado, estiloso. Deve pesar o mesmo que uma criança de cinco anos, e tem o temperamento de um budista. O que nos une é o perfeito contraste da nossa atitude nos momentos sérios, e a semelhança dos nossos instintos suicidas nos momentos não-sérios.

— Ele mesmo. Marcus veio pra ficar um pouco menos de tempo, e com muito menos juízo. Somos grandes amigos até hoje, mas naquela época ele era o amigo que eu buscava quando queria aprontar. Fomos a Barcelona, em todas as festas de turista possíveis, e depois a Amsterdã.

— Eu nunca me esqueço a primeira vez que o vi. Não sabia que você tinha trazido alguém pra dormir em casa. Acordei, meio ensonado, fui direto para a cozinha e, quando cheguei, vi alguém em frente à minha geladeira. Ele virou pra trás, com óculos de grau bem forte, todo descabelado e usando um pijama clássico de duas peças de botões e seda e disse: "bom dia, tio!", com um sorriso franco como se me conhecesse há anos.

Me pergunto se estou sendo cruel em minha mente por pensar que meu pai não teria direito de falar comigo assim, como um amigo.

— Esse é o Marcus. Ele chegou a sair sozinho e me dar uma preocupação danada em sua última noite em Londres. Ele voltou dez minutos antes do horário de sair do meu *flat* para ir ao aeroporto, contando que passara no *drive-thru* de uma lanchonete fingindo estar num carro. Ele divide a minha filosofia de viagem: não voltar com nenhum centavo do que reservou para gastar. E, como haviam sobrado cento e cinquenta libras esterlinas, resolveu se embebedar de champanhe em algum canto da Zona 1 da cidade.

Meu pai dá um sorriso doce e orienta o assunto:

— Mas, filho, pelo visto, Londres foi mais legal, né? Você me contou uma experiência mais melancólica sobre a China.

A estrada em que estamos se transformara numa via de mão única, e eu sigo concentrado para, ocasionalmente, ultrapassar um caminhão. Por um instante, paro pra pensar: "Por que será que consigo confiar no caminhoneiro que nunca vi e me dá seta para a direita indicando que posso ultrapassá-lo e que não vem nenhum outro carro na via contrária, mas não consigo confiar em pessoas tão próximas a mim?"

— Morar em Londres foi o oposto de morar em Xangai. Foi libertador. As distrações e tentações eram tantas que, honestamente, nos primeiros quatro meses, não lembro de ter sequer pensado em tudo o que eu tinha deixado no Brasil. Foi lá que comecei a aprender a amar quem eu sou, a me cuidar e viver sozinho. Não sei se o tanto que gostaria, mas pelo menos o suficiente para virar a página…

— Sim. Foi sem dúvida muito importante pra você. Eu não lembro muito dessa época, mas se tem algo que eu me recordo é de você voltando muito diferente. Fui te buscar na Rua Lins pra almoçarmos e, quando parei no meio da via encostando na calçada com o carro, você voltou até a faixa de pedestres em vez de atravessar no meio da via, lembra? Até comentei com você: "Tá aí alguém que foi morar na terra da realeza."

— Pois é... a vida vai nos burilando como uma pedra bruta. Às vezes pela dor, às vezes por conta de experiências boas. Morar sozinho é uma experiência que indico a todo mundo. Eu não era ninguém antes de viver isso tudo. Principalmente de acordar no dia seguinte e ter que encarar a ressaca sem ninguém por perto. Tomar responsabilidade sobre meus atos.

— Isso mesmo. O *caráter*, lembra que te ensinei? Quanto mais o ferro apanha e é colocado no fogo, mais forte ele vai ficando. Mas, me diga: e sua mãe? Ela deve ter ficado desesperada sem você.

Não gosto muito quando meu pai menciona minha mãe. Depois da separação, ela virou *subjecto non grato* pra nós dois. Mas dessa vez deixo passar porque sinto um ar de franqueza na sua pergunta.

— Morar com minha mãe já estava ficando insustentável. Não era justo comigo, que tive que amadurecer tão rápido na infância.

Quando voltei para o Brasil, a caminho de minha última parada, encontrei minha mãe completamente despedaçada. Acho que ela sentiu realmente a minha ausência e acusou o golpe. O mundo que eu conhecia definitivamente não estava mais no mesmo lugar. Isso fez com que eu fosse com uma vibração ainda pior para São Francisco. Chegando lá, o único lugar que consegui me hospedar foi num quarto em cima de um restaurante indiano. Eu contava pelo menos seis baratas por dia no meu quarto; cheguei a dar nomes a elas: Genoveva, Matilde, Pópis, Florinda, Carmelita e Clotilde. Pouco me lembro das minhas últimas semanas do mestrado, senão de jantar *mac and cheese* de micro-ondas todos os dias, ser cumprimentado pelos moradores de rua de Tenderloin a caminho da escola pelo nome de Clark Kent, por causa dos óculos que usava na época, e de sentir o maior vazio do mundo.

Meu pai percebe que não fiquei muito confortável com a temática "mãe" e volta para o mestrado.

— O curso em si valeu a pena? Deve ter sido foda. Lembro quando trouxemos uns gringos da Califórnia pra dar uma semana de palestras pra turma de MBA aqui. Eles estão em outro patamar...

— Muito. O curso me deu uma visão diferente das coisas corporativas também.

— Você falou em São Francisco e me fez lembrar melhor. Na época da sua formatura, eu tinha acabado de perder o emprego na consultoria. Estava só dando aulas. Foi legal?

— Minha formatura foi interessante. Você e mamãe foram os únicos pais de toda a classe que não puderam ir me prestigiar, e quem cumpriu esse papel foi uma menina que eu conhecia e por coincidência estava viajando sozinha na Califórnia. Ela e eu havíamos tido um rolo no Brasil um ano antes de eu ir a Londres, e chegamos a namorar quando voltei em definitivo.

Alugamos um Mustang vermelho conversível e descemos a Highway 1 contornando as praias da costa americana. Na verdade, brigamos o caminho inteiro. E eu tenho até hoje uma multa que levei por dar uma esticada no carro até cento e trinta e quatro milhas por hora (aproximadamente duzentos e quinze quilômetros por hora) numa rodovia estadual. Não estou acostumado a ser perseguido por um *state trooper*, então demorei bastante para encostar o carro. Quando encostei, o policial performou uma mistura de sermão com tentativa de extorsão.

Percebo que meu pai está conhecendo um lado meu que não necessariamente sabia que existia. Acho ótimo.

— Bom, filho, você lembra o caminho, né? — pergunta ele, à medida que estamos chegando à cidade onde fica o tal restaurante, e desviando o assunto de não ter ido à minha formatura.

Eu havia me esquecido dessa mania do meu pai. Foram poucas as ocasiões em que dei carona pra ele ou que ele me orientou sobre chegar a algum lugar. Eu posso ter a bateria do celular cheia, um 5G operante, e um GPS das antigas extra no carro, além de um guia *Páginas Amarelas* no meu porta-luvas, e mesmo assim ele vai explicar o caminho. E interromper qualquer assunto, por mais que seja de extrema importância, porque a aula de micro geografia é mais importante do que tudo.

— Sei, mas se quiser me explicar de novo — colaboro para sua satisfação.

Ele me explica o caminho e, aos poucos, vamos entrando numa cidade muito parecida com Mongaraíbe. Algo nela, porém, denota que tem mais habitantes. Um ou outro comércio um pouco mais moderno e modelos de carro mais contemporâneos.

Para seguir o caminho do restaurante, somos obrigados a subir uma rua do mesmo acabamento das ruas de Mongaraíbe. Alguém lucrou muito com o desenvolvimento dessas cidadelas no século retrasado, penso. A via acaba numa curva contornando a praça, no mesmo modelo de quase todas as cidades do interior. Esse novo trecho desemboca numa grande rotatória que tem o nome "Aratupeba" esculpido em concreto sobre seu grande gramado verde-claro, e parece dar vazão a duas avenidas e dois viadutos pequenos que vão desembocar em estradas. Pegamos uma dessas avenidas radiais e caímos numa pequena estrada de terra. Como uma clareira no deserto, a estrada passa a ficar mais bem cuidada, com a vegetação ao lado toda carpida, e acaba por nos levar a uma via asfaltada que corre transversalmente. Não viramos nem à direita, nem à esquerda, porque logo à nossa frente está um portão como esses de grandes fazendas dizendo "Rancho do Jão". Atravessamos a via e entramos pelo portão.

Ao longe, vemos um casarão colonial com as janelas pintadas de azul, o beiral do telhado em amarelo — ambas cores pastel — e no meio da casa, que mostra ser um grande quadrado vazado por dentro, uma torre com um sino gigante.

ERA UMA VEZ UMA MULHER

Uma vez li que as pessoas boas têm um sono tranquilo, mas as pessoas más divertem-se muito mais porque não estão presas em si mesmas. Não sei se acredito que exista gente verdadeiramente má.

Alguém que vive numa região constantemente em guerra com certeza irá discordar de mim. Aqui, no país da bagunça, onde é permitido ultrapassar o limite do próximo, todos nós temos alguns momentos difíceis. Buscamos um cigarro, um vídeo de meditação guiada ou então tentamos machucar alguém pra entender o que isso nos faz sentir. Já aconteceu com todo mundo que eu conheço.

A babá da minha irmã, por exemplo. Enquanto minha mãe estava fora do ar e meu pai tentava se manter são com tantas irmãs entrando e saindo da casa dele, contrataram uma moça para cuidar da Bia e colocar um olho em mim ocasionalmente. Acontece que ela punha mais do que um olho. O gosto dela era me dar banho também, fazer com que eu tivesse uma ereção e dar umas risadinhas enquanto encostava no meu pênis endurecido. Não cheguei a uma conclusão se isso seria tachado como abuso sexual ou apenas um episódio idiota da minha infância. Quem está sendo abusado vai perceber o verdadeiro impacto algum tempo depois. Me lembro de chorar muito quando terminei de ler *As Vantagens de Ser Invisível*, porque me identifiquei com a confusão mental do personagem.

A terceirização era algo comum na criação dos filhos da minha geração — então talvez eu não tenha sido o único. O interessante é que mal consigo me lembrar do rosto da primeira namorada séria que tive, mas não consigo esquecer cada detalhe da expressão facial dessa mulher enquanto ela fazia isso.

Algumas coisas impactam as pessoas e as fazem mudar. Se alguém me perguntasse, eu diria que as basais são: perda, dor, amor ou simplesmente o tempo — e não necessariamente nessa ordem. Eu tive que mudar tantas vezes que aprendi a ser bom nisso. Talvez tenha apenas faltado conseguir que essas modificações me colocassem a favor de mim mesmo.

Eu vinha muito bem, até que não vim mais.

Seria uma injustiça não reconhecer que meus zero-aos-seis foram anos maravilhosos. Francamente, foram imprescindíveis para eu sobreviver até hoje. Se minha vida tivesse começado aos sete anos, provavelmente eu estaria comendo grama pela raiz. Nunca tentei, mas talvez uma forma efetiva de meditar ou até de encontrar minha paz seja voltar para esses momentos.

Gosto de dar um passeio pelo shopping do bairro em que cresci. Vou sem um bom motivo ou algo que esteja precisando comprar. É como se ali dentro eu entrasse numa bolha de proteção do mundo. Isso porque, numa família de quatro pessoas, ele é um dos únicos lugares quase que exclusivos meus com minha mãe. Ela sempre acabava me levando pra tomar um sorvete, comer um doce, e — pensando bem — encontrar conforto na comida ou no ato de se comprar. "Você merece", ela dizia. Confesso que uma vez entrei no prédio onde morávamos, ao ver uma plaquinha de "vende-se" fincada no jardim da frente, fingindo me interessar por um apartamento. Eu não deveria fazer isso. Quando a página está muito danificada, não existe isso de virá-la. Deve-se jogá-la fora completamente. Caso contrário, será muito natural acabar voltando pra ela e revisitar todas as rasuras.

Se eu fosse desenhar uma linha do tempo, conseguiria dividir minha infância em duas metades: a primeira — que posso realmente chamar de infância —, e a segunda — quando eu perdi minha inocência.

Na primeira metade, relações de significado. Passeios de barco com a família caiçara que alugava sua casa a meus pais e seus amigos em uma praia do litoral norte. Ganhar meu primeiro videogame e passar horas jogando com meu pai. Deitarmos nós três no chão com uns almofadões pra ver um filme ruim na TV Semp Toshiba de dezesseis polegadas. Minhas festas de aniversário no salão de festas do prédio com decoração e bolo temáticos sobre super-heróis japoneses. Ajudar minha mãe na feira e ganhar um pastel, assistir seriados latinos enquanto almoçava sentado no sofá. Uma vida minha. As minhas vontades e descobertas, num ambiente controlado.

Na segunda, uma realidade mais dura e infalível. E, quando estive lá, percebi que mudara para sempre — porque o prédio estava exatamente igual a como o deixei no dia em que fui visitar de xereta. O hall do elevador onde sofri um ataque de uns adolescentes com um canivete sem ponta, cuja lâmina falsa afundava na base assustando quem estava "sendo esfaqueado". O salão de festas onde a menina de quinze anos recém-chegada do prédio transou com outros dois moleques que moravam lá. O canto morto da estrutura do prédio onde os meninos de menos de dez anos se escondiam para fumar um cigarro roubado dos pais. O playground onde abri meu supercílio e levei dois pontos no pronto-socorro. A piscina em que as outras crianças me jogaram de roupa e tudo e gritaram "seu gordo, balofo!" inúmeras vezes.

Acho que o que aconteceu a partir daí fez com que eu não encontrasse minha paz, e fazem com que eu nem tente meditar hoje em dia. Revisitar minha infância escolhendo as memórias a dedo seria como ir a Mongaraíbe, na época em que todos estavam vivos e moravam lá, e escolher quais parentes iríamos visitar. Impossível.

Separando por épocas, consigo ver que existiu uma versão original do Nicolas. Uma versão não corrompida pelo que aconteceu depois. Isso é o que torna tudo muito maluco. Tenho a sensação de que superei as coisas ruins que aconteceram porque eu estava afetado pelas coisas da minha infância, mas que ainda não superei minha infância.

* * *

Tem dias em que as coisas apertam pra mim, e eu tenho uma vontade de resgatar minha mãe de onde ela estiver. Levar ela para algum canto que seja só nosso. Fico imediatamente chateado, porque para isso eu teria que devolver a saúde que ela tinha nos meus primeiros anos de vida e também restaurar sua memória. Os remédios psiquiátricos queimaram sua memória. Nunca ousei lhe dizer isso, mas é verdade. A medicina e a farmacêutica de antigamente não eram as mesmas de hoje.

Quando eu tento pensar em algo para dizer ou fazer em homenagem a tudo o que ela foi e fez, me sinto completamente sobrecarregado emocionalmente. É uma angústia sem fim saber que sua memória está preservada apenas em mim; afinal, se estivesse salva em qualquer outro lugar, não veria os outros tratando minha mãe de uma forma como ela não merece, nem veria sua autoestima tão baixa.

Acho que até meu pai concordaria com isso. Se ele fosse capaz de ler meus pensamentos, saberia que ainda o considero meu melhor amigo, e que mesmo os melhores amigos brigam e se sentem traídos. Mas ele também saberia que o amor de um homem por sua mãe é infalível.

Nos dias em que estou quase sem forças para reagir, basta uma ligação para minha mãe. Não é que ela saiba dizer a coisa certa, mas é que ela com certeza irá me entender. Está em sua biologia como mãe. Se não fosse por sua insistência em usar sua depressão como muleta para conseguir o que quer, seria completamente injusto sequer mencioná-la nesse contexto todo. Afinal, ela talvez tenha sido a pessoa mais traída de todas.

* * *

Adelina Trevisan Gibelle. Nasceu em Marangatu e conheceu meu pai na primeira festa de faculdade. Filhinha do papai, estudou química industrial e ganhou uma casa do vovô Silvio quando casou com meu pai — alguém para quem meu avô sempre torceu o bico. Acabou indo pra São Paulo quando meu pai perdeu seu emprego e ela arrumou um, onde ficou por vinte e quatro anos. Teve dois filhos que são sua vida e para quem deu tudo o que tinha e o que não tinha. No processo, só se esqueceu de uma coisa: de si própria.

Dou graças a Deus por Bia cuidar dela. Aliás, Deus foi um grande aliado em minha história com minha mãe. Talvez eu devesse conversar mais com Ele. Quando os médicos deram o caso de psicose dela como perdido, ela frequentou um centro espírita em Mongaraíbe, fundado por uma prima de terceiro grau do meu pai. Depois de mais de dois anos de tratamento ineficaz com psiquiatras, ela se curou por completo — como num passe de mágica — em algumas semanas. O médium do lugar mandou ela ficar o mais longe possível de quase todas as pessoas com quem ela convivia, mas, eventualmente, mesmo perto de todas elas, Adelina foi se reerguendo aos poucos com a força que toda mãe tem, e triunfou vitoriosa — mas repleta de cicatrizes.

Quando olho para ela, vejo uma pessoa que está aprisionada, que não consegue colher os cacos daquilo que um dia foi ela mesma em meio a tanta loucura e a uma ruptura tão dolorosa. Vivo entre a agonia de não querer acabar como ela, e de ainda dar tempo de salvá-la de algum jeito. O mais frustrante é que ela tem uns momentos de lucidez e sobriedade incríveis, em que me fala praticamente um *roadmap* de mudança e o que deve fazer para ser feliz, mas quarenta e oito horas depois parece que esqueceu tudo de novo. Quem sou eu para julgá-la?

A versão do meu pai sobre o casamento deles é de que ela era frígida. Que só queria ficar em casa e não se divertiam mais. E quando houve distribuição de herança em vida do meu avô, ela pediu o divórcio. Que ele acordou um belo dia e ela já estava sentada na mesa da cozinha, com óculos no rosto e um bloco de notas para dividir os bens e tirar ele de casa.

A versão dela: quando ele pediu o divórcio, ela pediu para conversar e tentar uma forma de ficarem juntos, pelas crianças. Que ela não queria se separar, e que ele deveria pensar melhor, mas que ele disse: "Eu, pensar agora? Eu já queria ter feito isso há vinte e cinco anos." Tenho certeza de que ela olha para trás hoje e pensa que, independentemente de quem foi o culpado, bastaria aguentar a putaria por mais cinco ou dez anos e nem Viagra daria jeito no ditador de quintal. Quantas mulheres não optaram por esse caminho?

A minha versão? Após dezenas de vezes em que o pau comeu solto entre eles, eu disse: "Chega; vocês têm que se separar." Meu pai não tinha jeito e não seria minha mãe que colocaria jeito nele. Ela queria sombra e, ele, água fresca; algo impossível com os dois vivendo no mesmo lugar. Ele chegou a me pedir permissão para se divorciar, apelando para o "você é homem e começou a namorar agora — então você consegue me entender"; e eu consenti. Minha mãe foi mais categórica, e apenas me informou do que estava fazendo — alegando que tinha que se afastar dele para conseguir fazer sobrar algum respaldo financeiro para a gente. Eu nunca pedi nada a nenhum dos dois. Apenas paz e amor. Se comparo com os anos antes do divórcio, hoje estou diante da melhor versão deles — apesar da possível aparência e saúde deterioradas. Se levo em consideração os pais que conheci antes do nascimento de minha irmã, eles são sem dúvida o pior resultado possível de um teste A/B falho por princípio.

Minha mãe fala pelos cotovelos. Deve ser pela sua ansiedade (a maior que eu já vi em toda a minha vida). Enquanto ela está falando, porém, estou sempre olhando bem fundo em seus olhos verdes. Em volta de seu olhar machucado, algumas olheiras e rugas sutis denotam excesso de dor e de trabalho. Eu sou daquele tipo que abraça, aperta e beija os pais incondicionalmente. Sempre serei. Posso ainda não ter certeza sobre tudo o que sinto, e talvez nunca tenha, mas amor é o que eu demonstro. Procuro olhar em seus olhos com ternura e dar-lhes afeto. Acho que não desconfiam disso, mas enquanto estou conversando com eles, estou sempre os analisando e pensando coisas interessantes sobre sua história e personalidade. Seus rostos me contam muito sobre onde estiveram, o que fizeram ou pelo que passaram.

Sou totalmente contra a classificação patológica dos psiquiatras. Acho um absurdo quem vai a um médico com uma complexidade de problemas e eles rotulam facilmente a pessoa com um nome de doença e a medicam sem precedentes. Acho que essa fobia a remédios veio de tudo o que minha mãe passou.

Com exceção aos meus fatídicos primeiros seis meses de vida, reconheço que tive a sorte de receber uma quantidade desproporcional de amor na minha primeira infância, e de ter uma família quando precisei. Quantas vezes deixei a mim mesmo pelo caminho? Fui me transformando numa versão de Nicolas mais forte, talvez, mas mais vazio — sem esses pedaços que poderiam me tornar alguém mais seguro e flexível.

Pergunto-me como Bia conseguiu. Se paro pra pensar, a infância dela não teve uma metade boa e uma ruim. A realidade que ela conhece é nivelada por baixo por uma família vivendo em constante drama. Talvez eu deva conversar com ela.

Eu preciso urgentemente dar uma chance a mim mesmo de pertencer à minha própria trajetória. Talvez eu venha me vitimizando sobre os traumas que sofri, me protegendo por trás desse escudo, de alguém tirado dos braços da mãe cedo demais e jogado num mundo onde as pessoas têm problemas reais. Um escudo que me impede de ver além e viver de forma leve. Sem desconfiança, sem pensar demais, sem planos minuciosos que só levam à frustração. Quem sabe as condições de meu passado possam inclusive me ajudar a criar um mecanismo de enfrentamento dos problemas, perdão e reminiscência apenas daquilo que foi bom ou foi aprendido.

Começo a perceber que o melhor caminho é sempre o caminho do meio. Nem Hélio nem Adelina. Eu sou o Nicolas, e tenho que escolher o melhor que conseguir extrair deles ou o mais longe que eu puder para ser uma pessoa diferente, mais feliz e aberta para as oportunidades. Confesso que tenho bastante dificuldade em fazê-lo.

* * *

A minha luta é comigo mesmo, mas sempre se disfarça de outra coisa. Já me peguei pensando várias vezes numa situação que nunca aconteceu: um café da manhã em família no campo. Em minha imaginação, levanto cedo numa casa — provavelmente alugada — que tem cheiro de manta guardada, naftalina e madeira envernizada. Desço as escadas ou percorro um corredor longo até a cozinha e encontro minha mãe fazendo um café que inunda o ambiente com seu odor. Saio para uma varanda gostosa onde vejo o horizonte cheio de montes verdinhos e mais nada, com um céu sem constar uma só nuvem. Ali está meu pai, com um sorriso otimista, que me recebe sem afobamento. Minha mãe se senta à mesa e diz: "Sua irmã está dormindo; vamos deixar ela descansando." O objetivo é simplesmente viver o presente, respirar aquele ar puro e trocar uma ideia de coração aberto sobre o que cada um pretende alcançar com seus próximos passos na vida, ou sobre alguma pessoa querida e alguma memória tenra. Não sei exatamente o porquê, mas a ideia de ter um café da manhã com meus pais num lugar onde nada pode nos atingir é extremamente tentadora e utópica.

Ah, tia Lu... que conselho a senhora daria a mim; eu que sou a lembrança de um sonho destruído?

NÃO SE MISTURE COM OS CORVOS

— Bom dia! — nos recebe uma atendente bem-apessoada no restaurante português.

— Bom dia. Não temos reserva. Vocês ainda têm mesas disponíveis? — diz meu pai.

— Claro! Por aqui, senhores.

A caminho da mesa, distraídos pela beleza da *hostess*, somos interrompidos por uma voz grossa, de sotaque muito forte:

— Magrão!

Só poderia ser uma pessoa: meu tio Thiago. Casado com minha tia Josi, irmã da minha mãe, ele fora apresentado a ela pelo meu pai. Minha mãe tem três irmãs e um irmão — todos casados. Mas ele é o tio mais legal.

— Thiago, que prazer! — diz, abraçando seu compadre.

Abraço meu tio com a mesma alegria.

— O que faz por aqui? — pergunta meu pai.

— Estou dando uma volta de moto na região e parei pra comer. Eu mesmo montei e estou testando cada dia mais longe pra ver se ela não me deixa na mão.

— Está sozinho? Poxa, então se junte a nós!

— Mesmo? Não vou atrapalhar?

— Por favor.

Pedimos mais uma cadeira para meu tio, que se senta. Ele é um homem bonito e bem conservado. É forte e tem uma barba bem-feita e expressiva. Engenheiro de formação, trabalhou na fábrica de recapagem de pneus do meu avô por trinta e cinco anos e hoje é aposentado, músico e — pelo visto — construtor de motos. Tem uma voz grossa, de locutor de rádio, e um sotaque carregado.

Depois do divórcio dos meus pais, ele foi um dos únicos que não se comportou de modo estranho comigo. Toda a família ficou com uma sensação de que deveria escolher um lado, e ninguém escolhia o meu. Mas meu tio até me chamou pra viajar com ele para o litoral, e me ajudou numa dieta especial que eu estava fazendo à época para perder peso (mais um capítulo da minha eterna vida de gordinho), cozinhando minuciosamente para mim e me contando casos de quando ele trabalhava para meu avô. Não acreditei na coincidência de o encontrar a cento e vinte quilômetros de sua casa. A vida sempre foi tão orquestrada ou sou eu quem resolveu começar a prestar atenção aos detalhes?

— O que tem feito? — pergunta a meu pai.

— Estou visitando o Nicolas em Mongaraíbe. Hoje é aniversário dele, então estamos dando um passeio.

— É mesmo! Parabéns, sobrinho — responde, se levantando da cadeira ao meu lado e vindo em minha direção com veemência.

— Obrigado, tio — respondo, enquanto emendo outra pergunta para me esquivar do abraço demorado. — Todos bem lá em casa?

— Sim, todos ótimos. Bem, seu avô está no fim da linha, né? Então a tia está bem nervosa. Sua mãe também. Tem conversado com ela? Para as meninas, perder o pai é diferente do que se despedir da mãe.

— Menos do que eu gostaria, tio.

— Dê uma ligada pra ela depois.

Meu tio é um defensor aficionado de minha mãe. Ele sabe que ela sempre carregou uma certa culpa de não morar na mesma cidade que meus avós.

— Vou fazer isso.

— Sabe, Nick, um dia você vai ficar velho como seu pai e eu e vai perceber que é tudo uma grande bobagem. O milagre da vida está nos miúdos.

— Isso é verdade — diz meu pai, tentando entrar no assunto e antecipar o que Thiago vai dizer.

— Eu peguei covid recentemente. De sintomas da gripe, estou um brinco. Mas comecei a sentir umas dores estranhas nas pernas. Fui a vários médicos e finalmente consegui ser atendido por um *ban ban ban* de reumatologia. Ele disse que a doença acelerou um processo autoimune que eu tenho no sistema nervoso central, e que não há nada que eu possa fazer. Com o tempo, que pode variar de meses a muitos anos, vou conseguir apenas caminhar com dificuldade. Por isso tenho feito tantas viagens de moto. Sua tia se irritou comigo, porque disse que eu posso ter um treco no meio do caminho. Eu expliquei pra ela que o freio da moto fica nas mãos, e que qualquer coisa me esborracho por aí e ligo do celular pedindo ajuda.

— Caramba, tio... eu lamento muito. Acho que muita gente ainda vai descobrir muitos efeitos da covid longa...

— Você está perdendo o ponto, Nicolas. O que você preferiria em meu lugar? O *risco* de *se esborrachar*, ou o *não* da vida para a *aventura*?

Desvio o olhar para meu pai por um segundo e vejo que ele está com cara de groupie de *boy-band* coreana, observando meu tio com admiração. Meu tio continua seu monólogo.

— Sua mãe queria compensar o tempo que viveu longe cuidando do seu avô, mas está com medo da pandemia, então não consegue fazer quase nada. Claramente ela está atordoada. Enquanto isso, seu pai está aqui com essa cara de *lazarento* me olhando.

Meu pai não reage muito. Eles têm uma relação de bastante conivência.

— Eu não sei quanto tempo mais conseguirei andar. Quando a gente tem sua idade, a gente acha que é o Capitão América. Os miúdos da vida voltam como chicote se você esquece deles. Faça um favor a você mesmo e escute o conselho do seu velho tio.

— Amém, tio.

Meu tio me olha meio que sem saber se fui cínico. A pandemia deixou todo mundo sentimental. Tem algo de divino nessa doença demoníaca.

Outra garçonete se aproxima da nossa mesa, nesse lugar onde aparentemente todos os funcionários são elegantes e jovens, e nos pergunta o que queremos beber. Peço a carta de vinhos e três águas. Minutos depois, decido por um "Pêra Grave" branco, 2017.

— E você, Magrão, qual é a boa?

— Nada de mais, Thiagão. Ficamos isolados, morrendo de medo. Agora estamos começando a nos aventurar mais, porque estamos vacinados. Nessas horas é bom ser idoso. O trabalho me deu uns sustos, mas o pessoal segurou a barra e consegui continuar recebendo meu salário e dando aulas online. Outro dia, Márcia passou seminua atrás da câmera enquanto eu dava aula, e vivo cometendo umas gafes assim, mas está dando certo.

— Que bom. E ela está bem?

Márcia trabalhou na mesma fábrica que meu pai e Thiago na década de 1970. Eles se conhecem bem.

— Ótima. Você sabe como é a mulher. Uma máquina.

Meu tio assente dando um sorriso de canto de boca enquanto degusta o vinho.

O restante do almoço é tomado de lembranças, tensão acerca de assuntos delicados e planos improváveis sobre um futuro em que "todos voltam a se reencontrar".

Em algum momento, sinto o álcool subir e vou ao banheiro. Afinal, minha bexiga é inversamente proporcional ao meu ego. Após urinar, lavo as mãos lentamente enquanto me observo no espelho. Meu celular começa a vibrar no bolso. É a minha irmã ligando, querendo me dar parabéns.

— Oi, Bia.

— "Hoje vai ser uma festa!" — ela começa a cantar Xuxa.

— Pelo amor de Deus. Não estrague a minha festa.

Rimos.

— E aí, grande irmão. Trinta e seis?

— Dezoito outra vez.

— Será que agora você toma juízo?

— Juízo eu não sei..., mas vinho, pode contar comigo.

— E aí, quais os planos do aniversariante?

— Estou almoçando com o papai perto de Aratupeba.

— No restaurante português?

— Sim. O das garçonetes bonitas.

— Sério: o que eu faço com vocês? Machismo, imprudência, alcoolismo e negligência.

— Todos os sete pecados capitais.

Bia faz um silêncio como o que as pessoas faziam enquanto velavam o corpo de minha tia. Eu respiro fundo e, pensativo, pergunto:

— O papai é uma boa pessoa?

— Como assim? Claro que é uma boa pessoa.

— Sei lá. Ele me deixa meio confuso. Não quero ficar confuso no meu aniversário.

— Ele é como todo mundo, Nick. Simples assim. Ele errou; ele não quer lembrar que errou; ele tenta consertar; ele erra de novo. Esqueça isso.

— Como você fez pra superar?

— Quem disse que eu superei? Vou reiterar: esqueça isso. Não precisa superar. Aceite. Nada como a verdade nessa vida.

— É que a mamãe...

— A mamãe tem o jeito dela. A parcela de culpa dela nessa história. Não cabe a nós dois julgarmos. Eu entendo que você teve que ficar dividido, articulando os lados dessa conversa quando aconteceu. Mas, Nick, é sério: você tem que deixar isso pra trás. Você merece tanto seguir com a sua vida. Daqui pra frente, eles só vão piorar. Vão ficar idosos, dar trabalho de todo tipo. Você vai precisar ter passado pelo portal do perdão pra cuidar deles e, no tempo que te sobra, dar algum significado para sua vida.

— *Ouch!* Tinha me esquecido de como você é tão boa de discurso quanto ele.

— Aprendi com o melhor. Tá vendo? Tem sempre algo de bom pra tirar das coisas. Aproveita o dia. Recomeça sua vida. Fiquei sabendo que você está quase um caipira de calcanhar rachado, já.

— Opa. Falando arrastado e tudo.

— Eu te falei que ia ser bom passar uns dias em Mongaraíbe. Tinha certeza.

— Obrigado, Bia. Vê se se cuida por aí.

— Se cuida você. E quando voltar pra Sampa, vamos almoçar eu você e mamãe pra comemorar direito essa sua primavera.

— Almoçar de máscara?

— Chato.

— Beijos, vou voltar pra mesa porque papai deve achar que estou evacuando a *Shamu*. Estou no banheiro faz muito tempo.

— Beijos, Nick — diz ela, rindo e desligando.

Volto pra mesa e conto a eles que estava no telefone com minha irmã.

— Ah, fala pra ela que mandei um beijão na próxima vez que se falarem — diz Thiago.

— Pode deixar. Digo, sim.

* * *

Depois de duas horas desde que chegamos, e uma doce sobremesa, chegamos ao final da refeição. Meu tio se oferece para pagar a conta, mas eu não deixo.

— O mínimo que posso fazer pela honra de sua companhia é acertar — digo.

— Obrigado, meu querido. Quando vai a Marangatu tomar uma grapa com seu tio? Aliás, no começo do ano que vem tem duas feiras de carros antigos que devo ir. Se quiser, vamos juntos.

— Pô, legal! Vamos combinar, tio.

— E não deixa de ir ver seu velho avô. Dá uma carona pra sua mãe. Uma força pra ela.

— Pode deixar.

Nos despedimos e entramos no carro pra voltar pra casa.

Ao fecharmos as portas, meu pai diz enquanto afivela o cinto de segurança.

— Que coisa incrível! Você é abençoado mesmo, hein, filho? Encontrar seu tio preferido da família de lá no seu aniversário nesse fim de mundo.

— Você também tem sorte. Imagina se tivéssemos encontrado meu avô? Seus miolos estariam espalhados nas toalhas brancas da mesa e na saia daquela bela garçonete — retruquei.

Meu pai ri. Ligo o carro, dou play na lista de música — que começa a tocar "Fast Car", da Tracy Chapman, e sigo viagem, ignorando que tomei meio litro de vinho branco. Se é pra fazer coisa errada, que seja com o papai.

No caminho de volta, vamos conversando sobre os mais variados assuntos. Leves pelo vinho e pela música, seguimos conectados como nunca. Por uns minutos, sinto que estamos fechando um loop. Que ele está no banco onde eu sentava quando ouvíamos "Please don't go", e eu estou no comando agora, nos levando para onde eu quiser. O medo de ser feliz é tão grande em mim, que associo essa reflexão a algo ruim — como se meu pai fosse morrer amanhã ou se em alguns segundos eu fosse perder esse controle, falso, e fazer o carro capotar. Faço um esforço para voltar ao presente e foco na música pra tirar essas ideias loucas da cabeça.

— Devíamos ter feito essa viagem há muito tempo — diz meu pai.

— Ainda vamos fazer. Quando tudo isso acabar, vou comprar passagens pra gente fazer isso em algum lugar.

— Algo pra viver adiante.

— Por falar nisso, você já sabe que ônibus vai pegar de volta? Nem te perguntei.

— Chegando em casa, pensamos juntos nisso. Se não for te incomodar, deixo pra ir amanhã cedo.

— Claro que não. Como for melhor pra você. Essa casa é mais sua do que minha.

Deus abençoe o vinho. E o divino poder de ligar o foda-se.

COM MEUS CUMPRIMENTOS, BECHEROVKA

Estamos chegando de volta à casa de Mongaraíbe. Eu adoro viajar a essa hora. Tenho impressão de que apenas as pessoas que realmente gostam de dirigir estão na estrada. O sol já baixou, mas o pôr do sol ainda não começou. As decidas e subidas do asfalto me fazem refletir em silêncio sobre tudo e nada ao mesmo tempo, enquanto ouço "Sentado à beira do caminho", de Erasmo Carlos. Tem horas que vale a pena deixar a mente divagar pra onde ela quiser ir, fingindo que não estamos dando bola pra nada. E a estrada é o melhor lugar pra isso.

Meu pai adormeceu há uns vinte minutos. Acho que nunca vi isso acontecer. Ele deve ter sentido um peso sair dos ombros depois das nossas conversas.

Decido ligar pra minha mãe, do viva-voz mesmo.

— Oi, bem!

— Oi, mãe.

— Finalmente, hein? Que difícil falar com você.

Meu pai acorda assustado e meio incrédulo de estar ouvindo a voz dela.

— Desculpa, mãe. Estava almoçando com meu pai. Encontramos o tio Thiagão.

— Nossa, onde? — diz ela com um certo tom de ciúme.

— Naquele restaurante português.

Eu não preciso explicar mais nada. É claro que minha mãe sabe de qual restaurante estou falando.

— Que coincidência. Sua tia estava com ele?

— Claro que não, né, mãe. Ele estava lá, todo-todo com sua moto.

— *Dio Mio*. As pessoas vão ficando velhas e cada dia mais doidas. Mas deve ter sido muito legal. Ele adora você.

— E eu ele.

— É... você sempre se deu bem com a família toda.

— Bom, você vai me dar parabéns ou o quê?

Meu pai me dá um sorrisinho de lado, doce, mostrando quão contente ele está em ver que meu relacionamento com minha mãe continua íntimo. Aliás, muito mais íntimo do que com ele. Hélio, diferente de Adelina, não costuma ter ciúme desse tipo de coisa. Meu pai é livre como um vira-lata de periferia.

— Oh, meu filho. Parabéns. Que Deus te abençoe muito, viu? Mamãe está sempre rezando por você. Quando você vem me visitar?

— Assim que resolver o que vamos fazer com a casa da tia e eu voltar pra São Paulo, mãe.

— Vai demorar muito? Se for, venha me ver e depois volte pra Mongaraíbe. Estou com saudades.

— Combinado. Vou fazer isso.

Promessas daquelas que sabemos que não vamos cumprir.

— Mas, e você, mãe. Está tudo bem por aí? — pergunto.

— Sim. Nenhuma novidade, filho. Meus joelhos doem.

— Acontece com todas as senhoras velhinhas.

— Não diga nada. Não demora muito e você me alcança.

— Eu não tenho medo de ficar velho. Tenho medo de ficar assim, como você.

Minha mãe solta uma gargalhada. Meu pai parece que quase deixa escapar um xixi, com uma expressão de quem está segurando o riso para não ser ouvido também.

— Você é uma figura, Nicolas. Fique com Deus e me dê notícias.

— Você também, mãe. Beijos.

Por um minuto, me lembro de meu tio Walter em sua última aparição social antes de falecer. Estávamos em uma festa, e em determinado momento ele me abordou e me deu a seguinte mensagem: "Nunca deixe ninguém magoar esta mulher, Nicolas; ela já passou por muita coisa, e é uma boa pessoa que merece mais do que teve até aqui." Se meu tio estivesse aqui, talvez eu tivesse um pouco de vergonha de olhar em seus olhos e admitir que falhei na missão.

Desligo com minha mãe enquanto, do alto da cidade, dobro a esquina da avenida Coronel Samuel Camargo para o início da rua Olívia Marques. Em dez quarteirões estarei em casa.

Meu pai está pronto para fazer algum comentário sobre o papo que ouviu e me deixar com preguiça, mas eu disfarço fingindo que estou olhando fixamente algo lá fora e aumentando o volume do rádio.

Helião é horrível com silêncios desconfortáveis. Uma vez, quando entrávamos no mar, na primeira vez que topei viajar com eles depois que ele e minha mãe haviam tido uma briga enorme, ele me disse: "Filho, todo mundo tem um problema central: o da sua tia Lu, por exemplo, é a diabetes; o seu é a depressão." Eu poderia ouvir tantas coisas boas dele, mas não — ele fez questão de me dizer isso.

Realmente: a depressão, ou meu pai por si só, é como um polvo mutante: você corta um tentáculo, ele nasce de novo. E tem horas que você perde a noção de quantos tentáculos estamos falando.

Mas a real é que estou bem a fim de perdoar e esquecer ambos: a depressão ao meu redor e essa versão do meu pai. Não sei do que chamar o período em que tive uma tristeza profunda. Prefiro acreditar que estava falando dos meus sentimentos. Afinal, eu não uso máscaras, e isso faz com que tudo aquilo que carrego na consciência fique exposto a todo mundo ao meu redor. Podemos escolher a versão que queremos guardar de cada pessoa. Especialmente para as pessoas da nossa família, que não escolhemos, faz bem triar aquilo que queremos absorver de cada um. E quero guardar a versão do abraço que recebi no gol do Oséas aos quarenta e oito minutos do segundo tempo contra o Cruzeiro na final da Copa do Brasil de 1998 no estádio do Morumbi. Esse é o pai que escolhi pra mim.

Graças a Deus, antes que ele pudesse dizer qualquer coisa, "Cover My Eyes", da banda Marillion, começa a tocar. Abro as janelas e cantamos como dois adolescentes. Como eu sempre digo: existem músicas que ficam melhor com o vento. Estico uma terceira na Marginal Pinheiros, sempre que tenho oportunidade, para esquecer dos meus problemas ouvindo alguma música em volume desproporcional para garantir que estou sentindo cada pedacinho dela e do que estou vivendo.

Ao nos aproximarmos da casa, avistamos uma figura no portão.

* * *

Ferreira, meu amigo de infância, está postado ao lado de seu Chevrolet Omega verde-Jaguar 1993. Quando comecei a estudar, aos quatro anos, já em São Paulo, fizemos amizade muito rápido, apesar da desaprovação de sua mãe — que me achava um pouco levado demais.

Ele veste um colete de quem trabalha no atual centro empresarial da capital, usa gel no cabelo volumoso, uns óculos escuros discretos, e um sorriso pleno no rosto de quem acaba de fazer a melhor surpresa para meu aniversário.

— *Surprise*! — ele diz, se debruçando na janela do meu carro.

— Não acredito. Como assim você está aqui?

— Vim te ver, meu *brother*. Não é teu aniversário? Você achava o quê?

— Como você sabia onde me encontrar?

— Helião me passou o endereço — diz, batendo no ombro do meu pai.

— Fala, Ferreirinha! — meu pai, quase que mais feliz do que eu, o cumprimenta.

Meu pai sempre se deu muito bem com todos os meus amigos. Eu costumava sentir ciúme dele quando era mais jovem. Pensava que meus amigos iam achar ele mais interessante do que eu. A verdade é que ninguém tinha um pai que tomava cerveja com os amigos do filho e contava piadas.

Desço do carro, dou um beijo na bochecha e um abraço apertado no meu amigo.

— Espera aí, vamos colocar os dois carros pra dentro — digo.

Passamos os próximos cinco minutos manobrando e fazendo caber os veículos na garagem da minha tia. Enquanto isso, meu pai imita um "flanelinha" de frente de estádio que acaba de ser promovido a funcionário da companhia de engenharia de tráfego. É um personagem clássico dele.

Entramos na casa.

— Vamos preparar uma cama pra você. Quantos dias consegue ficar? — pergunto, animado.

— Só essa noite, cara. Inclusive, convenci seu pai a ficar também. Amanhã levo ele pra São Paulo.

— Caramba, vocês combinaram tudo isso?

— Sim. Eu estava em Apitiaba hoje cedo pra uma reunião.

Ferreira é empreendedor na área de educação, e trabalha 24 por 7.

— Aliás, feliz aniversário — diz ele, tirando da mochila e me entregando em mãos uma garrafa verde, baixa, grafada "Becherovka".

— Jesus, Maria, José.

Me pergunto se não estou bebendo demais. Em seguida, mentalmente respondo pra mim mesmo que vou deixar pra pensar isso daqui a algumas semanas. É o fim de semana do meu aniversário.

— A noite é longa, meu amigo. A noite é longa e cheia de horas.

— Bom, mais tarde arrumamos seu leito, então. Vamos colocar isso aqui no freezer e abrir uma gelada imediatamente.

Colocamos a garrafa no congelador, sirvo uma cerveja para o meu amigo português enquanto meu pai vai se acomodar. Ferreira sussurra em tom de paternalismo e mentoria:

— Cara, teu pai te ama demais, velho. Ele me ligou todo entusiasmado pedindo pra eu vir. Disse que tinha o plano de ligar pra todos os amigos em ordem cronológica até que um deles pudesse te fazer algo especial.

Ferreira foi praticamente, junto com Thomas Shao, meu primeiro amigo de escola. Nós três atirávamos pinhas em latas de lixo na segunda série do primário e cada um levava um nome dos jogadores do *dream team*: *Pippen*, *Jordan* e *Rodman*. Shao era sinônimo de paz pra mim. Eu valorizo nossa amizade como aquele amuleto da sorte que, ao mesmo tempo que sabemos que devíamos usar no peito o tempo todo, deixamos guardado com medo de alguém ou algo o quebrar. Afinal, ele é mais sagrado do que tudo. Num tempo em que a minha inocência não permitia nem entender o que estava se passando na minha casa, a sua era o meu refúgio. Ele e sua família sempre me acolheram com tudo aquilo que eu precisava. Mas ele é mais aquela figura moral que acesso de vez em quando. Já o Ferreirinha, esse é meu companheiro de viver e aprontar no dia a dia.

— Eu sei... ele se esforça pra caralho.

— Aí é que está, Nick. Ele não deveria ter que se esforçar. Independente do que tenha rolado. E eu nem sei o que rolou. Mas, cara. Você tem pai. Ele tá aqui, vivo, do teu lado. Aproveita isso.

O pai de Ferreira faleceu no começo dos anos 1990. Ele tinha sete anos.

— Eu cresci sem um pai pra colocar a culpa sobre meus problemas como você faz. E o pouco que me lembro dele, lembro pelos olhos da minha mãe; da forma como ela me conta. Você tem a chance de criar ainda mais memórias, lembranças novinhas com ele. Vamos começar hoje.

Amigos de verdade não falam o que você quer ouvir. Acho que Ferreira não é só meu amigo mais antigo. É o mais maduro deles. Ele tem duas irmãs, então imagino que ele tenha tido que assumir como a figura masculina da casa logo cedo. Não posso afirmar porque eu estaria julgando. E nunca conversamos sobre isso. Mas sei que ele é um amigo de verdade. Ele está aqui hoje, e está me lembrando — e tendo que me lembrar numa época de pandemia — que as pessoas não são pra sempre.

— Você tem razão, irmão.

Brindamos a cerveja e tomamos um gole.

Ferreira, como meus outros amigos, eram companheiros de bandidagem. Uma vez, ligamos para todo mundo que conhecíamos às 3 h da manhã, escondendo o número da bina das pessoas, dizendo: "Oi, fulano(a); aqui é o Toshiro; gostaria de saber se está tudo certo para o carregamento de amanhã." Dentre outras coisas, ele também gostava de colocar o traseiro inteiro descoberto na janela do meu carro pra tomar um vento e assustar os motoristas da faixa ao lado.

Meu pai volta pra cozinha e, enquanto pega uma cerveja pra ele também, pergunta:

— Está com fome, Ferreira? A gente acabou de voltar do almoço.

— Tio, estou sempre com fome. Não vou precisar jantar, mas alguma coisa pra forrar o estômago acho que vai bem. Mas tranquilo, mais tarde comemos.

Antes que meu pai responda, eu sugiro:

— Gente, deixa comigo. Vou preparar uns aperitivos. Pai, abre a porta do quintal pra deixar o cachorro entrar.

Em cerca de quinze minutos, enquanto todos tomamos a primeira lata de cerveja, coloco dois pedaços de queijo numa tábua de corte, despejo castanhas e um punhado de amendoim japonês num potinho, coloco fatias de salame num prato raso e espremo meio limão sobre ele, pego outro prato fundo e coloco bastante azeite e duas pitadas de sal, coloco fatias de pão-de-forma pra assar com uma faixa de manteiga em cima e depois os pico em pequenos quadrados como canapés, abro um saco de nachos industrializados e coloco pra cozinhar o feijão que a Conceição deixou com um pouco de farinha de milho, toda a carne moída com molho vermelho que havia na geladeira e uma pimenta dedo-de-moça que estava brilhando do parapeito da horta do quintal — improvisando um chili-com-carne.

Ferreira e meu pai chegaram a se oferecer pra ajudar, mas como não permiti, estavam ocupados pondo anos de papo em dia enquanto eu preparava tudo isso. Assim que termino de aprontar as coisas, os dois ficam de boca aberta.

— O cara é um master chef — diz Ferreira.

— Sim. O Nick é *treta* na cozinha — meu pai afirma, usando uma gíria pra se sentir incluído em nossa faixa etária.

Levamos tudo para a mesa de centro da sala e nos sentamos, enquanto eu coloco o LP do álbum "Picture book", do Simply Red, pra tocar.

Comemos de forma alegre e descontraída os aperitivos que preparei, que parecem definitivamente dar conta de um jantar de três adultos. Ferreira troca altas ideias com meu pai sobre a evolução da internet, a "indústria 4.0" e o que ele acha que vai acontecer com a inteligência artificial nos microcomputadores.

Pra mim, meu amigo é um visionário. Existe um certo comportamento relaxado em pessoas assim. Eu não saberia descrever: imediatamente, pensaria em liberdade financeira para criar; mas, então, me lembraria de tantos ricos incapazes de alcançar qualquer coisa. A família do namorado da minha irmã, por exemplo. Ali a vaidade é tão grande que os torna cegos para o mundo real. Otávio bem que tenta ser legal e fingir que é normal. Mas algumas coisas que diz acabam me fazendo ter vontade de vomitar pra dentro.

Enquanto eles falam, olho com carinho meu celular, finalmente: mensagens de mais de trinta pessoas diferentes; algumas da família do meu cunhado. Como não tenho uma presença forte em redes sociais, isso me faz acreditar que as pessoas realmente se lembram do dia do meu aniversário e me consideram alguma coisa. Isso me faz feliz. Chamo Bruno pra ir até o quintal jantar e beber água. Vamos e voltamos sem que os dois percebam.

Meu pai segue a todo vapor no papo com Ferreira. Meu velho estagiou como almoxarife de um estoque da maior fábrica de eletrônicos do Brasil nos anos 1970, e desde então acompanhou cada minuto da evolução tecnológica no mundo. Eu quase não tenho espaço nessa conversa, porque os dois falam muito empolgados. De vez em quando eles me incluem na conversa falando de algo que meu pai me ensinou, de algum projeto da minha empresa que Ferreira sabe ter existido e se relaciona com o assunto, ou ainda sobre a vez em que meu pai deu um jeito de me colocar na turma de um curso de uma semana da NASA no Brasil e tiramos foto com um astronauta que já pisou na Lua.

* * *

Em determinado momento, depois de nove latas de cerveja, o toca-discos demonstra que o LP chega ao fim. Troco pelo lado B do "The complete piano duets", da Ella Fitzgerald, e sugiro irmos até a cozinha deixar as travessas sujas e buscarmos o licor. A caminho, pego três copos baixos de uísque no bar de minha tia. Enquanto seguem com um papo ávido no corredor, os dois vão à cozinha logo atrás de mim com todas as sobras e me ajudam a limpar e guardar. Ferreira elogia novamente minhas qualidades na cozinha e toma a liberdade de pegar os copos e encher de gelo, e pegar a garrafa de Becherovka no congelador.

— Vamos a isso? — diz meu amigo, que a cada grau alcoólico costuma se tornar mais lusitano.

— Bora.

Sentamos na sala e, ao som de "Misty", chegamos finalmente no assunto mais popular em qualquer roda em que estejamos Ferreira e eu: nosso mochilão para a Europa no ano seguinte em que cada um se formou na faculdade. Dois caras de vinte e dois anos, viajando sem supervisão adulta e com o único objetivo de se divertir. Foi lá que conhecemos a tal bebida que meu amigo trouxe.

* * *

Passamos o resto da noite contando todas as aventuras da viagem mais louca da minha vida, incluindo uma experiência de quase-morte num bordel húngaro, um pedido de namoro à distância na madrugada grega e dez minutos de fama em um karaokê londrino.

Meu pai mesclava os assuntos com histórias engraçadas dele e coisas que ele achava que faria sentido introduzir na conversa. Ele sempre foi bom de papo, e estar ali de espectador dos dois protagonistas do mochilão não fez com que ele se acanhasse.

Com a sensação superficial de que o tempo se esgotou e com a noção real de que a garrafa de licor também, meu pai diz:

— Caraca! Essa viagem foi surreal. Vocês deviam escrever um livro sobre ela. Quantas cidades ao todo?

— Quatorze em quarenta dias. Melhor *trip* do mundo — afirmo.

— É isso aí — concorda Ferreira.

— Bom, um último brinde, gente. São quase duas da manhã e já estou caindo de sono aqui — diz meu pai sem disfarçar.

— Meus pêsames, aliás, irmão. Nem te perguntei disso. Como foi tudo?

Meu amigo me dá um abraço apertado. Quem não nos conhece, se estivesse vendo a cena, acharia que o excesso de carinho é circunstancial. Mas se alguém acompanhar todos os meus relacionamentos com parentes e amigos, vai saber que eu abraço e beijo a todo momento. A minha intimidade com meus próprios sentimentos faz com que eles tenham intimidade com os deles e faz eles se sentirem à vontade em demonstrar carinho por mim.

— Tudo certo, amigo. Uma hora as pessoas têm de partir. Ela já estava bem velhinha. Foi um susto, porque o que a levou foi a covid. Mas uma hora ou outra eu já esperava por isso.

— Entendo.

Meu pai nos observa com atenção.

— O que me deixa chateado é pensar que eu poderia ter ficado mais com ela. Mas... por isso estou aqui também: ver o que posso fazer pra preservar a sua memória e pra não deixar que algum serviço social leve suas coisas, ou alguém invada a casa e bagunce tudo. Enfim...

— Ela não tinha filhos?

— Não. Tinha uma penca de sobrinhos. Mas não sei se são todos que se importam de verdade. Acho que é assim em todas as famílias.

Ferreira assente.

— Por isso mesmo; quero que do lado de lá ela veja que estou arrumando suas coisas como se ela tivesse tido tempo de saber que partiria. Acredita que eu encontrei uma carta que ela estava escrevendo pra mim?

— Sério? O que dizia? — pergunta, deixando o fato de ter dirigido mais de duzentos quilômetros pra estar comigo hoje ser uma desculpa pra atravessar o limite do pessoal.

— Não muito. Ela nunca terminou a carta. Mas aceito como um chamado claro pra eu estar fazendo isso. Sempre tivemos uma sintonia boa, minha tia e eu. Mas confesso que eu não sei por que eu era tão especial pra ela.

— Talvez porque ela viu a história se repetir. Eu perdi meu pai quando tinha dez anos. Você ficou quase sem pai-nem-mãe por um bom tempo quando tinha seis — surpreende meu pai.

Estou sem reação.

Ferreira levanta o copo propondo que eu encoste o meu.

— À sua tia, irmão.

Brindamos, finalmente e bebemos o último gole da Becherovka em silêncio.

— Agora sim; vamos dormir? — sugere Ferreira.

— Vamos. Amanhã partiremos logo cedo, né? — meu pai pergunta pra confirmar.

— Sim. Tenho um almoço em São Paulo.

Recolho a agulha da vitrola, toco o Bruno para o quintal, damos boa noite ao meu pai e peço ao Ferreira que me acompanhe até o quarto aonde vou acomodá-lo. Enquanto arrumamos a cama dele num trabalho em conjunto, meio desleixados porque está tudo rodando, ele me dá parabéns mais uma vez.

Garanto que está tudo certo com a acomodação dele e lhe desejo boa noite. Volto para meu quarto e me deito pra dormir. As coisas estão rodando demais, e preciso ficar um pouco sentado. Tento ter paciência, mas essa não é uma virtude que já alcancei. Vou até a cozinha, como meio pacote de bolachas pra entrar uma glicose, bebo um belo copo de água gelada, volto para o quarto, entro no banheiro, faço um xixi e escovo meus dentes pela segunda vez. Deito na cama de barriga pra cima tentando manter a cabeça alta, e coloco "1979", do The Smashing Pumpkins, pra tocar. Me lembro que Giovanna não me mandou mensagem de "feliz aniversário". Ela realmente virou a página.

Reflito sobre todos os relacionamentos vazios que tive quando estava tentando me encontrar. Sobre como me comportei com aquelas meninas que toparam ter algo mais sério comigo. Como o reflexo do que estava acontecendo em casa fez com que eu desse a pior versão de mim possível para os outros.

A verdade é que eu estava sempre fugindo, e a viagem veio a calhar, e na melhor companhia do mundo. Ferreira é um mentor pra mim. Tenho sorte de, mesmo através dessa minha pior variante, amigos como o Ferreira terem ficado. Quero tentar pegar mais leve comigo. É difícil, mas eu tento fazer com que isso vire um hábito. Quem pega leve consigo, pega leve com os outros.

    A vinda do meu pai foi realmente algo importante. Acho que, desde que minha família ruiu, nunca tive a oportunidade de conhecer o novo Hélio. A pessoa que vive sem minha mãe. Acho que sou capaz de perdoá-lo. Talvez eu já o tenha feito. Talvez eu venha a perceber que não estou na posição de sequer ter o direito de fazê-lo. Só sei que sou grato por ele ainda estar vivo, por muito da história que vivemos juntos quando em família e pela oportunidade que temos de escrever mais histórias daqui pra frente.

    Aos poucos, pego no sono.

CHOVEU INFÂNCIA EM MIM

Meu nascimento foi programado para acontecer em Marangatu. Grávida de vinte e oito semanas, minha mãe já foi pra lá e ficou hospedada na casa de minha avó, porque queria estar perto dela. Talvez isso tenha sido um erro.

Depois de algumas semanas, meus pais me levaram pra minha residência definitiva. Ali vivi, num bairro residencial da capital cujo nome fora dado em homenagem ao poema "Caramuru" — obra épica sobre o descobrimento da Bahia, escrita em 1781. O poema conta a história de um náufrago português que vivera com um povo indígena e desposara Catarina — visionária que previu o conflito contra os neerlandeses. Se um dia alguém escrever sobre minha vida, gostaria que a prosa fosse tão interessante quanto. Talvez todo o drama que me persegue pudesse ser contado sob uma ótica do estilo de Camões. O que me chama a atenção em toda essa história é que o literal significado do nome do bairro onde cresci e vivi por quinze anos é "mentira"; "falsidade". Talvez a vida realmente mande mensagens a todo instante. Essa, em específico, acho bem sem graça.

* * *

O quarteirão do meu prédio era o melhor quarteirão do mundo. O paralelepípedo e as árvores da minha rua faziam com que eu me sentisse num oásis dentro da louca cidade de São Paulo. Até hoje, quando passo por ali, me sinto seguro. Sou capaz de andar vestido de joias às três da manhã por essas bandas. Nenhum outro canto da cidade é como aquele.

Tudo em seu devido lugar. Perfeito até demais. Parecia o filme *O Show de Truman*. As pessoas que ali moravam pareciam felizes, e as que trabalhavam nos diversos comércios, mais felizes ainda. Nem parecia o Brasil do começo dos anos 1990. Qualquer coisa que alguém precisasse podia ser encontrada num raio de dois mil metros. De tomates à aspirina. Do jornal do dia à cervejinha da noite.

Quem olhava para os Gibelle Camargo também os achava felizes.

* * *

Vivíamos nós quatro, um cachorro da raça Dachshund chamado Bingo e uma funcionária doméstica que cumpria, ao mesmo tempo, as funções de limpeza da casa, cuidados com o salsichinha e babá das crianças. Minha tia Chica geralmente recrutava pessoas para essa função em Mongaraíbe. Tivemos três delas, todas chamadas Sylvana, que duraram de um ano e meio a dois no cargo. Eram moças de vinte e poucos anos que precisavam ajudar a família e topavam vir à capital morar com os patrões em troca de conforto, alimento e um salário mínimo do qual mandavam a maior parte pra casa, pra onde voltavam a cada seis semanas pra passar uma semana de "férias" por lá. Os pouco que lhes sobrava, gastavam com qualquer coisa nas horas de folga. Pensando bem, um tipo de relação abusiva de que eu preferia não me lembrar com tanta vivacidade.

Eu era muito pequeno pra ter ideia se meus pais pelo menos procuravam ser muito justos com a jornada de trabalho. Se colocassem uma arma em minha cabeça, eu afirmaria com total certeza de que elas passaram horas do tempo previsto em lei. Além disso, elas não tinham liberdade alguma; meu pai não confiava em deixar a chave de casa em suas mãos. Então elas eram como filhas que tinham que avisar que estavam saindo e a que horas voltariam. Esse é o tipo de absurdo que nos meus anos de infância era algo normal.

Na esquina de casa, ficava a padaria Lírio Chic. Pelo tanto que engordei durante a infância comendo lá, deveria levar *acônito* no nome, e não lírio. Dois quarteirões pra cima, tínhamos a opção da Galeria Pães & Doces, mas frequentávamos mais a Chic, onde o pão de queijo era melhor. Ir com a Sylvana II pra lá era um saco. Ela ficava paquerando o "Bigode". Chamamos ele assim porque ela nunca perguntou seu nome, apesar de sair com ele até demais.

Um dia ela sumiu e voltou só de manhã. Meu pai ficou desesperado. Quando ela apareceu em casa, ele passou um sermão doloroso na coitada, usando os termos "imprudente", "engravidar", "decepção" e coisas do tipo.

As broncas do meu pai eram foda. Eram aquele tipo de conversa "estou decepcionado com você" que quebram mais que qualquer tapa ou cintada. Boa sorte pra minha irmã. Depois de uma certa idade, comigo virou mais festa e menos encrenca. Me emprestava o carro com dezesseis pra sair e trepar e acobertava da minha mãe. Não que eu realmente usasse para isso. Mas saía para dirigir sem rumo todos os finais de semana. Às vezes durante a semana também. Não sei o que os policiais faziam naquela época.

* * *

Quando passo pelo bairro, faço questão de passar em frente ao meu prédio e rodar aquele quarteirão. As pessoas transitando pela rua, indo ao trabalho ou passeando com seus cachorros parecem as mesmas. A impressão que eu tenho é que ali o tempo parou.

Não para a Lirio Chic. Esta está diferente. Ampliada, comercial, moderna. A última vez que passei pra tomar um café, só pra xeretar como era a padaria reformada por dentro e as pessoas que agora residiam no bairro, um cara parou ao meu lado no balcão e me cumprimentou. E, o que é pior, eu não tenho a menor ideia de quem era ele. Sou nostálgico, mas pelo visto narcisista, porque só me importam as pessoas que me agregaram ou que eu escolhi lembrar. "Vou tomar um café com meu pai agora", disse ele. "Legal, mande um abraço pra ele." Não tenho a mais puta ideia de quem é o pai dele.

Parece que o meu querido raio de dois mil metros fora preservado. Saindo desse eixo, já se pode avistar prédios comerciais enormes. Vamos ver quanto tempo esse lugar vai durar. Por quanto tempo será que os detalhes nas minhas lembranças vão durar? Minha avó paterna sofreu com a sua memória assim que chegou aos setenta. Tenho pavor de pensar em perder minha consciência. Sem minha nostalgia para me levar a lugares seguros, e meus ouvidos para escutar uma boa música, eu não passo de uma tartaruga de casco virado, sacudindo as patas para o céu.

* * *

O que mais lembro de lá?

Me lembro da fechadura do vizinho do nosso andar e do barulho que ele fazia ao chegar em casa.

Me lembro de uma vez sair com Ricardinho, meu melhor amigo do prédio, sem avisar minha mãe porque, afinal, "só vamos até a locadora na esquina devolver essa fita de videogame alugada", e acabar longe — fora do meu eixo de segurança — num lugar onde Ricardinho dizia estar indo pegar uma encomenda. Safo e três anos mais velho do que eu, passou na casa de um amigo pra pegar um maço de cigarro, um isqueiro e duas revistas de surfe que tinham um monte de fotos de mulher gostosa. Na volta, me ensinou a correr pela avenida dando tabefes na lateral dos ônibus quando eles passavam. "Relaxa, Nick! O motorista nunca vai parar no meio desse trânsito com o ônibus cheio, pra descer e dar pito na gente." Fazer coisa errada pode mesmo ser divertido.

Me lembro das roupas das pessoas, que faziam com que elas parecessem ser quinze anos mais velhas. O cabelo das mulheres com permanente. Os homens esquisitos e as crianças usando camiseta extragrande. Ninguém tinha celular, e todos estavam vivendo o presente e eram obrigados a interagir uns com os outros. O mundo parecia ter metade da gente que tem hoje, e ninguém falava em álcool em gel.

Me lembro de alguns detalhes do meu apartamento. O tapete em que Bingo fez seu primeiro cocô conosco, na sala de estar. O sofá da época, superconfortável e de boa qualidade, mas com uma estampa brega de folhas silvestres. A porta de vidro que separava a cozinha da lavanderia, que estilhaçou quando tentei fazer uma manobra em cima do skate que meus pais finalmente concordaram em me dar. O papel de parede no quarto dos meus pais. No closet, o espelho que por tantas vezes mirei um menino de cabelo liso — cortado linearmente como se tivesse sido demarcado com uma tigela utilizada por frades —, com uma lanterna pra entender o que acontecia com sua pupila quando jogava um feixe de luz nela. O rosto de minha mãe, sentada numa cadeira da sala, que às vezes por dois minutos completos permanecia inexpressiva e catatônica e logo voltava a me olhar cheia de amor.

Nunca vivi em uma casa, então não sei como é. Mas, para uma criança, viver em um prédio é uma sensação muito interessante. Cem metros quadrados de área útil no oitavo andar e quinhentos no térreo eram um mundo inteirinho pra mim.

Vivia no meu mundo de faz-de-conta, sob as lentes de uma criança inocente.

Hoje?

Hoje consigo ver parte da verdade. E dessa verdade desejo finalmente desfrutar.

A QUINTA LETRA

Acordo com a sensação de que não dormi nada, mas sem vontade de continuar na cama. Meu sono foi de uma qualidade tão pífia que não vale a pena tentar voltar a dormir.

Vou até a sala e vejo que os dois ainda estão dormindo. O relógio de pêndulo de minha tia mostra que são 6h52min. No caminho para a cozinha, abro a porta dos fundos e chamo Bruno, que vem ao meu alcance com uma expressão de afeto.

— Tá bom, vamos lá colocar seu café da manhã, garoto. Mas saiba que eu só faço isso porque você é especial, viu? Eu não sou ninguém enquanto não tomo minha primeira xícara de café.

Bruno parece ter entendido, porque me dá duas ou três lambidas na canela.

Volto para a sala e encontro Ferreira.

— Bom dia, meu querido — ele diz.

— *Buenas*. Dormiu bem? Tudo certo com sua acomodação?

— Tudo ótimo.

— Vamos fazer um café?

— Necessário.

Vamos até a cozinha e, enquanto preparo o café, Ferreira toma a liberdade de procurar tudo o que há de disponível para tomarmos café. Ele encontra torradas, bolachas água e sal, um pote de manteiga e outro de requeijão, e o queijo de cabecinha.

— Tá ótimo. Temos o suficiente — comenta. — Em seguida, vou precisar ir, meu velho.

— Estou sabendo. Como estão as coisas em casa? Fiquei feliz demais que você veio, mas acabei nem perguntando de você.

— Relaxa, cara. O dia de ontem foi *todo seu*. Fiquei feliz de ter vindo também. Acho que, apesar das circunstâncias, você estar solteiro e sozinho aqui pode até te fazer bem.

— É… vamos ver.

— Mas em casa está tudo bem, sim. A Alessandra está fazendo um *freela* de aconselhamento pra prefeitura. Minha mãe conhecia um cara que conhecia um cara. E ela está lá, ajudando o gabinete a se organizar.

Alessandra e Ferreira estavam juntos há alguns anos. Casaram-se numa bela festa no sítio da família. Alessandra já estava grávida da pequena Sônia. Na ocasião, eu dei uma palhinha com a banda que ele contratou. Cantamos "Zombie", do The Cranberries Minha cartilha com o Ferreirinha pode ser resumida em cerveja Guiness, uísque Jameson e trilha sonora da banda The Cranberries.

— E a Soninha?

— Tá uma figura, velho. Tocando o terror.

— Que bom.

Um silêncio ansioso aquece o ambiente e, enquanto Ferreira checa seu relógio, eu acrescento:

— Irmão, nossa amizade é algo transcendental. Você me ensinou a gostar de basquete, a jogar futebol com pinha, a viajar, a não ter medo de olhar pra mim e tentar melhorar quem eu sou. Existem coisas que nos marcam pra sempre. Nossa viagem à Europa e tudo o que aconteceu naquela época vai permanecer comigo pra eternidade. Toda vez que me sinto perdido, volto para aqueles momentos pra tentar retomar o prumo. Você é uma das pessoas mais importantes da minha vida, e eu sou grato a você todo santo dia.

— Pô, que é isso, Nick — Ferreira responde, me dando um abraço apertado.

Nisso, meu pai entra na cozinha.

— Bom dia, meus queridos!

— Bom dia, Helião! Tudo firme aí?

— Porra, vocês não querem ter setenta anos. Preciso de um fígado novo.

— Se funcionou até agora, daqui por diante vai na inércia, pai.

— É verdade. Aliás, e por falar em fígado, terça-feira tem jogo, hein? Tá nervoso?

— Ainda não. Mas vou ficar.

— Olha, que o time deles vai vir completo — Ferreirinha participou.

— Cabeça fria e coração quente, portuga. Essa Libertadores é nossa — diz meu pai, se referindo ao Palmeiras como um dos semifinalistas.

— Se ganhar, me chama que vou pra Montevidéu na final contigo.

— Temos um trato — finalizou meu pai.

Sentamos todos juntos e tomamos um café descontraído, trocando ideias sobre qualquer coisa.

Em determinado momento, Ferreirinha pergunta ao meu pai se ele não poderia compartilhar uma memória dele naquela casa, já que na noite anterior ficamos revivendo uma memória nossa. Hélio conta sobre a primeira memória que tem na vida: a de sentar no colo de sua mãe e ela lhe ensinar a comer pão cortando-o com as mãos em pequenos pedaços em vez de levar o pão inteiro à boca, na mesa de jantar dessa mesma casa. Ferreirinha decide, então, compartilhar a *sua* primeira memória: andar a cavalo com seu pai no sítio. Enquanto me contam, percebo o quanto as memórias boas trazem paz aos seus corações. Procuro por alguma lembrança boa — mesmo não sendo a minha primeira — e comento sobre um Natal em que passamos no Sul do país só minha mãe, meu pai e eu. Ganhei dois presentes que desejava muito: um boneco do Teddy Ruxpin e uma nave espacial do G.I. Joe.

Geralmente não sou muito hábil em estar numa conversa de cinco ou mais pessoas, mas quando estamos em três ou quatro, são meus momentos preferidos. Consigo engajar nos assuntos, mas também ser alimentado por eles e organizar as caixinhas da minha mente. Como agora, por exemplo, onde penso: "Cada um dá aquilo que tem a oferecer." Talvez seja sacanagem exigir mais do que isso que estamos tendo agora.

Engatamos uma conversa sobre como as coisas eram mais fáceis e simples no começo dos anos 1990. Meu pai comenta que leu esses dias que, naquela época, a cidade de São Paulo tinha vinte e cinto por cento a menos dos habitantes que tem agora e setenta e cinco por cento menos carros na rua. A internet como conhecemos hoje estava começando, e até a metade da década só tinha celular quem era realmente chique. Bons tempos. Ferreira e eu nos transportamos e ficamos tentando pensar como seria viver os nossos desafios de hoje com a idade que temos hoje, mas naquela época. Apenas essa conversa que estamos tendo, em volta de uma mesa com poucas opções, já nos dá um feixe de como seria viver naquela época.

De repente, me sinto cansado.

Eu voltaria pra casa agora. Nada como o nosso canto; queremos sempre voltar pra lá. Lar é algo sagrado. "Ter" uma casa: desde criança sentimos falta disso. Qual será o lugar ao qual pertenço?

Ferreira pergunta ao meu pai se suas coisas estão prontas. Ele diz que sim, e os dois rapidamente se aprontam. Antes de ir embora, Ferreira me entrega um envelope e diz: "Só abra depois que eu for embora." Levo os dois até o carro. Ferreira liga o som e coloca "Sweet Disposition", do The Temper Trap, pra tocar. A música que mais ouvimos no mochilão. Sinto meus olhos se encherem de lágrimas. Essa música era de um jogo de futebol no videogame em que, na época da viagem, jogávamos todo santo fim de dia em sua casa.

Dou um beijo em meu pai, que entra no carro. Aceno para os dois enquanto ajudo abrindo o portão e indicando a eles como manobrar. Fecho o portão e volto para a casa. Bruno está na porta da cozinha à minha espera. Sento à mesa pra tomar um ar.

— Somos só nós dois agora, companheiro.

Abro o envelope que meu amigo me deu e encontro um card colecionável do Michael Jordan, da época em que estudamos juntos. O melhor presente que alguém poderia ter me dado aos trinta e seis.

Um pouco antes de meus pais se separarem, eu estava tão inseguro com tudo e com todos, que eu tinha ciúme do meu próprio pai e medo da inveja dos meus próprios amigos. Em meu mochilão, eu não estava vivendo o presente; estava fugindo do passado. Aprontando feito um moleque. Não foi um tempo sobre o qual me orgulho, e demorei muito pra perceber que pra tudo na psique humana existe uma razão, e nesse caso não era diferente. Mas já passou da hora de eu me libertar desse estado de vítima, ou pelo menos tentar.

Plugo os fones no meu celular e nos meus ouvidos, seleciono e "A Face in the Crowd", do Tom Petty, pra tocar, e passo os próximos minutos chorando muito.

Dentre todas as artes, existe algo de especial na música. Quando adolescentes, ao escutarmos pela primeira vez, sentimos aquilo e guardamos para sempre a maravilha daquele momento. Ao ouvirmos no futuro, conectamos e sentimos tudo de novo.

Na sequência, tiro os fones e vou até o banheiro, lavo bem meu rosto e olho para minha imagem me encarando. Quem é esse homem no espelho? Respiro fundo e tento pensar no que vou fazer pelo resto do meu dia, mas uma imagem nítida do meu pai brincando comigo quando eu era pequeno vem à minha mente e eu volto a soluçar. Estamos chutando bola no corredor do apartamento, e ele está com uma expressão de "se sua mãe voltar da rua e pegar a gente fazendo isso, estamos no brejo", o que faz com que seu lado moleque o faça o melhor amigo que tenho, e não o vilão que minha mãe pintou. Sinto vontade de sair correndo com meu carro, ver se os alcanço na estrada pra parar o carro do Ferreirinha e pedir um abraço para o meu velho. Percebo que estou perdendo completamente o controle das minhas emoções e converso comigo mesmo. Respiro fundo, lavo novamente os olhos e as narinas, e volto para a cozinha para dar uma bela arrumada na casa.

    Por você eu sangraria meu corpo até ele secar por dentro, pai.

AMARELO

Cinco dias passaram voando com a chuva constante que caíra sobre Mongaraíbe. Num dos momentos em que a chuva cessou, dei um banho no Bruno e a partir dali deixei ele trancado dentro da casa; quando ele precisava fazer suas necessidades, ia para a garagem da frente e, num pedaço ínfimo onde um pequeno pergolado não deixa a chuva cair, fazia ali mesmo.

Não me lembro de ter visto tanta água por aqui. Mabel prometeu vir me visitar este fim de semana. No caso, amanhã.

Passei a semana toda trabalhando à distância e arrumando as coisas da casa.

Comprei caixas, etiquetas e canetas de ponta grossa num depósito aqui perto e fitas para vedar e garantir que não peguem pó. Minha tia tem muita coisa e essas caixas serão necessárias. Comecei a colocar suas roupas dentro. O cheiro da minha tia foi difícil de encarar enquanto eu fazia isso. A saudade apertou bastante, mas procurei chacoalhar a poeira e deixei o álbum "Jazz Samba Encore!", de Stan Getz & Luiz Bonfá, tocando bem alto na sala. Isso ajudou. Também separei todos os aparelhos e utensílios que eu sabia que não usaria enquanto estou aqui e já está tudo separado na garagem. As caixas estão devidamente seladas, marcadas e etiquetadas. Uma vida inteira chega a caber dentro de alguns caixotes. É que não somos nada. Eu, menos ainda.

Lembrei de dona Noca, que mencionou o Lar dos Velhinhos como possível destino pra doar os pertences da tia. Vou falar com ela na segunda-feira. Meu foco na próxima semana é ir às imobiliárias da cidade e entender como está o mercado e quão atrativo é este imóvel.

Sei que deveria estar caminhando mais rápido com tudo, mas tenho me distraído com acontecimentos leves, e estou gostando de ficar aqui. Nem meus primos, nem seus advogados deram notícia desde quando falamos do espólio, então isso também me deixou tranquilo. Será que eu sou tão narcisista assim? Bom, pelo menos não sou um sociopata mimado como meu cunhado. Que minha irmã não saiba. Eu sempre, sempre mesmo, quis ser rico. Até conhecer ele e sua família. Hoje tenho minhas dúvidas. Prefiro uma alegria alcançável que não machuque ninguém do que um sonho falso que manipule a cabeça das pessoas.

No trabalho, ainda estamos em um período de baixa. Elaborei e executei um treinamento para novos consultores, enviamos uma proposta e recebemos uma recusa para outra. Para esta que não tivemos sucesso, eu comemorei em silêncio — porque se fosse bem-sucedida, eu teria que viajar para o Rio de Janeiro com frequência nos próximos meses. E eu não estou a fim.

Também fiquei pensando nas histórias que revisitamos no dia do meu aniversário. Todos os caminhos me levam a terminar com Mabel. Sei que nem sequer começamos, mas sustentar um relacionamento assim não tem sentido. Sim, me sinto carente, mas quero estar com alguém quando souber que estou completo. Tenho sentido uma coragem que não sentia há muito tempo. Refleti bastante se eu batesse de porta em porta nos meus relacionamentos anteriores e dissesse: "passei pra pedir desculpas e dizer que espero que tenha estado bem", o que elas me diriam. Acho que algumas bateriam a porta na minha cara, outras o fariam dando um belo tapa na minha cara antes, algumas falariam: "Não sei do que você está falando. Não há nada pra perdoar e estou ótima." Coisa louca é pensar o que cada pessoa que cruzou meu caminho e descruzou logo em seguida está fazendo da vida. Até as pessoas nas histórias machistas e ultrapassadas que o Ferreira contou. Que diferença terá feito o Nicolas em suas vidas?

A Bruna, minha amiga de escola, por exemplo. Ela era da turma da irmã de um dos meninos da minha sala, duas séries abaixo. Fomos nos aproximando durante os intervalos, e no recreio contávamos mutualmente confidências do dia a dia. Rapidamente essas viraram confidências do coração, e eu não percebi que ela havia se apaixonado por mim. Não posso dizer que foi ingenuidade minha, porque alguns amigos vieram me avisar. Mas acontece que era tão bom ter aquela amizade. Era tão rico pra mim, no auge dos meus dezesseis anos, ter alguém que me entendia fora da minha casa, onde eu sentia que ninguém me entendia.

— Bruna, onde quer que você esteja: me desculpe — digo em voz alta.

Bruno, o cão, olha pra mim com cara de quem não entendeu nada.

Rio inocentemente e peço desculpas pra ele.

— Estava falando de outra pessoa. Mas você tem razão, já estou falando sozinho. Está na hora de sair daqui.

Acho que, no fundo, eu prefiro não saber do meu valor para as pessoas do passado. O segredo daqui em diante é olhar pra frente. Algo que eu nunca consegui fazer na vida.

Coloco o jantar do Bruno, tranco a casa e entro no carro que deixei estacionado na rua. Vou até o mercado comprar itens essenciais pra receber a Mabel no fim de semana.

* * *

Música é algo que tem uma questão atemporal em volta de si. Algo que te evoca. Uma máquina do tempo que realmente funciona. E pra mim isso é ainda mais intenso. Uma vez, estava numa lanchonete dessas de redes gringas que servem chope em caneca congelada ou *iced tea* com mais açúcar que caldo de cana e fui ao banheiro urinar. Adoro restaurantes que tem um alto-falante com playlist específica no banheiro. Curti muito a música que estava tocando e utilizei um daqueles aplicativos pra identificar que música era aquela, e até hoje quando ouço "The Saddest Story Ever Told", de The Charade, lembro disso com detalhes em cada um dos cinco sentidos.

Após ter lembrado da Bruna, coloco "Don't Go Away", do Oasis pra tocar — o que me traz à mente outra pessoa. Alguém que conheci na praia, na virada do ano. Eu estava com meu tio Thiago num apartamento modesto, e ela e uma amiga estavam numa cobertura incrível por mais dois ou três dias sem os pais — que chegariam depois. Bebemos cerveja, fumamos muitos maços de cigarro e conversamos sobre coisas aleatórias enquanto ouvíamos Oasis, a banda que tem as letras, melodias e vibrações da sociedade da época da minha adolescência. Nada poderia representar isso melhor. As duas garotas eram fanáticas pela banda. Realmente se vestiam a caráter, como fãs de punk rock ou rock alternativo: um tênis *All-Star* clássico, calças jeans de modelo *skinny* rasgadas ou desfiadas, blusas mais largas de cores escuras, lápis no olho e tinham sempre o cabelo bem preto liso escorrido e ajeitado atrás das orelhas. *Forever Young*.

Terminei por me enroscar com uma delas. Nenhum de nós dois dava pinta de que estava levando aquilo a sério, mas havia respeito e o clima estava ótimo. Na volta pra São Paulo, parei de ficar com ela, mas começamos a sair toda semana — como amigos. Acontece que vira e mexe alguém estava carente e acabávamos nos beijando de novo. Me recordo que aquilo ali durou alguns meses. Cheguei a conhecer os pais dela e pensar vividamente: "Não tem nenhuma possibilidade de eu namorar essa menina porque eles são todos corintianos roxos." De um dia para o outro, comecei a evitar sua companhia. Ou vice-e-versa. Já não me lembro.

A questão é: quando não temos uma base na família, quando estamos perdidos sem saber quem somos, quando não nos completamos a nós mesmos, não conseguimos ter um relacionamento verdadeiro. Alguém vai acabar se machucando ou, no mínimo, se sentir usado depois de um tempo.

Por isso mesmo, não é hora de começar algo com Mabel. Estou decidido de que, durante o fim de semana, vou dar um jeito de terminarmos o que nem começamos.

Volto do mercado e guardo todas as coisas. Até ensaio colocar um filme na TV, mas estou pregado. Desligo tudo, escovo meus dentes, tomo um copo d'água bem gelada e vou dormir.

* * *

Durante a noite, tenho um sonho muito vívido, como há dias não tinha.

De repente me vejo num lugar escuro e úmido. Consigo escutar minha própria respiração, e gotas caindo em algum lugar não muito longe e ecoando na minha direção. Por alguns segundos, imagino se não estou numa rede de esgoto. Mas logo sinto um cheiro característico de adegas subterrâneas das vinícolas. Ao longe, a escuridão se quebra com uma luz fraca, que vai se intensificando de leve e deixando seu espectro redondo cada vez maior. Um senhor de idade avançada — chuto que uns oitenta anos — segura um lampião e caminha lentamente na minha direção. Não estou com medo, mas avalio que não tenho opção, senão esperar que de repente ele resolva me dizer que diabos estou fazendo ali. Ele caminha com certa dificuldade, e veste roupas de cor bege desbotado, mais largas do que o necessário. Seu rosto denota experiência, mas menos rugas do que eu esperava. Tem um semblante sério e imponente, e poucos cabelos na cabeça.

— Olá, Nicolas. Lembra de mim?

— Oi! Na verdade, não.

— Meu nome é Nuno. Esperei muito tempo você aparecer aqui.
— Onde é "aqui"?
— Você está onde se colocou. Ou seria onde te colocaram?

Um estado de angústia de repente me acomete. Na deturpada consciência temporal dos sonhos, não tenho a chance de sentir aquilo em profundidade. Nuno coloca as mãos em meu ombro, e imediatamente experimento um alívio; uma paz. O ambiente em si fica menos escuro e intimidador. Nuno me diz:

— Acho que eu deveria te contar a história do vaga-lume e do sapo.

Ele pigarreia para mostrar a seriedade do que vem a seguir, e continua:

— O vaga-lume sempre sobrevoava o lago que havia no brejo, e toda vez que passava por perto do sapo, ele cuspia no vaga-lume. O vaga-lume procurava ter resiliência e seguir seu caminho com humildade. Um dia, porém, resolveu perguntar ao sapo: "Por que você cospe em mim? Eu nunca lhe fiz nada." O sapo responde: "Eu sei disso; acontece que você brilha demais. Sua luz me incomoda."

Nuno termina a história e abre um sorriso inesperado e me dá uma piscada.

— Nessa história, eu sou o sapo ou o vaga-lume? — pergunto.
— Quem você acha que é?
— É muito difícil me manter no caminho reto. Parece que estou sempre na ânsia de algo mais.
— Meu filho, segure isto aqui, sim? — Nuno me entrega o lampião.

De súbito, caio ao chão desequilibrado pelo enorme peso do objeto. Me apoio no chão gelado e com a ajuda das mãos de Nuno — mais fortes do que eu poderia imaginar — me levanto, e olho para ele metade constrangido, metade puto.

— O peso da luz é muito maior do que muitos imaginam — ele diz.

Sinto uma enorme vontade de desafiar o senhorzinho, mas existe algo nele que impõe respeito e me dá a sensação de que nos conhecemos há muito tempo. Ou que, em segredo, ele observa cada um de meus passos e pensamentos. Ele continua:

— A única forma de diminuir o peso é através da caridade.

— Caridade?

— Sim, senhor. Com aqueles que conhece, em forma de perdão e aceitação. Com aqueles que desconhece, estendendo a mão e trabalhando com afinco. Há sofrimento em todos os cantos, e eu sei o quanto isso atinge você. Mas vai perceber que aliviar o sofrimento dos outros com sua fraternidade vai fazer com que você passe a focar no crescimento por trás do sofrimento, e esquecer-se das suas dores ou ser grato por elas. Nada pior do que a ignorância.

— Caridade, então? — repito.

— Caridade. Agora venha. Preciso da sua ajuda para colocar essa candeia aqui em cima.

Nuno me leva até um ponto onde o caminho de paralelepípedo faz uma curva e alguns barris com um cheiro que mistura mofo com álcool estão empilhados.

— Isso estava aqui embaixo, nesses alqueires. Preciso da sua altura pra colocar ali, dentro daquela redoma em cima da prateleira.

Obedeço, e assim que coloco o lampião ali, o ambiente se ilumina com uma intensidade que eu sinceramente não esperava. Se torna possível ver que estou num ambiente fabril antigo, com várias máquinas de costura, mesas de artesanato e, no canto, uma bela adega com vinhos empoeirados.

— Vamos, escolha um vinho de sua preferência e vamos tomar um trago.

Sentamos a uma mesa de madeira toda judiada, em cadeiras simples, mas bem trabalhadas.

— Sua tia queria vir, mas lhe disse que ainda era cedo.

— Que tia? — respondo.

Nisso, escuto um estardalhaço forte. Acordo de um pulo, com meu coração explodindo. Bruno está latindo na minha cara, com as duas patas na cama, e pelo visto já faz um tempo. O barulho do portão ressoa novamente. Me lembro que esqueci de consertar a campainha da casa. Também, nunca vem ninguém aqui, e quem vem bate palma.

Olho no relógio e vejo que são 8h20. Não me lembro da última vez em que dormi mais de oito horas.

Desço da cama tropicando e corro para o banheiro para me olhar no espelho. Meu cabelo está todo bagunçado, mas consigo dar um jeito rápido. Pego um casaco de moletom e visto, para cobrir a camiseta surrada com a qual dormi, e um chinelo. Vou até o portão, e lá está ela. Vestida com uma blusa branca decotada, uma saia comprida e o cabelo preso. Mabel me cumprimenta com um beijo e um abraço.

— Finalmente estou frente a ti. Feliz aniversário mais uma vez — diz ela intensificando o abraço.

— Você está aqui faz tempo?

— Sim! Inclusive, estou apertadíssima pra fazer xixi. Com licença.

Ela me entrega uma mala de viagem simples, uma mochila, a chave de seu carro e entra correndo como quem já é de casa.

Depois de uns três minutos, sai do banheiro e me pergunta:

— O que aconteceu? Foi dormir tarde?

— Não sei. Eu nunca durmo tanto. Apaguei.

— Isso é bom. Está com energias recuperadas? — diz, aproximando sua virilha da minha e apalpando minhas nádegas.

— Acho que sim. Pra ser sincero ainda nem acordei.

Enquanto digo isso, ela percebe um volume na minha calça.

— Bom, parece que algumas partes de você já acordaram. Por que você não vai tomar um banho enquanto eu faço um café?

— Imagina, não precisa se incomodar. Já deixei você esperando na porta. Fique à vontade com a geladeira e armários pra encontrar algo pra comer. Vou lá rapidinho, então. Já volto.

A química é inegável. Tomo um banho rápido e prático enquanto penso como quero levar esse fim de semana adiante. Em que momento devo abrir meu coração sobre não ficarmos juntos de verdade? Antes ou depois do inevitável? Não sei se consigo não transar, com essa ereção que não passa nem com água gelada. É praticamente um priapismo que essa mulher me causa.

Volto para a cozinha, e ela me recebe com uma mesa posta. Queijo, torrada, geleia e um café passadinho.

— Falei pra você não se incomodar.

— É pra mim também, seu bobo. Estou com fome.

— É muito amável. Sigo criando lombrigas. Grato, Nicolas Camargo e família.

— Eu sou família.

— Ih, vai começar com esse papo?

— Qual papo?

Respiro fundo, tentando demonstrar mais respeito do que preguiça em minha atitude sobre o que digo a seguir.

— Na verdade, estive pensando.

— Você não vai dizer que continua encanado com o fato de sermos primos de sei-lá-que grau, né?

— Não, não é isso. Mas, me fala: o que você quer com isso tudo?

— Eu? Eu quero passar esse fim de semana com você. Vim de São Paulo pra cá só pra isso. Minha avó nem sabe que vim.

— Eu sei. Mas, e depois?

— O futuro me preocupa o mesmo montante que o passado: nada. Zero.

— E você não se sente irresponsável por isso?

— Nick, você confia em mim?

— Claro que sim.

— Então o que poderia dar errado?

— Sei lá, a gente se machucar de alguma forma.

— Por exemplo?

— Por exemplo, um de nós se apaixonar de verdade e o outro não.

— Tem como se apaixonar de mentira?

— Em primeiro lugar, estou falando sério. Em segundo lugar, claro que tem. Acho que me apaixonar de mentira foi o que eu mais fiz na vida.

— Eu sou da opinião de que isso pode ter acontecido com você porque você se preocupa demais aqui — diz, apontando pra minha cabeça.

Eu viro os olhos em deboche.

— E vive de menos aqui — aponta para meu peito.

— Olha, Mabel, eu quero muito ficar com você esse fim de semana. Muito mesmo. E não quero falar nem fazer nada que estrague isso. Mas queria te colocar a possibilidade de encerrarmos por aqui. Estou num momento vulnerável na minha vida, e a última vez que isso aconteceu acabei me machucando ou machucando alguém de quem eu gostava. Não acho justo com uma pessoa tão bem resolvida como você. Você me entende?

— Uau. Com esse grau de confiança, meu trabalho aqui está pronto.

— Bel, estou falando sério...

— Eu também.

— Então o que você está fazendo é um trabalho. É isso? Você foi... o quê? Contratada pelos meus pais pra remendar meu coração, tipo naqueles filmes fracos de sessão da tarde. Câmeras, apareçam! Já saquei tudo: sou o cara problemático que precisa de conserto e um final feliz.

— Óbvio que não! Eu sei que a gente nem é mais tão próximo como era há dez anos, mas é que ver você tomar essa atitude me preenche muito mais do que passar um tempo com você num fim de semana. Eu gosto de ver através das pessoas. E eu não sei o que aconteceu contigo nos últimos quinze dias exatamente. Mas você tá diferente. Pra melhor.

— Então você não fica chateada comigo de eu falar assim?

— Eu respeito você, Nick. E você não me tratou de outro jeito, senão com respeito, desde que a gente se encontrou. Eu não tenho um "A" pra falar de você.

— Ouvir isso me deixa muito aliviado — digo, tomando um gole grande do meu café.

— Sabe, eu já tive umas duas épocas da minha vida em que eu queria muito ficar com você. Na minha cabeça de adolescente, eu não queria nem saber o que as pessoas pensariam. Esse negócio de família não estava com nada. Eu queria tipo *me casar* com você. Mas isso passou. E hoje em dia eu sou uma pessoa muito tranquila quanto a fatos, atos e consequências. Não quero levar esse papo pra esse lado — até porque, desculpa, mas você não me escapa esse fim de semana nem se começar a me xingar — mas claro que eu sei que não vamos ficar juntos nem nada. Mas estou aprendendo com você.

— Comigo? Aprendendo o que não fazer?

— Nick, você é como a candeia debaixo do alqueire. Sabe? Tipo, você não pode ficar ali.

Mabel diz isso e eu vejo até um certo esforço dela para não deixar que seus olhos lacrimejem. Suas palavras vêm do coração. Enquanto degusto algumas torradas com queijo e geleia, ela segue:

— Se eu não estivesse aprendendo e trocando coisas positivas com você, eu não estaria aqui agora. Eu senti que tinha que te ver naquele dia, e estar como convidada vendo você passar pelo que está passando, está me fazendo refletir e crescer junto contigo.

— Espera! Meu sonho!

De repente, me lembro de Nuno.

— Sonho? — diz ela, com expressão de quem foi obrigada a desfocar de uma linha de raciocínio importante.

— É! Eu acordei assustado com você batendo no portão porque estava tendo o sonho mais profundo da vida.

— O que você estava sonhando?

— Qual foi a expressão que você usou agora pouco?

— Que você não me escapa nem se me xingar?

— Não, o que disse em seguida, sobre a candeia.

— Bom, estou plagiando essa expressão. Ela não é minha. Eu só quis dizer que você é especial demais pra ter medo de abrir seu coração com as outras pessoas. Existem coisas maravilhosas dentro dele. Todo mundo tem.

— Cara, isso é muito maluco. Sonhei que estava num lugar escuro pra caramba, e um senhor aparecia com um lampião. Ele me disse que eu estava ali por um motivo, e me pediu ajuda pra alcançar uma prateleira alta e colocar o negócio ali. Eu ajudei o velhinho, e tudo ficou superclaro. Mas o mais maluco é que, na hora, eu senti um arrepio. Sabe quando a gente fica uns dias sem sair no sol e de repente sente os raios batendo na pele? Sei lá, não consigo explicar. Ele encostou em mim e eu senti como se estivesse sendo abençoado.

— Que sonho lindo! O que aconteceu depois?

— Nada. Ele chegou a mencionar minha tia, e senti que a conversa ia mais longe. Mas aí você chegou e interrompeu meu sonho.

— Poxa, desculpa.

— Não — mas você não interrompeu. Você praticamente deu continuidade a ele. Isso é muito louco. Embaixo da prateleira, que tinha uma redoma de vidro e foi onde eu coloquei o lampião, estavam alguns barris de bebida alcoólica. Ele chamou o lampião de candeia, e os barris de alqueire.

— Caramba, Nick. Fiquei arrepiada.

— Pois é.

— Está vendo? Por isso estou te dizendo. As coisas acontecem como têm de acontecer. Mas você realmente *precisa deixar* elas acontecerem. E você tem tanta coisa boa aí dentro... não dá pra se calar e fechar para o mundo, só porque tem medo de se machucar.

— Você tem razão. Ou melhor, você e o Nuno têm razão.

— Quem é Nuno?

— O cara do meu sonho.

— Hm, saquei. Muito sábio ele.

— Pois é. Quer ouvir algo ainda mais sinistro?

— Sempre!

— Durante o sonho, tive a estranha sensação de que o conhecia de algum lugar. E, hoje, passando pelo corredor, olhei de relance para um dos porta-retratos pendurados e eu acho que era ele.

— Ele quem?

— Meu bisavô.

— Uau. Seu bisavô em "o bisavô do Nicolas que foi assassinado na estação"?

— Esse mesmo. O que acha disso?

Mabel faz um gesto como quem recebe um balaço na têmpora e tem o cérebro explodindo e escapulindo pelo outro lado.

— Piada de mal gosto.

— Ai! Opa, não percebi. *Sorry.*

— Tudo bem. Entendi o que quis dizer.

— Chocante.

— Sei lá. Deve ser meu subconsciente pregando uma peça em mim. Dizem que quando a gente sonha com multidões, já vimos cada uma das pessoas do sonho alguma vez. Nosso cérebro não inventa ninguém. Eu devo ter visto essa foto e gravado a imagem. A verdade é que esse sonho não tem sentido algum.

— Tudo tem um sentido, Nick. Bom, estamos conversados? Você não vai me ignorar depois desse fim de semana, né? Quero fazer parte da sua vida do jeito que a vida achar que tenho que fazer parte. Pode ser?

— Pode.

— Então, combinado.

— E agora?

— Agora você me beija.

Faço questão de olhar fundo em seus olhos antes de beijá-la. Em seguida, ela sobe no meu colo com delicadeza — diferente da voracidade da última vez em que nos encontramos. Aos poucos, ela abre o zíper da minha calça e tira meu pênis de dentro, massageando com carinho e firmeza ao mesmo tempo. Eu desvio sua calcinha e a penetro. Transamos ali mesmo, começando na cadeira onde estou sentado — ela sobre mim — e terminando na pia da cozinha. Durante o tempo todo, olho em seus olhos e a abraço com muita ternura.

Esse foi provavelmente o melhor sexo que fiz nos últimos anos. Mabel é simplesmente fantástica.

* * *

Vamos até a sala e, enquanto ela senta, coloco "Imitation of Life", do R.E.M., pra tocar na vitrola. Comprei um vinil deles essa semana. O sexo que tivemos merecia uma música pra eu nunca mais esquecer desse momento. "Eu amo essa música", ela diz. Quem olhasse pra gente agora apostaria dinheiro que eu responderia "Eu amo *você*", mas é claro que eu não fiz isso.

O solo da música invade o ambiente, e sorrimos mais profundamente sobre o quão bom tem sido nos reconectarmos, e quão bom será o fim de semana que temos pela frente.

CREME PARA OS OLHOS

Mabel e eu estamos nos divertindo horrores. Desde esta manhã, saímos pra passear no centro da cidade, tomamos um sorvete de massa na praça, andamos de mãos dadas sem dizer uma só palavra e contamos um ao outro vivências diferentes que tivemos em Mongaraíbe. É interessante como cada pessoa retira uma vibração diferente do mesmo local.

Mabel é uma pessoa que me chama na chincha para um bate-papo com fundo moral. Eu não sei como me sinto sobre isso. Acho que se fosse qualquer outra pessoa, eu já teria mandado passear; mas ela não. As morais estranhas de hoje podem ser resumidas em: "a questão toda não é errar ou não errar; os homens se preocupam muito com isso. A questão é se colocar à disposição para aprender novos comportamentos e evitar que aquele erro se repita", ou ainda "cada um tem um tempo e espaço de assimilação; é simplesmente como o mundo é". Ainda tivemos tempo para um "as pessoas te amam quase que de graça, Nick — quase que automaticamente. Que tal se você parar de afastá-las?". Mas a frase de efeito que eu mais gostei foi uma que ela disse ter visto num filme do qual não se lembrava o nome: "Sucesso, e não grandeza, é o verdadeiro Deus que a humanidade segue."

Podia até pensar que ela está mais a fim de me dar lições de moral do que ter a minha companhia, mas a verdade é que ela deve estar falando tudo aquilo que Giovanna nunca teve coragem de me dizer. Eu supervalorizei algo que nunca foi assinado com a Gi, e não quero fazer o mesmo aqui; vou manter a coragem dos últimos tempos e ficar imparcial. Ferreirinha e Mabel me lembram que demonstrar que gosta de alguém de verdade é falar francamente. Assim como fiz com meu velho Hélio. Acho que pela primeira vez na vida eu estou me forçando para escutar mais do que esbravejar.

Passamos no mercado e compramos algumas coisas pra fazer um risoto com carne, alho-poró e palmito, e um vinho argentino que encontrei — que dá para o gasto.

Voltamos pra casa e estamos deitados na rede com cheiro de guardada que encontrei e pendurei nos ganchos que a casa tem na garagem. O céu está nublando, com cara de que vai chover em breve. Sinto um cheiro de chuva daqueles que só sentimos quando estamos no interior, antes e depois da precipitação cair. Mabel está deitada de frente pra mim, e massageamos um os pés do outro enquanto temos mais uma conversa honesta.

— Se você fosse me descrever em poucas palavras ou características, o que diria? — pergunto.

— Depende.

— Esse é o termo mais utilizado por aqueles que não sabem a resposta para uma pergunta ou estão inseguros de dizer a verdade.

— Nada a ver. Depende, porque eu realmente acho que existe um Nicolas que está se libertando de outro Nicolas. Você entende?

— Por que você não consegue responder de forma simples nada do que eu lhe pergunto?

— Beleza. Pode falar?

— *Shoot*.

— Empático. Se importa com as pessoas. Até demais.

— Hm.

— Em sociedade, tem um estereótipo de alguém *complicado*.

— Como assim?

— Sei lá. Seus anos de adolescente já foram, mas você mostra uma melancolia.

— Melancolia?

— Se eu fosse fazer uma sopa de você, teria alguns ingredientes nela.

— Quais?

— Os que vêm com facilidade à cabeça são: depressão, imagem horrível do próprio corpo, abuso de substâncias, dificuldade em se equilibrar e um conflito eterno com relacionamentos.

— Porra, e mesmo assim você gosta da minha companhia?

— Você perguntou. Estou respondendo.

Nos entreolhamos com cara de provocação. Quase que uma brincadeira infantil.

— Bem que você gosta de algumas partes de mim, vai.

— Eu gosto de todas elas. E acho que você está aprendendo a gostar também.

— Isso pode ser verdade. É que me irrita. Cara, na última década você esteve comigo dois fins de semana. Como pode falar com tanta convicção? A questão é que isso pode ser verdade, mesmo. É por isso que *me irrita*.

— Te irrita? Ué, eu tento poderes mágicos. O que posso fazer? Mas isso não vem ao caso. Quero saber mais sobre o que te irrita.

— Tudo. Tudo me irrita. Eu sou aquela pessoa que se irrita com uma senhora abrindo um papel de bala num ambiente silencioso. Mesmo que essa senhora esteja aguardando por algo urgente que a esteja deixando nervosa. Quando o som do papel de bala começa a ecoar, minha compreensão sobre o próximo vai a zero. E você me fala de empatia?

— Nick, você é muito louco, sabia? Eu sou louca também, mas você é um nível de louco tipo... admirável!

— Vou te contar uma coisa que nunca contei a ninguém. Quando eu nasci, minha mãe logo foi internada. Ficou por uns seis meses. Foi levada de camisa de força e tudo. E minhas tias, que ficavam comigo, não podiam me deixar muito perto da minha mãe. Ela tinha surtos psicóticos, e não dava pra saber o que ela faria comigo se estivéssemos a sós. Então elas me levavam para visitar, mas com pequena frequência, e é claro que o contato não era o mesmo.

— Mas quem te amamentava?

— Eles buscavam leite materno de uma amiga do meu pai, que tirava o leite com carinho e eles me davam de mamadeira. Meu padrinho dirigia por noventa minutos todos os dias pra ir buscar.

— Que coisa linda! Lindo e trágico.

— Lindo ou não, algo em mim diz que eu nunca consegui superar. De vez em quando fico deprimido sem sentido. Insegurança é meu homônimo. Sempre me retraio pra novos relacionamentos e, sinceramente, acho que o motivo tá aí. Me quebraram cedo demais. E depois disso, parece que gostei da coisa, porque eu mesmo fui me mutilando dia após dia. Cagada após cagada.

Mabel me interrompe e diz:

— Jura?

Ignoro seu cinismo e continuo.

— Provavelmente perdi boas oportunidades de me mesclar com pessoas novas. A verdade é que eu tenho uma dificuldade muito grande de distinguir o que é real do que não é. E, quando fico na dúvida, parece que me torno exatamente aquilo que abomino, aquilo que me fez sofrer.

— É mais fácil ser o carrasco do que a vítima.

— Exatamente.

— Eu te entendo. Mas depois disso sua mãe ficou bem, né?

— Sim. Mas ela chegou a me sufocar depois — nos anos seguintes — tentando compensar essa falta. E nenhum desequilíbrio é bom. Água de menos ou água demais vai te fazer mal do mesmo jeito.

— Mas adiantou? Você sente que ela conseguiu compensar?

— Bom, pra começo de conversa, seis anos depois ela passou por tudo novamente. A coisa foi mais fraca, mas ela estava traumatizada pela primeira experiência — e meu pai de saco cheio. Então as coisas foram tão pesadas quanto. E dessa vez durou dois anos.

— E sua irmã não tem as mesmas questões que você?

— Cara, tem. Eu, como todo bom irmão, julgo todas as suas atitudes. Ela é médica, e mesmo assim se nega a tomar os remédios certos e procurar ajuda quando precisa. Ela acha que se encontrou. Eu confesso que não sei mais, porque não somos mais tão próximos. Sei que ela se enfiou no mundo daquele cara e daquela família esquisita, e desde então vive só ao redor deles. Ela cuida dos meus pais, de um jeito meio *profissional*, é verdade. Mas quem vê pensa que ela se vendeu para uma vida de luxo e facilidades. Mas eu conheço minha irmã. Ela não é assim. No fundo, ela deve viver em um grande conflito interior.

— Entendi.

— Nunca vou saber o que minha irmã sente de verdade. Mas eu sinto. Intensamente. Me lembro de quando eu tinha uns quinze anos, de deitar no colo da minha mãe e chorar sem parar. Ela me perguntando o que eu estava sentindo e como ela podia ajudar. Eu descrevendo uma dor profunda na alma, um vazio e uma solidão indescritíveis. E dizendo que a dor era tanta que não parecia que alguém conseguiria me ajudar.

— E ela?

— Ela só falava que eu podia contar com ela, e que eu estava num ambiente seguro pra chorar e desabafar.

— Que barra...

— Pois é. Acontece que o mundo gira e a vida segue. Eu tenho a sensação de que fui sendo modificado pelo sistema e não consigo desmudar. Minha saúde, minha ansiedade e os problemas que eu crio. Tem dias que sinto saudades do Nicolas de certa rebeldia, vivendo cada momento e curtindo cada noite.

— Ter vindo pra cá está ajudando, não está?

— Eu não sei por que, mas está.

— Nick, até que encontrem uma cura social, fica mais confortável pra cada um de nós estar com nossa própria gente. E essa é a sua gente. Eu daria o palpite de que é isso que tem te feito tão bem. Você está se permitindo viver o presente e respirar o calor do seu próprio sangue.

— Pode ser. Eu só quero sentir que posso confiar nas pessoas, sabe? Às vezes eu mesmo me zoo de que se eu continuar assim vou virar aqueles velhos ermitões que não fazem nada porque têm medo de que qualquer atitude sua social financiará o narcotráfico indiretamente.

Mabel ri.

— Por falar em velho. Você ouviu sobre essa tal de "Ômicron"?

— Sim, a variante nova, né? Li algumas notícias a respeito. Parece que está pegando forte os mais idosos.

— Será que não foi essa que levou sua tia?

— Talvez. O maluco da morte é que nós nunca vamos saber. Estamos passando por tanta coisa nessa pandemia.

— Ainda não acabou, né? Confesso que essa pandemia foi a única coisa que realmente me deixou exausta na vida. Parece que ela veio para sugar o fluido vital mesmo de quem não morreu.

— Sim. A gente teima em fingir e esquecer de vez em quando. O que passamos não foi pra amadores. Agora todos nós somos cartas marcadas no baralho.

— É por isso que precisamos viver a vida enquanto ela está aqui e estamos aqui pra ela — diz Mabel.

— Você diz como se fosse algo simples.

— Simplicidade é exatamente a palavra. Sabe, eu gostaria de ter uma vida mais humilde, de não desejar tantas coisas materiais. Vender tudo o que eu tenho. Ter roupa suficiente para uma mala. Comer menos. Falar menos. Andar mais devagar. Menos, menos e menos.

— Mude-se para Mongaraíbe — digo, em tom cínico.

Ela faz uma careta que traduz afeto e um "você é bobo" ao mesmo tempo.

— Você acredita em carma? — diz.

— Ah, eu acredito em tantas coisas. — respondo.

— Como assim?

— Eu acredito que quem não acredita em carma está louco ou é ingênuo demais. Acredito que só as burrices que cometemos é que são "por acaso", e acredito que elas disparam um carma futuro. Acredito que carma existe, e que cinquenta por cento da minha vida é um grande carma. Não digo isso como algo negativo, não. Acredito que as pessoas colocadas no meu caminho e algumas coisas que acontecem sem muita explicação — tudo isso só pode ser carma.

— Hum, tipo o quê?

— Tipo meu sistema gastrointestinal.

— Oi?

— Me deu um trabalho danado disfarçar, mas você não tem ideia quantas vezes eu passo mal por dia. Cólicas, indisposição, idas ao banheiro. Constrangedor demais.

— Sério? Eu nem notei... ainda bem.

— Você sente os seus órgãos?

— Como assim?

— Sei lá. Seu fígado. Você sente seu fígado funcionar?

— Acho que não — Mabel pensa um pouco. — Eu nem sei onde fica o fígado.

— Pois é. Eu sinto tudo o que se passa dentro de mim, e não filosoficamente. Todos os dias, a todo momento.

— Eita! Sempre foi assim?

— Depois da covid, piorou.

— Ah, mas não é que você seja um vegano sóbrio e esportista também, né?

— Mas aí é que está. Eu não sei se, no meu caso, uma vida saudável colocaria fim a essas dores. Essa é a ironia sobre o carma: seu *timing*. Nunca vou saber a verdadeira razão pela qual passo tantos apuros gastrointestinais, e eles sempre vão me comprometer nos momentos mais embaraçosos.

— Caramba... Você *realmente* acredita em carma.

— Pois é. Acho que sim.

— E por falar em questões estomacais; vamos cozinhar? Nenhum sentimento pode ser expresso da forma correta quando se está de estômago vazio.

— Sim.

A conversa me lembra, e vou rapidamente ao quarto buscar um protetor gástrico, porque meu estômago está doendo. Tomo remédio desse tipo há tantos anos, sem perceber, que nem sei. Sempre o tenho à mão. Isso não pode ser uma coisa boa.

Seguimos conversando enquanto cozinhamos. Tocamos o assunto carreira, e eu conto a Mabel que resolvi tentar focar em minha vida pessoal porque, se tem algo que a pandemia tem ensinado, é que saúde mental e física valem muito. Até agora eu não estava focado em nada. Apenas em sobreviver. Mas ver as outras pessoas falando em saúde mental me ajudou a não me sentir sozinho. Não me sentir o menino estranho e excluído daquele estacionamento. Mabel me conta que em janeiro vai voltar ao escritório. Mabel trabalha na área de recursos humanos. Vai ver é por isso que é tão boa de papo. Ela está na área certa.

O risoto está apetitoso. Saboreamos com gosto. A combinação com o vinho e com a chuva que começa a cair lá fora nos dá um sono descomunal. Sem qualquer diálogo necessário, vamos quase que automaticamente escovar os dentes; deitamos na cama e ficamos abraçados. Não demora muito pra cairmos no sono.

Fazia tempo que eu não tinha um fim de semana de marasmo assim. É muito bom, de vez em quando — e só de vez em quando — ficar sem fazer nada sozinho ou na companhia de alguém que você gosta.

* * *

Mabel acorda antes de mim, e sou acordado com seus gestos eróticos diretos. Acho que ela colocou na cabeça que a melhor oportunidade pra conseguir ficar comigo seria de uma forma mais espontânea; que se eu pensar muito, vou tocar ela daqui. Nem terminei de acordar e meu pênis já está dentro de sua boca. Assim que me faz gozar, Mabel sobe, se aconchega em meu peito e nos olhamos em silêncio por uns dois, três minutos sem falarmos nada. De repente, ela quebra o silêncio com uma voz suave:

— Você tem três pintas equidistantes na coxa. Sabia disso? São muito fofas.

— Eu as chamo de "triângulo das bermudas".

— Ah, Nick... como você é bobo — diz ela, em um tom apaixonado.

— Sabe que, quando eu era pequeno, eu acordei um dia de uma soneca como esta, com a certeza de que essa pinta da minha mão era originalmente da outra mão e durante o sono ela mudou de lado?

— Como assim?

— Eu acordei encasquetado de que a pinta estava na mão direita antes de eu acordar. Até hoje eu tenho certeza de que ela mudou de mão durante meu sono.

— O que eu deveria responder sobre isso?

— Nada. Só continuar rindo de mim por dentro.

— Isso eu farei pra sempre.

— Não tenho dúvidas.

— Que horas são?

Pego o celular que está na cabeceira.

— São três e quinze.

— Pelo menos pelo barulho, parou de chover. Quer ir à feirinha que rola aos sábados? Adoro os artesanatos e miçangas de lá.

— Eu topo.

* * *

Vamos até a feirinha e Mabel compra os itens mais bicho-grilo possíveis, enquanto eu compro mais alguns vinis. Agora sou oficialmente um colecionador. No camelô de DVDs, encontro o filme *Alguém tem que ceder*. Uma das minhas comédias românticas preferidas. Gosto ainda mais desse filme porque a protagonista tem uma obra do artista Kenton Nelson, e porque a decoração dos ambientes da casa onde o filme se passa é impecável. Aliás, Nancy Meyers traduz a visão que eu quero adquirir da vida quando envelhecer.

Voltando para casa, passamos numa padaria e compramos uma pizza pré-assada pra facilitar nossa vida, uma pipoca de micro-ondas, uma barra de chocolate importado sabor "Cookies & Cream" e dois litros de guaraná.

Com a permissão de estarmos no interior, esquentamos nosso jantar às 18h, e em meia hora já estamos assistindo ao longa-metragem e comendo pipoca.

No meio do filme, Mabel pede para interrompermos para que ela possa ir fazer xixi rapidinho, e quando volta, acabamos não apertando o "play" novamente por um tempo. Ficamos discutindo sobre como o amor tem hora certa para cada um. Acho que o único problema de assistir filmes como esse está aí: abre portas para reflexões melosas e sem grandes chances de levar a lugar algum. Mas a verdade é que jogar conversa fora tem me feito bem. Estou conversando e isso evita que eu fique remoendo.

Mabel diz que quer morar em outro país; colocar a carreira nos eixos antes de conhecer alguém. Eu desconverso sobre o meu caso em particular, dizendo que já ficamos muito tempo falando de mim, mas trago à mesa bons exemplos de que não existe uma regra. Bia jura que encontrou o seu e em boa hora. Eu já tenho minhas dúvidas. Uma cantora encontrou seu amor num bar antes de estar madura o suficiente para viver esse amor, e tudo acabou em tragédia. Dois diretores de meia-idade da empresa onde eu trabalho foram pegos pelo time de RH porque o reembolso de uma viagem de negócios veio com uma só fatura; os dois eram casados, sem filhos, e depois de dez anos estão juntos e têm duas filhas. Não existe lógica para o amor.

Acho que Mabel tem um pouco de Diane Keaton em sua beleza singular e irreverência. E para ela fica ainda mais interessante ver essa atriz numa personagem mais recatada. Acredito que é isso que faça um bom romance ser o que é. Nós geralmente nos conectamos com pessoas pelas emoções que elas expressam, muito mais do que por quem elas são por fora. Esse é o motivo pelo qual eu fiz os amigos que fiz nessa vida, por exemplo. E é assim que um bom escritor ou roteirista cativa sua audiência: garantindo que as pessoas consigam se conectar emocionalmente com o conteúdo. É preciso escutar o coração para encontrar tal história. Ficamos discutindo sobre isso por meia hora, até que lembramos de recolocar o filme pra rodar. Com isso, acabamos indo para cama quase às dez. Nenhum de nós tem sono, mas sabemos que a nossa próxima parada é ali.

Deixo a luz do corredor e a do banheiro acesas, garantindo uma meia-luz no ambiente. Beijo-a em sua nudez por inteiro e é minha vez de retribuir o sexo oral. Envolvemos nossos corpos quentes por horas. Em certo momento, chegamos a um orgasmo juntos.

Depois de muito tempo, acordamos entrelaçados e sem dizer muitas palavras, escovamos nossos dentes e garantimos que alguma roupa estamos vestindo. Ela, uma blusa de moletom minha e calcinha, eu uma camiseta e cueca. Deitamos pra dormir.

* * *

Acordamos às oito e pouco e ficamos de preguiça na cama. Não tem muito o que fazer nessa cidade, e já esgotamos quase tudo, então combinamos de dar uma volta pelas redondezas e encontrar algum lugar pra comer. Tomamos um banho juntos e, em jejum, saímos. Vagamos sem compromisso pelas estradas locais que vão cruzando as pequenas cidadelas. Confesso que nem sei quanto já avançamos em direção ao noroeste do estado.

No carro, estamos ouvindo só as melhores músicas de Dire Straits. Mabel pede pra deixar as janelas abertas e o som bem alto. Curtimos a companhia um do outro sem dizer nada. Adoro isso. Odeio quando alguém interrompe minha parte preferida de uma música pra falar algo só por falar. Giovanna era campeã disso.

Passamos por simplificações da pista próximas às cidades, com diversas tendas onde vendedores simpáticos estão oferecendo frutas, artesanato e doces caseiros. Paro numa delas pra comprar um doce de abóbora maravilhoso pra comer com o famoso queijo de Mongaraíbe que tenho em casa.

Perto do KM 220 da estrada, vemos uma placa que diz "Vila Nova: alambique e restaurante". Olhamos um para o outro e, sem dizer uma palavra, faço o desvio necessário para ir na direção do tal local. O dia está muito diferente de ontem: a temperatura amena em vinte e um graus e nenhuma nuvem no céu. Meu clima preferido. Talvez um pouco mais seco do que meu clima preferido. Mas ainda incrível.

O local é um sítio, na encosta de um morro, com uma entrada aconchegante sem tentar ser imponente, e um caminho de paralelepípedo até chegar a uma casa de teto baixo que serve apenas como recepção e passagem para o que classifico como "grande quintal" ao entrar. Nesse espaço, várias mesas dentro e fora de uma edícula que serve como restaurante, um porco girando no rolete sobre uma fogueira bonita, alguns barris de cachaça curada, dois cachorros labradores relativamente educados rodeando as pessoas, e garçons uniformizados de forma jovem e descontraída. Quem nos recebe é o dono, contando que tenta seguir alguns princípios na sua produção e cozinha. Que utiliza produtos artesanais sempre que possível, mas que prioriza a alta qualidade e que "a arte de produzir e consumir está em saber dar o devido tempo às coisas".

Mesmo sem o convidarmos ou pedirmos, ele nos oferece o primeiro drinque gratuitamente: uma caipirinha feita com sua melhor cachaça envelhecida, pitangas e jabuticabas do quintal, adoçada com açúcar demerara. Uma delícia. O custo da bebida fica claro na sequência: ter a sua companhia por quinze minutos, nos contando a história de sua vida e deste local.

Eu sou daqueles que fala com todo mundo, e Mabel é a pessoa mais doida e cigana que eu conheço. O dono, que pediu que o chamássemos de Werneck, logo se prontificou a dizer que a segunda rodada era por sua conta também, e sugeriu — indicando que, a partir daí, nós pagaríamos — que pedíssemos a linguiça de javali na brasa com limão-cravo e erva-doce de entrada. Fazemos isso e quase peço pra ele assinar minha camiseta com tinta permanente, de tão bom que aquilo está. Quando chega o prato principal, Werneck diz que vai nos deixar. Pedimos uma barriga de porco à pururuca para dividir. Ela vem acompanhada de grão-de-bico temperado e um arroz de açafrão. Divino. Fechamos a refeição com cheesecake de manga e um café perfeitamente tirado. Pagamos a conta, nos despedimos do dono prometendo voltar, e nos vamos.

Coloco no GPS o endereço da casa, e está dando mais de uma hora de viagem. Desta vez, deixamos os vidros fechados.

— Adorei passar o fim de semana com você — Mabel puxa o assunto, já entrando em clima de despedida.

— Eu também. Sua companhia é uma das melhores que já tive.

— Olha só.

— O quê?

— Um elogio, enfim.

— Não fala assim, vai. Eu te elogiei o fim de semana inteiro.

— Nick; você é até romântico, mas não está pra isso. E tudo bem.

Fico em silêncio.

"Romeo and Juliet" está tocando, e ela canta com uma leveza ímpar: *"you and me, babe... how about it?"*.

Talvez vendo minha cara de cachorro que derrubou o saco de ração e comeu metade — uma mistura de satisfação com culpa — pergunta:

— E aí, tem certeza de que não quer continuar ficando?

Sinto um peso no coração. Pra mim a vida não tem coincidências, e os arranhados de Mark Knopfler na guitarra me fazem corroer por dentro. Um medo de ficar sozinho, misturado com uma insegurança de estar cometendo uma burrice.

Respiro, aparentemente, fundo até demais.

— O que houve, Nick?

Interrompo a playlist e coloco "Someone Somewhere in Summertime", do Simple Minds, pra tocar. Música é aquilo que escolho para ouvir de propósito. Viver como se fosse de propósito. Com muita calma, coloco o pisca-alerta e estaciono no acostamento. Olho pra ela, talvez pela primeira vez com total intimidade e alma aberta. Ela franze a testa e elevando as sobrancelhas como expressão de dó.

— Vou me sentir muito sozinho depois que você se for. Eu não sei lidar com a perda.

— Então por que você quer dar um adeus tão brusco? Deixa rolar...

— Eu não sei se gosto de deixar rolar. A vida pregou peças demais em mim pra eu não exercer controle sobre as mínimas coisas que posso fingir controlar.

— Eu já disse que entendo isso em você. Você é tipo um nêutron. Controlado, você gera mais energia para o mundo do que qualquer outra coisa. Perdido, você explode e causa danos em tudo o que tocar.

Dou um sorriso de autopiedade que me faz lembrar a cena do filme de ontem, em que a protagonista diz "eu não sei se você me odeia, ou se é a única pessoa que conseguiu me entender de verdade", e Jack Nicholson responde com sua inalcançável qualidade de atuação: "eu não te odeio".

— Por meses depois que meus pais se separaram, eu sentia uma agonia dentro de mim. Uma vontade de gritar por uns trinta segundos sem parar. Eu colocava então essa música pra tocar, e chorava por cinco a dez minutos, e tudo voltava a ficar bem.

— O que eu posso fazer por você?

— Nada. Tá tudo bem. Eu já superei tudo isso. Aliás, depois de ter passado o fim de semana passado com meu pai, acho que estou pronto pra fechar um ciclo importante na minha vida.

— É mesmo. Nem conversamos sobre isso.

— Pois é.

— Mas, se tá tudo bem, por que você parece tão angustiado?

— Sei lá, eu ainda tenho medo de viver um relacionamento totalmente sincero, seja com quem for. Eu fico aflito. E logo fico triste por me sentir aflito. Eu sei que não vamos ficar juntos na vida; a gente não pode, Mabel. É estranho. Eu não vejo problema em ficarmos juntos por um tempo. Se você está a fim, e eu também. Mas, ao mesmo tempo, eu sinto que eu *preciso passar por isso*, sabe? Pela decisão de falar: "Desculpe, não podemos ficar juntos." Por uns dias sozinho em Mongaraíbe. Pela real despedida de tudo isso, da minha tia. Daí, quando tudo isso passar e eu estiver mais centrado, de repente eu te ligo. Garanto que você vai poder curtir a companhia de um cara muito menos quebrado.

Mabel pisca lentamente como quem pensa e sente o que estou sentindo.

— Eu gosto da sua companhia do jeito que você é. Quebrado ou não. Mas eu te entendo. Então estamos combinados. Amanhã é outro dia.

— Promete que não me odeia?

— Claro que prometo. Quer que eu dirija? — afirma, de forma prática, já que já estamos resolvidos, como não poderia ser diferente.

Enxugo o resto que sobrou de lágrimas em meu rosto, respiro fundo com um nariz meio entupido e digo:

— Não, Mabel. Pode deixar.

Desligo o rádio e vamos num silêncio não tão desconfortável como se imaginaria até a casa.

Chegando lá, Mabel vai aprontar suas coisas e eu lhe preparo um lanche carinhoso pra estrada. Ela me abraça apertado, por uns dois minutos sem soltar, me dando beijinhos no pescoço e na bochecha, olha bem fundo nos meus olhos e diz: "Confiança, Nick, você pode tudo o que quiser."

Não aguento e lhe dou um beijo enamorado, como se nada estivesse terminando ali. Acompanho minha prima até seu carro. Ela entra e me olha de um jeito que, ali, naquele exato momento, parece ser a última vez que vamos nos ver. O rádio de seu carro ainda toca CDs e, ao ligá-lo, a música "A Lack of Color", do Death Cab for Cutie, começa a tocar, o que me impacta como uma adaga no pâncreas. Procuro a palavra certa para descrever esse olhar enquanto ela já vai manobrando o carro para sair. Não encontro. Tudo isso deve ser coisa da minha cabeça.

Aceno e entro na casa da minha tia. Onde eu e meu foco devemos estar. Afinal, já estou acostumado. Fui a segunda opção de todo mundo durante minha vida. Ao perceber isso, fui me acostumando a ficar sozinho. Sou expert em sentir a dureza num olhar do adeus. Mas esse adeus foi escolha minha.

Já dentro de casa, faço o que qualquer homem faria em meu lugar: ligo para minha mãe.

— Alô?

— Oi, mãe.

— Oi, meu bem! Que bom que você me ligou. Que saudades...

— Também estou com saudades, mãe. Quando vamos nos ver?

— Você não está esperando que eu vá pra essa cidade, né? Aliás, preciso te passar o nome de algumas pessoas em que você não deve confiar de primeira, hein?

De onde será que veio a minha insegurança?

— Mãe, não começa. Não, não quero que venha pra cá. Vamos fazer o seguinte: ou vou resolver tudo rápido, ou saio daqui e passo o fim de semana aí com você. Pode ser?

— Combinado.

— E como estão as coisas, filho? O que tem feito de bom? Me conta.

— Estão bem, mãe. Já separei as roupas da tia pra doar para o Lar dos Velhinhos. Agora vou começar com os outros armários. Ela guardava várias caixas com livros e papelada. Preciso separar o que é importante guardar, o que é útil para os outros e o que é lixo mesmo.

— Trabalhão, né, filho?

— Sim. Mas é o que eu disse. Se eu não fizer isso, suas coisas vão parar todas no lixo; inclusive a casa.

— Pelo amor de Deus. Você está certo de estar aí. Quando eu morrer, quero que faça o mesmo com minhas coisas, tá me ouvindo? Mas e aí, está comendo direito? Se cuidando?

— Sim, mãe.

— E a Giovanna. Ela foi com você?

— Não. A gente terminou, mãe.

— Ah, é? Eu não sabia.

— Sei. A Bia não contou pra você?

Minha mãe riu do outro lado.

— Você saca tudo, né, Nicolas? Sim, ela me disse. Até por que você nunca iria me dizer, não é mesmo?

— E eu não acabei de dizer, mãe?

— É verdade. E então?

— E então o quê, Adelina?

— Está tudo bem com isso? Não vão voltar?

— Não, não vamos voltar. E estou ótimo com isso. Obrigado por perguntar.

— Quer que eu te mande comida de algum jeito, filho?

— Não precisa, mamãe. Eu estou realmente bem. Liguei pra saber de *você*. Como você está. Precisa de alguma coisa? Posso ficar mais umas semanas aqui e resolver isso de uma vez?

— Resolver a casa é fácil, filho. Pelo que entendi, você está aproveitando pra se resolver também. Estou certa?

— Certa e sábia. Porém, corrupta.

— Corrupta? Que horror, filho.

— Fala a verdade, vai: isso é um complô. Até o papai está nessa. Todo mundo quer que eu apodreça em Mongaraíbe pra amadurecer. Essa cidade é tão parada que se eu amadurecer mais uns dois meses viro a múmia do *Tutankhamun*.

— Filho, você é uma figura. Não tem nada de complô. A Bia desde o começo achou que ia ser legal pra você se reaproximar da família a partir da cidade e da casa. Que, de repente, o luto sem se reaproximar podia até ter um efeito supernegativo em você. Você sabe que ela se preocupa com você.

— Sim, sim... já sei de tudo isso. E aí você acabou concordando com ela, e pelo visto ela tinha razão, e *blá*.

Minha mãe solta uma risada.

— E o Bruno? Te dando muito trabalho?

— Que nada. Ele é um companheirão.

— Que bom.

— Promete pra mim que sobrevive enquanto eu estou aqui? Quando te encontrar, faremos uma bela macarronada.

— Prometo, filho. Estamos combinados. Cuide-se.

— Você também, mãe. Amo você.

— Te amo, meu filho. Beijos.

Desligo com ela e coloco o vinil "Strange Geometry", do The Clientele, pra tocar.

Pego um pão francês velho que encontrei e faço um sanduíche. Dou um trato na casa e vou direto para o armário do corredor entre as duas suítes, onde vi várias caixas da minha tia, levando comigo uma caixa das que comprei.

Retiro todo o conteúdo de uma das prateleiras, me sento de pernas cruzadas no chão e começo a retirar o que tem dentro. O que for lixo vai para o lixo, o que for doação vou colocar na caixa, e o que for valioso, vou guardar comigo e pensar depois se quero compartilhar com meus primos.

O primeiro item é um livro. Não consigo saber o nome, porque ela o revestiu de embrulho para presente, já que ele está amarelo e caindo aos pedaços. O cheiro de naftalina me faz sentir que ele fora manuseado recentemente por Luzia, e que ele está mais para relíquia do que para velharia. Antes de jogar ele na pilha fictícia de "coisas a guardar" que está à minha direita e, por enquanto, invisível, resolvo abrir e folhear o livro.

Debaixo do título *O Evangelho dos Humildes*, está uma dedicatória:

"*Luzia, de interpretação em interpretação, chegaremos à nossa própria ideia de como aplicar o evangelho de Jesus*" — Ruy.

Me emociono de leve com a dedicatória de meu tio-avô e continuo virando as páginas. O livro está todo marcado, com passagens sublinhadas e notas aleatórias feitas à mão — com a letra da tia Lu. "*IV Feira do Livro Religioso: 13 e 14/07/1985.*" "*Moacir Franco: Bíblia Cassete — Novo Testamento. 17 cassetes. (011) 826-5.000.*" Fico imaginando que eventualmente, os livros espalhados pela casa ou em sua bolsa para lhe dar alento viravam o único pedaço de papel para tomar notas com uma caneta. "*Vera Lucia Eckermann — clínica geral. 577-17.03.*"

Paro por uns instantes pra refletir o que foi que fez minha vida ficar melhor nos últimos dias ou semanas. Ter sido abandonado pela namorada e perder a tia não pode ser. Ter que resolver burocracias de inventário e espólio, tampouco. A Mabel é incrível, mas não é possível que seja responsável por tudo isso. Me pergunto quem eu realmente seria se não estivesse buscando nada. De ninguém, de nenhuma situação. Absolutamente nada. Quem seria o Nicolas, então? Algo realmente mudou em minha mente e atitude, e isso parece estar refletindo no que o mundo me traz, ou pelo menos na minha forma de enxergar o mundo. De certa forma, minha ansiedade continua pregando peças e eu não sei quanto tempo eu tenho antes de cair em meu próprio buraco particular.

Fico interessado em ler um pouco mais sobre o que os livros e notas da minha tia têm a dizer. Não que eu tenha me tornado religioso. Não me vejo exatamente falando com Deus. Tampouco sou psicótico a ponto de achar que Deus fala através de mim. Mas se existe um Deus — e eu não tenho muitas certezas nesse mundo, mas, como um cara de ciências exatas, tenho certeza de que Ele existe — está tentando me dizer algo nas últimas semanas.

No restante da caixa, encontro o livro *O Homem Duplicado* de José Saramago. Abro uma página aleatória e vejo uma frase sublinhada *"o caos é uma ordem por decifrar"*. Coloco na lista daquilo que vou examinar com mais atenção.

Continuo vasculhando a caixa e, de repente, encontro um pedaço de jornal antigo plastificado, que noticia a morte de Samuel Camargo. Respiro fundo lendo a notícia.

A verdade é que tudo começou aqui, nesta cidade. Eu posso não acreditar em muitas coisas, mas as bizarrices que aconteceram ao longo da minha vida fizeram com que eu acreditasse com força que tudo tem uma razão de ser.

A vitrola indica o fim do disco. Estou cansado, e sei que amanhã terei tempo porque não tenho reuniões de manhã. Consigo ler meus e-mails, organizar a agenda da semana e reservar um tempo pra fazer isso. Resolvo colocar pra dentro do armário o que ainda não mexi, deixar a mala e a caixa ali mesmo e levar para meu quarto a pilha de "itens valiosos".

Vou deixar o Bruno dormir ao pé da minha cama hoje.

INSTANTE

Acordo pensando em minha mãe.

Meu relacionamento com ela é complicado. Um tipo diferente de complicação. Com meu pai, o negócio é mais simples: eu entendo exatamente o que ele pensa e sente, porque somos farinha do mesmo saco. Mas eu reajo com cordura quando o farol amarelo do código de conduta aparece. Ele é do tipo que acelera sem medo de passar no vermelho. Discordamos de algumas coisas depois que cresci, mas comungamos em tantas outras coisas que fica "tudo bem". Música, futebol, gastronomia, carreira.

Com minha mãe, eu não tenho quase nada em comum. Eu fui criado por ela com características que hoje eu abomino. Afinal de contas, toda criança é um livro em branco moldado pelos pais. Toda criança é inocente. O que você faz com ela, seja levá-la a um quartel de treinamento soviético a colocar para viver em frente ao mar com duas babás a olhando, isso fica a critério dos pais e aquilo que eles têm à disposição. A origem e a conduta diferem talvez de maneiras mais criativas do que qualquer outra tarefa no mundo — mas a colheita é obrigatória, e quase sempre a criança sai o clone esperado daquilo que se plantou nela. Salvo algumas exceções históricas.

Por isso, insisto que por muito tempo eu fui treinado sistematicamente a pensar e agir como ela — nas suas maiores qualidades e, infelizmente, defeitos. Eu sinceramente acho que acusar a mãe é algo muito século XX, mas, ao mesmo tempo, os psicólogos que atendem meninos estão tomados de histórias interligadas por fios complexos que, quando puxados, sempre desembocam na mãe. Eu não sou diferente. Tive que fazer alguns ajustes em minha sociabilidade e insegurança. Não cresci incentivado a tentar. Quanto menos eu me expusesse no mundo, melhor. Se eu tivesse sido ensinado de uma vez que a perfeição não existe, isso teria me poupado de muita coisa.

Minha mãe é a pessoa mais doce e mais batalhadora do mundo. Ela me ensinou a correr atrás do que é meu, a não desistir e a sempre encarar as cosias de frente. Infelizmente, seu forte julgamento sobre os outros me ensinou a fazer a coisa certa sempre. Isso criou minhas pequenas diferenças com meu pai, e fez com que eu me cobre absurdamente. Bom, meus pais foram um combo com relação à cobrança: se meu pai chegasse em casa e tivesse um brinquedo meu no chão, ele pisava de propósito — forma de me dizer "cuide melhor das suas coisas". Já com minha mãe, eu tinha que me oferecer pra ajudar na bagunça, senão ela rapidamente dizia "pode ir fazer qualquer coisa que a mamãe limpa a sujeira que você deixou pra trás" — ou algo com palavras mais doces do que essas.

Confesso que pensar nos meus pais me deixa confuso. Eu não sei se já conversei com alguém sobre o tema, mas desconfio que isso deve acontecer com muitas pessoas. Ou elas têm uma imagem comportamental, ou circunstancial fixa sobre seus pais, ou não tem ideia alguma do que pensar. Eu me sinto abalado ao pensar em todo esse contexto. Acho que minha gratidão é maior do que qualquer análise psicológica. Por isso mesmo, procuro apenas seguir em frente cegamente. Porém, depois que meu pai esteve aqui comigo, eu sinto que nossas questões se resolveram. Parece superficial afirmar, porque é mesmo. Com minha mãe, não. Com minha mãe é diferente.

Eu vivo numa relação de amor e dor com ela. Jamais haveria ódio entre nós dois. Mas certamente há dor. Dor porque a forma que ela encontrou de vencer seus obstáculos foi se colocar num papel de vítima, coisa que eu também faço. Dor porque quando eu sinto dores normais da vida ela tenta encontrar uma forma simplista de eliminar meus problemas. Dor porque ela parece ter parado de me entender há muito tempo. Eu não sou pai ainda, mas tenho uma visão muito concreta de que filhos são oportunidades extremamente valiosas de aprendermos a compreender o próximo. E ela nunca fez isso e nunca fará. Mesmo com seu próprio filho. Podíamos ter crescido juntos, mas ela preferiu seguir no piloto automático. E foi aí que os problemas começaram: como ela não consegue me alcançar naquilo que vou atrás, ela acha que estou sempre feliz e bem, até que eu não esteja. Me liga toda semana pra saber como estou, e tenta me colocar rédeas ou ideias mais conservadoras na cabeça mas, no fundo, acaba não me perguntando algo que sinto muita falta de ouvir: "como você realmente está?", ou "o que está sentindo com tudo isso?".

Minha história com minha mãe já teve baixos, muito baixos, e altos bem interessantes. Ultimamente nossa relação é morna. Se eu tentar intensificar, ela espana. Se eu esfriar muito, ela dá um jeito de me chamar a atenção. Então assim seguimos. Quando penso em minha mãe, não consigo pensar de forma estática, como abrir um vinho e conversar com ela de forma leve. Em viver o momento. Fazer uma viagem juntos. Sempre fico com a sensação de que ela vai aprontar algo, ou que vai esperar alguma atitude proativa da minha parte. Me sinto inquieto perto dela. E sei que isso não é culpa de seu comportamento apenas. Eu levo culpa disso também, pelo viés que carrego daquilo que vivemos e passamos juntos por muito tempo.

É uma angústia saber que vai ser assim do início ao fim. E que talvez nunca tenha fim. Minha mãe jamais tomará uma parte de minhas lembranças e só. O conflito interno que me leva ao desequilíbrio necessário para provocar uma reação e me levar adiante. Querer lutar contra isso seria como lutar contra aquela vontade de urinar depois da terceira cerveja. Tudo o que se pode fazer é postergar.

Por isso, procuro preencher as lacunas causando uma sensação de bem-estar à minha mãe — de que estou bem e vou continuar bem —, simplificando nossas interações com uma agenda concreta — um passeio no shopping para comer algo específico e comprar uma calça, por exemplo — e sem muita divagação sobre pessoas, situações e muito menos o futuro.

Se eu fosse fazer uma palestra sobre meu relacionamento com minha mãe, perderia a atenção das pessoas em cerca de cinco minutos. Não é algo bem resolvido, tampouco algo que irá se resolver. Minha mãe é, ao mesmo tempo, a pessoa mais importante da minha vida, e uma "caixa de Pandora" que prefiro manter em um lugar onde eu saiba, mas sem muita movimentação ao seu redor.

Respiro fundo e pego meu celular que está na cabeceira. Mando uma mensagem de texto para minha mãe dizendo que a amo muito. Não recebi nenhuma mensagem de Mabel ou qualquer outra pessoa no mundo. Estico o corpo e procuro me espreguiçar para tirar a *zica*, mas o excesso de força faz minha panturrilha contrair em câimbra. Se esse meu devaneio interiorano durar mais do que algumas semanas, precisarei ir a São Paulo buscar roupas de ginástica e me exercitar de alguma forma.

Dou bom dia ao Bruno, desço e sirvo sua água e ração. Usando a chave que deixei com ela, Conceição chega silenciosamente e, quando vejo, já pôs uma mesa com o café da manhã. Agradeço e sento para comer. Volto para o corredor com extrema curiosidade sobre o que mais há naquele armário e caixa.

Vasculho o restante das coisas por uns quinze minutos, mas a maioria do que encontro são notas ilegíveis, contas e boletos pagos; enfim, nada de importante. Separo tudo pra jogar no lixo.

De repente, encontro um pedaço de papel numa pasta "L", escrito com uma caligrafia feita com atenção, como quem passou a limpo algo. O papel tem o seguinte título: "Manual para o renascimento. Ler todas as manhãs. Repetir. Disciplina, disciplina e disciplina." Em seguida, dez frases descritas com um evidente carinho, com trechos específicos sublinhados.

1. A vontade de nada adianta se não houver espírito colaborativo, que traz ordem, socorro e progresso. *Quem ajuda é ajudado.*
2. Não basta admitir que o bem existe; é preciso buscá-lo com perseverança. O êxito social resulta da *fé, para que o bem seja refletido em nós.*
3. Quando focamos nos defeitos do outro, alimentamos nossa alma de sombra. *A maledicência é um vício que nos leva aos labirintos da loucura.*
4. Cada atitude polariza força naqueles que se afinam com tal modo de ser. *Plantamos os reflexos da nossa individualidade ao nosso redor.*
5. *A família é uma conjunção de débitos tóxicos e compromissos com o patrimônio evolutivo da vida.* Alimentemo-la de alegria, amor e paciência.
6. A vocação é a soma de reflexos das experiências que trazemos. *Recebemos uma quota de recursos para honrar,* e a colheita é obrigatória.
7. *A sociedade* que ontem escravizou o braço humano *é hoje obrigada a afagar aqueles de quem furtou* a terra de seus degraus evolutivos.
8. *O atual conceito de prosperidade é discutível,* e esconde uma miséria deplorável. Não há fortuna material capaz de iluminar a consciência.
9. *Abandonar nossos deveres nos trará desgosto e enfermidade.* A culpa nos impõe brechas de sombra nos tecidos sutis da alma, envenenando-nos.
10. Saúde mental têm influência nas enfermidades, e pensamentos sombrios adoecem o corpo. *Morrer é penetrar no mais profundo de nós mesmos.*

Isso é magnífico. Quanto mais tempo eu fico aqui, mais descubro um lado da minha tia que não apenas me identifico como também me traz ideias de como evoluir para aprender a conviver com esse meu lado *sui generis*.

Tia, quem foi você de verdade? Com quem você conversava quando se sentia sozinha? Leio pelo menos vinte vezes essa cartilha, como quem estuda para uma prova de geografia.

Quem ajuda é ajudado.

Me lembro de dona Noca. Hoje vou até sua casa sem falta.

Mas não agora. São nove e vinte. Preciso trabalhar. Em quarenta minutos envio todos os e-mails. Um deles, porém, exige que eu monte um relatório sobre os números de um projeto em que alguns consultores estão em campo coletando. Coloco uma playlist pra ouvir enquanto faço o trabalho. "Comeback Story", do Kings of Leon começa a tocar. Compilo os números e avanço no relatório sem dificuldade. Matemática sempre foi o meu forte. Na escola, a professora passava uma série de exercícios para todos os alunos, e no cantinho da lousa colocava outros exercícios e meu nome em cima. Eu estava sempre vinte páginas à frente do restante da classe. Olhando em retrospectiva, acho que esse tipo de atitude da professora não contribuiu para que eu ficasse mais humilde. A verdade é que isso teve um impacto negativo em minhas escolhas de carreira.

Em determinado momento, vou até a cozinha e requento tudo o que existe que ainda não estragou e faço um almoço simples. Peço para Conceição priorizar a faxina e, se tiver tempo, me deixar algo para o jantar. Me sinto realizado quando estou focado em alguma atividade a tal ponto que topo comer qualquer coisa, em vez de um prato muito saboroso ou específico. Comer é algo que levo extremamente a sério, e se estou disposto a esquentar algo e comer de qualquer jeito é porque, momentânea e invariavelmente aquilo que estou fazendo tem extremo valor ou satisfação pra mim.

Finalmente livre, por volta das duas e meia da tarde, decido ir até a casa de dona Noca de surpresa, e ver se ela está disponível para receber visitas. Pego uma máscara e coloco em meu rosto, tranco o portão da casa e sigo a tradição da cidade à porta ao lado: bato palmas oito vezes simulando a campainha. Uma senhora alta, de cabelos longos cacheados presos por um lenço, sai de dentro da casa para a pequena varanda, trajando uns shorts jeans justo em seus quadris largos e uma camiseta branca que mostra ter sido lavada várias vezes, inclusive com alguns furos aqui ou ali.

— Bom dia.

O sorriso dela parece ter mais dentes do que a média da população mundial.

— Bom dia. Meu nome é Nicolas Camargo. Herdei a casa de minha tia Luzia, vizinha de vocês. Minha família é amiga de dona Noca, e fiquei de passar aqui pra batermos um papo. Ela está em casa?

— Ah, sim. Muito prazer, Nicolas. Me chamo Leonor. Meus sentimentos por sua tia. Ela era uma pessoa incrível. Sempre batia aqui em casa com um bolo de cenoura ou uma limonada bem gelada pra oferecer.

— Obrigado. Realmente, ela era muito especial... Leonor, se este for um momento ruim pra vocês, posso voltar mais tarde sem problema algum. Estou aqui a semana toda...

— De forma alguma. Entre.

Entro na casa e me deparo com uma sala um pouco mais contemporânea e muito maior do que esperava, para ser sincero. Dois sofás delimitam a área de estar com um "L": um de couro em tom caramelo, e outro em tecido moderno acinzentado. Ao canto de cada um, uma mesa redonda com um abajur de design interessante. Sobre um tapete de sisal, uma mesa de centro que pareceu comprada por alguém nessas lojas de departamento. Alguns quadros aleatórios e um espelho numa das paredes, uma estante de ferro com prateleiras em madeira do mesmo tom da mesa de centro. Me pergunto quantas pessoas chegaram a morar nessa casa. De frente, ela parecia pequena, mas é tão ampla por dentro.

— Não repare. Meus filhos redecoraram minha casa há alguns meses, antes de irem todos morar em Aratupeba pelo trabalho. Nem eu reconheço isso aqui mais — diz dona Noca, em sua cadeira de rodas na esquadria da porta que julgo ser a da cozinha. Ao fundo, consigo ver uma mesa redonda de tampo em mogno e algumas cadeiras de madeira trabalhada, bem como um armário com vidros jateados.

— Dona Noca, que prazer. Muito obrigado por me receber em sua casa.

— Imagine, filho. Fique à vontade. O prazer é todo meu.

A doce senhora faz um gesto com a mão indicando que eu me sente.

— Confesso que não achei que você fosse me visitar — diz, enquanto Leonor a ajuda a se posicionar próxima a mim, de frente para a mesinha com o abajur.

— Não? Por quê?

— Não sei... achismo de velha.

— Eu demorei porque recebi umas visitas de um pessoal de São Paulo. Mas queria muito ouvir qualquer coisa que você possa me dizer sobre minha tia. Vai acalentar meu coração.

— Leonor, traga um café fresquinho, com um pedaço daquele delicioso bolo que você fez, sim? — pede à fiel cuidadora, tão silenciosa que já havia feito sua presença invisível no ambiente.

— Sim, senhora.

Leonor se retira em direção à cozinha, antes dizendo: "qualquer coisa, é só me chamarem" e olhando mais para mim do que para a senhorinha, que hoje está vestida com uma clássica roupa de pessoas dessa idade: um vestido dos personagens que estampavam as balas antigas.

— E você, *nêgo*, retire esta máscara. Não vai conseguir comer bolo e tomar café de máscara, não é mesmo?

Ser chamado de "nêgo" me desbloqueou uma memória muito profunda. Não sei por quê, havia esquecido completamente que minhas tias me chamavam assim a vida toda. Juntamente com "guri" ou "guria", é a forma carinhosa usada pelas pessoas da cidade para se referirem a pessoas mais jovens.

— Tem certeza? Vou me sentar um pouco mais longe da senhora, então. Estou super ajuizado, mas não me perdoaria se passasse algo para a senhora.

— Fique tranquilo, filho. É preciso muito mais do que imprudência para matar essa velha de uma só perna. Bem, filho… sua tia era uma mulher extremamente interessante. Eu perdi meu marido há muitos anos, e meus filhos voaram do jeito que a vida tem que ser. Mas sempre a admirei por conseguir dar sentido à sua vida sem um marido e sem filhos pra cuidar.

— Bem, ela cuidou muito de mim.

— Isso é verdade. Seus sobrinhos eram tudo para ela.

Leonor chega rapidamente com uma bandeja de madeira carregando dois pratos de vidro queimado com um pedaço farto de um bolo que parece estar suculento, um bule antigo de inox ou prata trabalhado e duas xícaras de café.

— O café já está adoçado — diz Leonor.

— Não me diga que você toma sem açúcar.

Sim, mas jamais diria isso a elas.

— Assim está perfeito — respondo.

— Ótimo. A vida já é amarga demais para tentar provar bravura ao tomar café, filho.

Olho bem nos olhos de dona Noca, que agora noto terem uma cor clara, entre o verde e o azul.

— Deixe comigo — digo, impedindo que ela faça qualquer movimento e servindo uma xícara a cada um.

— Obrigada. Onde eu estava mesmo? Ah, no cuidar dos outros! Assim como os filhos, os sobrinhos também voam. Lembro de um momento em que sua tia passou a ser um pouco mais solitária. Foi quando começou a visitar o Lar dos Velhinhos. Acho que a caridade foi uma boa companhia pra ela.

— Eu nunca soube que ela era solitária.

— Posso estar entrando em assunto que não é meu. Mas eu acho que ela viveu uma vida de doação. Isso pode ser mais gratificante que tudo; mas, ao mesmo tempo, não iria doer ter família por perto. Uma pessoa deve sempre estar buscando seus sonhos.

— Como é esse "Lar dos Velhinhos"? Tenho umas coisas dela pra doar; você acha que seria útil por lá?

— Sua tia não é a única pessoa que, ao envelhecer, foi ficando sozinha. Existem diversos idosos nessa cidade que acabam sem carinho, sem uma palavra amiga, ou simplesmente sem teto. Um idoso precisa estar sempre amparado caso tenha uma queda ou uma questão mais simples. O Lar dos Velhinhos deve abrigar uns doze idosos à noite e outros vinte e cinco que são deixados ou vão com suas bengalas passar o dia pra ter companhia. O sonho deles era ampliar o lugar pra pelo menos trinta e cinco pessoas dormirem. Mas não se pode tudo nesse mundo. Sua tia passava dias lá ajudando com as tarefas de arrumação, arrecadando pequenas doações etc. Com certeza as coisas que você está separando serão úteis pra eles.

— Que ótimo. Pode me passar o endereço? Devo avisar que vou passar por lá?

— Leonor, escreva o endereço do "Lar" para o Nicolas num pedaço de papel, sim? — diz, como se ela estivesse do nosso lado, sabendo que apesar de estar na cozinha, Leonor estaria de ouvidos atentos à conversa da sala.

— Sim, senhora — diz ela lá de dentro.

Em sessenta segundos, Leonor me entrega um pedaço de papel com o endereço. Não me lembro de ter ouvido o nome desta rua antes.

— Vá direto, sem avisar. Assim você pergunta sobre o trabalho, faz amizade com os idosos e contribui até mais do que está planejando.

— Muito obrigado, dona Noca.

— Quer mais um pedaço de bolo, filho?

— Não. Estou extremamente satisfeito. Muito obrigado — respondo, enquanto Leonor aproveita a "viagem" até a sala e recolhe a louça usada.

— Não tem de quê. Você se parece com sua tia, sabia?

— Verdade? Em quê?

— Sua testa e sobrancelhas. São marcantes como há de ser com os Camargo. E seu perfil me lembra muito o dela. Ela deve estar feliz que você está se conectando com ela lá do céu.

— Assim espero, dona Noca…

— Aliás, a título de curiosidade: não sei se você sabe, mas quem fundou o Lar e o programa de atendimento aos idosos foi seu biso Nuno.

— Nuno?

— Sim, o coronel Samuel. Bem, a família sempre o chamou de Nuno, e eu acabei me acostumando a me referir a ele pelo mesmo apelido.

— O apelido do meu bisavô era Nuno?

— Sim, filho. Por quê?

Decido não entediar a querida vizinha da família com meu sonho. Impossível, porém, continuar falando sobre qualquer outra coisa.

— Você está bem, filho? Parece que mudou de cor.

— Estou ótimo, dona Noca. Deve ser impressão sua… Bem, não quero amolar a senhora mais tempo.

— Não é incômodo algum, filho. Mas, de fato, tenho que tomar um banho. Volte aqui depois de ir ter com os velhinhos. Mande um abraço especial pra eles. Daí você me conta como foi.

— Combinado, dona Noca. Deus lhe abençoe, viu?

— A nós, filho. A nós.

Leonor me leva até a porta com o mesmo sorriso doce e se despede.

Chego em casa e me pergunto se algo disso que estou vivendo por aqui estava nos planos de dona Luzia. Quantas vezes ela terá renascido como eu gostaria de renascer agora?

O homem no meu sonho era meu bisavô? Que merda é essa? Coincidência não pode ser.

De repente, resolvo finalmente parar de ignorar o piano da família. O piano que tenho em casa sempre foi a minha verdadeira distração; talvez a única forma de conseguir me fazer focar em alguma coisa. Acho que posso rabiscar umas notas aqui também. Abro com cuidado a tampa do teclado e retiro o lenço em veludo verde musgo que cobre e protege as teclas, sutilmente desgastadas com o tempo, mas com o visual do marfim original conservado. O instrumento está desafinado em algumas notas e o martelo quase inaudível em outras, mas consigo usar as oitavas principais pra fazer um som. Estou claramente enferrujado.

Paro para olhar meus e-mails pelo celular e vejo que não há mais nada para fazer hoje. Posso ficar aqui dedilhando numa boa. Reflito sobre a conversa com dona Noca e sigo improvisando e deixando as notas me levarem para onde elas quiserem.

QUARTO DE VIDRO

É corajoso realmente aquele que sabe o que quer. É livre aquele que pode fazer o que sabe que quer. Portanto, ser livre exige coragem. O caminho se faz ao caminhar, como diria a avó de uma amiga minha.

No Brasil, aqueles que têm sorte de ter o preparo suficiente para ser competitivos — uma idiossincrasia do capitalismo — acabam tendo que forjar a escolha de seu destino aos dezesseis ou dezessete anos. No meu caso, eu era bom em matemática. Apenas isso. Eu sabia aquilo que não queria para mim com muita clareza, mas dentre tudo aquilo que eu poderia querer, não tinha a menor ideia. Me engendrei numa das melhores faculdades de engenharia do país, mas em pouquíssimo tempo percebi que aquilo não era pra mim. A forma como eu fiz essa análise havia sido muito simples: olhei ao meu redor, com a presunção de que pessoas semelhantes fazem escolhas semelhantes. E eu não era muito parecido com nenhum dos outros alunos. Quando abria a boca pra conversar com elas, tampouco identificava sequer um gosto em comum. Bastaram três meses para que eu me sentisse absolutamente infeliz ali. A única coisa que me salvou foi ter feito amizade com Marcus.

Quando olho para trás na minha vida, não é nada difícil perceber que foram as amizades que fiz que me desviaram da perdição. A frase "amigo é o irmão que escolhemos" é absolutamente verdadeira pra mim. Os meus familiares são obrigados a me aguentar, mas meus amigos escolheram me aguentar porque enxergam algo de bom em mim. Isso me deu a autoestima necessária para seguir adiante com minha vida. Algumas pessoas conseguem tirar esse sentimento do convívio no lar — e quando isso acontece, as amizades transbordam identificação e autoconfiança. Nunca foi o meu caso. Meus amigos enxergavam algo em mim e eu corria pra eles com minhas manchas de sangue expostas e, em vez de me julgar, eles mostravam as suas ou ignoravam o fato de eu ter manchas. Ou às vezes me entregavam um lenço para enxugar.

Marcus foi um dos principais casos reais disso. Não sei se é por conta de uma psique destruída ou por orgulho, mas quando vejo que não consigo agregar a um ambiente ou quando não compactuo com as ideias básicas do lugar, me fecho de tal forma que crio um círculo vicioso onde as pessoas começam a me olhar cada vez mais com cara de estranheza — até que a estranheza vira asco. Ter alguém pra conversar nessas horas faz a janela entre a estranheza e o asco se estender até o seu limite máximo. As outras pessoas ficam olhando e pensando: "O que será que o Marcus viu naquele garoto?"

O divórcio dos meus pais deu seus primeiros sinais na época do meu ingresso na faculdade. Todos os amigos que me sobravam do tempo de escola — os que não haviam participado do apedrejamento no estacionamento do supermercado — viviam entretidos com suas novas faculdades. Talvez eles fossem mais abertos do que eu. Quando olho com frieza, acredito que eles eram apenas mais imaturos do que eu. Por isso, se enfiavam em qualquer buraco sem pensar no que ia dar. Eu já estava muito machucado pra correr riscos. Considerar ir ou não à "cervejada" da faculdade era algo a se calcular, a se criar uma planilha de prós e contras. Quando olhava para eles e percebia que eles estavam, ou *pareciam* estar, felizes com suas escolhas, me fechava ainda mais.

O escape pra mim foi, como sempre, a música. Fui convidado por um dos alunos da escola de música onde estudei a integrar a banda de pop-rock que ele tinha com uns amigos. Eu aceitei imediatamente. A extravagância durou alguns longos meses. Ensaiávamos na casa da avó do Gabriel, o baterista, tomando cerveja e comendo hambúrguer. Tocávamos para trezentas pessoas em bares dos bairros mais badalados da cidade. Fazíamos *after-parties* no apartamento da mãe dele, tomando todos os seus uísques. Em menos de seis meses tocando com a "*Pop Label*" já tínhamos nossas próprias *groupies* com quem nos divertíamos antes, durante e depois das apresentações.

Fazia mais de um ano que a minha banda de rock formada na escola, havia terminado. Senti muita falta de ter esse pedaço preenchido em minha vida. Compor uma ou outra música, colocando pra fora em letra e harmonia aquilo que estava explodindo dentro de mim. Sentir o frio na barriga antes de entrar no palco. Ouvir o barulho dos aplausos e dos gritos. O cheiro de cerveja, borracha e cigarro dos buracos onde tocávamos. Fazer leitura labial em alguém na plateia que está cantando bem alto junto comigo.

Foi com o "Trip Messers" que eu comecei a cantar. Como aconteceu com Barry White, um dia o vocalista faltou no ensaio e eu entrei para cobri-lo. Não que alguém tenha se impressionado com minha voz; simplesmente ela encaixava melhor com o som da banda. Naquela semana, o vocalista disse que não tinha mais interesse em participar do grupo, e por isso havia faltado no ensaio. Comecei a tomar aulas de canto e nunca parei de cantar para duas ou quatrocentas pessoas desde então. Até essa droga de pandemia começar, é claro.

Sempre achei interessante ler a biografia de músicos famosos. Aqueles que sobrevivem certamente têm segredos e hábitos, encontrados nas entrelinhas de suas biografias, para conseguir sobreviver a todo o desequilíbrio promovido pela vida boêmia e o foco exacerbado em suas imagens. A música é a mais artística das artes. Sobreviver a si quando se expõe todas as suas verdades ao mundo em cima de um palco é como tomar sol nu e sem protetor solar no deck de um iate navegando em mar aberto e sem ideia de quem o está pilotando.

As bandas eventualmente terminam. Além de serem um casamento de três ou mais pessoas, elas exigem disciplina no caos. Não foi diferente com a banda que me distraiu durante os dois primeiros anos de faculdade. Maledicência, traição, drogas, diferentes interesses e, como num acidente aéreo, uma tempestade perfeita de múltiplos acontecimentos fez com que o grupo implodisse.

Minha amizade com Gabriel perdurou. Passei os seis meses seguintes pensando em projetos que poderíamos abarcar juntos na música. Toda quarta-feira, ele me levava para o sarau na casa de uns amigos dele no centro da cidade. Cada um levava seu instrumento. Enquanto um tocava, os outros observavam seu improviso como se o mundo tivesse parado lá fora. Se alguém sentisse que o *timing* era certo, acompanhava o solo sem se sobrepor, mas fazendo uma cama melódica que daria mais corpo e destaque ao solista da vez. O processo era bem simples: entrava maconha, saía desabafo em forma de notas musicais. No começo eu fiquei acanhado com os *inputs* e *outputs*; com o tempo, fui me soltando. Tive que experimentar algumas coisas nessa vida, porque minha mãe me manteve numa jaula por muito tempo. Para alguns, viver numa redoma é como viver numa grande fazenda autossuficiente: tem-se ar, fluidez e liberdade. Para quem viveu como eu, quando se percebe que há um mundo lá fora diferente do seu, não se tem a segurança de que sua jaula possa ser o melhor que existe. E aí temos que experimentar e quebrar a cara algumas vezes até encontrarmos nosso lugar.

Talvez todos os meus encontros com Gabriel tenham sido uma desculpa para secarmos de vez o estoque de uísque de sua mãe. Mas isso deu bons frutos. Formamos uma banda *cover* de um grupo de rock inglês alternativo que eu não conseguia parar de ouvir. Na época, eu tinha dezessete anos e ainda não podia dirigir. O Souza me dava carona pra faculdade, mas suas aulas eram de tarde. Então eu ia para as aulas, almoçava, fazia os trabalhos da faculdade e, no meu tempo livre, ficava no carro do Souza ouvindo o primeiro álbum da banda que tentávamos imitar nos palcos.

Por mais que seja loucura, tenho até hoje a fantasia de que existe uma conexão bizarra entre o vocalista da banda e eu. Ele, principal compositor do grupo, fez basicamente a trilha sonora da minha vida até aqui. Se ele estava num bom momento e fazia músicas quase que dançantes, eu também estava. Quando eu estava na fossa, ele escrevia coisas que expressavam exatamente o que eu estava sentindo.

A banda está ativa até hoje, mas devido à pandemia, estamos há um ano e meio sem performar em público ou sequer ensaiar. O piano que tenho em casa deve estar desafinado e com muitos ácaros a essa altura, já que não o abro há meses. Gabriel uma vez me disse: "O seu problema é ter o dom: como eu não tenho, eu devo tocar horas todos os dias para não perder a qualidade; você consegue ficar meses ou até anos sem encostar em qualquer instrumento e em alguns dias já está performando o seu normal novamente." Concordei com ele quando ele me disse isso, lembrando que o problema disso é que o meu "normal" será sempre medíocre. Somente os que têm disciplina, humildade e persistência atingem seu potencial por completo. E um homem que não se utiliza de todo o seu potencial acaba por restringir o potencial dos demais à sua volta.

* * *

Horas depois, levanto-me do piano e, com todo o cuidado, recoloco o feltro para proteger as teclas, e fecho a tampa sobre elas. Reflito se existe algo que me faz amável. Será que alguém me amaria se eu não tocasse piano? Quais são minhas características principais, se é que existem, que não necessariamente me definem, mas fariam com que alguém me apresentasse para sua família com orgulho?

Outro dia, passei pela avenida que leva o nome do meu bisavô na cidade e avistei uma pizzaria. Resolvo tentar pedir. Aquela pizza pronta que comi com Mabel não valeu. E pizza nunca é demais. Nunca. Encontro o número na internet e peço uma pizza grande; os sabores: meia marguerita, meia portuguesa. Amanhã posso comer no café da manhã o que sobrar de hoje.

A pizza leva quase uma hora para ser montada, ir ao forno, ser coletada e trazida por esses longos dois mil e trezentos metros que me separam do restaurante. Da próxima vez, eu mesmo irei buscar. Enquanto isso, aproveito para tomar um banho. Me lembro que hoje meu Palmeiras joga. Assisto ao jogo enquanto como a pizza. Meu time toma o empate do time adversário, e eu tomo a virada do glúten contido na pizza. Vou dormir mal-humorado.

* * *

Acordo de um pesadelo horrível.

Por que será que tenho sonhado tanto? Acho que nos últimos quinze anos não sonhei tanto quanto nesses dias. Sonhei que havia sofrido um mal súbito e morrido. O que inicialmente achava que era o outro lado da vida era, na verdade, um ponto intermediário sobre esse mundo e o que, no pesadelo, representaria o meu destino. Estava preso numa realidade em que eu conseguia ver, ouvir e sentir o cheiro de todas as pessoas que conheço, mas não podia de fato tocá-las, nem elas conseguiam me ouvir. Acho que nunca senti tanta angústia na minha vida. Eu assistia às pessoas se reencontrando depois da pandemia, abraçando-se e conversando alegremente. Elas não mencionavam a mim, e algo na atitude delas fazia parecer como se elas nunca tivessem me conhecido. Eu tinha vontade de rir com elas, mas elas ignoravam a minha presença. Uma delas era meu amigo Rodrigo, que não vejo há anos.

* * *

Em determinado momento, meus pais decidiram me mudar de escola. Digamos que eu estava apresentando alguns comportamentos não tão cristãos, e minha mãe trabalhava num colégio de freiras. Então a decisão foi me colocar lá.

Rodrigo foi meu primeiro amigo na nova escola. Ele foi alguém que me ensinou a ter comportamentos menos cristãos ainda.

Quando tínhamos uns dezesseis anos, formamos nossa banda. Os "Trip Messers" eram uma vingança pessoal. O nome fazia alusão a gangues de motoqueiros fora-da-lei de Montana. Transformaríamos aqueles meninos deixados de lado pelas pessoas populares da escola em metaleiros descolados. Enquanto outros meninos — tão "alternativos" quanto nós — formavam a banda de indie rock mela-cueca, nós queríamos impressionar pelo peso do nosso som e da nossa imagem.

Me lembro claramente de entender um pouco mais sobre o mundo quando pessoas que antes sequer olhavam pra mim começavam a se interessar ao me ver no palco. Coisa da idade. Os valores de um adolescente são tão sólidos quanto o resultado de curto prazo que eles obtêm quando agem sem pensar.

Agir sem pensar foi o que fiz quando liguei para o Rod e disse a ele que não permitiria que ele fosse morar na casa da minha namorada. Havia sido ele quem me apresentara para a Tati, e ele conhecia sua família toda há muitos anos porque foram vizinhos por muitos e muitos anos. Ela se mudaria para o Canadá devido ao pai, e o plano do meu amigo era trabalhar de alguma forma liberal ou ilegal por lá, e juntar uma cota pra poder pagar a faculdade que deixaria com matrícula trancada por aqui. Seu pai estava desempregado e não conseguia continuar pagando. Apesar de saber que a família de Tati o acolheria, também sei hoje que seu plano nunca teria dado certo. Acho que, no calor do momento, eu deixei meu ciúme falar mais alto e melei de vez nossa relação.

Acredito que as últimas palavras de Rod tenham sido "beleza, eu não vou para o Canadá; mas você e eu nunca mais conversaremos novamente". Ou algo assim. Me distanciei de muitos dos meus amigos na vida, mas com o Rod o motivo fora realmente idiota.

* * *

Não houve um momento "a-há!" deste meu sonho. Eu simplesmente acordei. Mas agora que fiz, estou aliviado de estar aqui. Neste mundo. Neste cantinho de mundo aconchegante que é Mongaraíbe.

Se acordei com alguma sensação, é a de que eu gosto da minha vida. E o pesadelo talvez tenha sido apenas um devaneio da minha consciência instigada a me despertar, que acabou se tornando mais angustiante do que ela própria imaginava quando resolveu me pregar essa peça.

Olho no relógio do celular, que marca três da manhã.

Não é que eu tenha perdido o sono: é que eu realmente não quero voltar a dormir tão cedo.

Pego meu celular e redijo uma longa mensagem para meu amigo, e mando via SMS e e-mail. Não sei se os contatos que tenho dele permaneceram os mesmos, mas são as duas possibilidades que tenho de que minha mensagem o encontre.

Rod,
A gente esteve um ao lado do outro em
muitos momentos sombrios das nossas
famílias. Cheguei até a ter momentos assim
sem você por perto, mas os que vivemos

juntos sem dúvida foram os mais malucos possíveis.

Uma bobagem acabou nos separando, mas cada dia mais percebo que nada pode separar uma amizade verdadeira. Principalmente a nossa. Não sei o porquê, mas sinto que os carmas que colhemos hoje foram plantados fazendo merda juntos em outras vidas. O tempo escorre pelas mãos, e sinto saudades de quando sentávamos na minha varanda pra desfrutar um Bourbon, fumar um maço de Lucky Strikes, e sentir nostalgia do que ali já não era possível viver de novo.

Obrigado por ter sempre se esforçado tanto pra me lembrar de quem eu sou. Por ter paciência comigo inúmeras vezes e por ter tentado — às vezes com muito esforço — não me julgar.

Espero que as coisas estejam bem por aí, e que possa me perdoar. Quando essa pandemia acabar, ia ficar muito feliz em reencontrar você.

Um abraço,

Nicolas

Escrever essa mensagem me faz bem instantaneamente. Onde será que minha tia Luzia está neste momento? Será que ela deixou para trás alguma rusga, algum desafeto? O que teria feito diferente se tivesse mais uma semana pra viver?

Morrer é penetrar no mais profundo de nós mesmos.

As pessoas que me fizeram estar aqui, aqui me abandonaram. A Bia, meus primos, todos seguem suas vidas como se nada tivesse acontecido. São minha tia e meu bisavô que conversam comigo. Por cartas, por manuscritos ou por sonhos, é quase impossível não ouvir o que eles têm a dizer. No limite da vida, crescemos por nós mesmos. Mas é confortante a sensação de "crescer por alguém". Parece que fica mais fácil. Deve ser por isso que as pessoas acabam tendo mais de um filho.

No dia da nossa formatura, meus amigos e eu nos abraçamos, e o impacto desse abraço foi tão forte que criou um ângulo de meio grau entre cada um de nós. Seguimos por caminhos diferentes que, a princípio, pareciam similares. O problema é que, com o passar do tempo, esse pequeno ângulo garantiu uma distância enorme entre nós. Sinto que não conseguimos nos conectar mais, e isso é angustiante. Mas eles não têm culpa de tudo o que aconteceu comigo e da minha forma inflexível de reagir. Sinto realmente muita falta deles. A pandemia deu um tabefe em todo mundo, e cada um está perdido no seu canto.

Consigo voltar a dormir rapidamente, como um trabalhador com a consciência limpa depois de um dia cheio.

QUARTZO ROSA

No dia seguinte, estou disposto a ir conhecer o Lar dos Velhinhos. Ainda não tenho malas e coisas prontas para doar, mas já estou procrastinando demais em conhecer esse lugar. Pego o papel que Leonor me entregou com o endereço, e ponho no aplicativo do celular. Conheço as vias da cidade visualmente, mas nem em cem anos decoraria o nome de todas as ruas. Vou de carro porque a localização parece um pouco afastada do centro.

O dia está lindo e a temperatura, amena. Não vejo muito movimento na rua, o que me faz recordar São Paulo e imaginar o que podem estar fazendo a essa hora Giovanna e Maria Isabel. É curioso que, apesar de Mabel ser mais "descolada" do que a Gi, eu imagino que profissionalmente elas se comportem de maneira antagônica. Mabel me parece alguém séria e disciplinada no trabalho. Penso o resto do curto caminho se haveria alguma semelhança entre elas. Existem psicólogos ganhando rios de dinheiro com análises profundas sobre o *como* e o *porquê* de as pessoas se conectarem. "Você escolheu a Giovanna porque tem uma insegurança basal derivada do relacionamento dos teus pais e da falta de suporte para sustentar suas próprias convicções consigo mesmo. A partir do momento em que encontra alguém que te escuta e afaga, alguém que não vai brilhar mais do que você, e que tem um tom submisso leve e lembra muito sua mãe, você instantaneamente se vê apaixonado por ela." Ou "Mabel é claramente um espólio do que você acha que quer pra você baseado em um relacionamento anterior que terminou em frustração. Ser cobiçado te atrai no seu pior momento." Isso pra mim é esterco equino. Como seria a história que explicaria duas pessoas tão diferentes se interessarem pelo mesmo cara em momentos de vida muito semelhantes? Eu conheci a Giovanna por meio de um amigo, e nós clicamos naturalmente, como quando se pega um álbum novo de alguma banda e, de cara, você se conecta com alguma música e eventualmente essa mesma música passa a ser a sua menos preferida do álbum após escutá-lo integralmente dezenas de vezes. Já com Mabel, a história é curta. Não houve clique algum, e sim duas pessoas do sexo oposto boas de papo e que se sentem atraídas, fazendo o que não se deve. As pessoas se cruzam e ponto. E se gostam ou não se gostam e ponto. Não acredito em tantos delírios do nosso subconsciente. Apenas na complexidade que é a sociedade humana.

Ainda penso com carinho na Gi. Fico decepcionado de pensar no que ela fez comigo, mas — de fato — cada um dá aquilo que tem para dar. O segredo está em ser franco e honesto quanto ao que se tem a oferecer. Psicopatia é prometer aquilo que sabe que não vai conseguir suprir, em prol de alguma vantagem. Eu sei bem o que é isso.

* * *

Decido parar na praça para comer primeiro, comprando um tíquete com um guarda mirim. Na padaria, tomo um pingado e como um pão com pouca manteiga na chapa. Depois de usar o banheiro do local para urinar e checar se não havia um ou outro pedaço de pão presos entre os meus dentes, pago a conta no caixa e pego um pacote de chicletes para a viagem.

O lar fica numa esquina na parte norte da cidade. Realmente afastado. As ruas por ali ainda são de placas de pedra sextavada, mas muito próximo dali já começam as ruas de terra. A entrada do lar conta com um portão estreito, por onde certamente não passaria uma ambulância ou tampouco um veículo de frota funerária. O letreiro, que tem algumas letras apagadas pelo tempo, estampa com dificuldade: *"Lar dos velhinhos: casa de repouso e amparo social"*.

Por fora, ouve-se um burburinho das duas grandes janelas coloniais amarelas, mas não consigo enxergar direito o ambiente interno. Chego próximo à porta e consigo ouvir uma televisão ligada lá dentro.

Coloco minha máscara, bato palmas em vez de bater na porta e, mais uma vez, meu gesto interiorano tem sucesso. Um rapaz magro e muito alto, de cabelos longos, abre a porta principal.

— Bom dia!

O sorriso dele é muito simpático, e o sotaque carregadíssimo.

— Bom dia. Desculpe incomodá-los. Meu nome é Nicolas; sou de São Paulo e tenho família aqui em Mongaraíbe. Minha tia acaba de falecer, e acredito que algumas de suas coisas possam ser usadas por vocês. Queria conhecer mais o trabalho do Lar, e entender como funcionam os processos de doação — além de saber o que poderia ser bom pra vocês.

— Que ótimo! Entre, por favor. Vou chamar a nossa coordenadora, Paula. Por favor, aguarde aqui, sim?

O moço dá uns três passos adiante e volta com um misto de indignação e timidez.

— O senhor aceita uma água ou um cafezinho enquanto aguarda?

— Não, muito obrigado. É muito amável.

Ele se retira e, enquanto espero, examino meu entorno. Estou num hall que tem passagem para duas salas, uma de cada lado, com molduras muito bonitas decorando-as. Em frente, uma parede que tem uma porta trabalhada pintada de azul-claro, que dá para um corredor. Ao seu lado direito, um vaso bonito com o que eu julgo ser um filodendro; à esquerda, uma pequena portinha vaivém que parece dar para uma cozinha.

Enquanto me distraio com o imóvel, escuto uma voz atrás de mim.

— Você é neto da dona Luzia?

Quando me viro, tomo um pequeno susto com um senhor sentado em uma cadeira de rodas muito simples. Ela me parece suficiente para ele ficar confortável dentro do recinto, mas duvido que seja possível andar com ela na rua sem que ela se quebre em dez segundos. O senhorzinho está vestindo a roupa mais engomada e clássica possível para este clima, o que o torna aindamais simpático.

— Olá! Sou sobrinho dela. Muito prazer, meu nome é Nicolas — digo, fazendo um aceno com a mão direita.

— Ah, claro. Tire a máscara um segundo, sim?

— Tem certeza? — respondo, apenas afastando a máscara do meu rosto.

— Você é à cara dela, sabia? Mas já havia reconhecido de longe, apenas por seus olhos. Sua tia era muito querida por todos aqui. Ficamos muito tristes com a partida dela, e mais ainda em não conseguirmos ir ao enterro. Sabe como é, aqui estamos todos no fim da linha também. Mais fácil encontrarmos ela do lado de lá. Só nos resta esperar.

Como pode isso? Será que sou tão parecido com minha tia assim? Me distraio com o lindo riso do senhor, quando escuto a voz do que imagino ser a Paula. Me prontifico a colocar a máscara novamente como se fosse uma criança que foi pega fazendo algo errado.

— Boa tarde! — ela me diz.

O senhor rapidamente acrescenta: "Vou deixar vocês em paz; foi um prazer conhecê-lo viu?"

— O prazer é todo meu.

— Até já, seu Getúlio — diz Paula.

Paula parece uns cinco anos mais velha do que eu. Não sei exatamente o que demonstra isso, mas parece ter o rosto marcado como alguém que sofreu bastante. Talvez eu a esteja julgando. De cabelo pintado de um castanho-claro, usa uma roupa leve, e tem postura de quem está segura em comandar esse lugar.

— Que lugar lindo que vocês têm por aqui — digo pra quebrar o gelo.

— Ah, é gentileza tua; imagine! O Charles me disse que seu nome é Nicolas, é isso mesmo?

— Isso. Nicolas Camargo.

— Um *Camarguinho*? Você é parente da dona Luzia, então?

— Sim senhora.

— Ah! Pois seja muito bem-vindo! Como posso ajudá-lo seu Nicolas?

— Na verdade, eu queria conhecer o trabalho de vocês por aqui. Dona Noca comentou que minha tia sempre recolhia doações e ajudava em alguns momentos.

— Dona Noca… ela é um amor, não é mesmo? Pode parecer pecado dizer assim, mas eu invejo essa mulher, viu, sempre disposta e alegre, por anos sem uma perna. E agora o câncer. Parece que nada a derruba.

— Câncer?

— Sim, a Noca está com um tumor no pâncreas, se não me engano. Só sei que os médicos não toparam operar, então ela está lá esperando seu fim. Preciso ver se consigo ir até sua casa visitar ela, pelo menos mais uma vez — diz em tom pensativo.

Fico perplexo. Dona Noca realmente me pareceu bem, e de bem com tudo. É impressionante sua capacidade de se impor sobre a vida sem deixar que ela seja dominada por seus truques.

Plantamos os reflexos da nossa individualidade ao nosso redor.

— Eu não sabia. É uma pena mesmo — digo.

— Mas venha, deixa eu te mostrar nosso querido lar.

Paula me guia pelo pequeno saguão da esquerda, que faz um L em direção a um pequeno corredor que tem dois banheiros e uma segunda entrada para a cozinha. Nesta antessala, três mesas de jantar estão dispostas da forma como dá. Uma vistosa lareira se encontra no canto. As marcas de fuligem e algumas lenhas empilhadas ao lado mostram que ocasionalmente ela é usada.

— Esse é o cantinho da noite. Nossos queridos jantam aqui, depois ficam batendo papo e jogando baralho. Se precisarem usar o banheiro, temos duas enfermeiras que ajudam também. A gente costumava ter um piano aqui e o seu Getúlio tocava pra eles, mas depois acabamos recebendo mais quatro pacientes que estão dormindo na outra sala e precisamos de mais uma mesinha pra eles jantarem. Aqui é tudo doação, viu? E sua tia foi uma das pessoas que sempre ajudou. Doava e se fazia presente também. Era lindo de ver. Ela tinha mais idade do que vários dos nossos residentes, mas uma vitalidade jovial.

— Ela era uma pessoa especial, né? E esse espaço é bem aconchegante. Essas janelas trazem uma brisa bem gostosa — digo, tentando disfarçar minha honesta compaixão pelo aperto em que esses idosos vivem.

Paula me leva do outro lado, onde vejo uma sala com um certo ar de bagunça. O piso range aos meus pés enquanto caminhamos. Em quatro cantos das paredes, colchões que são mais macas do que camas estão dispostos e bem-arrumadinhos. Uma TV velha numa das paredes, e seu Getúlio faz companhia para uma senhora. Estão assistindo a um programa de auditório. A senhora me olha, sorri, e logo volta sua atenção para a TV.

— Onde estão os outros pacientes? — procuro usar o mesmo termo que ela usou para se referir a eles.

— Alguns estão em seus quartos, repousando. Inclusive, se o senhor não se incomoda, não vou entrar contigo nesse corredor que tem os dois quartos e o banheiro. Outros saíram com as enfermeiras para uma pracinha aqui perto. Os que conseguem caminhar com mais autonomia são levados para tomar um solzinho e se distrair. Os demais tomam seu solzinho das janelas da sala.

— Entendi. São quantos, ao todo?

— Hoje estamos com dezoito, seu Nicolas. Oito deles dormem num quarto, seis no outro, e os quatro aqui na sala. Aumentamos a capacidade recentemente, como comentei.

— E eles recebem visita de familiares?

— *Xé!* — diz ela, numa expressão muito utilizada em Mongaraíbe, mas que eu não ouvia há tempos.

Quase dou risada pelo exagero no expressionismo de Paula.

— Jamais?

— A maioria foi abandonada aqui. E temos uma fila de mais idosos, que vêm passar o dia. Toda semana recebemos uma ligação da Santa Casa ou de alguma família dizendo "preciso me livrar dessa pessoa". Mas pra acolher eles, iríamos precisar de uma nova casa, ainda maior do que esta. Fazemos o que podemos.

— Que coisa. E de onde vem o dinheiro pra custear isso?

— Bom, de diversas fontes. Temos a isenção do Imposto Predial. Fazemos uma vaquinha com dois bingos que realizamos todo ano, e um show beneficente da prefeitura na praça. Isso ajuda a gente a pagar contas de água e luz, e comprar comida. O salário dos funcionários vem da pensão paga pela Prefeitura. E também recebemos doação de alimento do Centro Espírita *Pedro & Anita* e da Catedral da cidade. Todos ajudam um pouco.

— É um trabalho muito lindo. Parabéns, Paula. Você o realiza há quanto tempo?

— São quase quinze anos agora. Já passaram por aqui quarenta idosos que chegaram e se foram desde que comecei. Pelos registros, desde sua fundação, foram mais de cem. Gosto de pensar que foram felizes.

— Com certeza foram.

— Um dia saberei disso. Por ora, sigo fazendo o melhor que eu posso. Essa conversa é para outra hora, mas não faço mais do que minha obrigação. Foi o antigo coordenador deste trabalho — que Deus o tenha — que me tirou de uma vida diferente e me mostrou um caminho de Luz.

*"A sociedade é hoje obrigada a afagar
aqueles de quem furtou."*

O povo dessa cidade é extremamente espiritualizado. Dá gosto de ver.

Faço um gesto de quem compreende o que ela diz, mas também não se vê no direito de saber mais sobre o passado que carrega, e desvio o assunto perguntando:

— Bem, em primeiro lugar: como posso ajudar?

— Olha, estamos precisando de alguns remédios. Se o senhor conhecer alguém que possa ajudar com isso.

— Deixa comigo. O que mais?

— Aos domingos, fazemos uma grande faxina na casa. Podemos sempre usar uma mãozinha extra.

— Feito também. Que horas devo estar aqui?

Paula abre um sorriso.

— Nove da manhã está ótimo.

— Nove da manhã — repito.

— Essa já será uma ajuda espetacular.

— Perfeito. Além disso, gostaria de doar algumas coisas da minha tia. Queria saber se vocês teriam interesse. Caso contrário, posso procurar outra instituição…

— De forma alguma. Do que estamos falando? Roupas?

— Roupas, livros, utensílios domésticos, coisas de cozinha, talvez até um ou outro item de mobília etc.

— Vamos ficar muito gratos em receber suas doações, seu Nicolas.

— Maravilha. Preciso de mais alguns dias, talvez umas duas ou três semanas, e trago tudo de uma vez; pode ser?

— Como for mais fácil para o senhor.

— Pode me dar a lista de medicamentos?

— Sim, senhor. Só um minuto, vou anotar tudinho para o senhor.

Paula se ausenta e volta depois de um tempo com a lista em mãos.

— Aqui está. Não são poucos.

Olho de relance, e vejo que a maioria são remédios analgésicos básicos, xaropes e emplastros. Quantidades grandes, mas não devem ser caros.

— Pode deixar. Vou agora mesmo à farmácia e compro tudo.

— Imagine, seu Nicolas. É muita coisa. Mas veja aí o que o senhor consegue.

— Volto em menos de vinte minutos.

— Combinado, então.

* * *

Vou à farmácia e compro todos os remédios. A conta dá pouco mais de trezentos e cinquenta reais. Parcelo em duas vezes no cartão de crédito. Saio me sentindo extremamente bem; o trajeto entre a farmácia e o Lar dos Velhinhos é leve, alegre e harmonioso. A única rádio que pega na cidade está tocando "Peter Frampton". Escuto e me distraio com a paisagem de volta ao querido casebre. Lá chegando, deixo os remédios com Paula e prometo retornar para ajudar com a faxina do fim de semana.

Adorei o *Lar*. Estava inseguro de ir, mas fui tão bem recebido por todos, além disso, minha tia parecia estar presente.

Preciso me sintonizar mais com esse tipo de vida. Me sensibilizar com as vítimas da pandemia de longe e fazer doações esporádicas definitivamente não é a mesma coisa que estar envolvido em algo de significado. Julgo a mim mesmo por me sentir assim, mas confesso que me sinto mais completo em fazer parte de um bem maior do que apenas o meu próprio. Talvez ter estado longe disso era, na verdade, uma das causas do meu coração esvaziado.

Abandonar nossos deveres nos trará
desgosto e enfermidade.

Será que estou chegando a algum lugar com tudo isso? Ou meu combustível vai acabar no meio do caminho?

OUTUBRO DE 2021

DERIVA

O tempo passa rapidamente. Desde que fui ao Lar dos Velhinhos, não voltei à casa de dona Noca. Fiquei petrificado em saber sobre seu câncer e não tomei atitude alguma.

É impressionante a força que ela tem e o quanto ela ensina em dez minutos de presença. Há pessoas que convivem conosco uma vida toda e temos dificuldade de extrair o fio da meada delas. Outras, mudam nossa existência em instantes. O que será que posso fazer para marcar a vida de alguém assim? Alguns têm o dom de criar um legado. Como meu bisavô.

O fantasma de Nuno não apareceu mais.

Estive focado em dar um trato nas coisas da minha tia. A explosão de sabores mentais foi tão complexa quando mexi em seus "pertences intelectuais", que resolvi deixá-los por último na arrumação. A última vez que mexi naquela prateleira, peguei algumas coisas dela e levei para o quarto comigo. De vez em quando, pego um dos livros para ler. Tenho estado em boa companhia: Saramago, Kafka e García Márquez. Comprei uma mesinha fina e vertical e um abajur de cor sóbria, e instalei ao lado da minha poltrona preferida na sala. Criei um lugar aconchegante. Não sou completamente metódico, mas para algumas coisas aprecio um ritual.

* * *

Tenho seguido uma rotina. Começar o dia com um banho, pegar meu jornal e levar até a cozinha, preparar um café da manhã, comer enquanto leio meu jornal, abrir a porta para Conceição nos dias em que ela vem, ligar meu computador e seguir minha agenda de trabalho até a hora do almoço. Comprei uma coleira pra tentar levar Bruno para passear, mas é evidente que ele está velho e indisposto demais pra isso. Ele arriou antes de chegar na esquina. Então dou liberdade total a ele dentro de casa e quintal, e ele escolhe onde quer ficar. Nunca fez suas necessidades dentro de casa, e conquistou minha confiança neste aspecto.

Também comprei roupas mais leves e um tênis de corrida numa loja do calçadão do centro pra poder caminhar pela cidade ouvindo música e praticar algum esporte. Minha agenda tem sido tão cheia que resolvi comprar mais roupas por aqui.

Fiz uma playlist com trinta e seis músicas para escutar nas minhas caminhadas. Uma para cada ano da minha vida. O objetivo da lista é ser a mais eclética possível, e respeitar meu estado de espírito.

* * *

Uma boa notícia das últimas semanas é que recebi uma resposta de Rodrigo via e-mail. Fiquei muito feliz com a resposta dele. Já se passavam quase três semanas desde que enviei meu sinal de fumaça, e confesso que não estava mais esperando nada.

Nick,

Fiquei muito feliz em receber sua mensagem e saber de você. Quando somos jovens, fazemos bobagens das quais rimos ou choramos quando envelhecemos. O que aconteceu ficou no passado, e vou ficar muito feliz de te reencontrar qualquer dia desses. Te aviso quando for a São Paulo, porque estou morando no interior há cinco anos com a Lisa. Meu celular mudou: (15) 8196-0202. Assim que a pandemia oficialmente acabar (espero que logo!), me manda uma mensagem e combinamos. Espero que continue bem por aí, mano.

Um abraço, Rod.

Ele não quis entrar em detalhes de sua vida como, por exemplo, a cidade onde está morando, mas me passou seu telefone. Acho que isso é o suficiente para um recomeço. Vou esperar algum marco no jornal com relação à pandemia pra escrever a ele e contar que podemos nos encontrar em outra cidade, que não a capital.

No dia que recebi sua mensagem, ouvi as músicas que compusemos e gravamos juntos em nossa época de banda umas trinta vezes enquanto trabalhava.

Estou com saudades dos meus vinhos. Aqui não se encontram bons vinhos.

No fim daquele dia, abri uma garrafa de uísque que ainda não tinha aberto no bar de minha tia, e me sentei na poltrona, ouvindo o álbum "Alexandria The Great", de Lorez Alexandria, e pensando no poder da amizade.

A família é uma conjunção de débitos tóxicos e compromissos com o patrimônio evolutivo da vida.

Nada é mais trabalhoso do que entender ou aceitar os membros da família. É fácil olhar para trás, reconstituir a história, e contar com olhos de quem aprendeu — como feito no livro com a árvore genealógica da família que minha tia Rosa me presenteou. A verdade é que é muito mais difícil viver a história até chegar no ponto em que nos orgulhamos dela e rimos juntos sobre ela.

Isso não se aplica às amizades. Nossos amigos são um reflexo da nossa essência, um testamento ao perdão. Eles nos mostram como a sociedade nos vê, e são capazes de nos perdoar incontáveis vezes. Afinal, foi escolha deles em primeiro lugar nos acolher como amigos, e eles sabem de nossas vulnerabilidades mesmo quando estamos vivendo sob a ilusão de que elas não existem. Sem a verdadeira tolerância, uma amizade vai à ruína. Em família, a tolerância pode tornar as coisas mais fáceis, mas não garante o sucesso da empreitada. Amigos nos ensinam a sermos generosos. Acredito que tenha sido Dalai Lama quem profetizou que "na presença dos amigos, nos tornamos especiais, somos mais leves e camaradas; para com eles teremos sempre uma boa dose de complacência — uma espécie de perdão permanente — para que a velha amizade nunca chegue ao fim, pois isso seria mais desastroso que tudo".

Lembrar que ainda tenho amigos é uma das melhores notícias.

Outra boa notícia é que recebi meu bônus de fim de ano na semana passada. Quando a gente trabalha duro e tem juízo na hora de gastar, eventualmente conseguimos juntar um troco. Com os últimos bônus que acumulei, se eu vender o flat que minha mãe me deu, consigo até comprar um segundo apartamento maior. Se bem que não preciso de algo maior.

Uma novidade, nem boa nem ruim, foi que o Alberto me ligou semana passada. Meu advogado recebeu uma ligação do advogado representando meus três primos — querendo saber o que eu estava fazendo residindo tanto tempo no imóvel, e por que o mesmo não estava à venda ainda.

Para ser justo, no ritmo em que estou, daqui a pouco o ano se acaba, e eu ainda estarei aqui em meu retiro. Nem um jabuti levaria cem dias para realizar a simples tarefa que vim aqui realizar. Não pretendo passar o Natal em Mongaraíbe, e acho que meus primos gostariam de ver a cor de algum dinheiro. De qualquer forma, isso depende de interesses na compra da casa. Isso de nada justifica, porém, a mesquinharia deles — encabeçados por Leandro — de, via um terceiro, sugerir que eu estaria tomando vantagem financeira em morar aqui.

Diabos, talvez agora que recebi este bônus eu tenha dinheiro para comprar a parte dos meus primos dessa casa. Não tenho um bom motivo pra isso, mas seria muito bom mandar todos eles à merda e falar: "Agora este lugar é meu e eu posso fazer o que eu bem entender no tempo que eu bem entender com isso."

Alberto sagazmente sugeriu um prazo para uma devolução formal de meu posicionamento, quase como tutor dos tutores, de tomar uma atitude concreta com relação ao imóvel e comunicar a eles — para entrarmos num acordo quanto aos próximos passos.

Tenho procurado me abster de sequer passar julgamento em pensamento. Admito que quando as pessoas chegam em níveis mais baixos como meus primos estão fazendo, tomar essa nobre atitude fica mais fácil. Mas meus esforços têm sido nesse sentido. Estou me esforçando bastante para ser uma pessoa melhor.

*A maledicência é um vício que nos
leva aos labirintos da loucura.*

Minha irmã esteve na cidade com seu namorado num domingo. Fiz um almoço para eles. Ele foi bastante gentil. Chegou com seu carro caríssimo, suas roupas engomadas e sua médica a tiracolo — que, por sinal, fica muda mais do que o normal ao seu lado.

Em determinado momento, entramos num papo sobre as consequências da pandemia na saúde mental das pessoas. Este tem sido um tópico supracitado em todos os veículos de comunicação, e minha irmã trazia pontos e contrapontos médicos sobre a questão. Foi aí que Otávio acabou revelando um pouco mais sobre a dinâmica familiar da qual ele desfrutava, e um pouco das ideias que rondam a sua mente. Ele colocou sua perspectiva sobre o peso que o julgamento daqueles ao nosso redor tem sobre nosso próprio equilíbrio. Que todos olham sua vida e seu padrão, seu perfil em redes sociais, e pensam que ele é extremamente feliz ou bem-sucedido. Mas que ele sente o peso de ser herdeiro e a pressão de não ter conseguido criar ou conquistar algo com seus próprios punhos até então. Ele nunca havia se aberto assim na minha frente.

Fui mais amigo e tentei compreender seus sentimentos e angústias. Quem sabe Otávio não seja o boçal que julguei ser? Talvez ele seja, como eu, um fruto cujo destino é como o de todos os frutos. Cair, e cair onde é possível: perto de sua árvore.

Pagar dois reais por grama de picanha num restaurante caro para almoçar se sentindo sozinho pode ser ainda mais cruel do que ter a companhia dos esqueletos do passado numa casa abandonada do interior.

Consegui notar que Otávio também sofre por causa de seus pais. Suponho que o nível de abandono na classe A+ é tão crítico ou pior do que na classe social mais miserável. Tenho a sorte de ter crescido no meio do caminho entre tudo isso. Meus pais me amaram, minha mãe me ensinou a batalhar e meu pai tentou me ensinar o que era autoestima. Acho que, no caso dele, os pais ensinaram que precisavam se ausentar, e suas babás não lhe agregaram tanto.

A verdade é que ninguém consegue se isentar das consequências de crescer ao redor de sua família e da dinâmica que ali permeia.

Na música, quando alguém diz que tem a influência de outros artistas em suas composições, pensamos sempre algo positivo. Acho que se perguntarmos às pessoas sobre influências de seus pais em momentos esporádicos, elas vão se inclinar a buscar algo de negativo. Talvez quando conquistam algo, digam "não fui eu; foi minha mãe rezando" ou "graças ao meu pai, que me ensinou tal coisa". Mas — via de regra — posso afirmar que aqueles que conheço esquecem das coisas boas que seus pais lhe fizeram. Nossos pais acabam numa posição semelhante à de Deus. Ele está sempre ali, mas só lembramos dele quando nos convém. Hoje isso está muito claro pra mim. Por isso, quando junto os fragmentos daquilo que Otávio me solta — ou mesmo os que minha irmã dá a seu respeito — consigo perceber que ele teve um pai autoritário e vaidoso. Alguém que não o ensinou o valor de se conquistar as coisas. Vi seu pai uma só vez; ele tinha aquele ar superior único, como se o tempo para ele passasse mais devagar, ou ele o dominasse por completo. E que teve uma mãe que, diante destas circunstâncias, se viu obrigada a dar tudo e mais um pouco para o moleque — o que o fez sentir um vazio enorme, não conseguir enxergar seu valor e nem entender a simples lógica do crescimento. Otávio provavelmente não conseguiria manter um peixe vivo por uma semana. Mas, no limite, isso não é culpa dele.

Ou será mesmo? Eu tenho a teoria de que, depois que fazemos trinta anos, absolutamente tudo é nossa culpa. As pessoas vão perceber isso aos setenta, e aí entram num vórtex de "foda-se" porque não há mais tempo a perder.

Otávio tem suas qualidades. Ele apenas foi guiado e programado para perseguir algo insólito. O meio em que vive faz ele achar que é saudável se adaptar à doença do mundo, a viver indiferente com aquilo que é caótico para algumas pessoas, e a fingir que tem o poder de ver o caos de camarote sem se afetar. Isso, sim, continua sendo o fim dos tempos pra mim, e por muitas vezes me fazia desejar que um meteoro daquele que matou os dinossauros caísse sobre todos nós. Ultimamente olho para isso e só acho pequeno. Mas se eu não for respeitar os pequeninos, quem devo respeitar, então?

O atual conceito de prosperidade é discutível.

Nunca mais pensei em Giovanna. Acho que com ela, cheguei naquele ponto em que a pessoa passa a ser um ponto distante no mapa. Um nó impossível de se desatar numa corda velha de vários metros. Algo importante, que deve significar algo para alguém e que marca algo que já significou para mim, mas *nada além disso*.

Meu segredo pra tentar melhorar minha autoestima tem sido um roteiro de três partes. Me cuidar, cuidar do que importa, e descuidar daquilo que não agrega. Tenho caminhado bastante, feito exercícios funcionais no quintal de casa, e me alimentado da melhor forma possível. É só a bebida que ainda não consegui largar completamente.

Tenho focado na minha carreira, em saber como está minha família e as coisas que eles construíram, e aquilo que cativei — como o Bruno, por exemplo, e os idosos do Lar. E tenho tentado deixar de lado pensamentos negativos que não fazem nada por mim. Na escola, todos gostavam de rir das minhas piadas, ou quando eu desafiava os professores; mas ninguém queria me acolher ou entender. A verdade que começo a enxergar é que ter o reconhecimento de algumas pessoas é etéreo e desnecessário. E agradar os outros, mais desnecessário ainda. Meu pai me ensinou que esse, na verdade, é o caminho infalível do insucesso.

As crises de pânico mostram as caras às vezes. A melancolia vira e mexe bate na porta também. Mas tenho conseguido não me desesperar. Como se eu fosse um canivete suíço usando suas múltiplas funcionalidades pela primeira vez. Desconfio que elas sempre estiveram lá. Mas estavam trancadas no cofre blindado da minha própria vaidade e egoísmo.

Tenho vontade de conhecer alguém quando estiver ainda melhor. E, no tempo certo, confiar e me abrir — só pra ver o que acontece. Talvez aquela vergonha de ficar nu em frente a alguém, de não conseguir ou saber satisfazer a pessoa... quiçá isso tenha sumido de mim. Pensar sobre isso agora seria desrespeitar a regra de ignorar aquilo que não agrega.

* * *

Mabel chegou a mandar uma ou outra mensagem perguntando como estavam as coisas com a casa, como ia o Bruno e o que eu faria com ele quando saísse daqui. Amenidades. Ela tem respeitado minha decisão, e acho que tentado ajudar para que o que aconteceu aqui não transforme nossa "relação" em algo frio e viscoso. Certa noite resolveu me ligar. Não sei se se estava carente, mas sua voz estava especialmente doce e íntima. Trocamos ideias sobre coisas que aconteceram enquanto ela estava aqui, coisas que um revelou ao outro; piadas internas. Ao desligarmos, me masturbei pensando nela. No dia seguinte, eu o fiz fantasiando que ela, depois da ligação, teria se masturbado também. Em sua última mensagem, me contou que em janeiro vai para a África do Sul fazer um mestrado. Em seguida, me enviou a música "Someone Somewhere in Summertime", do Simple Minds — a que ouvimos juntos da última vez que estivemos juntos falando de despedida. Prometemos fazer ligações de vídeo com frequência.

* * *

Pensei que iria me sentir sozinho, mas não. Estou curtindo dar esse tempo para a minha vida e colocar minhas origens em primeiro lugar. Tem algo de antropológico nesse momento dos meus trinta e seis anos. Acho que vou conseguir iniciar o próximo ano focando na minha vida em São Paulo, e na minha rotina e carreira. Esse período está sendo como um respiro para voltar com tudo depois. Parece que tenho sentido menos afobamento. Menos pressa de ser e de sentir. Isso tranquiliza pra cacete.

* * *

A notícia realmente má é que as bebidas no bar de minha tia estão acabando. Isso é duplamente ruim, porque significa que tive dificuldades em me manter sóbrio, e que a decisão de continuar nesse ritmo não envolve apenas moral ou consciência, mas também minha carteira. Esse é outro motivo pelo qual vou realmente focar em diminuir.

Não custa nada tentar.

Principalmente depois que tive um pesadelo outro dia. Já não me lembro o motivo, mas fui dormir levemente embriagado. No meio da noite, acordei de um sonho em que eu estava nessa mesma casa e ouvia movimento de pessoas pisando firme e se movimentando com a determinação de alguém que está executando uma tarefa importante. No sonho, eu não os interrompia nem sequer ia pra perto deles fuxicar o que estavam fazendo. Até que de repente escutei os gritos de minha mãe, de um jeito que não me lembro de ter ouvido. Vou até a porta, e vejo eles a retirando à força de casa. Tento gritar, chamar ou correr em sua direção, mas estou ancorado ao chão e sem voz. Vejo seu olhar de pânico ao fundo e é como se meu coração se despedaçasse. Acordei suado, e com uma vertigem absurda. O pior é que continuei ouvindo gritos como se estivesse num dos andares de um hospício onde experimentos de guerra fossem feitos. Não conseguia sair de dentro do meu sonho. Até que, finalmente, consegui me levantar e fui cambaleando para tomar água da torneira do banheiro e jogar uma abundante quantidade de água em meu rosto. Li uma vez que pessoas de alma sombria só têm sonhos funestos, e que almas mais sombrias ainda sequer sonham. Pelo menos, no meu caso, tenho sonhado coisas diversas.

É claro que naquela manhã, liguei de vídeo para minha mãe e ficamos noventa minutos conversando. Pela primeira vez tive coragem de falar sobre sua ausência e nosso trauma comum. Minha mãe foi extremamente sincera comigo de volta, dizendo que é isso que faz com que ela tenha medo de tudo e que não possa ver alguém grávida na família que fica apavorada. Que, quando ela ficou doente, sua mãe disse ser frescura e seu marido ameaçou levar seu bebê para longe e nunca mais voltar. Que estamos marcados para sempre. A verdade é que ela sempre soube que tinha me causado mal indiretamente. E mesmo eu não a culpando, ela se culpa. Se culpa tanto que me permito dizer que a vida dela parou ali e ainda não recomeçou. Mamãe permanece congelada em seu próprio *iceberg* de proteção e autodestruição.

A única vez que eu havia conversado com ela, não tivemos coragem de mergulhar juntos nas ácidas memórias que compartilhamos. Ela apenas me disse que nossa história deveria ser contada num livro, porque nunca ninguém deve ter passado por algo tão específico. Tenho certeza de que isso não é verdade, mas não duvido que nosso passado não chamaria a atenção de muitas pessoas.

Nessa conversa, revelei a ela que ficar aqui em Mongaraíbe me fez perceber o papel que minha tia teve na minha criação, e num momento muito importante em que várias coisas me deixaram com uma ferida enorme. E que eu não havia percebido o quão ainda aberta era essa ferida, nem quão profunda. Ela concordou.

Ela me perguntou sobre a Giovanna. Eu me utilizei da figura de Mabel como uma personagem fictícia para comparar as características da Gi que não combinavam mais comigo. Ela me contou que ainda a seguia numa das redes sociais que eu nem faço parte, e que viu uma foto dela na semana passada divulgando que havia comprado um cachorro "salsichinha" filhote. Isso me irritou. Talvez eu tenha ficado meio enciumado por ter me substituído por um cão. No final da ligação, minha mãe e eu concluímos que ainda bem que ela terminou comigo, porque eu nunca teria tido coragem de tomar a iniciativa. Se ela não tivesse sido filha da puta, nossos flagelos ficariam presos para sempre.

Minha mãe disse que sou político. Eu disse que política era a empresa onde eu trabalho. Ela disse que é por isso mesmo que eu tenho um futuro lá. Eu disse que duvidava. Ela disse que eu estava sendo político ao dizer para minha mamãe que estava em dúvida sobre meu sucesso.

— Político, eu? Jamais. Políticos são aqueles que gastam mais do que ganham, que vivem burlando a boa-fé dos outros.

— Não minta para sua mãe. Você nunca deixou de cumprir uma promessa sua por um pequeno interesse pessoal?

Disse que minha mãe é esperta demais, e concordei que talvez eu seja um pouco político, sim.

Ela perguntou então se estou me alimentando direito, como estão as dores estomacais, os gases e as diarreias. Não acho que o sistema gástrico de qualquer pessoa seja glamouroso, mas realmente não é o meu charme. Encontro sempre a mesma mosca na minha sopa. Respondo que está tudo bem, dentro do possível. Ela não precisa saber disso, mas a verdade é que se eu desse uma trégua no álcool, eu estaria tinindo por dentro. Tenho bebido uns três litros de água por dia, e cozinhado minha própria comida ou contado com a ajuda da Conceição.

Antes de terminar a ligação, falamos superficialmente sobre meus primos e o saco cheio que fico de lidar com essa situação. Por ser minha mãe, revelei que tenho receio de que algo não dê certo; de decepcionar minha tia de alguma forma. Ela me deu um sermão elaborado sobre acreditar que as coisas dão certo para as pessoas boas. Também me contou, por cima, de conversas que ela tinha com minha tia. Que muitas vezes uma ligava para a outra e fazia esse mesmo ritual terapêutico. Que nada acontece por acaso.

Será que eu sou uma boa pessoa? Existe mesmo isso de "pessoas boas" e "pessoas más", ou somos todos o melhor que podemos ser em cada momento?

Fé, para que o Bem seja refletido em nós.

Sem dúvida, os momentos mais ricos das últimas semanas têm sido a convivência com os idosos que conheci no Lar. Toda sexta-feira no fim de tarde dou uma passada lá. Só uma das enfermeiras fica o turno da noite, e aproveito pra ver se um dos meus amigos do asilo querem me fazer companhia e me contar suas incríveis histórias. Eu seria um hipócrita se não apreciasse o passado dos outros e o que suas bagagens lhes trouxeram de aprendizado.

Seu Jaime fora leiteiro. "Não consigo tolerar o cheiro de leite até hoje", disse ele. "Sou fã de um queijinho, claro; mas iogurtes e coalhadas me deixam enjoado. Foram mais de trinta anos indo buscar leite de charrete na fazenda da família Tavares e deixando os granéis nos pequenos comércios da região aos domingos, e passar a semana levando leite da venda até a casa das pessoas logo cedo." Contou, com essas palavras, que "desposou a mais bela rapariga de Mongaraíbe", que conheceu em suas peregrinações enquanto executava seu trabalho. "Nunca pudemos ter filhos; a medicina da época não ajudou a entender o porquê, e não tínhamos dinheiro pra investigar. Depois que Benedita se foi, fiquei pelas graças da aposentadoria, que não me bastou. Hoje uso esse dinheirinho pra comprar coisas para o pessoal aqui. Todos nós, que não temos ninguém, compartilhamos nossas reservas financeiras pra mantermos esse lugar que adoramos."

Seu Cristóvão, o carteiro, nunca se casou. "Acho que fui ativo em todos os pecados capitais, filho — inclusive a luxúria — mas a preguiça sempre foi meu forte. Sabe, isso pode parecer sem sentido vindo de um carteiro que andou a vida inteira, mas a verdade é que nunca tive paciência pra cortejar ninguém. Passei uma vida tendo a companhia das pessoas em seus portões e da nossa gente na praça da catedral, e nunca parei pra pensar que deveria investir nos outros pra ter retorno no futuro."

Seu Zé foi músico. Ele tocou por anos na banda oficial da cidade, que se apresentava no coreto. "Nosso grupo foi aposentado depois que dois integrantes faleceram. De vez em quando pego meu trombone pra tocar, mas não é o mesmo. Perdeu quem nunca viu a gente tocar, e acho difícil um grupo novo ser formado. Hoje em dia está tudo diferente nessa cidade."

Maria do Carmo rodava a cidade distribuindo folhetos religiosos e chamando novos devotos para as missas. Ela também vendia "encapotados", a coxinha de frango da região, que aprendeu a fazer com sua mãe. Seus filhos foram morar no norte do país e se negaram a levá-la, porque na época ela cuidava da avó deles. Usava aliança, mas nunca mencionou o marido, e achei melhor não perguntar. Quando sua mãe faleceu, ela vendeu a casa para pagar umas dívidas, e foi morar no Lar. Vive cozinhando pra todos.

Geralmente tomamos uma limonada de três limões com uns bolinhos preparados por dona Maria, e batemos papo na varanda da casa onde está situado o abrigo. Bruno, quase sempre, me acompanha.

Outro dia, cheguei mais cedo e os idosos e eu ficamos pirando num céu maravilhoso, com o sol se pondo e cerca de trinta balões atravessando a área de Mongaraíbe. "Nunca havia presenciado algo tão esplêndido nesta cidade", me disse dona Maria.

Em algumas das noites, nos sentávamos em volta da lareira. São Paulo não tem o frio suficiente para justificar o uso de uma dessas, mas eu sonho com o dia em que terei uma casa em que poderei — numa noite singela — acender o fogo, ouvir o estalar da lenha e ficar observando as labaredas subirem e descerem ameaçando se descontrolarem, o azul e amarelo se mesclando com a fluidez de dois amantes que não tem medo de nada. Sempre fui apaixonado pelo fogo. Longe de ser piromaníaco, mas se existe um foco de fogo num ambiente, intencional e não nocivo, saiba que ali estarei — a não ser que se faça um calor de quarenta graus naquele dia.

Por ali, passam diferentes pessoas que também acabam chamando a atenção e trocando uma ideia de cinco minutos; às vezes até sentando pra prosear conosco. Lydia, por exemplo, que passa por ali voltando do salão de beleza onde trabalha como massagista. E o Toco, o menino apelidado assim por sua estatura — que me lembra muito o Marco: sempre rodando com sua bicicleta velha em busca de algum trocado.

O pessoal me contou sobre seu Paulo, Nicette e Tarcísio — a tríade mais animada do recinto — vítimas da covid. Não deve ter sido difícil se contaminar. A prefeitura tinha escassos aparelhos de inalação, e o pessoal reutilizava as máscaras. Além disso, por frequentar algumas vezes já percebi que há um entra-e-sai movimentado nesse lugar. Segundo eles, o lugar nunca mais foi o mesmo sem os três, que lideravam as rodas de conversa e estavam sempre animados para dançar ou bater perna até a praça.

É sempre assim: os melhores se vão primeiro.

Aprendi muito com as histórias que ouvi. Todos esses personagens vivendo aqui têm várias fábulas de superação pessoal, e dramas envolvendo amores perdidos, dinheiro, família. Sempre pautados por abandono, mas eles não tocam no assunto. Nenhuma anedota começa ou termina com: "Bom, aí fui abandonado e aqui estou." Ver o lado positivo das coisas é uma arte. Ninguém se vitimiza como eu. Será que eu vou aprender a tempo que sou *eu* o responsável pelo Nicolas e por *quase tudo* que o rodeia? Que eu sou capaz de enxergar o copo meio cheio?

* * *

Durante alguns dias, choveu uma barbaridade. Não consegui sair de casa para praticamente nada. Choveu tão forte que numa das noites tive que ficar puxando água com o rodo durante horas para evitar que a cozinha e o hall da sala fossem alagados.

Em alguns desses dias chuvosos acordei com um desânimo mais forte. Como se uma âncora me puxasse para baixo. Me lembrei de fases da minha vida em que não tinha um motivo real para estar triste, mas não conseguia permanecer centrado ou positivo. Parecia que estava estafado pra conseguir me organizar. Para evitar algo pior, eu tinha que passar o resto do dia em modo robótico, apenas executando o que era suposto que eu fizesse e indo para a cama e esperando por uma nova oportunidade de acordar bem. E foi isso que fiz.

Meu passatempo foi ouvir jazz e jogar xadrez com Bruno. No quarto de hóspedes, encontrei um tabuleiro velho com umas peças, e mesmo fingindo que o cão sabe jogar, sempre perco pra ele. Quando enjoava de jazz, colocava o vinil que comprei da Carole King. Ele deve estar quase furando, de tantas vezes que o ouvi. "It's Too Late" está entre minhas músicas preferidas nesse mundo. A vibração dessa música parece que me aproxima de tudo aquilo que quero pra minha vida. Sem precisar fechar os olhos, meus cinco sentidos notam coisas que, apesar serem imaginárias, são reais o suficiente pra eu saber que ainda não as vivi, mas o farei em breve.

Outra coisa que tentei começar foi meditar. Se pretendo voltar pra casa e começar uma nova vida, devo seguir o hábito dos aprendizes de lutas marciais que, antes de começar com sua arte, limpam a mente de influências, liberam todo o espaço de suas consciências para deixar fluir o pensamento e absorver conceitos mais nobres. Comprei uma cópia do *Bushido* pela internet. O livro demorou cinco dias para chegar, e eu o devorei em cinco horas. Tenho total noção de que não conseguirei ter sempre a disciplina que a paz de espírito exige. Pela anotação no livro e minha tia, posso perceber que ela passou uma vida perseguindo-a. Mas a pré-disposição a ter ordem naquilo que se faz já enrijece o caráter no ponto certo.

* * *

Quando as chuvas cessaram, fui até a praça e entrei na igreja. Pela simplicidade do lado de fora, não imaginava que ela carregaria tamanha beleza em seu interior. Uma nave comprida que levava até transeptos imponentes. Os bancos parecem que foram lustrados pelo dono de uma Ferrari, minuciosamente, por horas. Nas paredes, azulejos azuis e brancos, e vitrais coloridos contendo imagens de diversos Santos. Os lustres são bucólicos e parecem ter sido preservados dessa forma propositalmente.

Me sentei em um dos bancos do fundo para não chamar a atenção de ninguém e, depois de muito tempo, orei.

Busquei no fundo do meu coração a imagem de minha mãe, de minha tia, do cachorro que tive na infância. Qualquer coisa que abrandasse meu coração e me permitisse entender a conexão que os religiosos definem como fé. Mas a única imagem que veio à minha mente foi a da minha tia Francisca.

Seu jeito doce e sua voz calma. Sua devoção. O bem-estar que ela me causava, sem fazer grandes estardalhaços ou ter a necessidade de protagonismo. Sem competir com os outros. Apenas me amando incondicionalmente. Pensei que pouco lembrei dela nesse tempo todo — e que talvez em vida tenha se sentido em segundo lugar algumas vezes. Afinal, tia Lu sempre acabava roubando a cena. Em uma dinâmica de irmãos, alguém sempre acaba sendo o protagonista da família e o outro o preterido.

Lembrei de uma noite muito fria, com uma garoa fina caindo, em que tia Chica me levou a um jantar beneficente de uma instituição fraterna. Não sei quantos anos eu tinha, mas a lembrança me traz "Coming Around Again", de Carly Simon à cabeça, então eu devia ser grande o suficiente para conseguir me lembrar até da música que tocou na rádio durante aquela noite em algum momento. Tio Pedro ficou na função de garantir que ninguém ali se molhasse. Ele não ligava a mínima para se molhar, e geralmente preferia ficar pra trás do grupo executando tarefas porque assim conseguia acender seu Minister e tragar conforto e outras coisas para si mesmo. Durante o jantar, aconteceria um bingo. Naquela noite, minha tia ganhou uma viagem para o Balneário Camboriú para duas pessoas. Antes de servirem o jantar, o organizador do evento puxou um Pai-Nosso e uma Ave Maria. Eu aprendera a fazê-los de cor por conta da escola. Minha tia, ao perceber, me disse: "Feche os olhos e preste atenção no que você vê; em seguida, abrace isso com todo o coração e acredite que algo muito bom que você deseja vai acontecer em seguida." Quando as orações acabaram, ela deu uma piscada e me disse: "Essa é a fé." Eu perguntei a ela o que havia visto e desejado, e tia Chica me disse que tinha me visto em seu coração, e que desejara ter momentos como esse ao meu lado por muitos anos.

Ali, naquela igreja, percebi que acabava de fazer o mesmo procedimento. Enxerguei minha tia, e entendi como alcançar um estado de vibração capaz de asserenar o coração. Mentalmente, joguei palavras ao universo, sem me utilizar daquilo que decorei. Pedi que meus familiares todos estivessem em lugares bons: para aqueles que aqui estão, desejei um estado de calma e serenidade, e para os que já se foram, que na razão espaço-e-tempo eles possam estar bem consigo mesmos e sua energia. Agradeci por essa cidade que fortifica minhas raízes, e pedi discernimento para o que vem a seguir.

Nada pior do que não acreditar. Nada melhor do que agradecer.

Naquele dia, quando cheguei em casa, coloquei aleatoriamente um vinil de Doris Day que encontrei na coleção de minha tia Lu pra tocar. Identifiquei imediatamente uma música que tia

Francisca cantava pra mim toda manhã depois do café e todas as noites enquanto eu secava meus pés e penteava meus cabelos.

> *When I was just a little girl, I asked my mother, what will I be: 'Will I be pretty? Will I be rich?' Here's what she said to me: Qué será, será! Whatever will be, will be. The future's not ours to see; Qué será, será. What will be, will be!*

Eu me sentia seguro e amado quando a ouvia cantarolar estas palavras, de uma forma que nunca mais aconteceu. Sempre quis encontrar essa música e prestar atenção no que a letra dizia, porque nunca consegui me lembrar de uma só palavra; apenas do ritmo e da voz doce de minha tia. E agora elas estavam bem diante de mim, se utilizando do maior potencial que têm as palavras: contar uma história que proporcione ânimo e coragem ao receptor.

A BATALHA DE DOIS TOLOS

— Olha, Bia! A lua.

Apontei pela janela e minha irmã veio na minha direção, me espremendo contra o vidro para enxergar a enorme rocha cintilante e estática no céu.

Ficávamos soltos no banco de trás do carro; afinal, na década de 1990 não existiam as regras de segurança atuais. Minha mãe dormia como um pastel no banco do passageiro. Ela o fazia também quando viajávamos de dia, mas meu pai geralmente preferia dirigir à noite. Ele seguia atento na estrada e tinha a habilidade eventual de ignorar o que acontecia no banco de trás. O álbum "Brothers in Arms", do Dire Straits seguia num volume perfeito. Nem alto, nem baixo.

Eu estava com uns nove anos e ela com uns três ou quatro. Me olhava assustada da mesma forma que às vezes a vejo fazer com seu namorado quando ele profere palavras rebuscadas, ou quando alguém diz "são trezentos e oitenta" numa compra que ela acabara de fazer e, em suas boas contas de médica, achava que ia dar só cinquenta pratas. Houve um dia em que ela confiava em mim mais do que em qualquer coisa ou alguém. Talvez ela ainda confie. Eu não saberia dizer.

Eu passava cada segundo dos cem minutos de porta-a-porta da casa de campo da nossa família até o apartamento em São Paulo ensinando coisas pra ela. Qualquer coisa. Ela não era de dormir, então eu a distraía com conceitos banais ou com brincadeiras divertidas como ficar de joelhos olhando para os carros de trás. Na última conversa que tive com ela, Bia me trouxe uma perspectiva muito mais lírica desses momentos. Confesso que eu era um irmão mais velho distinto dos demais; que cuidava da minha irmã com um carinho ímpar. Mas quando ela me relatou suas memórias, percebi que aqueles momentos significaram ainda mais pra ela. Não que não tenham significado pra mim. A maneira como eu me lembro é de que eu estava protegendo minha irmã da ameaça. A ameaça que eram meus pais, suas brigas… aquele caos instaurado. Mas eu nunca parei pra pensar que minha irmã nunca soube ter pais diferentes. Ela não teve oportunidade de ter os pais diferentes que tive. Isso, porém, não vem ao caso. Fato é que Bia se lembra daquilo como um aquário fechado, donde vivia um quarteto fantástico. Nossas brincadeiras juntos no banco de trás não eram uma fantasia pra fugir da realidade. Foram a única realidade que ela teve.

Eu me pergunto como foi que ela chegou até aqui. Não sei se o que conquistou era o que queria. Muitas vezes uma coisa não tem nada a ver com a outra. Mas ela parece ter maturidade pra saber disso. Ou ela é insensível demais pra absorver o que às vezes penso que só eu compreendo, ou um belo dia ela vai explodir e vai voar merda pra todo lado.

Minha irmã e eu perdemos contato. A pandemia agravou isso. Antes disso, éramos próximos porque, como irmãos, somos obrigados a ser. Mas não combinamos muito. Uma vez meu pai disse que eu nunca poderia ser pobre, pela minha mania de deixar um dedinho do líquido que eu estiver bebendo no copo ou caneca. Eu retruquei dizendo que minha irmã nunca poderia ser rica — porque desde que ela se deu por gente eu nunca, por assim dizer, "admirei" seu apreço pelo medíocre. Hoje ela está casando com um cara cheio da grana. Vai entender.

Meu amigo Daniel não consegue se comprometer com os amigos, com a banda ou com o relógio. Mas é um excelente advogado.

Vai ver minha irmã sofre da mesma dicotomia. Ainda bem porque, não sei quanto às outras pessoas — mas eu não conseguiria ir a um médico cujo jaleco estivesse sujo de geleia. Pode ser que eu não consiga porque eu sou o menino das pequenas aversões. Nunca saberemos. E talvez por isso não fiquemos muito de papo. Porque talvez saber quem é quem nessa história seja mais confuso do que escrever uma história nova no lugar.

Otávio há de ser a pessoa que a ajudou a ser diferente de mim nas coisas onde os inputs foram os mesmos. Quem olha pra mim consegue ver a léguas de distância. Nós dois passamos pelo divórcio dos meus pais, mas ela conseguiu encontrar um parceiro e ter uma relação estável. Eu causei problemas para todas as meninas com quem estive. São vários os estímulos. Eu reajo até hoje a cada um deles, de forma expansiva. Quem está ao meu redor sabe muito bem o que estou pensando sentir, e percebe que eu nunca saberei verdadeiramente o que estou sentindo. E Bia permanece atônita. Intacta.

Acredito que vibramos em uníssono quando se trata de buscar um pai. Como ele saiu de casa, e como minha mãe o demonizou depois que passamos a viver só com ela. Somos dois pueris oscilando num hexágono feito uma bola de *pinball*, e em cada uma das pontas estão respectivamente a saudade de um tempo que não volta, a visão falsa que temos de quem queríamos que nossos pais fossem hoje, a foto que minha mãe fez do meu pai, sua verdadeira imagem, nossa ânsia por nos conhecermos a nós mesmos e o medo de ter que abandonar cinco das seis pontas para poder seguir nossos destinos.

Alguém pode se perguntar por que o foco em meu pai. Afinal, ele tem sua versão da história e sua própria imagem de minha mãe. Acho que essa é uma das poucas desvantagens que assolam o homem da geração anterior. Minha mãe me dizia todos os dias: "Agradeça por nascer homem, Nicolas, é tão mais fácil." E ela tem razão. Pode-se enumerar as imensas vantagens de ser homem, carregadas por décadas de machismo e conveniência masculina. Mas nada é concebido sem certa responsabilidade por trás. A conta chega com veemência para os distraídos, e é muito fácil estar distraído quando se é a pessoa dentro do carro de luxo olhando para o nada do que a pessoa dentro do ônibus espremida olhando para o carro de luxo e pensando como é ter aquela vida. Meu pai pode ter a opinião e o sentimento que quiser, mas a partir do momento em que suas atitudes denotam um desvio de conduta, tudo vai por água abaixo. É como ele mesmo gostava de descrever: "Você é um homem, Nicolas, não adianta encher o balde a conta-gotas se no final você vai acabar chutando tudo." Ele era o herói. E heróis não tem direito a descanso. Nem a descaso.

O pai é quem todos buscam quando a merda transborda. E, na onda de ser a parte filha da puta que tem que se manter fria no estande para que um relacionamento termine de verdade, meu pai teve que ficar ausente. E fez essa parte muito bem. Eu vejo em seus olhos hoje em dia que o deslumbramento e seja lá o que fez para aproveitar e viver um pouco a vida durante aquele período — nada disso trouxe vantagens ou valeu realmente a pena. Mas, durante aquele período, ele estava realmente ocupado garantindo que não houvesse volta. Minha mãe diz que ele veio pedir para voltar depois de uns dias, e que ela não quis. Não sei se é verdade. Se for, eu diria que isso o afastou ainda mais. E acho que seguimos buscando-o até hoje. E o tentamos no homem que ele se tornou, que já é outra pessoa completamente diferente.

*　*　*

Quando éramos adolescentes, meus pais fizeram vinte e cinco anos de casados. Fomos jantar num lugar conhecido tradicionalmente por fazer a melhor pizza frita da cidade. Só de lembrar do lugar, sinto o glúten dominar minhas plaquetas. O restaurante é construído em pedra, e a iluminação segue a estética *Belle Époque*. Por ficar ao lado de uma imponente catedral, o lugar se torna ainda mais romântico. Meu pai me chamou pra ir ao banheiro com ele, e me mostrou o anel que daria à minha mãe. Ele estava claramente nervoso. Essa é uma das últimas memórias que eu tenho do quarteto fantástico.

* * *

Não sei a quantas anda a psique de minha irmã.

Não tenho o direito de julgar, mas tenho o direito de dizer que só quem é o irmão mais velho sabe o peso que é ser irmão mais velho. Toda a cobrança, todos os padrões inalcançáveis, a responsabilidade. Enfim, só sei que até hoje olho a lua cheia e penso qual teria sido o destino daquelas duas crianças, uma fingindo ser inocente e a outra sendo inocente de fato, não fosse a sequência de nocautes técnicos que levaram.

Existem pessoas que passam uma vida sem conseguir estabelecer uma conexão emocional com seus pais. Eu posso dizer que pelo menos conheci os sentimentos dos *meus* pais. Mas nunca conversei com minha irmã sobre isso.

A verdade é que nunca conversei com minha irmã sobre muita coisa depois que nossos pais se separaram. Inícios de relacionamento, término de relacionamento, gordura corporal e saúde, solidão, medo, autoestima, mania de perseguição, ciúmes, insegurança e perturbação mental. Tantas coisas que me assolaram... tenho curiosidade de saber se a impactaram também. Eu não acho que eu saberia se tivessem. Acho que ela não sabe nem dez por cento do que passei. Sei lá.

Ela tem o mesmo pai que eu. Mas tem pouca conexão com a música, e com o Palmeiras, por exemplo. Será que ela tem suas próprias conexões com ele? Será que existe algo tão forte nele como música e futebol e eu nunca percebi? Será que ela tem memórias gostosas de ser criança como a que eu tenho de brincar de dar petelecos em tampinhas de metal no chão de uma pizzaria com outras crianças enquanto os adultos comiam? Para mim, essas seriam as duas melhores formas de descrever todo e qualquer filho do Hélio. Mas não é o caso aqui. Não tenho ideia de como é o relacionamento de minha irmã com o papai. Talvez um dia eu venha a saber. Quiçá eu descubra que sua vida é um pouco mais miserável que a minha, e sua coragem muito mais louvável. Verde é a minha cor. Qual será a dela?

* * *

Quanto a mim, eu sou a pérola negra da família. Não sou para amadores.

Foi graças ao meu pai que pude viver os anos 1990. Aquela brisa da varanda do nosso apartamento, a vinte e cinco metros do solo. Whitney Houston tocando. O sonho de ir a Miami. A noite clara. Essa brisa me toca até hoje. Seus sonhos foram os meus por muito tempo.

Como é confuso sentir com o coração dos outros. Afinal, a verdade é que se eu for consultar meu coração lá, no fundo, e deixar todo o ego de lado, eu não tenho nenhum problema com o que rolou. Não mais. É claro que eu gostaria que ele me desse atenção. A pessoa nova que ele se tornou é alguém que poderia curtir comigo, curtir minhas coisas. Tanta coisa minha aconteceu e continua por acontecer, e ele não viu nada.

Mas está tudo bem. Estamos zerados. O quanto eu o julguei e o quanto os demais ao meu redor o culparam... tudo isso já pagou pela desgraça toda. Acho que ele merecia um recomeço. E eu não posso julgar esse novo homem que ele se tornou. Ele também foi moldado pela reminiscência da desgraça, os cacos que teve que soerguer com a ajuda da Márcia, e qualquer outra coisa que sua consciência lhe proporcione até hoje.

Como todo pai, o meu teve que renunciar a muitas coisas para me deixar crescer. Ele provavelmente teve que escutar minhas histórias inúmeras vezes quando eu era pequeno, numa fase da qual a biologia não me deixa lembrar. Lembro que ele me deixava vencer quando brincávamos juntos. Que me deixava enganar se isso é o que me fazia feliz. Mas tenho certeza de que não me lembro quase nada do que ele fez de bom por mim.

    Perdão, meu pai.

    Tenho muita vontade de lhe dar a mão nessa parte de seu caminho.

    E quanto à Bia? Só posso admirar.

UMA SENHORA ME CONTOU

Um ano antes da pandemia começar, minha avó foi ao médico porque estava com uma ferida na pele. Lola era seu nome. Meu pai, porém, nunca a chamou assim. A apelidou de "Nova", em homenagem à personagem de *Planeta dos Macacos* que representava o primeiro humano criado por símios. Uma forma carinhosa de dizer que ela tinha um jeitão rudimentar de agir.

Lola, a eterna Nova, foi diagnosticada com câncer de pele. Jamais vou me esquecer de quando fui visitá-la pela última vez, e ela caiu aos prantos. Quando perguntei o porquê, ela me disse: "Tenho certeza de que esta é a última vez que vou ver ocê, fio." Vó sempre sabe tudo.

Passou por uma fase de negação que durou mais da metade do período da doença. Talvez isso tenha a feito ter uma sobrevida muito maior do que a planejada. Alguns, como minha mãe, diriam que isso só serviu para mais sofrimento dela. Mas não para dona Lola. Cada suspiro de vida valia a pena. Ela foi e sempre será a pessoa mais animada que qualquer um já conheceu. Sabia o que queria, dizia o que queria, e isso a fez viver até os 90 anos. A inexistência de filtro solar em seu tempo foi uma mera coincidência infeliz. O resto, ela conseguira suprir com sua vitalidade e disposição em tudo o que fazia. E geralmente fazia enquanto cantarolava alguma música italiana, como "Mamma Son Tanto Felice", de Cesare Andrea Bixio.

Dona Lola tinha pavor da morte. Católica fervorosa, acreditava na binaridade de céu-ou-inferno, e talvez tivesse a consciência pesada demais para acreditar que teria sorte. Chegou a mencionar uma vez que tinha medo de acordar, e estar ali, trancada debaixo da terra. Disfarçava tudo isso dizendo que, se ela fosse primeiro, ninguém seria capaz de cuidar do seu *véio* como ela fazia. E de fato, ninguém chegou aos seus pés.

Sentar no sofá do apartamento de minha avó e ouvir suas histórias de infância era como me deslocar do planeta Terra. Sua risada era escandalosa, e mais de uma vez a ouvi gritar "pare, Magrão, estou fazendo xixi nas calças" de tanto rir. E realmente fazia. Ela também dizia coisas malucas como "eu não confio em gente muito magra", ou inventava ditados esquisitos em italiano sem explicar direito o que significava, ou ainda traduzindo da forma que fosse conveniente pra ela. Coisas de gente extrovertida da época.

Nos contava sobre a primeira lembrança que tinha de sua vida: colher algodão com seis anos, numa época em que crianças trabalhavam. Falava sobre seu pai, e em como ele pulara a cerca com sua mãe que, segundo ela, "morreu de desgosto". Nos disse que ele permaneceu por perto por mais cinco anos. Adoeceu de algo não identificado na época, e ficou dois anos de cama. Depois que perdeu os pais, Lola não tinha outra família senão a do meu avô. Como numa novela, os irmãos de meu avô, incluindo tia Orlanda e tia Minga — suas melhores amigas durante toda a vida — moravam todos no mesmo quarteirão.

Duas coisas me marcaram muito nas histórias que minha avó contava sobre seu pai. A primeira delas, é que ele se irritava profundamente em ver as netas indo pra escola. Dizia que quem não planta não colhe, e que Lola estava arrumando o melhor jeito de fazer com que elas passassem fome no futuro. A segunda é que, segundo ele, aquele negócio de ler um livro que outra pessoa escreveu com a pretensão de passar conhecimento era o maior absurdo da humanidade — e que um dia ainda veríamos os homens puxando carroças em vez dos animais.

Francesco tinha gênio forte e não suportava o genro Giuseppe. Acho que por muito tempo na sociedade isso foi algo basal. Meu avô também não suporta meu pai. Depois do divórcio, me disse que "tem a carabina carregada e guardada para quando o encontrar por aí".

Dona Lola mal sabia escrever o próprio nome. Mas isso nunca a impediu de ter seu nome conhecido em todos os cantos como uma pessoa de opinião forte e muito conteúdo.

* * *

Do lado de vovô Giuseppe, a história é tão interessante quanto. Seu pai, Silvio, nasceu em Marangatu. Filho de Irineo e Rosa, italianos da gema que vieram para o Brasil tentar escapar de sua situação socioeconômica. Eram trabalhadores empobrecidos, donos de um pequenino pedaço de terra em *Fossalta di Piave* — região do Vêneto — da qual cuidavam com uma ética de trabalho intocável, mas decidiram se aventurar num navio saído de Nápoles. Meu bisavô faleceu cedo e deixou meu avô e vários irmãos expostos para a vida em Marangatu. Eles prontamente se ocuparam de ganhar o seu e cuidar da mãe, que ficou com eles por bastante tempo. Tudo o que temos deles é o registro de batismo na paróquia da cidade.

Já de meu tataravô Irineo, pai de Silvio, não temos registro algum. Todos os arquivos de nascimento, batismo, comunhão, crisma e casamento da *Parrocchia dell'Immacolata Concezione della Beata Vergine Maria* foram destruídos durante os bombardeios da Primeira Grande Guerra, na "Batalha do Rio Piave" — travada em junho de 1918, transformando toda aquela região num grande campo de destruição e dor. Foi durante essa batalha que um fulano motorista de ambulância americano de dezoito anos, chamado

Ernest Hemingway, saiu gravemente ferido e foi cuidado por uma enfermeira inglesa, por quem desenvolveu uma grande paixão. Essa memória de Hemingway está eternizada em sua obra-prima *Adeus às armas*, traduzida para o português por Monteiro Lobato.

O mundo e as pessoas estão bizarramente conectados. Quando investigamos a história da nossa família, percebemos que temos a antropologia que nos é própria, mas também que o acaso e o livre-arbítrio dos nossos antepassados definem seus comportamentos. E são essas condutas, que um dia foram tendenciosas como resposta ao meio e às diferentes associações interpessoais, que passam a ser "da nossa família" sem nem mesmo percebermos, muito menos sabermos o porquê.

Vovô Giuseppe começara como engraxate. Em seguida, passou a trabalhar como "chapa" na estrada que cruzava a cidade. Ali aprendeu a trocar pneu de caminhão, a ter e a reformar a roda para alinhamento, usando marretas e outras ferramentas pesadas. Para estar mais próximo de minha avó, que engravidou logo cedo como mandavam os costumes da época, passou a trabalhar numa oficina de ressolagem de pneus. A cidade de Marangatu era ponto estratégico de passagem dos caminhoneiros da época, levando matéria-prima que chegava do porto e precisava ser redistribuída para as fábricas, ou que saíam das fazendas de açúcar e laranja e iam para a capital. Rapidamente, meu avô montou um negócio, e em menos de cinco anos comprou a parte dos sócios na microempresa.

É artístico o ofício de meu avô. O pneu a ser recapado deve ser inspecionado e limpo. Depois disso, a banda de rodagem é raspada e texturizada, garantindo que fique com uma superfície uniforme e simétrica. Com o pneu preparado, uma nova banda de rodagem curada é aplicada sobre ele.

Não levou muito tempo para que o negócio de Giuseppe ganhasse relevância, e ele recebesse investimento e passasse a ser representado pela empresa de origem alemã que é referência mundial no ramo. Claramente herdou o decoro e disciplina de seus avós. Construiu mais duas oficinas em um grande galpão afastado das vias marginais da cidade, para onde viajava constantemente a fim de inspecionar se o trabalho de renovação da frota de seus grandes clientes estava sendo executado. Minha avó, já com quatro filhos, passou a ficar mais sozinha durante o dia. Vovô, calmo como sempre, quando ficou sabendo da quinta gravidez, apenas disse: "Não tem problema, dona Lola; a gente cria." Lola cuidara de cinco filhos praticamente sozinha, num tempo em que não havia geladeira nem fraldas descartáveis.

Numa dessas viagens, meu avô perdeu o controle da pequena caminhonete que dirigia, e caiu de uma ponte por um curto desfiladeiro que terminava no rio. Ele contou que, preso dentro do carro sem espaço para sair pela fresta das janelas, viu Nossa Senhora ali, no fundo do rio, e depois de uma grande luz, despertou sem saber o que havia acontecido, deitado esbaforido às margens do rio. Ele sempre valorizou sua mulher e filhos, mas depois desse episódio todo esse amor ganhou ressignificação total.

Voltando dessas viagens, Giuseppe sempre trazia algum animal vivo que ia direto para a panela, ou para o jardim, para engordar e depois ser "caçado" por ela. É claro que, quando presente, ele ajudava como podia. Mesmo cansado, passava as noites com a criança que quisesse sair do berço, brincando à mesa da cozinha.

* * *

Ouvir meu avô dizer "mas eu amo a senhora, dona Lola" com o sotaque característico deles era *incomparável*. E, em troca, a devoção dela ao homem era ímpar. Me dizia que "os filhos se vão, mas o marido fica". Nos últimos anos da vida dela, Lola afugentava as enfermeiras e cuidadoras, por ciúme de vê-las falando doce e encostando no vovô Giuseppe, ou "Zim" — como ela o chamava — sufixo de "Josezinho".

Se existe amor verdadeiro entre duas pessoas, esses dois são o exemplo. Tolerância, respeito e admiração — cada qual em seu devido lugar na rotina e ao longo dos anos do casamento desses dois.

Minha avó enxergava o melhor e o pior em todas as pessoas. Tinha uma capacidade incomum de fazê-lo. Obviamente, isso fazia com que algumas pessoas não se relacionassem da forma mais fluida com ela. Adelina, por exemplo. Minha mãe era a filha do meio, então não podia sair pra farrear com as mais velhas, e tinha que ajudar a cuidar da casa e das mais novas. A gata-borralheira da década de 1970. Minha avó dizia que incentivara mamãe a se casar com o primeiro que apareceu, porque até então achava que ela se tornaria freira. Quando minha mãe ficou doente, dizia que "não acreditava nesse negócio de depressão", e que o que *faltava* para minha mãe era "trabalho no tanque pra dar uma animada". Ela também disse que a culpa de tudo era que minha mãe havia lavado os cabelos muito cedo durante o puerpério.

Não deve ter sido fácil crescer sob as demandas de dona Lola. Minha mãe sempre a pintou como a madrasta dos contos de fadas. No meu ponto de vista, minha avó era alguém firme e inflexível, mas que colocava o convívio social acima das diferenças. E sempre correu para São Paulo quando minha mãe precisou de ajuda. Mas do jeito dela. E, como não há nada mais complicado nesse mundo do que o relacionamento mãe-e-filha, compreendo que tudo foi mais complexo do que a minha percepção. Todos nós passamos um ou sessenta anos tentando superar os pais.

* * *

Ter Giuseppe e Lola foi um oásis. Não sei dizer o que eu seria se eles não existissem. Definitivamente quebrado, e mimado pelas titias. O contraponto dessa estrutura familiar, da extrema simplicidade, da origem italiana emotiva, e do legado que fez minha mãe a realista que é: tudo isso com certeza mudou meu destino.

Meu avô sempre foi carinhoso. Ia no fundo do mar comigo, não se conformava que para o futebol eu fosse "palmerista", e vivia me dando pequenas lições de moral totalmente enviesadas por sua visão sobre meu pai. Com quase cem anos, está lá, de cama, se despedindo deste mundo.

Minha avó uma vez me disse que eu seria um grande homem como meu avô. Por vezes, me lembro desse papo e escuto alguma música italiana pra poder me aconchegar mentalmente nas pelancas de seus braços.

Se para mim foi um golpe duro perder minha avó e já sei que não será fácil me despedir do vovô, não consigo imaginar o que é para a mamãe. Não importa o quão quebrado seja um relacionamento; o luto é algo que traz à tona apenas o que realmente importou.

Três vezes eu vi minha mãe sofrer de uma forma que me marcou pra sempre: quando minha irmã nasceu, quando meu pai saiu de casa, e quando minha avó morreu. Levei pelo menos doze meses para recuperar o fôlego em cada uma das ocasiões em que ela sucumbiu.

Não é nada fácil ver alguém que você ama sofrer. E a mãe da gente é a porteira do depósito onde residem todos os segredos e todas as verdades. Quando ela entra em estado de sofrimento, é substituída por uma porta automática daquelas que qualquer um possuindo um crachá consegue acessar. E, apesar de mamãe dizer sempre para tomarmos cuidado e pensar antes de entregar as credenciais da nossa vida a alguém, eu geralmente o faço deliberadamente.

Realmente acho que cada vez que um filho vê uma mãe sofrer, um pedaço do coração dele vira poeira e se perde em algum lugar para nunca mais ser encontrado.

Quando ela me liga triste, eu fico triste. Quando me liga feliz, eu fico feliz. O verdadeiro amor dói. Quando somos jovens, é peso demais. Quando estamos mais maduros, o peso é suportável porque já descobrimos como carregá-lo, mas nossas costas estão cansadas e doem. Por isso, não há como negar: meu relacionamento com meus pais é e sempre vai ser complicado. Com meu pai, porque somos dois adultos tentando convergir numa ideia de caráter e postura diante de tudo e todos. Ele pode até ser meu amigo, mas nunca será meu amigo. Um pai será sempre um pai. Um herói. Um vilão. Uma base. Uma sombra. Minha mãe porque é mãe de menino. E mãe de menino tem seu coração por inteiro. Ela pode fazer o que for de errado. Pode ter desvio de caráter. Ser mártir. Freira. Posso não concordar em nada com sua postura. Mas ela vai sempre ter um certo domínio doentio sobre minha psique.

Sorte daqueles que simplesmente amam os pais sem tentar entendê-los. Estou exausto de tanto pensar. O tempo todo.

NOVEMBRO DE 2021

O VALOR DO SILÊNCIO: /MOKUSO/

Passei este fim de semana em São Paulo. Meire me ligou dizendo que o banheiro da suíte estava com uma infiltração. Fui na sexta-feira, deixando tudo do jeito que estava pra dar tempo de encontrar as pessoas em um dia útil e conseguir resolver essa pendenga. Com o costumeiro alto stress do cliente e elevadíssimo de descompromisso do especialista, deixei tudo alinhado com funcionários do prédio, com a própria Meire, com o vizinho do apartamento de cima, e com o provedor de serviço que o executaria segunda ou terça-feira.

Me senti um turista em meu próprio apartamento. Ele pareceu claro demais e decorado de menos. Como se pertencesse a um passado distante. Talvez eu tenha que repensar sobre morar ali, ou pelo menos trazer um pouco da minha personalidade para aquele lugar. Quem entrar na minha casa tem que sentir a minha presença nas paredes — como eu senti a de meu bisavô e de minha tia Lu no casarão. Com certeza não é o que acontece hoje.

Quando cheguei, não havia nem água. Fui obrigado a pedir comida. A lanchonete de onde pedi tem várias filiais, mas a mais próxima a mim era a que fica num shopping de luxo. Fiquei pensando na sensação do motorista de aplicativo entrando num shopping, onde nada é alcançável para ele e tudo é fútil, pra buscar uma comida singela pra mim. A gente não sabe o que eles passam de verdade. Decidi reabrir o aplicativo e adicionar vinte por cento de gorjeta.

Aproveitei pra tomar finalmente a segunda dose da vacina contra a covid. De certa forma, me senti culpado de ir ao posto de Mongaraíbe quando chegou a hora das pessoas com minha idade, porque estaria tomando a cota de alguém que talvez precisasse mais do que eu. Mas agora estou protegido. Talvez não. Talvez eu dance "Thriller" com Michael Jackson esta noite, como acontece na visão de alguns boçais que se recusam a se vacinar; quem sabe?

Comemorei jantando um sushi — uma das minhas comidas preferidas — com meu amigo Daniel, pra colocar o papo em dia. Enquanto eu estive fora, ele trocou de mulher e de emprego. Senti um pouco de preguiça do dinamismo da cidade grande. Mas, enfim, é de lá que sou e é para lá que voltarei em breve.

Fiquei tão feliz e me sentindo mais livre com a segunda dose... Tanto que tirei uma foto do comprovante de vacinação pra mandar pra minha mãe e acabei mandando pra Giovanna. Ela leu e ignorou.

Mamãe estava passando o dia na casa de Bia, e fui visitá-la. Ela tem a chave dos nossos apartamentos e, por vezes, passa e arruma nossas coisas como uma fada-madrinha. Naquele sábado, minha irmã estava em plantão médico, então pude desfrutar minha mãe só pra mim. Trocamos ideias por horas. Contei cada detalhe do que aconteceu em minha vida nos últimos meses, com exceção ao meu envolvimento com Mabel, e ela procurou resumir a sua em alguns pontos isolados e otimistas. Sei que ela faz isso quando está se sentindo sozinha. Já faz um tempo que decidi que a melhor forma de respeitar minha mãe seria deixar que ela seja quem ela quer ser. Afinal, consertar alguém é impossível.

Domingo, voltei pra casa porque os três potes de ração que havia deixado espalhados para Bruno não poderiam ser suficientes. Preciso realmente pensar no que vou fazer com o cão. No meu apê não existe lugar para um animal deste tamanho. Hoje, mesmo com a ajuda da Conceição, já estou acostumado a limpar as necessidades dele e isso deixou de ser um problema pra mim. Mas daí a levá-lo para setenta metros quadrados de área fechada... não mesmo.

* * *

Chegando ao casarão, volto a me sentar ao piano e dedilhar. Troco ou complemento meus momentos de leitura sentado na poltrona, tentando compor algumas coisas. Tenho escrito algumas letras, tentando não me julgar. Simplesmente colocar no papel aquilo que estou sentindo. Não tenho ainda nenhuma melodia conectada a uma letra, mas estou me divertindo com isso. Estou viciado em tocar "Let's Do It (Let's Fall In Love)", do Conal Fowkes. Quando voltar pra casa em São Paulo, quero resgatar meus instrumentos musicais e criar um cantinho da música para mim. Comprar uma vitrola. Decidi que vou levar todos os vinis da minha tia pra casa. Vou pensar num jeito correto de "comprar a parte dos LPs de meus primos", mas não confio neles pra ficar com tamanha relíquia.

A vontade de ficar com a casa inteira me agrada, inclusive. Ter algo da minha família sob a minha tutela. Um lugar para eu ter onde me hospedar quando for a Mongaraíbe. Poderia até deixar o pessoal do Lar dos velhinhos usar como *hub cultural*, algo para ter eventos de arrecadação — ou um lugar pra caber mais assistidos. Estou com dinheiro parado no banco. Minha mãe sempre encheu o meu saco pra eu investir em imóveis. Ora, esse é um imóvel bem legal. Se alguém o estiver mantendo, meu patrimônio permanecerá bem cuidado.

* * *

Estou melhorando em meu hábito de meditar. Medito do jeito que consigo. É uma habilidade que não tenho, mas me esforço ao máximo. Se for pra pensar algo, tento pensar positivo.

Pela manhã, procuro fazer uma caminhada em jejum ouvindo minha playlist, depois volto e como frutas com granola e um café preto. Organizo a manhã e a tarde na agenda do trabalho — dentro do possível — para ter duas horas em cada período livres para terminar o que realmente vim fazer aqui. "Tem que ser você a arrumar suas coisas, fechar a casa e garantir que o imóvel vai ter um fim decente."

Meu trabalho confirmou a volta para o escritório em janeiro, e duas propostas ganhas em clientes vão exigir minha presença por lá também. Está chegando a hora de ir embora.

Com essa notícia, finalmente priorizo a organização.

Chamo meu tio Tito pra vir me ajudar, e combino um dia extra com Conceição. Fazemos um mutirão por todas as coisas da tia Lu, e terminamos o dia com várias caixas etiquetadas, quatro sacos de lixo cheios, e seus armários vazios e limpos. Tio Tito quis ficar com duas caixas enormes cheias de álbuns de fotografias da família Camargo, e algumas camisas da tia Lu que poderão servir para sua esposa e filha. Também levou alguns livros para meu primo.

A casa está diferente de quando a encontrei. Ficou mais próxima de ser apenas uma casa com piso e paredes, e menos o lar dos Camargo. Apesar de parecer estar perdendo um pouco da sua história, o oxigênio parece fluir melhor. Eu diria que, se minha tia estivesse aqui, concordaria com o destino que estou dando para cada uma de suas coisas e apreciaria os novos ares da casa.

Talvez tia Lu ligasse sua vitrola e começasse a dançar sozinha por esses cômodos vazios.

DESATANDO OS NÓS

Com quase dois anos desde a primeira notícia sobre o coronavírus, o infalível varredor de sonhos, pouco me recordo do mundo como ele era antes. Só sei que a humanidade estava numa encruzilhada entre o egoísmo estrutural e a revolução desmedida, e eu já não sabia para qual lado torcer. A pandemia chegou sem pedir licença, e acentuou essa polaridade escrota. Com a quantidade de notícias e propagandas bombardeando todo mundo a todo instante, a soberba passou a ter vez. Com isso, as relações se tornaram ainda mais chatas. Duas pessoas conversando já não conseguem atingir uma sintonia fina. Uma interrompe a outra, a outra disfarça seu descontentamento com a uma. Jogar conversa fora se tornou uma ilusão, uma utopia.

Me pergunto qual era a lição que deveríamos aprender como sociedade, se considerarmos esta pandemia como um grande carma coletivo. Claramente não fomos aprovados na matéria. E fico curioso sobre qual e como será nossa vida agora que estamos prestes a repetir de ano.

* * *

Resolvo atualizar o livro da família que minha tia Rosa deixou comigo. Quando estiver de volta a São Paulo, vou terceirizar o trabalho de digitalização da árvore genealógica e mandar publicar para meus tios e primos. Mando um e-mail para todos eles e reforço a mensagem nos grupos para me mandarem informações básicas e qualquer anedota que queiram incluir. Alguns me responderam de pronto. Outros parecem que responderiam de pronto se fosse um documento de troca de sobrenome, ou um novo espólio de bens da minha tia. De qualquer forma, vou aguardar e seguir com esse processo. Quem não tiver me mandado, ficará de fora do livro. E foda-se.

Aproveito e coloco o relógio de pêndulo numa caixa e envio por correio para minha tia. Descobri no grupo da família que ela continua em São Paulo. Meus primos revezam como anfitriões para acomodá-la, mas Júlia é solteira — então tia Rosa sempre acaba ficando mais com ela. Com o relógio, mando duas pequenas caixas que encontrei num dos armários do quarto de minha tia: uma contendo anéis e colares, e outra com várias cartas escritas a punho. Antes de fechar o pacote, incluo um bilhete singelo que diz: "Tia querida, segue o objeto solicitado para que você possa matar a saudade da casa onde você cresceu e da sua irmã. Prometo que logo vamos nos ver. Com amor, Nicolas."

* * *

Os dias parecem estar passando mais rápido. Tenho certeza de que nossas vinte e quatro horas diárias equivalem a dezesseis dos nossos antepassados. Algo aconteceu com o núcleo do planeta, e estamos girando mais rápido. Por isso, precisamos refletir e ter um senso de priorização maior. Nossos pais jogavam a vida pela janela e estava tudo bem. Nossa geração tem duas chances, três no máximo.

Mesmo assim, no interior estou conseguindo me sentir mais útil com um dia a dia menos afobado. Isso diz muito sobre a forma de viver que quero ter "quando tudo isso passar". É uma das minhas grandes chances.

A grande e indiscutível verdade é que isso não vai passar. Essa pandemia nos marcou de vez e vai deixar cicatrizes. E que rapidamente eu posso me distrair com novos desafios e me esquecer das lições tão importantes de agora.

Resolvo escrever um bilhete para mim mesmo:

Se a pandemia ainda não terminou e você está lendo isso, por favor, guarde a carta de volta no envelope e o feche com cola.

Quando isto foi escrito, não se sabia quanto tempo depois você leria. Se não faz muito tempo, por favor, mesmo assim não ignore o que vem a seguir. Isolado como todo mundo, muitas ideias passaram pela sua cabeça, e com tempo pra achar que as mais convincentes haviam se consolidado em você. Imaginar pra criar, criar para frustrar — lembre-se de que esse sempre foi o comportamento, e que a pandemia não vai te fazer gênio de um dia para o outro. No máximo, você será mais um pássaro sem penas.

Mongaraíbe. A vida simples. As origens antropológicas daquele lugar. O tempo que você passou ali, realmente vivendo uma filosofia. Não porque você sabia o que estava fazendo, mas porque estava reaprendendo tudo o que perdeu desde a infância. As pessoas ali sabem viver.

Essa pequena epístola foi escrita com muito amor. Não se ache brega por fazê-lo. Seja firme no seu propósito. Espírito, mente e corpo. Encontre sempre algo pra conquistar de tempos em tempos — de repente um objetivo para cada uma dessas três frentes. Se relacione com as pessoas de forma singela. Largue o celular. Se for falar sobre um acontecimento do mundo ou a atitude de alguém, fale o que sente ou o que faria se fosse com você; não se baseie pelo que está todo mundo dizendo, ou porque está preocupado com o que vão interpretar do que disser. Respeite todo mundo que cruzar o seu caminho. Mas respeite de verdade.

Respiração. Caminhada. Música. Fé. Você consegue. Se tiver muito complicado, apenas lembre-se de Mongaraíbe. Lembre dos seus amigos de lá. Dos valores deles que lhe atraíram. Dos atos de amor da sua família que sobreviveu ao tempo. Lembre-se de você. Você realmente esteve ali. Esteja sempre ao seu lado. Encontre seus amigos sempre que puder e os valorize.

Seja mais seu próprio amigo.

SÁBIO COMO Á LEBRE, RÁPIDO COMO A TARTARUGA

Hoje pretendo levar todas as coisas no Lar. Já estou com tudo pronto por aqui desde quinta-feira passada, mas pedi informação na praça sobre alguém com carreto pra conseguir me ajudar a levar. Não iria caber nada no meu carro, e algumas coisas são surpreendentemente pesadas.

Recebemos uma quota de recursos para honrar.

À tarde, representantes de duas — as únicas duas — imobiliárias da cidade virão aqui tirar fotos e medidas para avaliar o imóvel. Marquei numa terça-feira porque sabia que segunda seria corrido. Assim, até o fim da semana consigo receber essas informações e passá-las a meus primos. Eles podem reclamar o quanto for, mas ter alguém aqui pra manter o imóvel limpo e mostrar a casa para quem vier visitar com interesse de comprar é essencial. Independentemente do que aconteça com a casa, essa é uma etapa determinante.

* * *

Às 9h00, chegam dois caras com um sorriso franco no rosto, mostrando ansiedade em seus gestos porque deixaram o caminhão meio que tampando a rua e tornando muito difícil de qualquer veículo passar ao lado. Eles são bem mais novos do que imaginei que seriam mas, ao mesmo tempo transparecem cansaço. Algumas coisas deixam a pessoa com cara de mais velha até os quarenta, e com cara de mais nova depois disso: higiene, postura, cosméticos, vocabulário específico. Enfim... se eu for julgar, eles têm marcas de levar uma vida dura e de definitivamente não terem recebido tudo o que mereciam, mas o mais nobre de tudo é a expressão nos olhos deles, de quem está conformado com isso; mais do que isso: de quem valoriza e é grato pelo que tem.

Em quinze minutos, carregamos a pequena carreta. Um dos ajudantes convida o Bruno para ir junto. *Que se dane*, penso eu. "Bora, Bruno", digo.

Chegando ao Lar, somos recebidos pelo rapaz que abriu a porta pra mim semanas atrás, Charles. Ele sorri com carinho e conta que o *timing* foi perfeito porque os hóspedes estão todos em momentos de tomar sol na praça e fazer exercícios. Enquanto nos ajuda a carregar tudo pra dentro, desembalar e colocar em devidos cantinhos, fofoca com os entregadores sobre a vida e o tipo de trabalho que se tem naquele lugar. Charles conta que hoje o Lar é vinculado à Prefeitura, que é quem paga o salário dos sete funcionários: cozinheira, faxineira, enfermeiras e coordenação.

Busco por Paula para bater um papo inicial sobre minha ideia de apoiar mais o trabalho. Atrás da cozinha, ela fez uma espécie de escritório pra ela na despensa e quarto de funcionários. Com ela, está um senhor bem-apessoado que rapidamente ergue sua máscara para falar comigo.

— Muito prazer. Fradinho — ele diz.

— Ah, Nick. Eu comentava com o prefeito que você traria hoje as doações — reforça Paula, vindo na minha direção.

— Prefeito. O prazer é todo meu.

— Obrigado pela sua colaboração, Nicolas. Este trabalho é extremamente importante para o município e sua população — me cumprimenta o prefeito Henrique Fradinho, enquanto aperta minha mão firme como só os políticos sabem fazer.

— Concordo plenamente, senhor prefeito. Inclusive, queria entender com vocês como posso continuar ajudando. Não sei se estou interrompendo, mas quando tiverem cinco minutos pra tomarmos um café, podemos levantar algumas ideias.

Os dois me respondem que têm disponibilidade imediata. Puxam uma cadeira da cozinha, fecham a porta atrás de nós e, de forma natural, removem suas máscaras e colocam um cafezinho pra mim.

Conto ao prefeito da minha possível proposta de comprar a casa e colocá-la à disposição do Lar, e ele se entusiasma. Paula mais ainda. Sr. Fradinho afirma que, se de fato eu adquirisse o imóvel e o designasse ao serviço da comunidade, conseguiria uma isenção tributária. Não sei quanto a outros temas, mas para com este, sinto um envolvimento autêntico e prático por parte do político. Digo que vou refletir e propor opções, e agradeço.

* * *

Me sinto extasiado de estar considerando algo tão grandioso para essas pessoas. Assobio para Bruno, que enquanto estivemos ali farejara cem por cento da calçada e marcara território em qualquer item que estivesse a noventa graus do solo e tivesse mais de dez centímetros de altura. Ele vem ao meu encontro e pegamos carona no carreto pra casa. Dou duas notas de cem reais para os moços, que eu já havia sacado no fim de semana, e me despeço.

Olho no relógio e vejo que estou atrasado cinco minutos para uma reunião de *staff*. Entro, e os sócios da empresa estão detalhando a nova regra de volta ao escritório. Pela câmera, as pessoas tentam disfarçar suas expressões de "pedi carne, mas veio brócolis". A partir da segunda semana de janeiro, todos devem estar de volta presencialmente por dois dias da semana, e um terceiro dia no mês que apelidaram de "casa cheia" — dia em que todos teremos de estar no escritório.

— É, Bruno. Vou ter que voltar pra São Paulo em breve. Vai querer ir comigo ou morar aqui com alguém?

Bruno me olha com simpatia e confiança. "É melhor deixar como está" — parece estar me dizendo.

A reunião logo acaba e preciso comer antes que cheguem os corretores. Combinei que eles viriam depois do almoço sem firmar um horário, e isso pode ser a qualquer momento. Improviso um sanduíche e como sem muito apreço. Mal termino, e a campainha toca.

Os representantes das duas imobiliárias chegaram juntos e estão à minha porta: duas moças e um rapaz.

Atendo-os e peço que tomem o tempo que for preciso para inventariar tudo o que existe dentro da casa, e que registrem com fotos. Com exceção ao Bruno, meu laptop, e os vinis, está tudo incluso — a princípio — com quem ficar com a casa. Volto para meu computador pra fazer minhas coisas.

O pessoal está sendo mais lento do que eu esperava. Interrompo minha concentração pra lhes oferecer água, café e biscoitos. Quero um trabalho executado sem brechas para que meus primos digam qualquer coisa, e pra isso é importante mantê-los motivados.

Perto das cinco da tarde, eles deixam a casa prometendo enviar até o fim da semana o link do site deles com todas as informações e fotos para que eu aprove a divulgação.

Como fazer com que o mundo veja esta casa como agora eu a vejo?

* * *

O sanduíche caiu como uma biribinha em meu estômago e decido não jantar porque estou muito enjoado. Ficar sem comer só vai piorar, então decido tentar dormir cedo. Vou pra cama e, junto com um belo coquetel para ajudar na digestão, tomo um remédio que me ajuda a pegar no sono.

AQUELA MONTANHA TINHA RODINHAS

Há uns quinze dias, fui tomar café com dona Noca. Procurei ficar não mais do que vinte minutos, dizendo que estava atrasado para uma reunião. Nem sequer entrei — e conversamos amenidades ali na pequena varanda dela mesmo. Pelo tipo de assunto, percebi mais ainda o quão sozinha ela é. Tenho certeza de que seu Getúlio e os outros idosos do Lar também se sentem da mesma maneira. Aprendi a entender um pouco mais das dores da solidão. Mas também da resiliência que a solidão planta em nós.

Não deve ser fácil voltar a depender dos outros, ver sua beleza externa findando, se retrair de algumas formas contra sua vontade e ver o tempo escoar pelas mãos.

Devo fazer uma visita a ela em breve. Nos últimos dias, estive compenetrado em minhas coisas, e no fim de semana que pretendia passar por lá, tive que ir a São Paulo.

De repente, levo um bolinho para comermos com um café.

* * *

Acordo faminto. Faço uma omelete caprichada com tudo o que tinha de sobras na geladeira. Ousado para quem passou mal na noite passada, mas acordei corajoso. Espero que minha coragem não me faça falar verdades nas várias *calls* que tenho pela manhã.

Participo das tais reuniões, mas organizo minha agenda para que, de tarde, eu fique livre. Há dias em que consigo delegar as atividades para os consultores do time e focar nas minhas coisas. Ser gerente de time tem suas vantagens.

De uns tempos pra cá, tenho me interessado por conceitos de tecnologia e marketing que costumavam ser minha paixão durante a faculdade, mas dos quais a vida foi me distanciando. Comecei a ler e procurar cursos online para que eu possa fazer à distância e eventualmente pensar numa mudança de carreira para algo que eu goste mais. Se eu for resumir minha carreira até agora, diria que fui estudar aquilo que todos diziam que eu tinha aptidão — como se o importante na vida fosse fazer mais daquilo que já se sabe fazer, e não se aventurar no desconhecido e evoluir naquilo que ainda somos retardatários — e segui os passos do meu pai e sua rede de contatos porque era o que estava ao meu alcance e tinha como referência. Ele foi um homem de muito sucesso, e eu admiro muito a carreira de consultor, mas outro dia me deu na telha que eu nunca tomei uma decisão de carreira que tenha sido *só minha*. Talvez seja por isso que eu me sinto vítima de tudo o que vai ocorrendo. Quando a gente escolhe algo, pode até se arrepender, mas uma hora percebemos que evoluímos e que valeu a pena. Quando escolhem por nós, nosso destino está todo fadado ao insucesso.

Olho na geladeira e não encontro nada para comer de almoço. Com esses dias intensos, deixei o planejamento da casa de fora da rotina. A sorte é que Bruno late quando está sem comida ou água, e Conceição dá conta do recado, deixando todos os cômodos que eu frequento impecáveis.

Decido ir ao restaurante por quilo da praça. Faz tempo que não frequento, e quem sabe agora que estou há um tempo aqui não me julguem tanto. Como estou livre e sem pressa, vou a pé. Bruno olha pra mim iludido de que a partir de agora todos os meus passeios o incluirão. Toco ele gentilmente pra dentro do portão enquanto fecho a casa.

— Cuide da casa enquanto estou fora, Bruno. Volto em quarenta minutos, por aí.

Me viro para caminhar em direção à esquina, e vejo muitos papéis jogados ao chão. Alguém faleceu. Pego um deles, que parece ainda não ter sido esmagado por um pneu de carro nem molhado com a água que vem escorrendo lá do centro pelas calhas da sarjeta. A cruz confirma minha suspeita.

Antonina Mancebo Neves
2-11-22

Jogo o papel na próxima lata de lixo que encontro, e sigo minha caminhada pensando no quanto tenho me sentido confiante e estimulado. Não quero me iludir pensando que estou conseguindo entrar em sintonia com a simplicidade deste lugar. Quando voltar pra casa, não dou nem três semanas pra me sentir ansioso de novo. Mas é inegável o quanto a qualidade da interação que temos com outras pessoas influencia o nosso cotidiano. A vida é uma rotina aleatória de trocas e, a depender do tipo de frequência e daquilo que se quer dos outros ou o que se tem pra oferecer a eles, nos sentimos frustrados ou gratos.

O dia está perfeito. Um relógio da praça marca dezessete graus. A brisa que me corta a face está no ponto certo de intensidade, umidade e sensação térmica. Escuto uma música vinda do coreto, e me lembro de seu Zé imediatamente. Penso que ele gostaria de estar aqui ouvindo. Se bem que o pobre é surdo como uma porta hoje em dia.

A praça está cheia e, no pequeno palco, estão quatro pessoas: uma moça de cabelos crespos e pele bronzeada, num vestido vermelho, sentada tocando violoncelo; um rapaz que deve ter minha idade, sem um fio de cabelo sequer na cabeça, mas muitos em sua barba e muito gordo sentado a um piano elétrico; um menino magrelo, loiro de cabelos ralos e um daqueles óculos cujas lentes escurecem automaticamente com o sol em pé dedilhando num contrabaixo; e um baterista de cabelos grisalhos todo vestido de preto. Eles tocam um jazz envolvente.

Me ponho de pé a uma distância de uns vinte metros do coreto, para assistir. Uma moça se aproxima de mim com um olhar atento, como se me conhecesse, e me entrega uma rosa-branca. Olho para a rosa enquanto escuto ela dizer: "É sempre tempo de ir buscar seus sonhos." Me viro para ver mais uma vez o rosto daquela mulher, mas ela parece ter sumido em meio às pessoas da praça. Pergunto para um homem que está ao meu lado se ele viu pra onde foi a moça que me entregou a rosa e ele diz: "Que moça?" Outro garoto que nos ouve de xereta diz: "Não vi, não, senhor." Procuro não parecer um idiota numa praça segurando uma rosa com cara de assustado, e olho para a mão das pessoas buscando saber quantas delas ganharam uma flor como eu. Não encontro uma só pessoa segurando algo em suas mãos. No mundo todo, não poderia haver uma quantidade de gente com as mãos mais vazias do que as pessoas dessa praça nesse momento.

De imediato, sinto um arrepio na coluna por me tocar que, em uma das visitas recentes que fiz à dona Noca, peguei do chão como ato de gentileza as cartas que chegaram pra ela e notei que estavam endereçadas à *Sra. Antonina Mancebo*. Enquanto o quarteto de jazz improvisa sua própria versão instrumental de "September in the Rain", eu começo a chorar. Uma senhora que deve ter o dobro da minha idade se levanta do banco onde está sentada e, sem dizer uma só palavra, me abraça de leve e me faz sentar no banco onde ela estava.

Mais de uma vez estive nesta praça precisando de acolhimento, e pessoas desconhecidas vieram interagir comigo. Em São Paulo, se eu sentasse no banco de uma praça e tivesse um infarto, iriam notar depois de três dias e mesmo assim teriam desprezo ou medo de verificar. E, além disso, me roubariam a carteira.

Seco minhas lágrimas, troco olhares de ternura com a senhora demonstrando gratidão pela acolhida e procuro por um daqueles papéis no chão. Não consigo encontrar. Antes que possa sequer responder à mulher, que me perguntou alguma coisa, já estou a caminho do cemitério. Não consigo pensar em nada. Sinto uma pressão no peito que há muito não sentia. Angústia.

Depois de andar pelo menos vinte minutos, chego ao cemitério e pergunto para um rapaz uniformizado que, logo na entrada, passa uma vassoura de palha no chão.

— Bom dia. Poderia me dar uma informação?

— Pois não.

— O velório e sepultamento da dona Noca, digo, da senhora Antonina. Já aconteceu?

— Aconteceu, sim, senhor. O velório foi sábado no fim do dia, e o enterro logo cedo no domingo.

Não só eu não havia conseguido me despedir da minha querida amiga, mas perdi o enterro dela também.

— Está bem, muito obrigado.

— O senhor precisa de algum auxílio?

— Não, obrigado. Bom dia.

Saio sem direção. Espero que ela não tenha sofrido. Me lembro da moça na praça. Olho para a rosa branca que, sem perceber, trouxe comigo. Volto para a portaria e pergunto para o funcionário do cemitério onde posso encontrar sua lápide. Ele, muito gentil, me encaminha até ela e me deixa a sós. No caminho, percebo o movimento e ruído do vendo batendo nas árvores. Piso nas folhas secas que caíram ao chão, que fazem um agradável barulho. No céu, uma marca branca transversal corta o esplêndido azul escurecido que denota a secura do ar. Essa marca estilo "esquadrilha da fumaça" me faz imaginar que dona Noca poderia ter tido uma cerimônia de tiros de alvorada e jatos dando rasante sobre seu enterro, como um comandante ou almirante.

Depois de chorar um pouco, sentindo o sol começar a queimar meu rosto, coloco a rosa em frente ao nome de Antonina, gravado em sua lápide.

— Me desculpe, dona Noca. A vida tem suas ironias. Talvez tenha sido a senhora quem fez com que um vazamento bobo acontecesse em São Paulo, pra eu não ter que passar por mais um velório em menos de seis meses. Mas, sabe, graças à senhora e aos nossos papos, esse rito teria sido diferente. Bem, aqui estou. Se foi a senhora que me enviou esta rosa, deixo ela contigo porque a sorte que você plantou em mim está dentro do meu coração. Vou carregá-la comigo como um talismã. Onde quer que você esteja, desejo que esteja bem, sem dores, caminhando livremente por aí. Que Deus lhe abençoe, "Antonina Mancebo Neves" — digo essa última parte lendo seu nome inscrito na lápide.

Fico mais um tempo mirando seu nome sem conseguir pensar muito. Saio de lá, passo num boteco ao lado do cemitério, pego uma garrafa de cerveja de seiscentos mililitros com um copo de plástico, um maço de cigarros e um isqueiro. Quase não bebi mais desde que acabei com o estoque de minha tia. Cigarro, então, isso faz muito tempo, mas não consigo me controlar. Tiro um único cigarro do maço e entrego o resto para um homem sem camisa sentado numa mesa vermelha de plástico — que me agradece como se, ao mesmo tempo, eu lhe dera o elixir da vida e como quem não consegue compreender o conceito de generosidade quanto se trata do elixir da morte.

Vou para o ponto mais alto da cidade, onde é possível ver, num campo de visão horizontal: a catedral ao fundo, a rodovia a oeste — com o sol rumando devagar naquela direção —, uma plantação de milho enorme ao leste com araucárias, pinhos e eucaliptos gigantescos (alguns cortados por completo por fábricas de papel), e a rodoviária da cidade logo abaixo de mim. Noto que estou onde Chico M sentou para pintar ou fotografar a paisagem que daria lugar ao belo quadro na sala de minha tia. Acendo meu cigarro em homenagem ao que quero batizar como fim de um ciclo na minha vida, com um tom de cinismo. Caso contrário, não seria eu. Abro minha cerveja gelada, que tomo sem fazer uso do copo, e fico olhando para essa paisagem em completo silêncio por pelo menos uns quarenta minutos. Caminho quase uma hora até chegar em casa. Abraço o Bruno chorando, ponho sua comida, tomo um banho e durmo. Tem dias que mesmo sem ninguém por perto, não queremos papo nem com o nosso íntimo.

* * *

Todos nós temos um destino. Uma salvação que nos aguarda lá na frente, e secretamente nos dá fôlego para seguir adiante. De vez em quando, temos vontade de decidir no mapa nossa própria sorte, e seguir por ela — deixando tudo para trás. Afinal, poucas vezes a vida nos revela sua razão de ser. Eu? Escolhi ir algumas vezes para lugares onde ninguém me conhecia, e ninguém realmente ligava para o que se passava comigo. Maldizer e condenar o mundo que deixei pra trás. Era mais fácil imaginar um destino com um gramado em que eu pudesse me sentar e observar o horizonte sem ser julgado por ninguém. Só me esqueci que para chegar ao nosso verdadeiro destino, seja ele qual for, devemos nadar pelas águas turvas de nossas mentes.

Talvez eu tenha perdido minha juventude. Mas existe uma oportunidade de retomar de onde parei, com a cabeça do homem que sou hoje.

Não conseguirei ter o abraço com o gol do Oséas, porque ele tem cinquenta anos agora. Mas consigo um novo abraço no dia 27 de novembro se a vida agraciar meu time de futebol com mais uma glória eterna contra o Flamengo.

Acho que está na hora de ir pra casa. Assistir a uma final de campeonato com meu pai. Passar o Natal com minha mãe.

FECHEM AS JANELAS!

Recebo a proposta dos dois corretores com preços muito similares de venda. Duzentos e oitenta, e trezentos e vinte mil. O que está sugerindo vender um pouco mais caro é mais completo com relação a todos os detalhes da casa inventariados.

Peço a eles que não divulguem ainda, pois vou conversar com a Bia e meus primos. Ligo para o Alberto e manifesto meu interesse em comprar o imóvel. Ele fica de me retornar com uma advogada do escritório dele em uma hora, e assim o faz. Eles já trazem também uma consulta sobre os dados do imóvel, inclusive o valor pago de imposto predial. Coloco tudo na ponta do lápis mais uma vez, e confirmo meu interesse. Afinal, se for levar em conta o preço mais alto, mesmo assim precisarei desembolsar duzentos e cinquenta, uma vez que um sexto da casa já é meu. Peço a ele que agende uma ligação com meus primos e o advogado deles o mais rápido possível.

Em seguida, ligo para Bia, que me atende na correria.

— Oi, Nick. É urgente? Tenho dois minutos.

— Oi! É rápido. Quero comprar a casa da tia Lu. Estou mandando uma proposta para os filhos do tio Cacá.

Não sei por que continuo me referindo a eles assim. O tempo separou a gente de forma tão forte que não consigo nem dizer seus nomes com naturalidade.

— Comprar? Você vai morar aí?

— Não, tenho outros planos. Depois te conto. Só quero saber se você topa vender sua parte pra mim também. Te renderia uns sessenta paus.

— Nossa, vai ajudar muito com meus planos de vida por aqui. Fechado.

— Ótimo. Então, te aviso. Mas não empata minha foda, tá? Sei que tá corrido aí, mas quando te mandar o contrato de compra-e-venda assina logo e confia em mim.

— Beleza. Preciso ir. Beijos.

* * *

Dois dias depois, Alberto consegue uma ligação com a "primaiada".

Parece que o pessoal tinha feito a lição de casa deles, porque não apresentaram problema algum em me vender a casa por esse preço. Leandro, que foi mala desde o princípio, foi o único que encheu o saco em tom de ciúmes e certa desconfiança.

— O que você vai fazer com isso?

— Vou dar uma reformada e ficar pra mim.

Não vou ficar discutindo meus projetos com ninguém.

Ele e os demais consentiram. Meu banco não ficou muito feliz com minha completa extração de capital, mas eu fiquei radiante.

* * *

A casa de Mongaraíbe é minha.

* * *

Ligo para minha mãe e meu pai. Conto para eles sobre o que fiz com as coisas da minha tia, sobre meu investimento na casa, e sobre o que tenho pensado em fazer com ela.

Me sinto acolhido pelos dois, que me surpreendem positivamente. No passado, já cheguei a deixar de contar alguma coisa, porque achei que minha mãe me desencorajaria, meu pai me ignoraria, ou — o mais comum — eles achariam que tal conquista não haveria de ter influência do meu suor, mas sim de algum tipo de sorte. Não sei se amadureci, se desencanei, ou se passei a entender eles um pouco melhor. Pode ser que eles tenham amadurecido também — ou que finalmente tenhamos chegado à conclusão de que a vida é muito efêmera para interpretar a reação de alguém quando a gente lhes confia algo do coração.

Resolvo também compartilhar a notícia da compra com Mabel, que me responde do jeitão dela, e sem dar muita abertura para uma conversa mais longa.

Que orgulho de você! Não tenho nada a ver com isso, mas acho que está fazendo a coisa certa. Essa casa é uma delícia. Aqueles dias com você foram momentos que eu nunca vou esquecer. Nunca mesmo. Uma luz no meio de tanta coisa louca. Você é bem louco também. Mas muito especial. E te levo sempre comigo. Se cuida, Nick.

Numa das minhas últimas noites aqui, tenho mais um sonho com Samuel. Mais jovem e mais íntimo em seus comentários, veste roupas formais, mas ainda assim um pouco desleixadas, como um professor de filosofia que não se importa com seu armário. Caminhamos lado a lado numa pequena via em um jardim botânico. Ele com suas mãos pra trás, e uma serenidade ímpar. Trocamos ideias sobre o amor. Ele me confia sobre a cumplicidade entre dois amantes. Sobre a continuidade da família e sobre a importância de conviver em harmonia e em auxílio ao próximo. Que ano após ano as coisas vão ficando mais fáceis pra quem se harmoniza com seu propósito e aprende com os erros, mas mais difíceis pra quem se enrola em necessidades superficiais. No sonho, ele me entrega um relógio de bolso, coloca as mãos em meus ombros e olha fundo nos meus olhos. Percebo que seus olhos são de um mel hipnotizante que eu não havia notado antes. "Nascer, morrer, renascer e progredir sempre, tal é a lei", diz ele, antes de me fazer um gesto como quem dá licença para que eu passe. Caminho sentindo que ele vem logo atrás, e em seguida já não me lembro de mais nada.

Espero não parar de sonhar quando estiver em meu apartamento de volta em São Paulo.

O DIA EM QUE RESOLVI CONFIAR

Se não me falham as contas, hoje completam doze semanas do falecimento de minha tia. Depois de três ciclos lunares, sinto que passei por seis ciclos internos. Vivi o luto, contemplei a luxúria, relembrei o amargo passado, visitei o templo único da ressurreição, conheci a caridade, sedimentei os alicerces.

Impregnei um pouquinho dessa minha jornada em cada item que foi parar no imóvel original do Lar dos Velhinhos, na casa dos meus tios ou que irá permanecer aqui — servindo de lar para pessoas incríveis cujos destinos aprontaram pra eles também, ou cujos filhos não tiveram a sorte de ter uma tia Luzia em seu caminho pra lhes lembrar do que realmente importa. Guardei algumas coisas dela pra mim: uma caixa com livros e notas dela, um lenço com seu cheiro, a caneca na qual tomei café todos os dias enquanto estive aqui, e o quadro do coronel Samuel. Vou levar comigo o quadro de Chico M. para dar a meu pai — assim ele poderá ter sempre uma visão de sua terra-natal.

* * *

Outro dia, não tinha absolutamente nada pra fazer.
Perdi pouco mais de cinco minutos colocando pra tocar "Into Dust", de Mazzy Star. Fiquei encarando a foto do meu bisavô

enquanto respirava fundo e lentamente. Tentando sentir a presença dele e da minha tia. Não senti ninguém e permaneci entediado.

Peguei um pedaço de papel e uma caneta daquelas que têm quatro cores. Desenhei um triângulo em preto e, em cada uma das pontas, com uma cor de caneta diferente, escrevi: "corpo" em azul, "mente" em vermelho, e "espírito em verde". Metas, valores, celebrações, amor, relacionamentos, diversão, saúde, harmonia espiritual. Aleatoriamente, em volta do papel, fui adicionando pessoas, coisas ou lembranças que influenciavam positivamente cada um dos três prismas e lhes davam saúde e vigor.

Foi um exercício interessante em vários aspectos. Ver o ato de cozinhar como algo bom pra minha mente, e não ver álcool de nenhuma forma na lista foi surpreendente. Gostei de ver que todos os meus amigos estavam na folha de papel, mas também meus familiares. Talvez seja coisa da minha cabeça, mas parece que deixei espaço para uma palavra que só poderia ser o nome de alguma pessoa que ainda estou por conhecer.

Minha banda e a música ganharam até um sublinhado, rompendo o padrão com as outras palavras. Imediatamente, resgatei o grupo que tenho com os integrantes da minha banda e comecei a bombardeá-lo de mensagens com ideias de projetos e uma agenda para o ano que vem.

Criei também um mecanismo de *follow-up*, quase que profissional, pra não deixar meus amigos escaparem mais. Devemos estar todos vacinados com duas doses agora, e não podemos deixar a diversão de lado.

Assim que chegar em minha casa em São Paulo, vou criar um calendário pra mim e colar na minha geladeira, com hábitos de saúde mental, física e espiritual. Acho que é uma boa forma de começar a tentativa de uma mudança permanente.

* * *

Acordei ansioso com os próximos dias que me esperam. Depois de semanas no interior, precisarei me readaptar a São Paulo. Além disso, havia me acostumado com essa casa e o barulho da chuva batendo no chão ao cair.

Fecho minhas coisas com prontidão. Não deixei mais nada perecível por aqui, então vou tomar café na estrada.

Coloco comida extra para o Bruno, e o abraço. Combinei com Charles que ele virá de manhã e à noite alimentá-lo enquanto o imóvel não fica pronto para receber seus novos inquilinos.

— Vou sentir muito a sua falta, meu fiel amigo. Você me aceitou em todas as minhas versões enquanto estive aqui. Ouviu todas as minhas queixas e assistiu a todos os meus espetáculos dramáticos. Sem me causar um transtorno sequer. Obrigado por tudo. Cuide da casa enquanto eu estiver fora, ok?

Tentando manter em mente que isso não é uma despedida, resolvo responder à carta da minha tia. Sei que ela nunca irá receber, mas não importa. Ela nunca conseguiu concluir seus pensamentos por escrito e teve que me enviar suas mensagens de outra forma. Me sento à sua escrivaninha, preservada, e pego papel e caneta.

Tia Lu,
Quando recebi a notícia de que você havia partido, entrei num modo de negação completo. A verdade é que eu estava perdido em meus pensamentos. Eu sinceramente não sei como você sabia disso, ou quem foi que te contou. Mas hoje vejo que eu estava perdido em meu próprio tempo enquanto as mudanças iam acontecendo em tudo e todos. As sementes caíam e não germinavam em mim. Elas secavam e morriam.
Antes de vir a Mongaraíbe, minha vida recente era um constante dia escuro e chuvoso. Porque não havia nada a contemplar, eu me contentava com os fatos do

passado — *que hoje bem sei serem quase irresistíveis, mas muito perigosos. Tentar cuidar um por cento das suas coisas como você cuidou de mim e da minha vida não foi apenas gratificante. Foi um passeio por um silêncio só nosso. E foi então que percebi que a hora havia chegado. O momento de esquecer meu passado e voltar à Vida.*

Você me ensinou que o perdão é o verdadeiro caminho para a felicidade. Que a única maneira de chegarmos a ser quem queremos é garantindo a quantidade e qualidade das conexões que formamos e sustentamos ao longo do tempo com as pessoas.

Viajar no tempo é algo muito louco. Eu faço todos os dias, mas enquanto estive aqui acho que aprendi a fazê-lo de um jeito que me revigora e deixa tranquilo, em vez do oposto. Foram apenas alguns meses, mas foram intensos como nós — os Camargo — somos. Aliás, queria te contar dois segredos:

O primeiro deles, é que resolvi investir todas as minhas reservas e comprar este imóvel. E não apenas este. Pretendo comprar a casa de dona Noca também. É impressionante como dá pra comprar dois casarões no interior pelo preço de um micro apartamento na capital. Meu advogado já está cem por cento envolvido, e estou otimista de que vai dar certo e que vamos transformar tudo isso aqui em uma grande extensão do Lar dos Velhinhos, com o qual a senhora tanto cultivava laços. Acho que conseguimos lugar para uns setenta e cinco deles. O prefeito vai apoiar, e vão contratar mais gente pra tocar essa segunda unidade. Bruno vai continuar morando aqui e garantindo a ordem e proteção deste lugar. Eu pretendo vir a cada seis semanas pra garantir que tudo esteja certo.

O segundo é que andei refletindo, e acho que estou pronto pra conhecer o amor da minha vida. Tenho a esperança de que a pessoa certa simplesmente irá aparecer à minha frente em algum momento. Gosto de imaginar que será você quem vai me enviar essa pessoa.

Aprendi aqui, em nossa casa, que não existe nada mais valioso do que a Verdade. Por mais que ela doa, por mais que ela seja bem diferente do que desejávamos. Aceitá-la nos trará mais frutos do que fingir que poderemos mudar o mundo.

Fui até as mais profundas águas do sofrimento e voltei, e posso afirmar que a verdadeira solidão é ser uma má companhia pra mim mesmo. Ficar sozinho quando nos amamos não é tão ruim assim. Deve ser isso que a permitiu seguir brilhando por tanto tempo.

Tia, você brilhou demais. Que orgulho que sinto de você, e de carregar os nomes das minhas famílias comigo pra sempre.

Com amor,
Nicolas Gibelle Camargo.

Assim que termino de escrever, coloco a carta em meu bolso.

Abro o portão com certa cerimônia, me segurando para não ficar emocionado. Tiro meu carro para a rua. Saio dele para fechar o portão e vejo, ao fundo, Bruno me olhando com inocência, mas confiança.

Antes de entrar novamente no MINI, olho mais uma vez para trás, e vejo a casa que me ajudou a relembrar quem eu sou e o que eu quero pra mim. Agora pintada de azul e branco e dizendo "Lar dos Velhinhos — Luzia de Jesus", ela me dá uma sensação de dever cumprido.

Percebendo que não vou deixar de ser essa pessoa que recorda, fecho os olhos e me enxergo num gira-gira. À minha frente, meus amigos de infância giram comigo. Dentre imagens trincadas pela velocidade, consigo ver suas expressões de satisfação e descoberta. Esse menino que vivia volta a sonhar.

Entro em meu carro, ligo minha playlist em modo aleatório e a primeira música a tocar é "Please don't go", na versão original de KC & The Sunshine Band. Meu coração, debaixo de tantas camadas de ego, sempre esteve ali, batendo pelas pessoas que cruzaram e ainda estão por cruzar meu caminho.

* * *

Contorno a parte alta da cidade rumo à sua entrada principal. No cruzamento, antes de acessar a estrada, respiro fundo, me lembrando do dia em que cheguei.

Abro as janelas do carro e penso nos cabelos de minha tia. Consigo sentir seu perfume. Neste momento, não sou o condutor do carro, mas novamente aquele menino — passageiro das esperanças que ela tinha para ele. Pego a carta que lhe escrevi e, acelerando fundo, deixo-a voar com o vento.

* * *

No fim, nunca consertei a bendita campainha.

POSFÁCIO

Esta leitura me fez refletir sobre o amadurecimento causado pela vivência da falta — seja de alguém, de um pouco de ar ou da própria vida.

Ora, é justamente nestes momentos que importantes processos acontecem: o autoconhecimento, a valorização das relações afetivas, o resgate das origens e o perdão.

Isso nos leva a ressignificar valores comportamentais, estéticos, ideológicos ou morais que antes nos perturbavam: a idealização de um corpo perfeito (carimbo permanente de infelicidade) ou, no caso do protagonista, o sentimento de abandono como consequência da depressão da mãe.

A covid-19 levou o mundo a experimentar o isolamento, a incerteza de vida-ou-morte e muitas perdas. Mas levou também ao confrontamento de si mesmo. Ao ter que encarar o presente, fomos obrigados a reeditar a história de alguma maneira para sobreviver.

Freud disse em determinado momento que "quando o homem junta a arte com a psicanálise, ele revela seu lado mais nobre". Segundo ele, a cura não está no esquecer, mas, sim, no lembrar sem sentir dor. Isso é um processo, e Denis Amaral o traduz com brilhantismo em seu romance de estreia.

A história de Nicolas me trouxe à imaginação um verdadeiro laboratório íntimo, produzindo um elixir de superação. Sua receita é de esperança, e faz com que aquele que consegue replicá-lo vença seus traumas e siga adiante.

Você está à espera de alguém? Ou de que algo lhe aconteça?

Ser humano neste século, tão convidativo à inércia física e mental, pode ser um grande desafio. Transitamos por estradas de curvas acentuadas e, invariavelmente, nos deparamos com uma bifurcação: ou somos engolidos e seduzidos a ficarmos estáticos frente às teias de nossos traumas e perdas, ou nos descobrimos protagonistas de nossa própria trajetória e seguimos. Em frente.

Marta Judith Lauro
Nasceu em 1962 em La Plata, Argentina. Psicóloga e psicanalista há 4 décadas, tem formação no Centro de Psicanalistas da Clínica Roberto Azevedo.

Se você está passando por sofrimento psíquico ou conhece alguém nessa situação, **busque ajuda**.

FONTE Adobe Garamond Pro
PAPEL Avena 80g
IMPRESSÃO Paym